Olivier Rolin

Die Papiertiger von Paris

Roman

Aus dem Französischen
von Sabine Herting

Karl Blessing Verlag

Originaltitel: Tigre en papier
Originalverlag: Éditions du Seuil, Paris

Umwelthinweis :
Dieses Buch und sein Schutzumschlag wurden
auf chlorfrei gebleichtem Papier gedruckt.
Die vor Verschmutzung schützende Einschrumpffolie
ist aus umweltschonender und recyclingfähiger PE-Folie.

Der Karl Blessing Verlag ist ein Unternehmen der
Verlagsgruppe Random House GmbH.

1. Auflage

Umschlaggestaltung : Design Team, München
Satz: Uhl + Massopust, Aalen
Druck und Bindung: GGP Media, Pößneck
Printed in Germany
ISBN 3-89667-236-3
www.blessing-verlag.de

»Diese Geschichten aber schlummerten in den Zeitungen von vor dreißig Jahren, und niemand kannte sie mehr.«

Marcel Proust, *Die wiedergefundene Zeit*

I

Smaragdgrün auf nachtblau PÉRIPHÉRIQUE INTÉRIEUR FLUIDE PÉRIPHÉRIQUE EXTÉRIEUR FLUIDE. Smaragd, *émeraude*, du liebst dieses Wort, wer weiß, warum. Wegen Esmeralda, des ersten Mädchens, das dich mit dem Gesicht oder besser den Kurven von Gina Lollobrigida zum Träumen brachte? Oder weil du als Kind deine Ferien an der Côte d'Émeraude verbrachtest? Keine Segelboote, keine Außenborder noch sonst etwas auf dem Wasser, damals war das Meer leer, wie man es von Gemälden kennt. Man musste sich vor angeschwemmten Minen hüten, die Flut gab immer noch welche frei, geduldige, rostige große Kugeln des Todes, die auf ihre Stunde warteten. Der Krieg war noch nicht lange vorbei. Du bist genau in der Mitte der Zeitspanne zwischen der Mutter aller Niederlagen und Diên Biên Phu geboren, das muss man erst mal schaffen. Die historische Melancholie hast du mit der Milch deiner Mutter in dich eingesogen. Sie nahm deinen Bruder und dich zu einer Felsspitze in der Nähe eures Hauses mit, um den Sonnenuntergang anzuschauen. Ihr habt auf einer Bank gewartet. Nicht die Sonne gehe unter, erklärte sie euch, sondern die Erde drehe sich, kippe, versinke in der Nacht. Auf der anderen Seite der Welt, in Asien, in Indochina, wie man damals sagte, werde es hell. Das war schwer zu glauben. Ihr hofftet, den Grünen Strahl zu sehen, doch ihr habt ihn nie gesehen. Schweigend gingt ihr zurück, ratlos und enttäuscht. Du magst das Wort Nacht, ebenso navire, night, noche triste, notta continua. Glänzende Fahrbahn, schwarz-goldbraun BOBIGNY LILLE BRUXELLES PORTE DE BAGNOLET schwarze Türme, deren Spitzen sich im Nebel verlieren PORTE DE MONTREUIL HYPERMARCHÉ AUCHAN grün rot NOVOTEL blau 550 M N302 CAMPANILE grün SAINT-MACLOU PEUGEOT PARIS-NORD. Die ersten Tage des 21. Jahrhunderts. Da rechts hast du mal gewohnt, in der schwarzen Nacht, oben an der Straße... welche Straße war das noch? Und vor wie vielen Jahren? In grauer Vorzeit... Mit Judith. Wohnen ist ein großes Wort. Ihr schlieft dort. Vor wie vielen Jahren? Also... vor etwa dreißig. Ist das die Möglichkeit? Es gab noch kein Internet, nicht einmal Computer. Weder die Périphériques noch den TGV noch Laptops noch Kabelfernsehen noch Walkman, nicht einmal den Anrufbeantworter, ist dir das klar? Die Pavillons Baltard öffneten ihre Schirme über dem Bauch von Paris, das Fernsehen war schwarz-weiß, es gab nur einen Sender, oder vielleicht zwei, du erinnerst dich nicht mehr, das ist so lange her, so tief versunken in den Abgründen der Zeit... Supermärkte waren etwas völlig Neues, die sozialistische Partei, die PS, eine Splittergruppe, die kommunistische, die PC, man sagte »die Partei«, kam auf 20 % der Stimmen... Und Judith, hatte sie damals noch die langen Haare, die du so mochtest? Geschmeidiges Fell, das sie auf eine Seite ihres schmalen Halses, auf welche?, gedreht hatte und ihr vorn über die Brüste fiel. Wie ein kleines seidiges Tier, das auf ihrer Schulter hockte. Ein fröhliches, seidiges kleines Tier. Zog sie ab und zu eine Strähne heraus, um sie in den Mund zu stecken? Heute kurze Haare, so eine Art Igelfrisur. Ihr wohntet bei einem anämischen Blonden, vielmehr bei seiner Mutter, sie war Kurzwarenhändlerin, ein ausgestorbener Beruf. Der Blonde wohnte bei seiner Mutter und ihr bei ihnen, sie waren Freunde von La Cause, sie kochte für euch, danach spültest du oder Judith, immerhin das, nicht immer, aber oft, dann wurde eure Liege im living-room, wie man damals sagte, aufgeschlagen. Dort muss es auch eine Anrichte mit dem Geschirr gegeben haben, einen Fernseher auf einem einbeinigen Tischchen, Präsident Pompe im Fernsehen, geteilte Vorhänge aus granatrotem Samt, Teppiche mit Rankenmuster, ein Spitzendeckchen auf dem Tisch, so etwa in der Art, das war vor Habitat-Ikea.

Was müsst ihr sie genervt haben... Freund von La Cause zu sein, war kein geruhsames Pöstchen. Zur Cause dazuzugehören, bedeutete alles andere als Ruhe, das muss man sehen. Es gab einen kanalisierten Wasserlauf, der durch den Keller verlief: sicher dieser Bach von Méntilmontant, der in jenem Abflussrohr endet, durch das Jean Valjean flüchtete. Heute verkauft Judith Wohnungen. Sie träumte davon, Rosa Luxemburg zu sein oder Tamara Bunke, genannt Tania, diese junge Frau, die in Bolivien an der Seite Ches getötet wurde, oder auch Tina Modotti, Fotografin, Geheimagentin, verliebt, eine Schönheit, die ein Taxi tot durch die mexikanische Nacht fährt. Sie träumte also von einem Leben voller Abenteuer. LA GRANDE PORTE rot CARREFOUR blau 700 M N34 PORTE DE VINCENNES PORTE DORÉE DÉCATHLON blau ÉTAP'HOTEL grün 245 FRANCS DIE NACHT HOTEL F1 700 M STATION-SERVICE Scheiße! Ein Lastwagen, der abrupt ohne Ankündigung ausschert, lässt dir das Herz bis zum Hals schlagen, das Auto schleudert nach links, zum Glück blockieren die Bremsen nicht, nur etwas stark gerutscht. Mörder! Treizes Tochter hat keinen Laut von sich gegeben, sie bewahrt kühlen Kopf. Das hat sie von ihrem Vater. Und du hast immer noch gute Reflexe. Sie stammen aus der Zeit, als du auf vereisten Straßen einen gestohlenen Mercedes fuhrst, mit einem kleinen, aus dem Blech ausgeschnittenen Rechteck hinter der Armlehne, damit ihr euch mit eurem Gefangenen im Kofferraum verständigen konntet, einem Abgeordneten, der zur Vichy-Miliz gehört hatte, wie hieß er noch, dieses Schwein? Dir scheint, er hatte einen Kardinalsnamen. Ihr hattet die Wagen am Bahnhof von Vesoul geklaut, das war das einzige Mal, dass du in Vesoul warst, außer im Chanson. Das Wasser in den Rinnsteinen von Vesoul war gefroren. Ihr fuhrt über die Schlitterbahnen des Départements, um euren Coup vorzubereiten, die Wagen untereinander durch Funkgeräte verbunden. Ihr trugt Westen und unbezahlbar teure Filzhüte, um wie Notare oder Landärzte auszusehen, zumindest stelltet ihr euch das so vor. Zwanzigjährige Notare! Heute könntest du vielleicht deine Umwelt täuschen, nur ist dir die Lust dazu vergangen. »Heute«, heißt das: graues Haar, bürgerliches Aussehen und vergangene Lust? Rundherum waren verschneite, vom Wind zerzauste Flächen, hin und wieder dunkle Wälder, mit Bussarden, die auf den Randpfeilern saßen und sich schwer in die Lüfte erhoben, wenn ihr vorbeifuhrt. Die vor Kälte erstarrten Kühe sahen so aus, als hielten sie euch wirklich für Notare, sie betrachteten euch ohne jede Gefühlsregung. Kühe von früher, Kühe von vor dreißig Jahren, sagst du zu Treizes Tochter. Die sind schon lange gegessen. Die kannten kein BSE. Heute interessieren sich die Leute nur noch dafür: Hast du es bemerkt? Lebensmittelsicherheit. Vorsichtsmaßnahmen. Der Tod lauert am Tellerrand. Idioten! Du glaubst, das ist die Gegenwart: die Angst, vom Essen zu sterben? Diese Gegend der Haute-Patate, wie die Einberufenen die Haute-Saône nannten, erinnerte dich an die Landschaft in einem merkwürdigen Western, *Leichen pflastern seinen Weg*: Trintignant, der Gute, der Verfechter der Gerechtigkeit, stumm, da ihm in der Kindheit von den Bösen die Kehle aufgeschlitzt worden war, wird am Ende niedergemäht, im Schnee. So ähnlich wie Marlon Brando am Ende von *Viva Zapata* heimtückisch ermordet wird. Die Revolution wird immer ermordet. Rosa Luxemburg im Schnee erschlagen, am Ufer eines Kanals, in den man ihre Leiche wirft. Che in der Schule von Vallegrande exekutiert, nackt ausgestreckt, mit wirrem Haar, mit glasigen Augen, wie vorbereitet für das Sezieren, mit abgeschlagenen Händen, die Totenmaske reißt ihm die Haut vom Gesicht. Tamara-Tania, von Kugeln durchsiebt an der Furt des Vado del Yeso, ihre Leiche in der Drift flussabwärts im Wasser des Rio Grande. Euer Kopf war voll mit diesen tragischen Ikonen. Revolution zu machen bedeutete nicht so sehr die Machtübernahme vorzubereiten, als vielmehr sterben zu lernen. Das scheint von Nutzen, wenn man sehr jung ist. Ihr gingt nicht mehr ins Kino damals, die Revolution hatte keine Zeit für diese Farcen und Attrappen, aber ihr lebtet wie in einem Film, einem Low-budget-Krimi. Du hättest dir sehr gut vorstellen können, dass Jean-Louis Trintignant deine Rolle spielt. Letztendlich hattet ihr ihm nichts durch das Souffleurloch zugerufen, diesem Milizionär-Abgeordneten mit dem Bischofsnamen, denn dieser Galgenvogel war genau in dem Augenblick verschwunden, als ihr ihn schnappen wolltet, wie euch das so oft passierte.

VINCENNES DORÉE STATION-SERVICE JOHNNY WALKER KEEP WALKING PÉRIPHÉRIQUE FLUIDE Brücken gelbe Lichter Paris zur Rechten unter dunkelviolettem Himmel vor smaragdgrünem Schild METZ NANCY PORTE DE BERCY DISNEYLAND 32 KM die Reifen zerreißen die schwarz-goldbraune Seide A4-A86 FLUIDE A4-A104 FLUIDE alles fließt du auch MR BRICOLAGE rot Heimwerker du auch. Zwei Uhr morgens. BERCY 2 grün CARREFOUR blau BERCY EXPO rot rechts großer in der Nacht leuchtender Riegel des Finanzministeriums 300 M N19 vorne wird der Himmel heller, nahe der Seine. Flüsse strahlen diese Art von Phosphoreszenz in den dunklen Himmel aus. Als du nach My Tho gefahren bist, hattest du den Mekong an den leuchtenden Wolken schon erahnt. Nicht wegen Marguerite Duras warst du dorthin gereist, in das kotschinchinesische Delta, nein, sondern um den Ort zu sehen, von dem der Oberleutnant eines Morgens, im Jahr nach deiner Geburt, aufgebrochen war, um auf einem Rach des Mekong zu sterben. Der Oberleutnant war dein Vater. Siehst du, Marie, sagst du zu Treizes Tochter, während ihr an den Bündeln aus glänzendem Stahl der Gare de Lyon vorbeifahrt und an den orangefarbenen und grau-blauen Kabinen, die der Tau benetzt, du siehst, ich weiß nicht mehr über meinen Vater als du über deinen. Ich bin dorthin gefahren, weil es nur noch diese fernen Orte gab, die mir vielleicht etwas sagen konnten – nicht um mir was auch immer zu berichten, nein, sondern um zu mir zu sprechen, so wie die Flüsse und die Wälder zu einem sprechen, die große Hitze, der sanfte Flug der Schmetterlinge, die Kakerlaken und die verdammten Schlangen und die bleiernen Mittagsstunden, diese unveränderlichen Zeugen. Alle anderen Stimmen waren verstummt: tot. Und so ist es oft: wirklich Lust, von Dingen zu hören, hat man erst, wenn die Stimmen, die sie euch näher bringen könnten, verstummt sind. Wer zum Beispiel ist auf einem alten Foto diese Frau neben deinem Vater am Ufer eines Flusses, von dem man unmöglich sagen kann, ob er hier in Frankreich oder dort in Asien fließt? Niemand wird dir jemals eine Antwort geben können, und dieses wenn auch nichts sagende Gesicht bekommt die Bedeutung von etwas, was für immer verstummt ist. Ich lebe noch, du hast Glück, sagst du zu Treizes Tochter. Nutze die Chance. In einem südlichen Vorort von Saigon, das nun Ho Chi Minh-Stadt hieß, warst du an Bord eines Sampans gegangen, der das Linienverkehrsmittel durch das Delta ist. Die Brücke war mit Fahrrädern und großen Strohkörben zugestellt, die Passagiere auf dem Zwischendeck waren Bauern, die gerade ihr Gemüse auf den Märkten von Ben Thanh oder Cho Lon verkauft hatten, sie betrachteten dich mit unverhohlener Neugier, ohne allzu große Sympathie. Es gab auch einen Affen in einem Vogelkäfig, den die Bauernjungen voll Vergnügen wahnsinnig machten. Die Planen, die der Brücke Schatten spendeten, knatterten im Wind, der Himmel brodelte grau und weiß über einer sehr dürftigen, von Wasser angenagten Erde. An einer Flussbiegung, jenseits der Mangroven, jenseits der Palmwedel- oder Wellblechdächer, waren plötzlich die Gebäude von Ho Chi Minh-Stadt zu sehen, an deren Dächern rote Fahnen und Werbung für japanische, koreanische und amerikanische Marken hingen, DAEWOO HONDA HITACHI SUZUKI CANON IBM HEWLETT-PACKARD TOSHIBA, dieselben wie hier am Périphérique, wie überall auf der Welt. Ho Chi Minh-Stadt war vielleicht von all den Städten, die du gesehen hattest, die, wo die Leidenschaft fürs Geld sich am schamlosesten Bahn brach. Danach kamen wir in die Schilfebene: schwimmende Dörfer, überlaufene Bambus-, Stroh- und Schilfflechtereien, Gänse, Enten und schwarze Schweine planschten unter den Pfählen, Reisfelder von fluoreszierendem Grün, ein Grün wie die Flügeldecke des Rosenkäfers oder eine Pfauenfeder, mittendrin sah man manchmal ein weißes Grab. Eisenbrücken, bewacht von Bunkern, die aus der Zeit der Amerikaner stammten oder sogar noch aus der der *Phaps*, der Franzosen. Reger Betrieb auf den Wasserläufen, bauchige Sampans, mit Luken in der Bordwand, durch die sich schmutzige, zahnlose Köpfe drängten, langsame Karavellen, deren Namen du nicht kanntest, deren Schiffsschrauben an langen Kardanwellen das Wasser aufquirlten und die fast zusammenbrachen unter den Lasten von Gemüsen, deren Namen du dummerweise nicht kanntest, armer Intellektueller, und dann diese Art Gondeln, beladen mit denselben, in der anbrechenden Nacht grün und mauvefarben leuchtenden Gemüsearten, die Frauen mit Tonking-Hüten durch Ruderstöße ohne Rucken dahingleiten ließen, sie standen auf dem Heck, nach vorne gebeugt, in der Bewegung ein wenig wie ein Fechter, der einen Ausfallschritt macht, sie holten mit dem Ruder aus, zogen es an sich heran, bis es ins Kielwasser glitt, dazu beugten sie die Arme, und wieder von vorn (oh, sich stets wiederholende Ewigkeit Asiens! oh, Stereotyp), and so on.

300 M CRÉTEIL MARNE-LA-VALLÉE METZ NANCY QUAI D'IVRY PORTE D'IVRY hier hätten wir eigentlich rausfahren müssen um zu ihrer Wohnung zu kommen aber schon vom Erzählfluss mitgerissen hast du die Ausfahrt verpasst, und wenn wir einfach weiterfahren?, hast du Treizes Tochter vorgeschlagen. Es sei denn, du hast es eilig, nach Hause zu kommen? Nein? Ich bin fit. Ein bisschen angetrunken, aber nicht zu sehr. Also fahren wir weiter. Wir werden diese ganze Geschichte wie eine Bleikugel in einer Wurfschleuder kreisen lassen, so dass sie weit fliegt. Rechts ähneln die mit Lichtpailletten besetzten schrägen Flügel der Nationalbibliothek Abschussrampen, links spucken die Düsen der großen Müllverbrennungsanlage die Dunststreifen eines Raumschiffs aus. Was hältst du davon, wenn wir einen kleinen Ausflug in den Weltraum machen? Einverstanden? Gesagt, getan. Fünf vier drei zwei eins Feuer! Wwwwoooffff! Molotowcocktail! Du gibst Gas, du schwingst dich über die Gleise von Austerlitz, die Turbopumpen schnurren wie Katzen, Zündung der zweiten Stufe, du setzt die Booster, per-

fekt zischt es raus, fließender Périphérique, du steigst in den schwarzen Samt hinauf, du hebst die Anziehungskraft der großen eingeschlafenen Kugel zur Rechten auf: Pyjamabande! Du also zum Engel geworden, zu einem alten Engel am Steuer des Raumschiffs Remember, Treizes Tochter und du, ihr müsst eine Reihe von Experimenten über das Erinnerungsvermögen im Zustand der Schwerelosigkeit durchführen. Unter und hinter euch zieht die Erde vorbei NANTES BORDEAUX ORLY RUNGIS ÉVRY LYON CASINO rot CASTORAMA blau BRICOLAGE DÉCORATION VOLVO blau JACK DANIELS (hallo Jack!) PORTE DE GENTILLY HOTEL IBIS ÉTAP HOTEL NOVOTEL blau wir spannen unsere Sonnenschilde auf, goldene Blütenblätter in der Nacht, schon zeigen sich am Horizont die Porte d'Orleans und der Kirchturm von Montrouge, der in der Schwarte des roten Himmels steckt. Du erinnerst dich an eine Szene, über die du erst sehr viel später lächeln konntest. Tatsächlich erst viele Jahre später.

Also: Du sitzt im Flur einer Wohnung, die dir ein Freund in einem dieser Sozial-Backsteinbauten an der Porte d'Orléans überlassen hat, es ist 1967, vielleicht? Du sitzt an einem Tisch und verfasst ein Flugblatt. Das könnte womöglich das längste Flugblatt in der ganzen Geschichte des Agitprop werden, denn: links die Tür, die zum Schlafzimmer führt, steht offen. Wie spät ist es wohl? Ein Uhr, zwei Uhr morgens? In jener Zeit gab es keine Nacht, die Nacht für den Schlaf war eine Erfindung der Bourgeoisie (diese Überzeugung hast du dir bewahrt). Nachts hieltet ihr Versammlungen ab (tagsüber auch: verrückt, wie viel Zeit ihr mit Diskutieren verbracht habt. Ihr musstet »die Spatzen sezieren«, laut einer Formulierung des Großen Steuermanns – das war eine elegante Art zu sagen: »Fliegen ficken«). Morgens wart ihr auf Strohsäcken, Schaumstoffmatratzen, Schlafsäcken zusammengesunken, inmitten von Kaffeetassen, randvoll mit Kippen. Alter kalter Nescafé und Zigarettenbrühe, eine der abstoßendsten Erinnerungen an diese Zeit. Bestimmt hat an diesem Abend an der Porte d'Orléans eine Versammlung stattgefunden, und nun verfasst du gerade ein Flugblatt. Ein Flugblatt, ihr Internetbenutzer, (ein Flugblatt, erklärst du Treizes Tochter) machte man folgendermaßen: Man tippte mit der Schreibmaschine auf so eine Art Durchschlagpapier, das Matrize hieß. Die Maschine, auf der man ohne Farbband schrieb, schlug Löcher in die Matrize. Okay? Dann zog man sie über die Tintenrolle einer Vervielfältigungsmaschine (*techn.*: Gerät, erste Hälfte des 20. Jahrhunderts) und drehte die Handkurbel – bei einigen Luxusmodellen drückte man den Schalter: ein kleiner Schwebeflug, und die Flugblätter stapelten sich, tintenverschmiert, schwarz vor bissigen Worten, fertig zum Verteilen zur abscheulichen Stunde, wenn die Proletarier unter erbleichendem Himmel ihrer Schinderei entgegengingen. Ein Flugblatt darf nicht länger sein als eine Vorder- und Rückseite, und schon eine volle Rückseite ist viel zu lang, denn zur abscheulichen Stunde, wenn die Proletarier ihrer Schinderei entgegengehen, im windigen Morgengrauen, Stunde der Augenringe, der Schwindelanfälle, des sauren Aufstoßens, Stunde der kleinen Schwarzen an der Theke, der widerlichen kleinen Schwarzen, auf deren Oberfläche ein paar Schaumbläschen wirbelten, man könnte meinen Seifenlauge, so wie auf der Straße das welke Laub wirbelt (selbst im Frühjahr sind die Blätter welk, wenn man seiner Schinderei entgegengeht), Stunde der blinkenden Lichtmasten und der Leuchtwerbung oben an den Gebäuden, zu dieser Stunde, guter Mann, liest man nicht. Man blinkt noch, man ist schlecht beleuchtet, man erlischt, man hat keine Lust zu leuchten, man hat vielleicht vielmehr Lust, ein für alle Mal zu erlöschen, man trinkt in der Morgendämmerung einen abstoßenden Kaffee mit einem Schuss Calvados aus trompetenförmigen Gläschen. »Indem sie die Söldner des amerikanischen Imperialismus schützt«, hast du geschrieben, »hat die faschistische Polizei einen großen Stein erhoben, der ihnen auf die eigenen Füße fällt«. Obwohl du im großen Ganzen eher ein Anhänger eines rein nationalen Stils bist, kann hier und da eine chinesische Formulierung nicht schaden. Der Stein, den sie erhoben haben, fällt auf ihre eigenen Füße, das ist ein guter Witz des Großen Steuermanns. In den »Propagandaorganen« von La Cause gibt es Adepten des »Père Duchesne«-Tons: du jedoch schätzt diese angeblich volksnahe Sprache nicht. Sicher, du könntest schreiben: »Ihr Scheißbullen, wir packen euch bei den Eiern«, vielleicht gefiele dies an höchster Stelle, aber nein, dich kränkt es. Eine gewisse Haltung erscheint dir wünschenswert. Du bist eine Art Malherbe der revolutionären Poesie, man könnte ebenso sagen, ein potenzieller Sozialverräter. Du hasst nicht den schwer ironischen Stil des pamphletistischen Marx. Das können sogar die Bourgeois lesen, vor allem die Bourgeois, die Akademiker, kurzum, das wirkt ernsthaft und Vertrauen erweckend. Der patriotische Aragon, *Diane française* und all das, das ist deiner Meinung nach noch populäre Literatur. »Ich werde nie den Flieder und die Rosen vergessen«, »Der Tod blendet nicht die Augen der Partisanen«: ah, ah! das bringt dich zum Weinen, das schmeichelt deinem Hang zum Pathos... rote blaue Blume... Hingegen »Scheißbullen«... nein, wirklich nicht. »Unsere Aufgabe«, heißt es in der Resolution des letzten Kongresses des Vietnam-Komitees (einstimmig angenommen!), »ist es, über den gerechten Kampf des vietnamesischen Volkes in der Sprache der breiten französischen Masse zu sprechen.« Einverstanden, aber welche Sprache spricht sie, die »breite Masse«? Und warum nennt man sie »breit«, zunächst ein Adjektiv, mit dem die Masse selbst kaum etwas anderes als Straßen und Hosenbeine charakterisiert? Beunruhigende Fragen, über die die Meinungen auseinander gehen. »Indem sie die angebliche Botschaft der südvietnamesischen Marionetten schützen, haben die Polypen...« Nein, das sagt niemand mehr, die Polypen. »Die Polente« also? Nein, zu familiär, beinahe freundschaftlich. Zuhältersprache. »Das Haus der Polente«? Das geht nicht? Gut für einen Film mit Bourvil. Der wahre französische Komiker. Warum nicht »die Bullen«, wenn du schon dabei bist? »Die Flics«? Banal, aber nimm diesen Ausdruck. »Die Flics haben klar bewiesen, dass sie nichts anderes waren als eine Hilfsmiliz...« »Klar«, ein Adverb, das ihr bevorzugt. Alles muss immer klar sein: wie sonst nicht vor Angst sterben? Gédéon ist der Meister der Klarheit, er hat seine klärende Macht vom Großen Steuermann. Wer ist Gédéon?, fragt dich Treizes Tochter. Warte, ich komme gleich drauf zu sprechen. Unser Großer Anführer. »Die Flics haben klar bewiesen, dass sie nichts anderes waren als die Hilfsmiliz der amerikanischen B 52-Bomber.« Oder eher US? Oder »amerikkkanisch«? Nein. Die Anspielung würde niemand verstehen. Die B 52, bemerkst du zu Treizes Tochter, sind eines der wenigen Dinge, die sich nicht verändert haben, oder nur sehr wenig, die mit einem Flügelschlag aus dieser Zeit, von der ich dir erzähle, bis ins Heute reichen. Sagen wir mal, die B 52 und Johnny Hallyday. Schöne Langlebigkeit, vom Golf Drouot über das Zénith bis Stade de France, von Doktor Seltsam zu Wüstensturm. Sie sind ein bisschen geliftet, und ihre Nieten sind nachgezogen worden, aber im Großen und Ganzen sind sie dieselben, rostfrei: derselbe Rockmusiker, dieselben Flugzeuge, die ihre Bombenteppiche und ihre Schwaden von Entlaubungsgift auf den vietnamesischen Dschungel niedergehen ließen. Gutes Material. Die Matrizen, die Vervielfältigungsgeräte, die breite Masse, der rote Osten, der Große Steuermann, all das ist verschwunden, die Bewegung der Erde hat all das ausgelöscht: nicht aber die B 52, sagst du zu Treizes Tochter. »Die Flics haben also klar bewiesen, dass sie nichts anderes sind als eine Hilfsmiliz der amerikanischen B 52-Bomber. Aber sie sind nur Papiertiger, und die Partisanen werden ihnen das Hundertfache mit gleicher Münze zurückzahlen.« Nein, streichen: »mit gleicher Münze zurückzahlen«, das wirkt zu ulkig. »Werden ihnen hundertfach die Zinsen ihres Machtmissbrauchs heimzahlen«. Nein, streichen. »Machtmissbrauch«, zu kompliziert. Kleinbürgerliche Intellektuellensprache. Und außerdem, »Zinsen«, das ist kein schönes Bild. »Die Partisanen …« äh … Während du das schreibst … was schon schwer genug ist … während du versuchst, das zu schreiben, bist du abgelenkt, ja verdammt abgelenkt, denn du siehst nach links durch die Tür des Schlafzimmers.

Flat TV Philips Rouen Porte de Chatillon Porte de Montrouge Itineris 02 H 30 TEMP 12° alles läuft gut an Bord die Instrumente leuchten sanft gleitet die Erde vorbei, du bist darauf gefasst, jeden Augenblick den elektrischen Bogen der siderischen Morgendämmerung hinter der großen nächtlichen Kugel aufblitzen zu sehen. Im Radio, leise, lalala lalala lalala la… do-mi-la do-la-so si-so-la mi…: die *Appassionata*. Auch Musik war damals konterrevolutionär. Einige Jahre nach der Wohnung der Kurzwarenhändlerin und ihres Sohns hattet ihr – natürlich unter falschem Namen – eine winzige Bude in der Nähe von Buttes-Chaumont gemietet. Es gab dort eine Art Koje, die man an der Wand hochklappen konnte, und eine Anrichte, auf der stand, ungewöhnliches Wunderwerk, das, was man damals einen »Plattenspieler« nannte. Von ihrem Vater, einem russischen Juden, der die Musik liebte und den die Wechselfälle des Jahrhunderts dazu geführt hatten, in Frankreich ein Import-Export-Geschäft zu betreiben, hatte Judith ein oder zwei Platten mitgenommen, darunter eine Aufnahme dieser Sonate, gespielt von Richter. Und ob du dich daran erinnerst! Wenn ihr sie am Abend nach einem Tag harter subversiver Arbeit hörtet, hattest du den Eindruck, dich einem schuldhaften Luxus hinzugeben. Wenn der Große Anführer davon erführe! Er würde es nicht gutheißen, das war sicher. Do-mi-la do-la-so si-so-la mi… Lalala, lalala lalala la Hotel Mercure Ford Ariston Électroménager Paris Expo Biovimer Thérapie Sofitel Sharp Porte de Sèvres Securitas der schwarze Stern rechts von dir von Neonblitzen von blauen roten grünen weißen Ausbrüchen durchzuckt manchmal wacht ein erleuchtetes Fenster in der Nacht. Dieser gewaltige Kreisel der Finsternis besteht aus festgestampfter Geschichte, die über sich selbst eingestürzt ist, sagst du zu Treizes Tochter, die Stadt ist ein Knäuel, in dem sich Millionen Fäden knüpfen und zusammenziehen, gegenwärtige und vergangene Leben, gelebte und erträumte, irgendwo in dieser unentwirrbaren Materie ist meine eigene Geschichte und die von Treize und all der anderen, die mit unserer verknüpft waren, Gédéon, Judith, Chloé, Angelo, Fichaoui-genannt-Julot, Jean d'Audincourt, ich erahne sie alle in der tiefen Dunkelheit, Juju, Amédée, Roger der Belgier, Momo der Schlossfresser, Reureu der Struppige, Chiasse, Pompabière, Klammer, die Heiligen und die Spitzel, die Schläger und die Feiglinge. Und dann gibt es auch all die entscheidenderen, tragischeren Geschichten, mit denen die unsrigen durch Traumbande verknüpft waren, Saint-Just auf der Guillotine und die Mauer der Soldaten der Pariser Kommune, die Februar- und Juni-Barrikaden, der Schuss des Colonel Fabien auf dem Bahnsteig der Metrostation Barbès, das Rote Plakat, all diese Geschichten sind in einem riesigen Wirrwarr miteinander verheddert, manche groß und hart, andere fragil, wobei sie aber aus den ersten eine naive Kraft schöpfen. Diese ganze verwickelte, verwirrende Vergangenheit, zusammengeballt zu der Form einer Stadt, es reicht, den richtigen Faden aufzunehmen und sehr vorsichtig daran zu ziehen, um ihn abzuwickeln, sagst du, während in der redseligen Nacht AQUABOULEVARD NANTES BORDEAUX PÉRIPH FLUIDE QUAI D'ISSY PONT DU GARIGLIANO 200 M vorbeiziehen. Garigliano, wer erinnert sich, was der Garigliano ist? Der Oberleutnant war dort an diesem blutigen Fluss in Italien 1944. Ein junger Mann, den eine Revolte ohne Namen, ohne Worte dazu gebracht hatte, vor einer bürgerlichen Provinzfamilie nach Äquatorial-Afrika zu fliehen, das man früher »die Kolonien« nannte. Nehmen Sie zur Kenntnis, Sie Herren des neuen korrekten Denkens, Sie »Reue«-Besessene – diese Eunuchen haben Gott verjagt und sich dabei mit dem vergiftet, was das Zweifelhafteste im Christentum ist, dem Hinknien, den Demütigungen, murrst du beim zweiten Überfliegen des Flusses –, nehmen Sie zur Kenntnis, es gab dort nicht nur sadistische Unteroffiziere und blutsaugende Plantagenbesitzer, dort waren auch Hitzköpfe, Apostel, Gelehrte, Utopisten, ganz einfach Melancholiker. Rimbaud verschob Waffen am Horn von Afrika, nicht wahr? Eigentlich stinkt Ihnen das, was? Sie hätten es lieber, er wäre »Dichter«, er hielte seine Dienstage ab, den Ellenbogen auf die Ecke eines Kamins gestützt, was? Er hätte Petitionen unterzeichnet? Und Joseph Conrad, da hätten Sie sicher gewollt, dass er Antikolonialist gewesen wäre? Aber tut mir Leid, er war es nicht. Nein, also wirklich ganz und gar nicht. Und eine andere Revolte, die in Wahrheit dieselbe war, gegen die Feigheit der Honoratioren hatte den Oberleutnant dazu gebracht, sich im Herbst 1940 den Français libres, den Streitkräften des freien Frankreichs, anzuschließen: ein schöner Name, beinahe zu einem Oxymoron geworden. Und er war auch in Bir-Hakeim, an der anderen Brücke, die man da hinten rechts in der Ferne erahnt, quer über dem gelackten Wasser, Phantom aus nebelumwobenem Eisen. Du kannst machen, was du willst, du, für den der Nationalsozialismus wirklich eine schändliche Bestie ist, du kannst noch so sehr versuchen zu denken, wie es korrekt wäre zu denken, wie man dich aufgefordert hat, es zu tun, du beharrst darauf, diese Résistance mit Kanonenkugeln achtbarer und nützlicher zu finden als die von Sartre, Breton oder Aragon (etc.). Es ist dir immer merkwürdig erschienen, dass es merkwürdig erscheint, so zu denken. Es war unter anderem dieses Erstaunen, das dich damals in La Cause eintreten ließ: dich drängte nicht so sehr die Liebe zum Proletariat als der Abscheu vor den Honoratioren und das Misstrauen gegenüber diesen Honoratioren, die gerissener, angeberischer als die anderen waren, als es oft die Intellektuellen sind. Es kam dir, es kam uns, mir und Treize, so vor, sagst du seiner Tochter, dass die Armen weniger falsch waren. Jedenfalls wollten wir es glauben. Eines Nachts, in der Metro-Station Bir-Hakeim, hattet ihr, um gegen eine Tariferhöhung der öffentlichen Verkehrsmittel zu protestieren, Tausende Fahrkarten gestohlen. Die wurden in zusammengenähten Blöcken verkauft, damals – in der Zeit des »Poinçonneur des Lilas«, des Fahrkartenknipsers von Lilas! Etwa hundert Fahrkartenblöcke, tausend Tickets, das ergab einen kleinen kompakten, nicht unhandlichen Backstein. Treize machte mit, natürlich. Ihr hattet, während ihr mit dem Brecheisen in der Metro-Station hantiertet, einen Genossen, Schüler am Polytechnikum – du hast seinen Namen vergessen –, in Galauniform, mit Zweispitz und allem, und eine schöne vollbusige Dunkelhaarige zum Schmiere Stehen unter den Schaukästen des *Letzten Tango in Paris* postiert. Sie mussten sich schmachtend küssen, etwa in der Art Rückkehr vom Debütantenball, und dabei die Umgebung im Auge behalten. Kämen die Flics vorbei, wären sie, so glaubtet ihr, für das Paar wohlwollend eingenommen, vielleicht würden sie sogar grüßen. Die Schwierigkeit war dann, diese Tausende Fahrkarten in den Bahnhöfen und an den Fabriktoren zu verteilen. An Flugblätter waren die Leute damals gewöhnt, sie griffen sie nachlässig, stopften sie sich in die Tasche, aber Fahrkarten… Fahrkarten zweiter Klasse obendrein… (die Tickets der zweiten Klasse waren blassgelb, erklärst du Treizes Tochter, genau die Farbe… der griechischen Bücher der *Belles Lettres*, Farbe von Platon oder Aischylos, you see), aber die der ersten, resedagrün… Sie hatten Angst vor Verwicklungen.

EDF GDF SNECMA FRANCE-TÉLÉVISION TF1 Spiegelungen Backbord-Steuerbord SABLIÈRES MORILLON-CORVOL Trichter flachbödige Zugwaggons, beladen mit Nacht ROUEN PORTE DE SAINT-CLOUD N10 BOULOGNE 100 M die Backstein-Sozialbauten des Quai du Point-du-Jour. Du hattest da in der Gegend ein Dienstmädchenzimmer. Du warst in einem Vietnam-Komitee aktiv, das den Namen des Viertels trug, *Point-du-Jour,* Tagesanbruch, und du hättest ihn nicht gegen einen anderen eingetauscht, diesen Namen, der dich an den Ort jeder Geburt und Wiedergeburt versetzte, in den roten Osten, wo die Sonne der Revolutionen aufging, um die Finsternis zu vertreiben, ein für alle Mal. Ihr versuchtet, die Bewohner des Viertels für die Erfolge des »Kriegs des Volkes« zu interessieren. Ihr klebtet handgeschriebene Plakate an die Hauswände, sie abends bei einem Bier mit verschiedenfarbigen Filzstiften in Schönschrift zu schreiben, missfiel euch nicht, der Geruch bewirkte ein leichtes Highsein, aber vor allem gefiel euch, Rasierklingen im Leim zu zerstampfen, mit dem ihr sie bestricht, für die Lakaien der Imperialisten, die unweigerlich versuchen würden, sie abzureißen: junge westliche Faschos, alte Idioten der Action française, die ihr Käseblatt auf dem Markt anpriesen, wo ihr, schwarz und rot auf schönem Luftpostpapier gedruckt, den *Courrier du Vietnam* verkauftet. Ein Mal hattest du einen dieser elenden Royalisten bis in eine Kirche an der Porte de Saint-Cloud verfolgt, dabei stürzten Stühle und das Betpult um. Noch ein Gegenstand, den dein Leben ausrangieren wird, denkst du: die Rasierklingen. Wie die Dampflokomotiven, die unter den Glasdächern der Gare Montparnasse schnauften, mit hohen schwarzen, auf rote Sonnenräder montierten Dampfkesseln, die die Züge bis zur Côte d'Émeraude schleppten, wie die Matrizen und Vervielfältigungsgeräte, die Schreibmaschinen, die Federhalter, die großen, glänzenden Nägel der Fußgängerüberwege: All das hatte ein weniger beständiges Leben als die B 52-Bomber. Kleine nachtblaue Stahlplättchen von merkwürdigem Zuschnitt, in Schachteln gepresst, auf denen der Kopf von Monsieur Gilette abgebildet war: eine ziemlich nervige Visage eines Gentleman aus Neu-England, so scheint es dir heute (aber du könntest es nicht beschwören), geschwungene Augenbrauen, schmaler Schnurrbart und ein perfekt glattes Kinn, natürlich über einem Stehkragen. Eine Art Bostoner Faulkner, wenn du dich recht erinnerst (aber das ist nicht sicher). Auch die nächtlichen Flugblattklebeaktionen, Geduldsspiel unter den Autositzen, Schlagringe im Handschuhfach, hatten ihren Charme. Ihr hattet das Gefühl, in Petrograd zu patrouillieren, 1917, und *Die Zwölf* von Alexander Blok zu sein – ein Gedicht, das ihr nicht kanntet. So seltsam es auch erscheinen mag, nicht selten nahmen Hausfrauen an euren öffentlichen Versammlungen in einem Raum über einem Café in der Avenue de Versailles teil: Vor ihren betroffenen Augen habt ihr Landkarten ausgebreitet, auf denen Striche und Pfeile Fronten und Offensiven darstellten, ihr hattet darauf mit Symbolen Flüsse, Straßen und Berge, die exotische Namen hatten, eingezeichnet, Khe Sanh, Tây Ninh, Dông Khê... Dieser Dschungel kam euch ganz nah vor, oder vielmehr, ihr wart euch sicher, dass die Achse der Welt mitten hindurchlief, dass der Ort, an dem ihr euch befandet, Europa, Frankreich, Paris, die Porte de Saint-Cloud, nichts anderes war als eine weit entfernte Peripherie dieses Zentrums. Ihr dachtet, die Geschichte des Jahrhunderts wäre hier geschrieben worden, als ihr noch nicht geboren wart, und dass sie sich nun weit entfernt von euch fortschreibe. Ihr hattet nicht die leiseste Vorstellung, wer oder was ihr wohl sein könntet: außer vielleicht Schatten der Vergangenheit. Ihr lebtet wie in Ermangelung dessen, was ihr hättet sein können, an einem Ort, der aufgehört hatte zu existieren, sagst du Treizes Tochter (oder versuchst du, ihr verständlich zu machen). Aber warum wart ihr so?, fragt sie dich. Habt ihr das Leben nicht geliebt? Aber ja, wir liebten es, aber, entschuldige die ... abgegriffene Formulierung, wir dachten, das wahre Leben sei woanders, in der, wie es im maoistischen Kauderwelsch hieß, »Zone der Stürme«, in der Dritten Welt, die die imperialistischen Metropolen einkreiste. Und wir waren zu kompromisslos, um uns mit einem falschen Leben zufrieden zu geben. Es gibt Generationen, die mitten in die Geschichte hineingeboren werden, mitten ins Schwarze. Und dann andere, die im Abseits sind. Genau das war unser Eindruck. Uns wurden die großen Ereignisse vorenthalten. Das war sehr hochmütig gedacht. Was suchten die Hausfrauen im ersten Stock des Cafés? Große fremde Begriffe wie »Trockenzeit«, »nationale Befreiung«, »Regenzeit«, »Bombenteppich«, »Dämme des Roten Flusses« brachten sie vielleicht zum Träumen, so wie sie auch euch begeisterten. Vielleicht kamen sie zu euren Strategie-Schulungen, weil sie verlassen, vereinsamt und unbefriedigt waren. Wie viele Emma Bovarys waren dabei? Damals hättet ihr nicht gewagt, euch diese Frage zu stellen – oder, wenn ihr sie euch stelltet, so hättet ihr doch nicht gewagt, die Frauen selbst zu fragen, ob sie traurig seien. Die einfachen Dinge kamen euch um vieles komplizierter vor als eine Schlacht am Ende der Welt ... Jetzt, da der Tunnel der Porte de Saint-Cloud dich verschluckt, erinnerst du dich mit einem Mal, dass der Spezialist für diese didaktischen Tafeln, der bei ihrer Beschriftung und Erläuterung vor den Hausfrauen von

Point-du-Jour die Leidenschaft eines Saint-Loup in Doncières an den Tag legte, ein Philosophiestudent war, dessen rötlicher, spitzer Kopf einem eine Vorstellung gab, wie eine alkoholisierte Fliege in tausendfacher Vergrößerung aussehen könnte. Da er extrem schmächtig war, ja, schwächlich, hatte er an den Straßenkämpfen nicht dasselbe Vergnügen wie du, Treize und die anderen: Seine Begeisterung, die nicht geringer war als eure, äußerte sich in der Herstellung und Erläuterung dieser Landkarten. Doch die Schubkraft seiner Leidenschaft war dieselbe: Er paukte dicke Broschüren von Verlagen in fremden Sprachen aus Hanoi, als handelte es sich dabei um Thukydides oder Clausewitz, und es berauschte ihn, sich gegen das zu stellen, wozu er bestimmt war, wozu wir ihn ausgebildet hatten. Als ihn später La Cause drängte, trotz seiner körperlichen Schwäche in einer Fabrik zu arbeiten, wählte er eine Glühbirnenfabrik, die Lampes Claude: so habe er, sagte er humorvoll, nur die Leere zu tragen. Sehr viel später sollte er ein Buch schreiben, über die Vorsokratiker, wenn du dich recht erinnerst.

Porte Molitor Porte d'auteuil A3-A12 Fluide A13-A14 Fluide alles badet in der großen Spiralgalaxie des Parc-des-Princes Versailles Saint-Quentin-en-Yvelines Rouen dort hinten links liegt der Rhin-et-Danube-Kreisverkehr und ein wenig weiter die Brücke und die Autobahn, die sie heute A13 nennen, Treize zu Ehren, wenn es der Zufall so will, sagst du zu seiner Tochter. Zu eurer Zeit hieß sie West-Autobahn. Ich weiß nicht, ob es mir gelingen wird, dir von deinem Vater zu erzählen, der mein Freund war und immer bleiben wird (denn Freund ist man für die Ewigkeit), doch zumindest sollst du verstehen, dass wir womöglich die Letzten waren – ja, wir, so lächerlich wie wir auch waren, halb Don Quijote halb Sancho Pansa –, die sich für die Ewigkeit interessiert haben. Genau, das ist es, bestätigst du, nachdem du einen Moment nachgedacht hast (weil die Bekräftigung doch gewagt ist): mehr als für alles andere interessierten wir uns für die Ewigkeit. Auf der West-Autobahn hattet ihr, Treize und du, einen Hinterhalt gegen die CRS, die Bereitschaftspolizei, geplant. Es waren die finsteren Tage im Juni 68. Die Reaktion gewann die Oberhand, unerbittlich verschwanden die roten Fahnen von den Dächern, die Fabriken nahmen eine nach der anderen die Arbeit wieder auf. Ihr wart in dem Alter, da man eine überbordende Phantasie hat, aber noch nicht die Bildung, um sie überzeugend umzusetzen: Ihr saht euch gerne als Widerständler oder auch als »Marie-Louises«, diese jungen Rekruten von 1814, die zweifellos dachten, sie verteidigten die Ruinen der Revolution gegen die finstere Armee der Könige. Ihr hattet euch bei den Renault-Werken, in Flins, mit der Polizei geprügelt. Die Landschaft, die Sonne, die auf den feindlichen Helmen aufblitzte, im Hintergrund Felder, auf die Wolken ihre blauen Schatten warfen, spiralige Rauchschwaden, die der Wind an den Zweigen der Bäume zerfetzte, der Gegensatz zwischen den Detonationen, dem Knattern der Hubschrauber am Himmel und dem winzigen Insekt mit smaragdfarbenen Flügeln, das einen struppigen Roggenhalm hoch kroch, gaben diesen Gefechten den Anschein eines echten Kriegs (dich begeisterte auch, denkst du jetzt, die uneingestandene Gewissheit, für eine bereits verlorene Sache zu kämpfen). Auf den umliegenden Hügeln hätten die Bauernhöfe Haie-Sainte oder Mont Saint-Jean sein können. Damals sah man auf den Feldern noch die blutrote Kokarde der Mohnblumen, wie auf einem Gemälde von Monet oder in einem Chanson von Mouloudji. Ein junger Gymnasiast wurde bei diesen Kämpfen getötet, du hattest die Nacht vor seinem Tod mit ihm und anderen Schülern in der École normale supérieure in Saint-Cloud um ein Lagerfeuer herum diskutiert. Das hatte vielleicht etwas Pfadfinderhaftes, ja, kann man sagen, doch ihr glaubtet, in der Dunkelheit die großen Faltenwürfe der Geschichte sich bewegen zu sehen. Ihr wart darauf gefasst, die Mörder des SAC, der Miliz der machthabenden Partei, ankommen zu sehen: Nachtclub-Türsteher, korsische Zuhälter, Unteroffiziere. Diese Schweine hatten Rückenwind, sie »reinigten«, was vom fürchterlichen Monat Mai übrig geblieben war. Denn, weißt du, Marie, sagst du zu Treizes Tochter:

Heute tun alle Reichen so, als wäre das eine komische Geschichte gewesen, eine richtige Farce, ein Ringelpiez, eine Posse, nicht einmal fünf Tote, nicht eine einzige richtige schöne Schießerei, ah, wie komisch! In Wahrheit fänden sie es angebracht, dass man sie für ihre Angst entschädigt: Denn damals, das schwöre ich dir, hatten sie die Hosen voll. Sie, die nach Ruhm strebten, nach Macht, nach Geld – und die nun all dies haben – ebenso wie die, die es bereits hatten. Und daher rührt zum Teil ihr Hass heute: so viel Angst gehabt zu haben bei so wenig Toten! Mit einem Helm auf dem Kopf, die Hände auf eure Hackenstiele gestützt, standet ihr im Schatten der Bäume, den der Schein der Lichter zum Flackern brachte, ihr stelltet euch vor, Wache zu halten in den Schützengräben des Universitätsviertels von Madrid im Jahr 1938. Die Welt, die ihr vor Augen hattet, in der ihr lebtet, erhielt so etwas wie Tiefe und verklärte sich dadurch, dass ihr jedes Ereignis, jeden Menschen mit einer Kette früherer, größerer und tragischerer Ereignisse und Menschen verknüpftet. Man kann das lächerlich finden, und doch war es eine poetische Betrachtungsweise. Heute meint man, es gebe nur die Gegenwart, den unmittelbaren Augenblick, die Gegenwart ist ein kolossales Gewimmel geworden, ein ungeheurer Nervenreiz, ein permanenter Big Bang, doch damals war die Gegenwart viel bescheidener, tatsächlich war sie die Bescheidenheit selbst. Die Vergangenheit hatte eine gewaltige Präsenz und die Zukunft auch. Die Vergangenheit, die Geschichte, war der große Projektor von Zukunftsbildern. Dieser junge Gymnasiast Gilles war getötet worden, das heißt, er war in der Seine ertrunken, als er versuchte, der Polizei zu entkommen, und er war der Erste, den du so hinweggerafft sahst, während du den Klang seiner Stimme noch im Ohr und all seine vertrauten und fast kindlichen Gesten noch vor Augen hattest: das war das erste Mal, dass ihr starbt. Treize und du wart zur École normale supérieure in die Rue d'Ulm gerannt, die wie eine Festung des Großen Anführers war. Eine geschlossene, aber unbewachte Fußgängerüberführung überspannte die West-Autobahn, die die Wachablösung dieser CRS benutzte, die ihr wegen des allzu nahe liegenden Gleichklangs als SS beschimpftet. Es sollte nicht zu kompliziert sein, in der kommenden Nacht, bewaffnet mit einem Bolzenschneider und einer guten Ladung Molotow-Cocktails, die Vorhängeschlösser des Eingangsgitters zu durchtrennen und einen Konvoi oben von der Überführung aus anzugreifen und dann blitzschnell abzuhauen. Während du den Racheplan, den ihr, Treize und du, ausgeheckt hattet, vortrugst, hörte euch der Große Anführer zu, der sich über sein Bärtchen strich und nicht das geringste Zeichen der Zustimmung oder der Ablehnung erkennen ließ, doch man ahnte, ihr ahntet, du ahntest, dass sich in seinem Kopf definitive Urteilssprüche bildeten, die sich wie Zahnräder in Bewegung setzten.

Tunnel Spaliere aus fahlem Neon schwarze Bäume zur Linken wir kommen in 700 m zum Bois auf dem Kurs liegt die Porte Molitor, dann die Porte d'Auteuil, wo du einmal in einem Lieferwagen voll mit einem bunt zusammengewürfelten Waffenarsenal inmitten einer Schülerdemo eingekeilt warst. Die ganze Ausrüstung, der Fiat-Lieferwagen, natürlich gestohlen (andere meinen, es sei ein Renault Estafette gewesen), und die Knarren sollten dazu dienen, Chalais, den General im Ruhestand und Chef eines Unternehmens, das Streikende entlassen hatte, »zu verhaften«, das war das Wort, das ihr benutztet. An jenem Morgen wart ihr mit den Vorbereitungen fertig, ausgerüstet, geschminkt, doch er kam nicht zum Treffpunkt, war wohl auf Geschäftsreise. Ihr hattet eine gute Stunde vor seinem Haus gewartet, am Ende dieser langen Zeit war die Anspannung gestiegen, es war fatal, und dann musste Treize plötzlich dringend pinkeln, das war gekonnt… Ihr musstet so schallend lachen, dass der Wagen gefährlich ins Schwanken geriet, da konnte der vorne am Steuer als Lieferfahrer verkleidete Kumpel noch so ungerührt bleiben, ihr würdet schließlich die Aufmerksamkeit auf euch lenken. Und je mehr ihr versuchtet, euren Lachanfall zu unterdrücken, hinten hockend, unsichtbar, eingezwängt, mit hochrotem Gesicht, umso mehr musste Treize pinkeln, und das konterrevolutionäre Lachen wurde immer schlimmer, am Schluss war es nicht mehr auszuhalten, und ihr musstet die Belagerung aufgeben. Der Kumpel, der fuhr, war Fichaoui-genannt-Julot, ein kleiner Tunesier von bewährter Gelassenheit und lustig obendrein. Heute hat er eine Eisenwarenhandlung in der Nähe der Mutualité. Als er diszipliniert den Weg einschlug, der für den Rückzug geplant war, sah er sich plötzlich blockiert inmitten einer Schülermenge, die aus dem Jean-Baptiste-Say hervorquoll, um gegen die ich weiß nicht welche dieser Reformen des Bildungswesens zu demonstrieren, die damals in Mode kamen. Falls es nicht gar ein Protest gegen die Gewalttätigkeit der Polizei war, was ebenfalls ziemlich in Mode war. Selbstverständlich wart ihr mit den Schülern einer Meinung, aus Prinzip, bestimmt waren in dieser brüllenden Menge sogar Mitglieder der Cause, dennoch wurde die Situation bedrohlich: Ihr saßet fest, mit euren falschen Schnurrbärten, euren Perücken und euren Flinten, inmitten dieser aufgeregten Jugendlichen, mit denen die Polizei, das kannte man schon, bald Streit suchen würde. Fichaoui-genannt-Julot war wieder einmal wunderbar, erzählst du Treizes Tochter, während vor dem Raumschiff Remember eine Art riesiger Hut der Königin von England auftaucht, mauvefarben trapezförmig paillettenflimmernd überzogen von wellenförmigen Spots: der Palais des Congrès im neuen Look dekoloriert old lady lovely. Er hatte den Gymnasiasten-Genossen klargemacht, dass er ein Arbeiter-Genosse war und sein Chef ihn rauswürfe, wenn er nicht pünktlich seine Lieferfahrten machte. Ihr, hinten im Wagen, hieltet die Luft an. Die Sache endete mit einer begeisterten Verbrüderung, und die Demonstranten, die ihre jugendlichen Fäuste in die Luft reckten, hatten vor euch ihre Reihen geöffnet, kurz bevor die ersten Helme der Bereitschaftspolizei auftauchten.

France Télékom Porte de Champerret auf dem Kurs der Komet Hitachi schimmert rötlich im Nebel Leclerc blau D911 600 M Porte de Clichy Peugeot weiß Casino rot du kurbelst die Scheibe herunter, um ein wenig frische Luft zu schnappen, ein kleiner Ausflug in den Raum täte dir gut, es fängt an, nach kaltem Zigarettenrauch zu stinken in Remember dem ersten Spaceshuttle ohne Nichtraucherabteil CONFORT INN gelb PORTE DE CLICHY PANASONIC weiß PENTAX rot SUZUKI HERTZ gelb LOCATION DE MATÉRIEL PAPERMATE blau rot Remember rast in einen Orkan aus Farben, in ein Nordlicht ein magnetisches Gewitter. Wie viele Jahre ist es noch her, dass dein Vater gestorben ist?, fragst du Treizes Tochter. Ich habe es dir schon gesagt: zwanzig Jahre, ich war vier, erwidert sie und schielt zu dir rüber. Ach ja, wenn du es sagst, weißt du, ich erinnere mich nie an irgendwelche Daten. Der Text der Vergangenheit ist in meinem Gedächtnis völlig verzerrt und verknittert. Und was war hinter der Tür an der Porte d'Orléans?, fragt sie dich. Wie, was war hinter der Porte d'Orléans? Na, Montrouge oder Malakoff, ich weiß nicht mehr, das Übliche. Das habe ich nicht gemeint, entgegnet sie, stell dich doch nicht dumm, du hast erzählt, dass du ein Flugblatt verfasst hast und irgendetwas hinter der Tür… und außerdem brichst du immer mitten in deinen Geschichten ab. Das ist die Wirkung der Schwerelosigkeit auf die Sprache, sagst du. Und auch ein bisschen der Alkohol, fügst du hinzu. Aber nicht viel. Ich bin jetzt fast wieder nüchtern.

»Die Partisanen warnen«, nein, streichen, einfach zu aufgeblasen. »Wir warnen die imperialistischen Galeerentreiber, dass ihre Niedertracht nicht ungestraft bleiben wird.« Tja… »Niedertracht«, das sagt man kaum mehr, aber es ist ein altes Wort, das Boshaftigkeit, Schändlichkeit ausdrückt: verdient, rehabilitiert zu werden, oder? Du bist und du warst immer für die Verbindung von Altem und Neuem, im Grunde siehst du keinen so großen Unterschied zwischen Jeanne d'Arc und Louise Michel. Das ist verdächtig, das könnte dir Ärger einbringen, aber was dagegen tun? Jedenfalls bist du im Augenblick in der Wohnung, die dir ein Freund überlassen hat, an der Porte d'Orléans oder in der Gegend, weit davon entfernt, an den möglichen Ärger zu denken, den dir deine ideologischen Phantasien einbringen könnten, du bist nur mit dem beschäftigt – stark beschäftigt oder vielmehr: davon beherrscht! –, was du siehst, indem du so tust, als sähest du es nicht: links von dir, nach einem Stück Bücherregal, wo eine ganze Auslese von Büchern über den spanischen Bürgerkrieg, die Résistance, Kuba, die Oktoberrevolution, die Rebellen am Schwarzen Meer, den Krieg in Algerien, China, Vietnam, den Anarcho-Syndikalismus und andere erbauliche Themen steht (nicht über Venedig, klar!), also nach dieser sehr ordentlichen Präambel, oder diesem Vestibül (kennst du das Chanson von Queneau über den Typen, der eine Pendeluhr verschluckt hat? Nein? Und sie fällt ihm auf die Vestibüle? Ich möchte gerne wissen, beharrt Marie, wie die Geschichte weitergeht. Einverstanden), also nach diesem Vestibül kommt eine offene Tür, in die sich diagonal die Hälfte eines Betts schiebt, auf dem die nackten Beine von Chloé zu sehen sind, nicht ihr übriger Körper. Und diese Beine bewegen sich. Und es ist noch bescheiden gesagt, dass sie sich bewegen: sie ver- und entknoten sich, gleiten, reiben aneinander. So bescheuert du auch sein magst, es entgeht dir nicht, dass diese Beine sprechen, genauer, dass sie zu dir sprechen, und sogar ziemlich eindeutig. Also, du bist fasziniert und entsetzt über das, was sie dir sagen. Sie sprechen weder die steife Sprache der Versammlungen noch die, in der du dein Flugblatt zusammenschreibst. Du findest, dass es ihnen nicht an Schönheit mangelt, diesen Beinen. Du findest, dass die Beine sich nicht in die Politik einzumischen haben. Natürlich denkst du das nicht wirklich: in deinem zitternden, aufrichtigen Inneren denkst du vor allem, dass die Körper und im Besonderen die, die du begehrst, und noch mehr im Besonderen, was an ihnen wie die Signatur ihrer Fremdheit ist, die wahren Ausmaße des Schreckens sind. Und mit Schrecken begreifst du – ahnst du –, dass wenn du das, was in deinem Inneren stammelt, leugnest und verschleierst, indem du dich auf die »Priorität der Politik« berufst, zum Beispiel dieses Flugblatts, das du gerade schreibst oder vorgibst zu schreiben, ohne ein Ende zu finden, um deine Angst zu verbergen, dann ist dein Leben nach und nach in dem ganzen Diskurs gefangen und gefesselt wie an den Schnüren eines Spaliers, das nur eine ziemlich belastende Täuschung sein könnte. Was dir im Grunde wichtiger ist als alles andere und was dich auch mehr als alles andere ängstigt, das ist, glaubst du: die Stelle, um die herum Chloés Beine sich bewegen, auf die sie hinweisen und die du wegen der Wand dazwischen nicht sehen kannst. Du hast weder Angst, dir den Schädel einschlagen zu lassen, noch ins Gefängnis zu wandern, aber du hast Angst vor Chloés Geschlecht: Das ist die Wahrheit. Und sie zu ahnen, diese Wahrheit, ist wiederum erschreckend. Alle Dschungel der »Zone der Stürme«, der ganze rote Osten wäre also in diesem Fleisch, V-förmig wie Vietnam (und ähnelt auch, denkst du jetzt, dem Falz eines aufgeschlagenen Buchs)? Die Schilfebene, das Mekong-Delta, der Ho Chi Minh-Pfad, die Tsingkang-Berge wären nichts anderes für dich? Ist dein vorgeblicher Mut nur die Verschleierung dieses gewaltigen, lächerlichen Zitterns? Du vertiefst dich wieder in das Flugblatt. »Für ein Auge beide Augen, für einen Zahn die ganze Fresse.« Etwas vulgär, diese Redewendung, aber wirkungsvoll und historisch. Hat sich bewährt. Auf geht's. Am liebsten würdest du die ganze Nacht mit diesem Flugblatt verbringen.

PÉRIPH FLUIDE PORTE DE SAINT-QUEN GSM NETTOYAGE INDUSTRIEL BOUYGUES TÉLÉCOM SON DIGITAL CASIO SONY CITROEN Claudia Schiffer im Schnee LA NOUVELLE XSARA rot blau grün rot blau blau Tunnel die ganze Nacht von damals vor… vor mehr als dreißig Jahren. Die Nacht der Zeiten. Der Schnee von gestern. Treizes Tochter war noch nicht einmal geboren. Diese Zeit war nicht so viele Jahre vom Ende des Krieges entfernt wie das Heute vom Damals. Du musstest älter werden, um langsam zu verstehen, dass deine Jugend, die deiner ganzen Generation, durch den kurzen Abstand zu dieser riesigen toten Masse, dem Weltkrieg, der Niederlage, der Kollaboration total beeinflusst worden war. Nur ein Beispiel: kaum wart ihr ein Stück über die Route 175 gefahren, die zum Meer führt, zum Mont Saint-Michel, der sich über den Feldern erhebt, auf denen Schafe weiden: und schon steht an den rosafarbenen Kilometersteinen »Route de la Libération«. Diese Kilometersteine haben dich als Kind an Erdbeereis erinnert. Du hast die alte Straße der »großen Ferien« wiedererkannt, die zu der fernen Côte d'Émeraude führte, zwischen euch unermesslich erscheinenden Hügeln, Wäldern und verschlafenen Städtchen hindurch. Eine Welt noch unter der Herrschaft der Natur und der Langsamkeit, eine Welt der Gerüche, der Stille, der Geräusche, vergessenes, eingeengtes Frankreich (das doch glaubte, ein Kontinent zu sein) der Jäger, der Pferdehändler, der Kneipen, der Lehrer und Pfarrer, wo die mittelalterlichen Figuren, die Figuren der Kirche Saint-André-des-Champs sich an jeder Straßenecke trafen. Kaltblütler, die Karren zogen. Und plötzlich hat dich diese Eindeutigkeit verblüfft: Als dein Onkel mit dir diese Straße entlangfuhr, mit deiner Mutter und deinem Bruder, in seinem Renault Frégate (es gab noch gepflasterte Abschnitte, und man sah das Benzin in den Glaszylindern der Avia- oder Caltex-Tankstellen sprudeln), waren diese Markierungssteine ganz neu, diese Hinterlassenschaften der Schlachten, an die sie erinnerten, mussten noch das Land bedecken. Von dort, von diesem enormen Desaster stammst du her, guter Mann: ohne dabei gewesen zu sein. Deine Generation ist aus einem Ereignis hervorgegangen, das sie selbst nicht miterlebt hat. SAGEM LOGICIELS DE GESTION SORTIE PORTE DE SAINT-QUEN JVC SIEMENS ÉLECTROMÉNAGER HOLIDAY INN HOTEL FORMULE UN rot grün weiß weiß gelb rot zu der Zeit, von der ich dir erzähle, sagst du zu Treizes Tochter, deren dunkles Profil sich vor den Lichtreklamen abzeichnet, zu der Zeit gab es diesen Autobahnring nicht, natürlich nicht. Diesen Périphérique. Die Grenze zwischen der Stadt und dem Umland war noch genau so, wie sie etwa Cendrars oder Céline beschrieben hatten, eine kaputte, poetische Zone, eine stachelige Krone, eine Ansammlung bunt zusammengewürfelter Behausungen, Einfamilienhäuschen, Arbeiterunterkünfte, alte heruntergekommene Villen, kleine Dörfer, auch Elendssiedlungen, und dann Fabriken, Werkstätten, Lagerhäuser, und dann Schrottplätze und Brachland und dann noch kleine Kartoffeläcker, Hütten, all das finster und manches Mal komisch, all das räudig, windschief, nach der Art, bleib so stehen, wie ich dich hingestellt habe. Das roch noch nach Befestigungsanlagen, nach 19. Jahrhundert, Industrie und Revolutionen. Und was Elendssiedlungen angeht, so hatte La Cause die Verteidigung einer sehr großen übernommen, dort hinten – du streckst den linken Arm durch das geöffnete Fenster in die Nacht hinaus, jenseits der Betonringe, der Sattelschlepper im Weltraum, der neonflammenden Kometen, jenseits all dessen, was du aus dem Augenwinkel siehst und was du nicht siehst, was aber weiter hinten da sein muss, ein Mäander, eine Eisenbrücke, noch eine, der Hundefriedhof, die Erinnerung an Regatten, wie sie Impressionisten malten –, eine sehr große Elendssiedlung, die das Rathaus dem Erdboden gleichmachen wollte. Und ich glaube nicht, dass das Rathaus rechts war, nein, nein, es waren Kommunisten, Revisionisten, wie man damals sagte – inzwischen hat dieser Begriff einen anderen Sinn bekommen. Und es herrschte Krieg zwischen ihnen und uns. Sie liebten die UdSSR, und wir glaubten, China zu lieben, nun gut, es war schon ein bisschen komplizierter, aber ich werde nicht ins Detail gehen. Jedenfalls waren es damals überhaupt nicht diese braven, ein wenig unbeholfenen Jungens, die Modenschauen am Sitz des Zentralkomitees organisierten: Wenn sie uns nach Sibirien hätten schicken können, dann hätten sie es sehr gern getan. Und in der Zwischenzeit schämten sie sich nicht, uns den Flics auszuliefern. In der Elendssiedlung wohnten marokkanische und algerische Proletarier, die in Chausson oder Simca-Poissy schufteten, großartige Kerle, ernst und zurückhaltend, würdevoll und großzügig, völlig anders als heute das kleine Unterweltmilieu. In diesem Augenblick siehst du, dass Treizes Tochter hochschreckt. Es ist wahr, du hattest vergessen, dass ihre Altersklasse ganz vollgestopft ist mit der Ideologie gut informierter Bourgeois, denen die »Jugendlichen der Siedlungen«, einfacher die »Jugendlichen« genannt, heilig sind, reine Opfer, selbst wenn sie, die Dealer und Schutzgelderpresser, noch so sehr mit Messern und Pitbulls herumspielen, vergewaltigen, Synagogen anstecken, Profs und Prolos terrorisieren, das ist die geweihte Hostie, ja, das Agnus Dei der »Gehätschelten«. Früher, als wir Marxisten waren, sagst du zu Treizes Tochter, nicht progressiv, nicht für zwei Sous humanitär, nannte man diese Brut Lumpenproletariat, das hieß ungefähr so viel wie Handlanger, Helfershelfer, Spitzel, SA, Milizionäre, Arbeiter für den Terror, Dienerschaft der Diktaturen. Wir fühlten uns nicht verpflichtet, nein, keineswegs, das Lumpenproletariat zu bewundern. Aber ich weiß gar nicht, warum ich dir das erzähle, wir werden uns ja doch nicht einig. Die Ideologie ist die Leidenschaft der falschen Zeugenaussage, und sie ist eine sehr herrische Leidenschaft. Lass uns über etwas anderes reden. Ich sagte, dass es damals den Périphérique noch nicht gab. Und als sie mit dem Bau begannen, das wird dir merkwürdig vorkommen, waren wir überzeugt, dass es nicht geschah, damit Autos und Lastwagen besser rollen, sondern dass sie aus anderen … Wir waren sicher, dass es darum ging, Paris einzukreisen, das Paris der Revolutionen, in dem wir immer noch zu leben glaubten, Treize und ich und die anderen, dieses Paris, dieses rebellische und kämpferische Paris, in die Ellipse eines riesigen Stadions einzukesseln. Um darauf – hier, wo wir uns gerade befinden, und überall – Panzer in Position zu bringen, deren Kanonen und Scheinwerfer auf die Stadt der Aufstände gerichtet sind. Um uns erneut den Streich des Manifests von Braunschweig zu spielen – ein preußischer oder österreichischer Prinz, ich weiß es nicht mehr, ein Adliger, der zur Zeit der Revolution damit drohte, Paris zu zerstören, fügst du gleich hinzu, denn du vermutest, dass dein Bezugssystem ein anderes ist als das von Treizes Tochter. Doch seine Sache misslang. Siehst du, der Périphérique sollte Paris daran hindern, aus sich selbst herauszukommen, außer sich zu geraten, zu Paris-Berlin-Moskau und Shanghai und all diesen Städten zu werden. Das klingt ziemlich verrückt, doch das war nun mal unser Verdacht. Um auf die Geschichte dieser Elendssiedlung zurückzukommen, das war … das war, glaube ich, einige Monate nach dem ersten Mann auf dem Mond. Der war uns scheißegal. Auch wenn sie da hinaufflogen, waren die Imperialisten dennoch Papiertiger. Die Leute in der Elendssiedlung mochten uns. Nicht so sehr, weil wir ihnen Sicherheit gaben, sondern, so glaube ich, weil wir sie von ihrer Langeweile ablenkten, die der gemeinste Mantel der Armut ist. Wir interessierten uns für sie, das veränderte sie. Sie hatten diese Mischung aus trauriger Zurückhaltung und einer beinahe naiven Neugier, was zum Wesen der Exilierten gehört. Jeden Sonntagmorgen riefen wir die Bewohner auf einem großen Markt entlang der Seine zusammen. Wir trugen steife Schirmmützen und rote Fahnen an besonders dicken Stangen. Die vom Rathaus schickten gegen uns die Funktionäre, Leute aus den Sportclubs, aus dem Boxverein. Das waren merowingische Schlachten. Marktstände krachten zusammen, Schädel bluteten. Zähne flogen raus und lagen zusammen mit dem Kleingeld der Registrierkassen auf dem Asphalt. Nach einer dieser Prügeleien erholte Angelo sich einmal in einem Bistro, als er die Hälfte der wutschnaubenden Mitglieder des Boxvereins kommen sah, die schon einen gekippt hatten. Er konnte gerade noch aufs Klo flüchten, ohne dass sie ihn bemerkten, doch was nun, was sollte er tun? Hinter der Klotür hörte er, wie die Sportler sich hitzig ausmalten, welch fürchterliche Behandlung sie dem ersten Linksradikalen, der ihnen zwischen die Finger geriete, angedeihen ließen. Er konnte ja schließlich nicht ewig da drin bleiben, zumal die anderen, aufgrund der vielen Biere, mittlerweile an der Tür rüttelten und sie mit ihren Boxerfäusten traktierten. Es gab zwar ein Oberlicht, doch es war zu klein, um hindurchzuschlüpfen. Angelo hat dann etwas völlig Verrücktes gemacht, das nur eine Chance von eins zu hundert hatte zu gelingen. Er hat mit Schwung die Tür aufgerissen und ist herausgestürzt, leichenblass (dazu musste er sich keine Mühe geben bei dem Bammel, den er hatte), und hat den anderen entgegengebrüllt, keinesfalls hineinzugehen, es sei eine Schlange im Loch. Es war natürlich ein Stehklo. Verblüffung. Eine was? Eine Schlange, wie eine Viper, aber dicker. Ganz eindeutig. Vielleicht eine Klapperschlange? Was für eine Schlange? Und wo? Im Loch des Stehklos. Aufregung,

Hypothesen, Kontroversen, all diese stämmigen Typen mit einem Mal im Halbkreis um die Klotür herum, sehr aufgeregt, aber dennoch umsichtig, jeder hat einen Plan, man müsste sie nur anlocken, aber nein, ich sage dir doch, und währenddessen machte sich Angelo seelenruhig aus dem Staub. Und hat sogar noch ein Trinkgeld dagelassen, behauptete er, dieser Angeber.

Angelo war damals in der Vorklasse zur Aufnahmeprüfung an der École normale supérieure, erklärst du Treizes Tochter, er war der Kopf der Schülergruppe von La Cause. Mit seinen Truppen unterbrach er die Profs durch spöttische Bemerkungen oder Flüche, je nach Stimmung, sie spazierten nackt durch die Flure, schmuggelten stinkende Tiere in die Verwaltungsräume, antworteten mit selbst gebastelten Granaten auf die Ermahnungen der Aufseher, nahmen an schönen Tagen ein Bad in den Brunnenbecken der Ehrenhöfe, sie luden Bordsteinschwalben zu Philosophievorlesungen ein, richteten in einem Seminarraum ein »Volksgefängnis« ein, wo sie vorgaben, mutmaßliche Faschisten einzusperren, kurzum: Sie langweilten sich nicht. Sie riefen einen allgemeinen Wettbewerb für die Erfinder neuer Cocktails ins Leben, dessen Jury Nessim vorstand. Das nannte man »antiautoritäre Revolte«. Und wer sind diese Typen, Angelo, Nessim?, fragt dich Treizes Tochter. Du kannst keine Geschichten erzählen, du bringst alles durcheinander. Nein, im Gegenteil, meine Kleine, entgegnest du ihr: Der Wirrwarr gehört zur Geschichte. Wir kommen schon noch auf Angelo, Nessim und all die anderen. Wir müssen nur noch ein wenig herumfahren. Da die Lehrer von damals an Beschimpfungen nicht gewöhnt waren, reagierten manche mit Herzattacken. Natürlich sind sie seitdem sehr viel widerstandsfähiger geworden. Verbesserung der Gattung. Angelos Vater, ein Algerienfranzose spanischer Herkunft, war Mitglied der Résistance, Mitglied der Kommunistischen Partei, dann der OAS, seine Mutter war Italienerin, bei der die anarchistischen Überzeugungen nicht vollständig gegen einen hartnäckigen Katholizismus ankamen, den Hang zu einem ungeordneten Extremismus hatte er also geerbt. In einem Jahr – es könnte 1970 gewesen sein – hattet ihr Angelo in eurem Namen nach Peking delegiert zu einem wie auch immer benannten Kongress, wo die Abgesandten uruguayischer, belgischer und sogar französischer Splittergruppen die Unterstützung der Völker der Welt für die chinesische Linie und gegen die sowjetische repräsentieren sollten. Nach endlosen Reden wurden alle diese Statisten, vor einer Reihe von Würdenträgern in Mao-Pyjamas, auf eine Treppe gestellt, jeder von ihnen schwenkte das »kleine rote Buch«, setzte sein einfältigstes Lächeln auf und klick! wurde ein Foto geschossen, das unter der Rubrik »Wir haben Freunde in der ganzen Welt« in *La Chine en construction* erschien. Die Herren des für-alle-Ewigkeit-roten-China mochten La Cause nicht (oder vielmehr die Bürokraten, die sich im hintersten Winkel der Verbotenen Stadt um diese subalternen Angelegenheiten kümmerten): Sie sahen in ihr nicht ohne Grund eine Ansammlung von unverantwortlichen Anarchisten, die imstande wären, ihre Verhandlungen mit dem Frankreich des Präsidenten Pompe zu stören. Und Angelos Entsendung war nicht gerade geeignet, sie umzustimmen. Zuerst einmal schickten die Funktionäre ihn mir nichts dir nichts zum Friseur, sie fanden seine Haare zu lang. Angelo konnte noch so heftig protestieren, er musste sich die Ohren freischneiden lassen. Dann legte er dem Marshall Lin Piao, dem damaligen Dauphin, detailliert den von ihm ausgebrüteten Plan dar, im Umkreis Saint-Jacques-Soufflot-Sainte-Geneviève-Saint-Germain eine durch Waffen verteidigte, von aufständischen Studenten und Schülern gebildete Kommune einzurichten. Das sind viele *saints*, viele Heilige, merkte dieser Marschall mit dem Kopf eines Komödiendieners an, der sich einige Jahre später am mongolischen Himmel auflösen sollte. Schließlich wurde Angelo mit einer Delegation von »westlichen Freunden« vor die leibhaftige Rote Sonne geführt: in Khaki gezwängt, seine kleinen, in schwarzem Lackleder steckenden Füße zwischen den Drachen aus Eisen und Holz seines Throns gekreuzt, führte der warzige Despot mit seiner kleinen rosigen und wie gekocht wirkenden Hand, die Malraux so stark beeindruckt hatte, unaufhörlich Zigaretten zu seinem Mund. Mit der anderen Hand fummelte er lässig an seinem Hosenschlitz herum. Der alte Minotaurus hatte sicherlich gerade eine der Schülerinnen beehrt, die er sich regelmäßig zuführen ließ. In dem Augenblick, als die Delegation den Raum betreten hatte, der, wie dir Angelo später erzählen sollte, mehr an ein großes Chinarestaurant in Belleville erinnerte als an einen Ort der Macht, erklangen die quiekenden Laute des *Roten Ostens*: *Dong-fan-ang hong, tai-yan-ang sheng*... »Der Osten ist rot, die Sonne geht auf...« Das war zu viel: Von seinen Gefühlen überwältigt, fiel Angelo in Ohnmacht.

Euer eigner Großer Anführer, dessen Deckname Gédéon war – wegen der Initialen GD seiner Position als *Grand Dirigeant* –, konnte eine Stunde lang sprechen, ohne Notizen, ohne das geringste Zögern, ohne den kleinsten Syntaxfehler zu machen. Von seiner gleichbleibenden Stimme, die durch keine Veränderung in Tonfall und Rhythmus, durch keinen Lapsus und – das versteht sich von selbst – auch durch keinen Scherz beeinträchtigt wurde, ging eine buchstäblich hypnotische Wirkung aus. Wenn er seine unerbittlichen Reden hielt, fühlte man in sich den Wunsch bedingungsloser Zustimmung aufsteigen, und die einzigen Unebenheiten, an die man sich klammern konnte, um, wenn auch vergeblich, diesem verwirrenden Bedürfnis zu widerstehen, waren das Aufblitzen seiner kleinen runden Metallbrille und die langsam kreisenden Bewegungen seiner schmalen, elfenbeinfarbenen Hände, deren Zeige- und Mittelfinger gestreckt waren: Doch selbst diese Ablenkungen verstärkten letztendlich durch ihre sich wiederholende Regelmäßigkeit die Glückseligkeit, in die man sich hineingleiten fühlte. Auf dem Gesicht des Großen Anführers breitete sich, während er den Zaubertrank seiner Rede in eure Ohren goss, ein Zug leichten Ekels aus, als wäre er es leid, solchen Klippschülern wie euch Unterricht zu erteilen. Wenn er schwieg, schienen die kompliziertesten Situationen mit einem Mal einfach, leuchtende Wege eröffneten sich im Dickicht der Welt, jeder wusste, was er zu tun hatte. Wenn Gédéon beschlossen hatte – und das geschah nicht selten –, den Stolz dieses oder jenes Satraps zu brechen, ließ die Anklage, die er mit sanfter, unerschütterlicher Stimme sprach, dem Sünder keinen anderen Ausweg als umfassende Beichte und Reue. (Einmal jedoch hielt einer, Robespierre genannt, weil er seine Talente in Arras ausübte und im Übrigen einen Starrsinn zeigte, der an Fanatismus grenzte, zwei Tage durch, bevor er nachgab: Und es war bestimmt nur der Hunger gewesen, der ihn zusammenbrechen ließ, die Vorräte an Reis mit Tomatensauce, die euer übliches Essen ausmachten, waren seit dem Vortag erschöpft). Daran erinnerst du dich gerade, und auch an Gédéons, trotz seines jugendlichen Alters, ein bisschen gebeugte Haltung, an sein schütteres und gepflegtes Bärtchen, doch lange Zeit wusstest du nicht einmal, wie er aussah. Du wusstest nur, dass er seine Furcht erregenden Gedanken irgendwo hinter den Mauern der »École« an der Rue d'Ulm entwickelte. Dieser Ort hatte in deinen Augen kein anderes Prestige, als ihm Deckung, Schutz zu bieten. Du kanntest Genossen, die Gédéon kannten oder ihn zumindest schon mal gesehen oder gehört hatten. Keinerlei Wache hinderte euch übrigens, bis zu ihm vorzudringen, es war allein der Respekt, dieses Gefühl, das Lehrer und Professoren bei euch schon lange nicht mehr wecken konnten. Zum ersten Mal sahst du ihn an jenem Tag im Juni 68, an dem du mit Treize, erzählst du seiner Tochter, zu ihm gegangen warst, um ihm euren Plan von einem Hinterhalt auf der West-Autobahn, die heute A13 heißt, darzulegen. Es bedurfte nicht weniger als der Inszenierung des Todes, dass ihr wagtet, ihn um ein Gespräch zu ersuchen. Dies trug nicht wenig dazu bei, den Schatten, der ihn wie einen Platon oder einen Anubis der Revolution umgab, noch dichter werden zu lassen. Während du sprachst, warst du von Gédéons undurchdringlichem Schweigen, dem Warten auf seinen Urteilsspruch, deutlich mehr beeindruckt als von den möglichen Konsequenzen der Tat, die ihr ausführen wolltet. Du sprachst, er strich sich über das Bärtchen, den Oberkörper leicht nach vorn gebeugt, mit angewidertem Gesichtsausdruck, und du merktest, wie du dich ängstlich in deinen Sätzen verheddertest, bis sie stockten und schließlich versiegten. Verloren überließt du es Treize, es zu versuchen, Scheiße. »Wir haben uns gedacht…«, setzte er an, doch Gédéon hob seine schmale elfenbeinerne Hand wie ein Szepter. Seine runde Stahlbrille blitzte kurz auf. Genug gespielt. In wenigen, fast herablassenden Sätzen verurteilte er euren Plan. Ihr hättet nichts begriffen von den Gesetzen der symbolischen Gewalt. Ihr müsstet noch theoretische Fortschritte machen. Ihr hattet es euch fast gedacht.

Siehst du, Marie, sagst du zu Treizes Tochter, während ihr Neon-Meteore durchfliegt rot weiß blau BOSCH ÉQUIPEMENTS AUTOMOBILES AUDI KOREAN AIR VOLS DIRECTS PANASONIC SAINT-DENIS CH. DE-GAULLE A1-A104 FLUIDE SANYO SAMSUNG rot blau groß nebelig orange links siehst du, wir waren sehr hart, aber auch sehr kindisch, zweifellos bereit, zu töten und uns töten zu lassen, das ganz bestimmt, und gleichzeitig zitterten wir vor dem Sex und hatten auch panische Angst vor der Autorität eines Anführers, der nichts weiter war als ein etwas gelehrterer Student als wir, ein wenig älter auch, zwei, drei Jahre vielleicht, doch so wie die Entfernungen, die in der Kindheit gewaltig erscheinen, sich viele Jahre später, wenn wir sie noch einmal abschreiten, als äußerst gering erweisen (zum Beispiel der Weg, an der Côte d'Émeraude vom heimischen Haus zum Strand, den meine Mutter ironisch »Éden Roc« nannte), so erschienen damals einige Jahre wie ein zeitlicher Abgrund. In unseren Augen war Gédéon mit einem enormen Alter ausgestattet, er war wie gesalbt von der Geschichte und auch von »der Theorie«, wie man sagte. Denn er war ein enger Schüler jenes Philosophen, dessen Namen die breite Öffentlichkeit erst an dem Tag erfuhr, als er seine Frau erwürgte, und dessen Bücher, die dem Marxismus die Würde einer Wissenschaft zurückzugeben schienen, ihr gelesen hattet. Das Leben ist ein Wald voller Schatten und Geheimnisse, Marie, sagst du zu Treizes Tochter, in der Finsternis eines jeden Lebens zersetzen sich gewaltige Dinge, albtraumartige Rüsseltiere feiern ihren Sabbat. Dieser Philosoph, der in euren Augen der Inbegriff der Strenge war, redete – während ihr euch blöd fragtet, auf was er warte, um den Reihen der Cause beizutreten – wirres Zeug, er stellte sich vor, er entführe ein Atom-U-Boot oder stehle Gold aus der Banque de France, und kniete zitternd nieder zu Füßen der Frau, die er schließlich umbringen sollte. An einem der ersten Tage, als die Straßen von Paris mit roten Fahnen übersät waren, zu Anfang jener weit zurückliegenden Monats Mai, fuhr er im Krankenwagen einer psychiatrischen Klinik durch die Stadt. Er hatte nicht geglaubt, dass es jemals geschehen könnte, dass die Avenuen sich in Mohnfelder verwandeln. Und er floh verängstigt. Wozu hatte »die Theorie« genutzt? Ihr wusstet noch nicht, in welchem Ausmaß die Menschen von Finsternis durchzogen sind, von Angst zerfurcht, die Literatur hätte es euch lehren können, doch ihr habt die Literatur abgelehnt, ihr glaubtet nur an das »Leben«; und das »Leben«, die »Praxis«, die von der Theorie sowie von Gédéons Analysen und Instruktionen erhellt wurden, waren von einer erschreckenden Einfachheit. Ihr wart starrsinnig und schrecklich unwissend – und es hätte nichts gebracht, euch das zu sagen. Aber Vorsicht!, sagst du zu Treizes Tochter: das war aber auch der Grund, dass ihr so waghalsig und euch so leidenschaftlich sicher wart, dass die Welt eines Tages, vielleicht nicht in allernächster Zukunft, aber auch nicht in allzu weiter Ferne, wie neu erschaffen sein würde, von allen Fatalitäten, von den alten schändlichen Siegeln der Ungleichheit und der Missachtung befreit, und dass es dann wie zu Zeiten der großen Vorfahren nichts anderes bedürfe als Kühnheit, noch mal Kühnheit und immer und ewig Kühnheit. Lass nicht zu, dass die Zyniker, diese mit Werbung und Umfragen überfütterte Meute, lass nicht zu, dass sie uns später beschimpfen: Wir waren unwissend, aber kühn, sagst du zu Treizes Tochter, während ihr gerade eure erste Umlaufbahn um das schwarze Gestirn vollendet, schwarze Sonne der Melancholie, Anemone und Akelei, die Stadt des Großen Galgens und des Rads, nächtliche Sphäre voller Vergangenheit, mit der man nicht Tabula rasa gemacht hat, ihr hüpft über das Schienenbündel der Gare du Nord, von dort seid ihr geflüchtet, du und Treize, mit dem Postzug, nachdem… warte, ich muss von vorn anfangen zu erzählen METZ NANCY PORTE DE LA VILLETTE grün smaragdfarben wie die Küste deiner Kindheit N301 150 M DAEWOO strahlend rot im Dunst STATION-SERVICE TOTAL PÉRIPH FLUIDE PORTE DE PANTIN CASINO VILLAGE HOTEL 240 FRANCS CLIMATISÉ CAMPANILE IBIS HEINEKEN ABBAYE DE LEFFE blau grün blau rot weiß HOTEL MERCURE dann die Gleise der Gare de l'Est und der Kanal de l'Ourcq ähnlich dem Landwehrkanal, in den an einem schneereichen, blutigen Tag die Leiche von Rosa Luxemburg geworfen wird (was willst du, Marie, daran erinnert mich eben ein Kanal und nicht an einen Fernsehsender), dann im Schatten des Parks die spiegelnden Treibhäuser der Cité des Sciences die blauen Leuchtfeuer des Zeppelin Zénith und auf der anderen Seite die Türme des gotischen hollywoodartigen Herrenhauses der Grands Moulins, einer Burg wie bei Victor Hugo N3 PORTE DE PANTIN dort war unsere Werkstatt für die Herstellung falscher Papiere, Porte de Pantin, in einer kleinen ruhigen Straße hinter den Bistros der windigen Geschäftsleute. Der Siebdruckrahmen, mit dem die Wasserzeichen reproduziert wurden, war unter einem Wickeltisch versteckt, natürlich roch es für ein Babyzimmer ein bisschen stark nach Trichloräthylen, und dennoch gab es dort ein Baby, nicht ständig, aber es begleitete seinen Vater, der die falschen Lappen machte. Seine Mutter arbeitete in einer Munitionsfabrik, sie klaute Platzpatronen für unser Waffenarsenal, nach dieser ganzen Geschichte ist sie einer Sekte beigetreten. Merkwürdig der Gedanke, dass dieses Baby, dieser Junge jetzt irgendwo lebt, wie alt wird er wohl sein? Ein wenig älter als du, sagst du zu Treizes Tochter, vielleicht ist er Angestellter in der Werbung oder so etwas Ähnliches, wahrscheinlich hasst er uns, nein, das ist nicht sicher, es ist wahrscheinlich, aber nicht sicher, die Dinge sind nicht so einfach. Wie hieß er noch? Erinnere mich nicht, ein Vorname aus dem Widerstand… während steuerbord die Observations-Radom-Radarkuppel der Cité de la Musique vorbeirauscht… Sphärenmusik…

II

Treizes Tochter hast du an Judiths Geburtstag kennen gelernt. Ihrem fünfzigsten, um es genau zu sagen. In einem angesagten Bistro von Belleville. Der Wirt ist ein Ehemaliger von La Cause, Pompabière, ein früherer Taugenichts, ziemlich einfallsreich, der rechtzeitig umgesattelt hat. Sein richtiger Name, sein Name für das Einwohnermeldeamt, lautet Pompabert. Es gab einmal eine Kurtisane, die Pompadour hieß, und einen Präsidenten Pompidou, genannt Pompe. Jedenfalls, ein solcher Name war so etwas wie Schicksal. In den alten Zeiten unterschied sich dieser Grobian durch eine überraschende Sprachgewandtheit und durch etwas Barockhaftes von seinen Kollegen der Bande von Issy-les-Moulineaux. Er war ein großer Erfinder komplizierter, wirkungsvoller, geliftеter und gelobbter Beleidigungen, schallender Schmähungen, die den völlig unvorbereiteten Gegner aus der Fassung brachten, ehe sie ihn umwarfen. Ein Fachmann des Gerangels, dieser Volkskunst, bei der ein flinkes Mundwerk und ein Faustschlag zusammenkommen. Eines Tages, erzählst du Treizes Tochter, die bei Pompabière auf der Ecke eines Billardtischs sitzt (während du Luftbläschen in dein Whiskyglas rührst), eines Tages hast du ihn in einem Arbeiterbistro im XV. Arrondissement gesehen (früher gab es Kaschemmen in Paris, von denen machst du dir keine Vorstellung, Marie: beispielsweise die Arbeiterbistros rund um die riesigen Citroën-Werke im XV.: kannst du mir folgen?), in einer Kneipe an der Porte Brancion hast du also eines Tages gesehen, wie er einen Halben mit einer guten Schaumkrone bestellte, dann auf einen Typen vom Gewerkschaftshaus, wohl einen Bullen, zuging und ihm entgegenschleuderte: »Du Dachs, ich will mich mit dir rasieren«, und ihm den Schaum ins Gesicht blies. Und sofort darauf, na klar, ein Faustschlag. Nun ja, das musste man erst mal bringen, diese Anspielung mit dem Dachshaar etc. Geradezu homerisch. Kurzum, als dich dieser Pompabière vorhin sah, als vielmehr Judith dich ihm vorstellte, Martin, wie, du erkennst Martin nicht?, hat er die Hände in die Hüften gestemmt, die klassische Haltung für Ungläubigkeit in einem Bistro, und hat gerufen, ja also so was, er könne es nicht fassen, Martin, du? Nein, wirklich, nie hätte er ihn – hätte er dich – erkannt. Ja, sag mal… was hast du dich verändert, darf doch nicht wahr sein. Und als er wieder loslegte mit »nein, nie«, mit »das ist doch nicht möglich«, gurrend wie eine balzende Taube, mit seinem Lappen über der Schulter, dieses Rotgesicht, das die anderen als Zeugen herbeirief, damit sie mit ihm dieses Wunder bestaunten, Martin, also – du! –, hast du schließlich ein bisschen gereizt reagiert. Ihn erkenne man auf alle Fälle leicht. Er habe nichts von seiner Eleganz verloren. Der schicke Catcher, ganz in Putenhaut, mit aufgezwirbeltem Schnurrbart und Haaren auf den Fingern.

Du warst darauf gefasst, auf diese Art von melancholischem Unbehagen, das ist jedes Mal dasselbe, wenn ihr euch in großen Abständen wiederseht: Ihr bleibt für alle Zeiten füreinander, was ihr früher zusammen gewesen seid, junge, fiebrige, intolerante, asketische Leute, und die Zeit hat euch unmerklich in Schläuche aus alter Haut eingesperrt. Und ihr macht Sackhüpfen darin, Komiker, dem Tod entgegen. Es gibt Irrtümer, denen man nicht entgeht, wenn man ein junger, leicht romantischer Mensch ist, zum Beispiel den, sich seine eigene Beerdigung vorzustellen. Eure Freundinnen, eure Geliebten sind da, bleich und schön beugen sie sich über ein eingefallenes, elfenbeinernes Gesicht wie dem von Chopin oder Shelley: Aber nein, ist der Tag gekommen, werden die, die sich noch an euch erinnern, schwer betrübt um die Visage einer alten teigigen Birne herumwatscheln. Doch diesem Sarkasmus, den die Materie an die Erinnerung richtet, der Körper an das Bild, das man einmal war, warst du bisher recht und schlecht entgangen: Man staunte vielmehr, dass du dich »kaum verändert« habest. Und dank deiner Leichtigkeit, mit der du immer am Rande von allem warst, sogar, wie du glaubtest, der vergehenden Zeit, hast du dich nicht mit den Zügen eines alternden Mannes gesehen. Eines Tages, dachtest du (oder vielmehr du hast zugelassen, dass eine dumme Trägheit in dir das für dich gedacht hat), eines Tages wärest du erwachsen: und dann vielleicht sei es an der Zeit, über das Altern nachzudenken, vage diese so extravagante Sache ins Auge zu fassen, die so weit weg ist von allem, was du dir je vorgestellt hattest – der Tod, der war merkwürdigerweise immer möglich, der war vertraut auf seine Art. Während hier ... du suchst mit unverfänglicher Miene dein Bild in den Spiegeln des Bistros und, mein Gott ... es hat nicht mehr viel zu tun, stimmt, mit dem berühmten Foto von Che ... dem Gesicht mit den gelockten Haaren unter dem Beret, mit dunklen Augen, dem von unten aufgenommenen Gesicht des schwarzen Engels der Revolutionen, das zwischen so vielen jungen Brüsten überall auf der Welt seit jenem Oktobertag im Jahr 1967 hin und hergeschaukelt wurde, als die Totenmaske, die der Oberstleutnant Alberto Quintanilla auf die Schnelle anfertigte, dieses Gesicht enthäutete wie einen Hasen am Marktstand, rot und blutig, ohne Bart und ohne Wimpern und ohne Haut, in der Leichenhalle des Krankenhauses von Vallegrande. Nein, nicht diese Schönheit, nicht diese Zerbrechlichkeit, nicht dieses Tragische bei dir, der du heimlich nach deinem Abbild in den Spiegeln des angesagten Bistros von Pompabière auf den Höhen von Belleville schielst. Verdammt! Eher eine beginnende Ähnlichkeit mit Daladier. Der Teig, das Wachs des Alters. Du erinnerst dich, dass du so etwas wie Traurigkeit empfunden hast, als du die Porträts in einer Nabokov-Biographie betrachtetest: Auf die Fotos eines jungen Mannes von leicht dämonischer Schönheit folgen die eines leicht dünkelhaften Schriftstellers und schließlich die eines Opas in englischen Shorts und Kniestrümpfen, der Schmetterlinge auf Schweizer Wiesen jagt. Traurigkeit und auch Neugier: Wo, wie war das geschehen? Und diese Erniedrigung, dieser Verrat am Ich durch das Ich, die man auf den wenigen Fotos einer Biographie wegen der großen Zeitabstände sich nicht vollziehen sieht, hast auch du in deinem Leben nicht vonstatten gehen sehen, aus umgekehrten Gründen – zu viele Momentaufnahmen: und die derben Ausrufe dieses Pompabière haben dich plötzlich dein Bild im Spiegel entdecken lassen, das eines Aufgedunsenen, der hinter den schwarzen Schmetterlingen des Todes herläuft. Man sieht seine Freunde heiraten, dann die Kinder seiner Freunde, und man versteht nicht, was das bedeutet, sagt der Erzähler der *Wiedergefundenen Zeit*: aus Angst oder aus Faulheit. Ähnlichkeit mit wem?, fragt Treizes Tochter, die mit ihrem Hintern auf dem Rand des Billardtischs sitzt. Mit Daladier, einem Ministerpräsidenten der III. Republik, ein nur scheinbar Unnachgiebiger, der vor Hitler in München gekniffen hat, du hast doch schon mal vom Münchner Abkommen gehört? Kurzum, ein Typ, dem man nicht ähneln möchte.

Also, dein unbewegliches Gesicht, das du nicht mehr wiedererkennst, daneben das kleinere, blassere, natürlich frischere und wahrlich hübschere von Treizes Tochter, und rings um euch siehst du im verkratzten Spiegel, der durch den Schmutz auf dem Glas und die Schwaden von Zigarettenrauch barmherzigerweise leicht verschwommene Bilder wirft, die Karikaturen einer ehemaligen Jugend kommen und gehen. Judith, die dich immer noch anrührt, aber jetzt Igel, überhaupt nicht mehr Fuchs ist, spricht mit Foster. Warum hat sie dieses Quittengesicht eingeladen? Er ist heute ein kleiner angesehener Sozialist. Er hat einen Schmerbauch und den Bart eines lehrenden Gewerkschaftlers. Es gibt Begierden, nach Geld und nach Ehren, die mit der Zeit so unermesslich werden, dass man meint, der Tod, der normalerweise durch langsames Erlöschen der Kreisläufe, durch Auflösung und letzten Überdruss einsetzt, müsse hingegen bei solchen Menschen durch eine Überspannung, ein Durchbrennen des Reaktors à la Tschernobyl verursacht sein: Foster ist so einer, immer radioaktiver mit dem Alter. Dieser Typ, sagst du zu Treizes Tochter, erinnert mich an den Satz von Victor Serge über die Delegierten des Ersten Kongresses der Internationale: »Wie zufrieden sie sind, endlich die Parade von den offiziellen Tribünen aus zu sehen.« Victor was? Victor Kibaltchiche, genannt Victor Serge, dir muss man aber auch alles erklären, ein großartiger Anarcho, Verwandte von ihm hatten Dynamit unter die Karossen des Zaren geworfen, Exil, er in Frankreich eingebuchtet als Komplize der Bonnot-Bande, Aufständischer in Barcelona, Bolschewik in Petrograd, als Trotzkist nach Zentralasien deportiert, also, ich resümiere, ein Leben. In seinen *Erinnerungen eines Revolutionärs 1901–1941* gibt es eine Szene, wo sie und die Weißen auf den Dächern von Petrograd in einer Frühlingsnacht im Jahr 1919 aufeinander schießen: Sie feuern ein bisschen auf gut Glück, hinter Kaminen versteckt, und woran erinnert er sich? An die Helligkeit der Stadt in der arktischen Nacht und die Farbe des Himmels, die sich in den Kanälen spiegelt. Es gibt Leute, die liebt man für einen Satz, einen Gedanken, ein Lächeln. Dieser Bärtige, der mit einem Gewehr beladen ist, der schlecht zielt, der in Wahrheit gar nicht töten will, nicht einmal den »Klassenfeind«, und der sich für die Schönheit des nächtlichen Petersburg begeistert, gehört zu meinem kleinen tragbaren Pantheon. Was er sieht, könnte ich mir gut von Whistler gemalt vorstellen. Man muss sagen, dass Petersburg oder Petrograd viel für das Theatralische der Revolution getan hat. Irgendwo in einer Erzählung von Isaac Babel gibt es eine Beschreibung des nächtlichen Newski-Prospekts, menschenleer, aber voll toter erfrorener Pferde, die steifen Beine gen Himmel gereckt: Als ich jung war, war eines der Bilder, das ich mir von der Revolution machte: verlassene Palais, durch deren dunkle Fenster der Schein einiger Kerzen schimmert, und die Kavallerie der Welt auf dem Kopf, Mähnen mit der Straße verschweißt, Hufe in den Wolken. Gut, also Foster ist es bei allem

Hunger nach Macht nur gelungen, Stabschef von ich weiß nicht was zu werden, nun, eines Ministers. Das ist es vielleicht, was ihn besonders verwerflich erscheinen lässt: ein Ehrgeizling zu sein, ohne das nötige Rückgrat dafür zu haben. Als er damals Chef von La Cause in der Normandie war, waren wir dankbar für seine Schaumstoffmatratze in der Wohngemeinschaft, für das über dem Bett an die Wand geheftete Stalinporträt. Das war sein Pin-up-Bild. Fichaoui-genannt-Julot hat jetzt eine weiße Mähne, aber war er nicht schon mit zwanzig vorzeitig ergraut? Klein, lebhaft, heiter, Nase hoch, eine Strähne nach hinten werfend, die Fäuste tief in den Taschen, immer noch die gleiche Haltung wie damals – oder überträgst du nur das Bild von heute in die Vergangenheit? Nein. Du freust dich, ihn zu sehen, er ist einer von denen, die du magst, ganz im Gegensatz zu Foster. Man könnte sich sogar fragen (du hast dich gefragt), warum du ihn nicht öfters siehst, aber nein, die Zeit hat euch zwar einander nicht fremd werden lassen, sie hat euch aber unumkehrbar voneinander entfernt. So ist die Zeit eben. Fichaoui war unter anderem für die Piratensendungen verantwortlich, die allerdings, zugegeben, nicht sein größter Erfolg waren. Er hatte einen Radio-Amateur in der Nähe von Amiens aufgetan, einen alten Schnepfenjäger (wenn es nicht Krickenten gewesen sind), der in der Résistance gewesen war und sich jetzt dafür stark machte, euch einen Sender zu bauen. Das Gerät brauchte schließlich drei Metallkisten. Zwei kräftige Männer waren nötig, um jede einzelne von der Stelle zu rücken. Wäre es ein Apparat gewesen, um Paris zu zertrümmern, so wäre das Verhältnis Qualität/Gewicht annehmbar gewesen, aber so ... Ihr hattet eines Abends auf dem Dach eines neuen Gebäudes an der Porte de Vanves einen Test gemacht. Den Krempel um sieben Uhr abends ganz nach oben zu schaffen, ohne zu viel Aufmerksamkeit zu erregen und ohne die antiken Glasröhren zu zerbrechen, die im Inneren der Kisten hin- und herschaukelten, war kein Vergnügen. Für den Fall, dass man euch fragen würde, hattet ihr ausgemacht zu sagen, dass ihr Geschirr transportiertet. Letztendlich hattet ihr

Glück, das ganze Material war wohlbehalten zur Stunde des Aperitifs oben zwischen den Schornsteinen angekommen. Danach musstet ihr die Antenne aufspannen, etliche Meter Kupfer- oder Messingdraht, lang genug, um die gesamte Wäsche des Hauses zum Trocknen aufzuhängen. War Treize dabei?, fragt dich seine Tochter. Ja, Treize war immer dabei, oder fast immer. Diesmal saß er mit mir ein paar Straßen weiter in einem Auto. Vor Ort, das heißt auf dem Dach, hatte Fichaoui-genannt-Julot das Kommando. Treize und ich warteten im Auto, qualmten unentwegt, und das Radio war auf die Langwelle eingestellt, die angezapft werden sollte. Es ist ein blaues Haus, das sich an einen Hügel schmiegt… die Bewohner haben den Schlüssel weggeworfen… Wählen Sie gut, wählen Sie… Ziel… Ein schöner Roman eine schöne Geschichte eine Romanze von heute… Und scheiße. Wir hatten einen flammenden Appell verfasst, die Mieterhöhungen der Sozialwohnungen zu verweigern. Flammend, aber knapp dieses Mal: Es musste schnell gehen, um den Funkpeilwagen zu entkommen, die die Polizei uns auf die Fersen hetzen würde. Das Herz schlug uns bis zum Hals. Wir warteten darauf, dass unsere gewaltige Stimme, die Stimme der »Neuen Partisanen«, sich über Paris erhob. Wenigstens über Paris, denn angesichts der Größe der Gerätschaft würde sie doch bestimmt großzügig das ganze Umland berieseln. Der Schnepfenjäger sah aus wie ein seriöser Typ, der seine Sache versteht.

Was aber nicht der Fall war, klar. Es gab Proletarier – und zwar eine ganze Reihe –, die dir nicht wirklich Vertrauen einflößten. Zum Beispiel dieser Kerl aus Flins, der dich mit Nachdruck dazu aufforderte, gusseiserne Rohrstücke mit Pulver und Schrauben voll zu stopfen und sie dann auf die Polizeiwache von Les Mureaux (oder war es die von Meulan) zu schleudern. Wegen der Verantwortung für seine Familie bedaure er es sehr, bei dieser Geschichte leider nicht mitmachen zu können. Zu gerne würde er es tun, aber man kann nicht immer machen, was man will, das ist hart, aber nach der Revolution wird das anders, nicht wahr? Und er bot sich an, die Rohrstücke und die Schrauben zu besorgen. Nein danke. Oder auch dieser wilde Typ aus dem Département Nord, ein großer Melancholiker, Victoire und Laurent hatten dich seinetwegen zu Rate gezogen. Victoire und Laurent, das bestaussehende Paar von La Cause übrigens. Die da drüben, siehst du sie, die so aussieht wie Fanny Ardant? Als sie verhaftet wurden, waren sie auf den Titelseiten der Tageszeitungen, gut, vielleicht nicht auf den Titelseiten, aber doch große Fotos innen im *Nord-Éclair* und der *Voix du Nord*, heute würde man ihnen nach der Entlassung aus dem Knast Verträge mit der Modebranche, der Werbung oder dem Fernsehen anbieten ... Ihre Schönheit hatte etwas an sich, das manche unserer Genossen störte. Du findest das merkwürdig? Mit Recht, Marie, das ist merkwürdig, ungeheuerlich sogar, aber dieses Misstrauen gegenüber der Schönheit, der Auftakt zum Hass der Schönheit, war eine Art moralische Lepra, die unseren Geist infizierte. Und warum? Nun ja, selbst heute nach so vielen Jahren kann ich es nicht richtig erklären. Vielleicht ganz einfach, weil die Schönheit sich dem schrecklichen Nivellierungswunsch, den wir hatten, widersetzt? Weil sie das Gegenteil ist, das, was unterscheidet, was ungerechterweise den einen gegeben und den meisten verwehrt ist? Und hier handelt es sich um menschliche Schönheit, wobei wir auch die Schönheit einer Dorfkirche verachteten, die niemandem im Besonderen gegeben oder verwehrt ist, die eines Wolkenhimmels, die der Dächer einer Stadt – wir waren nicht wie Victor Serge, uns hätte das Schauspiel Petrograds in der grünen Nacht nicht gerührt (mittlerweile habe ich diese opale Nacht an der Newa, die Kanäle, die goldenen Reiher gesehen): Und das ist nicht in Ordnung. Das war nicht in Ordnung. Und ganz zu schweigen von der Schönheit in der Kunst. Wir hassten sie, ohne sie zu kennen. Die Schönheit verleitet zu Spinnerei, zu Ungereimtem, und, was wir liebten, war die »Masse«, wie man sagte. Nicht die Ausnahme. Und dann gab es eine ziemlich abstoßende sakrale Verehrung des Unglücks. In den wenigen Monaten, die du mit Chloé zusammengelebt hast, erinnerst du dich (wenige Monate, bis sie deinen Stuss nicht mehr ertrug), störte dich das Strahlende an ihr, das dir im Gegensatz zu stehen schien zu … zu was, du Heuchler? Zum Anstand, das ist es, zur schicklichen Bescheidenheit. Ein politischer Aktivist konnte keine Freundin haben, nach der andere sich umdrehten. Du warst nicht weit weg von dem Gedanken, Chloés Anziehungskraft sei teuflisch. Taliban, was? Sie hatte eine Karriere als Mannequin begonnen, die erst die Politik und später vor allem die Drogen und der Alkohol abrupt beenden sollten: auch dieser Beruf störte dich (jetzt würde es dir gefallen, was, du alter Fummler?). Du armseliger Typ fürchtetest, Gédéon hätte daran etwas auszusetzen. In der kurzen Zeit, die ihr zusammengelebt habt, war es dir unglaublich wichtig, dass eure Liaison wie ein Makel geheim blieb, dass du beispielsweise nicht gemeinsam mit ihr von einer Versammlung weggingst, nein, du flüstertest ihr einen Treffpunkt an einer Straßenecke zweihundert Meter weiter zu. Du Ratte! Diese Erinnerung beschämt dich. Du hast dich verhalten wie ein Idiot, urteilt lauthals Treizes Tochter, ganz im Stil junger Leute, die mit großem Gehabe offene Türen einrennen. Danke für die Belehrung. Die Art, wie sie mit ihren verknoteten Beinen schaukelt und in ihrem kurzen schwarzen Rock auf dem Rand des Billardtischs sitzt, wirkt leicht einstudiert … Eigentlich gibt es nichts Schöneres auf der großen weiten Welt als diese Linie (nicht einmal die der Lippen): volle, gespannte, glatte Linien des Fleischs unter dem Rocksaum, die sich mit einem Mal um den schimmernden Kiesel des Knies vertiefen, dann auseinander flüchten, ein Bein über das andere gelegt, sich bei den Knöcheln wieder verengen, und das Gleiten des Lichts auf diesen fatalen Formen, diesen Stromlinienformen, die die Worte beleidigen … Unbändige Lust, die Hand hinein zu tauchen … He, Vorsicht! Nicht berühren! Es ist die Tochter von Treize, deines toten Freunds, tot und beerdigt! Seit einer Ewigkeit … Was tut sie hier auf dem Ball der Alten – bei uns? Treizes Platz einnehmen? Ihn bei den *still lifes* vertreten, bei den ruhig gewordenen, gedämpften

Leben, den Stillleben? Nein, sie hat es dir vorhin gesagt: Nachforschungen anstellen über ihn. Von uns erfahren, wer dieser Vater war, den sie praktisch kaum gekannt hat – der gestorben ist, ehe das Wort von einem zum anderen ging. Natürlich bist du, sein »bester Freund«… du bist der Erste im Zeugenstand… hier, am Rand des Billardtischs. Sag mir, wer er war. Aber Marie, ich kann dir nichts über ihn erzählen, ohne von uns zu erzählen. Ich weiß nicht, wie ich dir das begreiflich machen soll, wir waren damals nicht so sehr »Ichs«. Das hing mit unserer Jugend zusammen und vor allem mit der Zeit. Das Individuum erschien uns unbedeutend und sogar verachtenswert. Treize, dein Vater, mein Freund für alle Ewigkeit, ist einer von uns. Einer der Fäden des ganzen Knäuels. Ich kann ihn da nicht herausziehen, ihn abwickeln, ihn aus uns herausreißen, sonst ließe ich ihn ein zweites Mal sterben. Ohne uns würde sein Bild welk – ohne das »Uns« löschen sich alle unsere Erinnerungen aus. Wir waren vereint bis zum Absurden. Wir waren nicht die Geschichte, sondern wir waren Geschichten, wahre, erfundene, verknüpfte, die wir anstellten, ein Bündel von Geschichten. Hab schon verstanden, wirft sie ein, ich bin ja nicht blöd, also erzähle mir von euch. Und hebt ihren kleinen Hintern auf den Rand des Billardtischs, streckt ihre nackten Arme neben sich, die Hände flach auf dem Holz, hopp! Und jetzt dieses Bein, das rechte, das sich über das linke legt und schaukelt… mit gestrecktem Fuß, hohen Absätzen… ich träume… Diese Art, mir zu sagen, dass ich mich mit Chloé wie ein Idiot verhalten habe. Danke für die Belehrung. Und schaukelt mit ihrem schimmernden Bein. Du erinnerst dich genau an die ersten Momente deines Lebens mit Chloé, aber du wirst sie nicht dieser eingebildeten Pute erzählen, die dich plötzlich nervt: Soll sie dich doch in Ruhe lassen mit deinen Geschichten, soll sie sich doch den Vater zusammenbasteln, den sie will, du wirst ihr jedenfalls nichts erzählen. Ihr wolltet die südvietnamesische Botschaft stürmen. Ihr wolltet – so eure damalige Diktion – die »angebliche Botschaft der südvietnamesischen Marionetten« im Sturm nehmen. Du hattest dich der düsteren, funkelnden Mauer aus Helmen, Visieren, Schilden und Schienbeinschützern genähert, aus der das berauschende Granatenfeuerwerk aufstieg, und schleudertest… ja was eigentlich? Erstaunlicherweise erinnerst du dich sehr gut an deine Gewissheit, als du vor die ersten Reihen der Demo liefst, dass dir etwas passieren würde, du erinnerst dich an den Zusammenprall und das Zusammenklappen, an den Sturz und den Schmerz, der Sperrbügel der Granate hatte dir Zähne abgebrochen, an die Verblüffung und zugleich die Befriedigung, mit der du feststelltest, dass wahrhaftig etwas geschehen war, diese blutigen Brösel, dieser salzige Geschmack in deinem Mund, und an den Drang, unmittelbar aufzuspringen, um den *pigs* zu entkommen, so nanntet ihr, wie die US-amerikanischen Black Panthers, die Flics, wenn ihr sie nicht als SS bezeichnetet: all das im Moment eines Knalls, eines Schusses aus dem Granatenwerfer. Aber du hast vergessen, was deine rechte Hand werfen wollte: einen Pflasterstein, einen Molotow-Cocktail? Und dann hält Chloé diese Hand: Du liegst in der Praxis eines Dreckskerls von Arzt, der, während er dich so brutal wie möglich zusammenflickt, dir erklärt, du habest nur bekommen, was du verdientest. Und dieser Arsch sieht nicht so aus, als verstehe er, dass du dir nichts Schöneres erträumen konntest, als auf seinem verdammten Tisch zu liegen und dabei zu stinken wie ein Verwundeter im richtigen Krieg mit blutigem Gesicht und mit Chloés Hand, die deine hält. Wie im Paradies so etwa. Was waren wir romantisch, sagst du zu Treizes Tochter (denn du kannst dank des Whiskys, der ungeheuer redselig macht und buchstäblich die Worte nur so sprudeln lässt, letztlich nicht anders, als ihr doch diese Geschichte, im Rhythmus ihres im Halbdunkel schaukelnden Beins, zu erzählen), und gleichzeitig sagst du dir, dass du nicht so absurd zum Angriff der Helme und Schienbeinschützer übergegangen wärest, wenn du nicht die *Ilias* gelesen und nicht auf Robert Capas berühmtem Foto gesehen hättest, wie vor Cordoba ein Milizionär von einer Kugel mitten in den Schädel tödlich getroffen wird, und dass sich in den Köpfen junger Leute merkwürdige

Molotow-Cocktails zusammenbrauen, explosive Karambolagen, Kurzschlüsse der Bilder.

Victoire und Laurent, wie auch immer, fühlten sich genervt von einem melancholischen Proletarier, der die fixe Idee hatte, einen TEE Paris-Brüssel zum Entgleisen zu bringen (in Zeiten von ICEs und des Thalys muss man TEE erklären: Trans-Europa-Express, also ein normaler Zug, mit Waggons, Abteilen und Faltenbalg). Lucien, der in einer Strickwarenfabrik arbeitete, das gab es damals noch, stellte sich vor, dass in dem TEE ausnahmslos Plutokraten saßen, Typen, die Zigarre rauchen, ein perlgraues Sakko, weiße Krawatte und einen Zylinder tragen wie dieser Baron de Rothschild, von dem er in einer der Pferdezeitschriften, auf die er ganz versessen war, ein Foto gesehen hatte, der Baron beim Wiegen vor dem großen Galopprennen, dem Prix de l'Arc-de-Triomphe. Die grollend-pfeifende Fahrt des prächtigen Konvois mitten durch Bergarbeitersiedlungen, Abraumhalden, Zechenfördertürme und Rübenfelder erschien ihm eine ebenso wenig hinnehmbare Beleidigung wie die tägliche Entwürdigung eines Elendsviertels durch einen Rolls-Royce. Er stellte sich die sarkastischen Bemerkungen der Schwalbenschwänze da drinnen vor, wenn sie die Welt der Armen, seine Welt, betrachteten durch die Rauchkringel, die sie mit zum Hühnerhintern gerundetem Mund ausstießen, und durch die Bläschen des Champagners, mit dem sie in Pokalen anstießen. Ihre affigen Handschuhe, Farbe: frische Butter, ruhen auf der Krempe ihrer affigen Hüte. Vergeblich hatten Victoire und Laurent versucht, ihm eine etwas realistischere Vorstellung von den normalen Fahrgästen eines TEE zu vermitteln. »Die müssen aufhören zu glauben, sie könnten sich alles erlauben«, eine Formulierung, die in ihrer brutalen Einfachheit recht gut mit der Philosophie von La Cause zusammenpasste. Im Übrigen empfanden Victoire und Laurent eine gewisse Scham, einen so naiven, so poetisch reinen Sozialhass zu dämpfen. Dieser Typ, Lucien, war ein Zöllner Rousseau des Klassenkampfs, und da wollten sie ihn mit platten Überlegungen der bürgerlichen Soziologie kastrieren. Also verzichteten sie darauf, ihn von seiner grausamen Schrulle abzubringen, und sie taten von nun an so, als hießen sie seinen Plan gut, den sie in Wahrheit heimlich sabotierten. Das allerdings wurde anstrengend. Wenigstens einmal pro Monat taten sie so, um seine finstere Manie zufrieden zu stellen, als bastelten sie mit Plastilin eine Bombe. Der spinnerte Lucien überwachte totenblass ihre Handgriffe. Seid ihr sicher, dass es gutes Zeug ist, fragte er und pichelte ein Bier. Ja, ja, mach dir keine Sorgen, Plastik der besten Sorte, von Treize geliefert, einem Genossen aus Paris, einem wichtigen Typen, dem zweiten nach Martin: das war, als wäre es bei Fauchon gekauft. Lucien hatte eine wuchtige und misstrauische Frau – sie mochte »diese Machenschaften« nicht, wie sie sagte (Victoire und Laurent waren mit ihr in diesem Punkt einer Meinung, wagten aber nicht, es zu gestehen) – und ein mongoloides Kind, wie man damals noch sagte. Die Frau lief hin und her, ihr Gesicht sprach Bände, und das Kind heulte gedämpft in einer Ecke. Ununterbrochen lief der Fernseher. Das Kind heulte, die Frau tigerte mit ihrem gewaltigen Körper um die Gäste herum und ließ dabei die Absätze knallen, Lucien kippte seinen Liter Valstar (oder war es Dumesnil?), rauchte aschfahl, hustend und rülpsend seine Gauloises, Victoire und Laurent pressten das Plastilin in eine Konservenbüchse, steckten einen Zünder hinein, an dem sie mit den Zähnen die Bickford-Schnur festzogen, all das verstauten sie in einer Sporttasche und gingen hinaus in die Nacht in einen Krieg, der wie in *Cosi fan tutte,* aber aus anderen Gründen, vorgetäuscht war. Lucien wollte, wie der Typ aus Flins, seinen Klassenhass ja nicht so weit treiben, dass er in Betracht zog, selbst Hand anzulegen bei der Entgleisung. Dieses Mal würden sie ihn nicht ins Paradies mitnehmen, was?, fragte er finster an der Schwelle seiner Tür. Und sie mussten jedes Mal einen Grund erfinden, warum es nicht funktioniert hatte, ein Mal war angeblich zu viel Nebel, unmöglich, sich auf die Lauer zu legen, ein anderes Mal zu viel Regen, der die Zündschnur durchnässt hätte, wieder ein anderes

Mal habe ein Hund gebellt und Licht sei in den Fenstern an der Straße von Wassingue angegangen. Wir werden dem Köter Bouletten zu fressen geben, schlug er vor, er habe ein Rezept für Hackfleisch mit Eisenspänen, das sich bewährt habe, kein Gift, nur gute natürliche Sachen, nichts, was den Geruchssinn des Tieres warnen könne: Bei dieser Erinnerung verzerrte ein Lächeln à la Buster Keaton sein Gesicht. Ein anderes Mal kreisten und schnüffelten angeblich überall Polizisten in ihren blauen Renaults 4L herum. Sie hätten so ausgesehen, als witterten sie etwas. Hat vielleicht zufällig deine Frau... ohne es zu wollen natürlich? Das war eine gute Idee: Dieser Verdacht mit all den Konsequenzen, die er folgenschwer nach sich zog, hatte ihnen ein paar Monate Aufschub verschafft. Dennoch war das Leben von Victoire und Laurent zu einer anstrengenden Fiktion geworden. Falsche Bomben bauen, falsche Gründe für ihr falsches Scheitern erfinden – all das, um einen richtigen Proletarier daran zu hindern, mit ihrer Hilfe ein richtiges Massaker anzurichten: In diesen Lügenstrudel hineingerissen, fragten sie sich hin und wieder, ob das wohl die Revolution sei, für die sie Familie und Studium hingeschmissen hatten, die Revolution, von der sie geglaubt hatten, sie offenbare die Wahrheit der Welt, sie sei der große Enthüller. Das fing schlecht an... Aber warum haben sie das gemacht?, fragt Treizes Tochter. Ja, weil sie das Proletariat liebten, Marie, also wollten sie Lucien nicht wehtun: Verstehst du das nicht? Und wenn der besagte Lucien zufällig ein Spitzel war, dann hatte ihn vielleicht die Polizei gebeten, dieses ganze Theater zu spielen, damit sie Victoire und Laurent verhaften konnten, wenn sie eine Bombe auf die Weiche legten, und vielleicht nervte sie die Sache mit dem Plastilin alle. Aber wenn er ganz zufällig nur ein leicht Perverser war, der wirklich Lust gehabt hatte, einen TEE entgleisen zu lassen, und wenn er dann auf Victoires und Laurents Spiel nicht hereingefallen ist, dann hatte er daran sein Vergnügen: zu sehen, wie sie sich in Lügen verstrickten, sich anstrengten, bis zur Erschöpfung Geschichten zu erfinden, und all das für ihn! Um ihm eine Freude zu machen! Als tanzten sie vor ihm, eigentlich … Diese Hypothese gefällt mir am besten.

Der Schnepfen-(oder Krickenten-)Jäger sah ganz seriös aus. Starker Biertrinker, klar, so wie es den Sitten dieser sumpfigen nördlichen Gegend entspricht, in diesem Land des wenigen, tiefen und traurigen Lichts, dem Land der Weltkriege: Aber er hatte nichts von einem Geisteskranken. Daher habt ihr, Treize und du, gewartet, Zigaretten qualmend, in dem gestohlenen und getarnten Citroën, voller Hoffnung, dass über Paris der Appell erschallte, die Mieterhöhung der Sozialwohnungen zu bestreiken. Die Zeit verging. Er kam nicht … Die Montage in der Sonne … Schnauze! Lass dich doch auf dem elektrischen Stuhl hinrichten! Das Lachen des Sergeanten die Verrückte des Regiments die Bevorzugte des Hauptmanns der Drachen … Arsch … Gestehe nie niemals oh nein niemals gestehe nie dass du mich liebtööööst … Was verdammt noch mal machten die da oben? Da, der Gong für die Nachrichten (ihr hattet für eure Anzapfaktion einen populären Sender ausgesucht). Präsident Pompe spricht mit Leonard Breschnjew in Minsk … Neue Gerüchte … Nordvietnamesische Offensive in Kambodscha … Amerikanische Bombardements im Delta … B 52-Bomber versprühen flächendeckend Agent orange … Region von My Tho … Das Herz macht einen kleinen Satz. Dort ist der Oberleutnant gestorben, am anderen Ende der Welt, von dem man Bilder im Fernsehen sieht, Bambusdörfer am Ufer der Kanäle, wo es von Menschen wimmelt, unter den Flügeln der Bomber Büffel, rote Pisten, auf denen Panzer rollen, fassungslose Gesichter unter Tonkin-Hüten, alles Ansammlungen von Stereotypen, ein Asien der ready-mades … Gekreische, Kinder, Schweine, Enten, die unter den Pfählen planschten … Aufgedunsene Kadaver im Mekong … Dein Vater, der Oberleutnant, getötet auf einem Rach, einem Nebenfluss, wenige Monate nach deiner Geburt. Dein Leben, gerade erst begonnen und schon gestempelt, wie das Fleisch in der Schlachterei, mit der violetten Tinte des Todes, an diesem Ort, den du nicht kennst, diese Dschungel, auf die es heute (früher) dichte Schleier Entlaubungsgift regnet. Du hättest das gerne Treize erzählt, sagst du seiner Tochter, doch du wagtest es nicht. Man erbt den Tod, da kann man nichts machen, man würde es gerne ausschlagen können, dieses Erbe, von dem man spürt, dass es einem das ganze Leben vergiften wird, aber man kann es nicht: Ich habe nicht gewagt, dies deinem Vater zu sagen, meiner war schließlich ein »kolonialistischer Militär«, sein Tod wog nicht schwerer als Schwanenflaum, wie der Große Steuermann sagte, es gab keinen Grund, lange Epiloge zu halten. Und du fragst dich vage (du wagst es nicht, dir die Frage in aller Klarheit zu stellen, und zweifellos kannst du es nicht), ob es nicht wegen dieses absurden Todes ist, den du geerbt hast, den du nicht ausschlagen konntest, in den du sozusagen hineingeboren wurdest, dass du im Augenblick (früher) Gauloises qualmend, in einem geklauten, weißen Citroën sitzt und auf eine Piratensendung wartest, die nicht kommt. Denn sie kam definitiv nicht. Ihr musstet euch entschließen, das Feld zu räumen. Später hat man erfahren, ich weiß nicht mehr wie, dass unsere Sendung innerhalb des Gebäudes empfangen wurde, aber nicht darüber hinaus. Es war ein großes Gebäude, ein langer Kasten, aber dennoch... Hätte er dich verstanden, wenn du mit ihm geredet hättest?, fragt sie dich. Ich weiß es nicht, wie soll ich das wissen? Aber ich glaube, ja. Darum war er und bleibt er mein Freund für alle Ewigkeit.

Und während du diese Geschichten erzählst, zu denen das junge Bein wie ein Metronom im Rhythmus einer dieser Lieder, die man auf Festen der Alten auflegt, den Takt schlägt, Cesaria Evora oder Paolo Conte oder Alain Souchon, um volkstümlicher zu wirken, oder einen guten alten Rolling-Stones-Song, um daran zu erinnern, dass auch wir einmal jung waren, oder aus Spott Richard Anthony oder Françoise Hardy, alles Jungen und Mädchen meines Alters (und es kann sein, dass du diese Geschichten an dieses graziöse Bein richtest und an das andere, gegen das es schlägt, an nichts und niemand anderen, es kann sein, dass diese Beine, die so viel Licht des kurzen schwarzen Rocks aufblitzen lassen, der weit entfernte Widerschein von Chloés Beinen sind, wie die Klammern einer Parenthese, die sich schließt und an der beinahe dein ganzes Leben hängt), während du so sprichst, tanzen die Masken ihren langsamen Silberkarauschen-Tanz weiter in der Tiefe des Spiegels, der verschwommen ist wie seit langem nicht gewechseltes Wasser. Schwimmt, ihr alten Schuppen! Ihr erinnert fortan an Fische, noch ein wenig nervöse Lebendigkeit unter den Schuppen, im Kiefer, aber die Bäuche weiß und weich und die Augen vorquellend, Tränensäcke und Falten und verzerrte Karpfenmäuler. Und euer träges Dahinschwimmen lässt im Kielwasser Wolken von Exkrementen aufblühen. Dort Amédée, der nur kurz bleiben wird, inzwischen ist er ein zu bedeutender Mann, um sich hier länger aufzuhalten, aber es ist nett von ihm, dass er gekommen ist (jeder, nicht nur Judith, empfindet dadurch eine geheime Bestätigung des Selbstwertgefühls), Amédée wäre eher ein Hecht. Knöchernes Fresswerkzeug, hydrodynamisches Profil, passt auf, ihr Rotaugen … Du siehst ihn schon seit langem nicht mehr, ihr habt euch auseinander gelebt, wie man so schön sagt, doch du magst ihn gern: Er hat sehr wohlwollend über eines deiner Bücher gesprochen. Heute ein berühmter Journalist, der das Aussehen eines Mafiachefs kultiviert, gegelte Haare, doppelreihige Anzüge, dicke Siegelringe. Seine gutturale Stimme ist zu einer Stimme der Republik geworden. Wir haben so unvernünftige Dinge geträumt, sagst du zu Treizes Tochter. Dass wir töten, dass wir getötet werden. Und du siehst, schließlich beeindruckt uns Amédée, weil er ein Prominenter geworden ist, so banal ist das, genau, ein Prominenter, den keine Frau von Welt mit einem Perlmuttrevolver abknallen wird, wie es damals Calmette passiert ist. Wer? Er war der Chef des *Figaro*, spielt keine Rolle. Und er wird auch nie jemanden zum Duell fordern, wie Clemenceau es getan hat oder Defferre. Womöglich wäre er dazu in der Lage, wer kann das schon wissen. Aber das ist die Zeit. Wenn ich in der Politik wäre, sagst du zu Treizes Tochter, schriebe ich die Genehmigung von Duellen in mein Programm, und sogar die Ermutigung zu Duellen. Steuersenkungen für jedes Gegeneinanderantreten auf der Wiese. Du siehst, wie sie sich auf dem Rand des Billardtischs verkrampft. Der Tod ist der große Satan für diese Unschuldigen. Bestimmt würde sie dich nicht wählen. Dann eben nicht. Haut doch ab. Wählt die Grünen, wenn ihr Lust dazu habt, Kinder. Wählt den Salat. Ich wähle Puschkin, scheiße! Und dieser andere Fisch dort, Stichling voller Gräten, mit einer kleinen Maske aus gespannter, rissiger, wächserner Haut, in der unruhig die Augen kreisen, ist Chloé, ja, meine erste Liebe. Sie ist jetzt Kellnerin in einem Bistro in der Nähe der Porte de la Chapelle. Und dieser Zackenbarsch, der beim Schwimmen viel Wirbel macht, dickbäuchig, tränensackig, bartstoppelig, ist César, der berühmte Architekt, der eitelste und großzügigste Mensch der Welt. Und dort drüben, Max, er ist Verleger, eine Visage, die zeigt, dass er sich nicht mit Mineralwasser ruiniert, das ist sicher, schläfriger Blick zwischen zwei Glas Wein, aber täusche dich nicht, er registriert alles, der alte Drachenkopf, seine halb geschlossenen kleinen seitlichen Augen, seine aufgerichteten Kiemen mit buschigen Antennen, pass gut auf dich auf, wenn du in die Reichweite seines Mauls kommst! Alle diese Amphibienwesen haben in ihrem Körper, in ihrem alternden Gesicht irgendetwas von dem bewahrt, was sie als junge Leute waren: die Spur einer ehemaligen Klarheit, deren Linien nun verwischt sind. Manche sind die Karikatur des Originals, ohne sehr weit von diesem entfernt zu sein, während bei anderen, völlig übertüncht durch das Nahen des Todes, nur ein verborgenes Detail ihres früheren Aussehens erhalten ist – häufig in den Augen –, dessen Entdeckung einen plötzlich verblüfft und peinlich berührt, als wäre man unfreiwillig Zeuge einer Obszönität geworden. Treizes Tochter rundet die Lippen und stößt einen kreisrunden Rauchkringel aus. Hmmm… Sie pafft wie ein Kerl. Und du, du hast vor einem Jahr aufgehört, weil es da drinnen zu sehr rasselte, hier in der Brust… Du bist im Alter der Prophylaxe. Im Alter der Sportstudios und Darmspiegelungen…

Die Stimmen scheinen das zu sein, was sich am wenigsten verändert hat, die hohe flötende Stimme von Judith, die gutturale von Amédée, die quiekende von Foster… und die von Fichaoui-genannt-Julot mit so etwas wie einem Kissenbezug darüber. Dennoch ist es unmöglich. Jemanden, den man nicht kennt, den man nie gesehen hat, kann man am Telefon altersmäßig auf etwa fünf Jahre genau schätzen: also euch auch, zwangsläufig. Du hast den Eindruck, ihre früheren Stimmen zu hören, die von Fichaoui, der das Scheitern der Piratensendung mit einem in der Cause nicht gerade üblichen Humor kommentiert, während er mit der Hand durch sein Haar streicht, das schon grau gewesen sein muss, weiß, nein, grau, bestimmt, die Stimme Fosters, die ich weiß nicht welchen »Plan der Kampf-Kritik-Reform« ankündigt (unnötig, dir zu erklären, was das war, sagst du zu Marie, übrigens weiß ich es nicht mehr, jedenfalls vom schlechtesten Christentum geerbt, dem Christentum der Demütigung. Einer wurde herausgepickt, und man ließ ihn erst wieder in Ruhe, nachdem er seine Selbstkritik geübt hatte), Judiths Stimme, die dir sagt… du weißt nicht mehr, was sie dir sagte, noch, was du ihr sagtest, ihr zuhauchtest, damals, welche Worte, hattest du Worte der Liebe zu der Zeit? Deine Hand streicht durch ihr Haar, das sie lang trug und ihr über die Schulter glitt, über welche, daran erinnerst du dich nicht mehr, und dann in Kaskaden zwischen ihre Brüste fiel, und du hast auch vergessen, wie ihre Brüste waren – aber bestimmt schön. Und jetzt gerade erklärt sie dir, dass sie sich die Knie operieren lässt, und du, um nicht nachzustehen, um was Nettes zu sagen, das zeigt, dass du im gleichen Boot sitzt, faselst etwas von deinem Bandscheibenvorfall… Mein Gott… Du hast den Eindruck, eure Stimmen von damals zu hören, aber in Wahrheit hörst du den Atem der Zeit. Den großen Pottwal! Und plötzlich legt sich eine neue Vision über die des Aquariums: Ihr seid eine lebende Sammlung von Votivbildern. In jedem von euch ist ein Organ, ein Gebrechen, in dem sich die Krankheit der Zeit konzentriert und nach außen manifestiert, wie gebrochene Arme, Klumpfüße, blinde Augen,

Kröpfe aus Weißblech, durch die das einfache Mitleid wegen einer Ungnade des Fleisches an Gott appelliert. Ein Teil eures Körpers formt Bild und Gebet, ein Teil von jedem von euch ist an die Mauer des Lebens genagelt, in stumm flehendem Gebet. In den Spiegeln, vor denen ihr euch rasiert, euch schminkt, habt ihr gesehen, wie sich diese Schmach entwickelt: zuerst ungläubig, dann beunruhigt und schließlich beinahe geehrt (wie Kinder, die sich freuen, krank zu sein): Es war die Zeit, dieser alte Hauptdarsteller der Geschichte, also nicht irgendwer, der euch ganz persönlich heimsuchte. Und schon bald war Schluss mit lustig. Diese Lepra machte sich breit, nistete sich gemütlich bei euch ein und brachte alles durcheinander. Tränende Augen, verquollene, verknitterte, hängende Lider... Augenränder in der Farbe alten Schinkens, geplatzte Äderchen in der Gesichtshaut, Haarbüschel, die wie Korkenzieher aus den Nasenlöchern, den Ohren wachsen... komisch abstehende Haarinselchen... Pfannkuchenteig, der die Züge umhüllt... Wabbelkinn, Flecken... Falten, Krähenfüße... all diese Schweinereien, dieser Bausatz, um zur Leiche zu werden... und das alles betrifft nur das Gesicht... ganz zu schweigen vom Rest, Katarrh, Krampfadern an den Beinen, geblähte Bäuche, schlaffe Oberarme, schlecht geölte Wirbel, die einen zwingen, gebeugt zu gehen wie ein Lakai: dieses ganze Mitleid erregende Sammelsurium, das seid ihr. Alter Plunder... Die Stimmen scheinen sich am wenigsten verändert zu haben, aber das ist unmöglich. Einmal haben wir, erzählst du Treizes Tochter, einen riesigen Lautsprecher zusammengebaut, um den Gefängniswärtern der Santé Angst einzujagen. Dort saßen Genossen der Cause, darunter Foster (den hätten sie ruhig behalten können). Im Grunde schoben sie hinter den Mauern eine ruhige Kugel, weit mehr als vor ihrer Verhaftung, jedenfalls hatten sie Besuch und durften Bücher lesen, sie mussten keine Berichte mehr abliefern, keine Selbstkritik mehr üben, keine Schläge mehr einstecken, es war so, als befänden sie sich in einer psychiatrischen Klinik: ein wenig streng, klar, dennoch hatten sie nur eine Angst, nämlich die, wir könnten so verrückt sein und versuchen, sie zu befreien, und dann noch womöglich das Glück haben, dass es uns gelingt (sie überschätzten uns)… Und dann war da Béatrice, die Anwältin mit den gelben Augen, schön wie eine Wölfin… Ah… Wir waren alle verliebt in sie, und nur die hinter Schloss und Riegel saßen, hatten das Recht, sie mehrmals in der Woche zu sehen, während wir, draußen, uns damit begnügen mussten, von ihr zu träumen… Ich bin sicher, dass manche sich verhaften ließen, nur um mit ihr Anwaltsgespräche führen zu können… Nicht Foster hat mir all das erzählt, natürlich nicht, der hatte nicht genug Humor dafür, nein, Danton war es, dieser ein bisschen rundliche Typ, der da drüben mit einer hübschen Rothaarigen spricht, siehst du ihn? Ach, Danton mag ich auch gern. Niemand kennt Mozart und Schubert besser als er. Er war kein Brutaler. Eher ein Spieler, wie sein berühmter Namensvetter. 1794 wäre er in Paris guillotiniert worden, in Moskau hätte man ihn 1936 erschossen. Am Anfang unserer Geschichte gingen wir noch ab und zu, er, Angelo, Treize und ich, in Harry's Bar und besoffen uns. Wenn Gédéon davon erfahren hätte, wären wir für eine verschärfte Selbstkritik fällig gewesen… Abgesehen von den Folgen. Sochaux-Montbéliard bliebe uns nicht erspart, die Peugeot-Werke waren unser Sibirien. Das machte die Cocktails, die wir uns reinzogen, noch berauschender, die Blue Lagoons, die Alexander… was man so trinkt, wenn man jung ist, um wie ein alter Star zu wirken. Ein Mal hockten wir alle vier – nein, Nessim war auch dabei, na klar, er kannte sich mit Cocktails und allem, was dazu gehört, viel besser aus als wir – also wir fünf hockten am Rinnstein der Avenue de l'Opéra, und uns war kotzübel, die flachen Schnauzen der Laster der Müllabfuhr kamen langsam unter dem Kohlepapier der Morgendämmerung auf uns zu, begleitet von den Rufen der Müllmänner, dem Lärm der metallenen Mülltonnen und dem Surren der elektrischen Kiefer, und Angelo hat erklärt, dass wir aussähen wie Gänse des Capitols, die Hannibals Elefanten vorbeiziehen sehen, und das mag dir idiotisch erscheinen, sagst du zu Treizes Tochter, es war nur ein Studentenwitz, aber ich würde gern noch ein, zwei Mal in meinem Leben so lachen wie an jenem Morgen, zwischen zwei unbekümmerten Schluckaufs, oberhalb des Flusses, in dem sich der blau-violette Himmel spiegelte, der über den Grands Boulevards gerade in Rosé überging… Nessims Vater, ein libanesischer Bankier, besaß ein überladenes, ziemlich hässliches Schloss bei Fontainebleau. In Montargis vielleicht? Im Park gab es einen Teich mit Wasserhühnern, ein Mal hast du Nessims Vater gesehen, wie er vom Fischen zurückkam: ein Diener folgte ihm, trug die Angel und einen Hecht auf einem silbernen Tablett. Wenn Lucien mit seinem TEE-Wahn das gesehen hätte… Ehrlich gesagt, trautest du selbst deinen Augen nicht. Du hast nicht geglaubt, dass es so reiche und so expressionistische Leute gibt. Plutokraten aus Fleisch und Blut, die einem Gemälde von Grosz entsprungen scheinen. Was hatte Nessim in La Cause zu suchen? Er musste sich vage angezogen gefühlt haben von dieser großen schrecklichen und schicken Sache, die die Revolution damals war. Denn es gab eine Zeit, da war es »in«, dabei zu sein. Die Universitäten waren dabei und nach und nach die Intellektuellen und die Leute der Gesellschaft. Madame Verdurin wäre linksextrem gewesen. Vorsicht! Marie, sagst du zu Treizes Tochter, es gibt Leute, die uns heute beschimpfen, Prominente, Herren, die in der Akademie sind, Dekorierte, Sippschaften, die finden, dass wir den Strick nicht wert gewesen wären, an dem man uns aufgeknüpft hätte, dass wir Lehrlinge des Mordens gewesen seien und obendrein lächerlich. Doch früher waren ihre respektierten Meister unsere Freunde: Philosophen, Filmemacher, Romanautoren, du kannst mir glauben, dass sie damals bei uns antichambriert haben und unterschreiben wollten, Unterschriften sammeln, mitmarschieren, auf Tonnen klettern, Zeitungen verteilen, dass sie sich den Anschein geben wollten, in die Sache verwickelt zu sein, so wie sie sich später, als die Zeiten sich geändert hatten, bemühten, Auszeichnungen zu bekommen, Botschaften, Steuerbefreiungen oder einfach nur eine Essenseinladung… Sie fanden uns nicht so abstoßend damals, als wir ein bisschen gefährlich waren. Sie zahlten uns den Silberling des Kults… Nessim war nicht der einzige Erbe, der um euch herumschwirrte. Du erinnerst dich, dass ihr ein Mal eine große Versammlung einberufen habt, ein Zentralkomitee oder so etwas, in einem Haus, das einem Zweig der Familie Rothschild gehörte. Ohne Hemmungen. Die Tochter, Studentin in Vincennes, war Sympathisantin der Cause. Das war in der Nähe von Saint-Cloud, man konnte in der Ferne Golfer unter bläulichem Schatten vorbeigehen sehen, irreale Wesen ganz weit hinten auf dem Rasen mit Blumenbeeten wie tropische Inseln. Wenn er nicht hasserfüllt ist, ist der Kleinbürger furchtsam: Ihr wart eher baff, beeindruckt und hattet Angst, etwas kaputtzumachen. Befangen, wie ihr wart. Aber nicht die Prolos. Pompabière, Momo der Schlossfresser, Reureu der Struppige, die ganze Bande von Issy, waren ganz ungezwungen. In ihrem Element. Sie hatten die Kellertür aufgebrochen (Momo verdankte seinen Spitznamen seiner Begabung auf diesem Gebiet) und Dutzende Flaschen geklaut. Mouton-Rothschilds, Pétrus, Haut-Brions, alles maßlos teure Bordeauxweine, aber sie hatten nicht die geringste Vorstellung, dass es Schätze waren. Sie fanden, dass die völlig verstaubten Flaschen in einem »schlechten Zustand« seien. Sie machten sich daran die Finger schmutzig, diese anspruchsvollen Leute… Solche Stinkreichen hätten ihrer Meinung nach doch jemanden bezahlen können, damit er sie abstaubte… Sie ahnten, dass dieser Wein besser war, um den morgendlichen Camembert zu begießen, als der Gévéor (oder der Kiravi) in Literflaschen, den sie sich normalerweise reinschütteten, das ist alles. Also wie ich dir sagte, erzählst du Treizes Tochter, war Foster in der Santé in einen Hungerstreik getreten. Danton auch, wohl gezwungenermaßen, aber nicht so strikt, er genehmigte sich immer heimlich Zuckerwasser. In seinem Kopf malte er sich phantastische Kochrezepte aus. Wir hatten also, um ihre Aktion zu unterstützen, zwei Lautsprecherboxen gekauft, die größten, die wir auftreiben konnten: nicht so riesig wie die, die damals die Nordkoreaner benutzten, um über die entmilitarisierte Zone hinweg die Schönheiten ihrer großen sozialistischen Sterbeanstalt zu rühmen, aber dennoch Dinger, mit denen man sich Gehör verschaffen konnte. Die Idee war, diese Beschallung auf einem Dach nahe beim Gefängnis aufzubauen, um allen, Kumpeln und Wärtern, Botschaften zu senden. Zuvor aber sind wir aufs Land gefahren, in die Normandie, um die Boxen auszuprobieren. Blitz hatte uns sein Haus überlassen. Der berühmte Produzent. Gut, damals war er nicht so berühmt. Er drehte Filme über Streiks. Damit sollte er das System nicht aus den Angeln heben. Wir hatten in der Umgebung einen menschenleeren Ort gefunden, an einer kleinen Landstraße, die aus der Zeit der Pferdekarren stammte, und dann haben wir angefangen. Treize hatte die Botschaft aufgenommen. Direkter Stil, wirkungsvoll, ohne Schnörkel. Gefängnisaufseher, passt auf eure Eier auf, etwa so. Das war zu hören! Keineswegs so diskret wie die Piratensendung! Das war Big Brother! Aber dann ist etwas völlig Unerwartetes passiert: Alle Kühe der Gegend haben aufmerksam zugehört und hopp! Galopp! Wir sahen sie vom weiten Horizont auf uns zustürmen! Hecken und Gräben überspringen! Hypnotisiert von unseren Parolen! Der Boden bebte unter ihren Hufen. Wir hatten eine Heidenangst! Wir haben den Ton abgestellt, und sie sind abrupt stehen geblieben: als hätte man ihnen den Stecker rausgezogen. Von jetzt auf gleich grasten sie in aller Ruhe, als wäre nichts gewesen. Offensichtlich war da etwas in unserem Gegröle, eine Wellenlänge oder eine Frequenz, das sie erstaunlicherweise anzog. Oder aber es lag an Treizes Stimme. Er war vielleicht der Orpheus der Kühe, dein Vater.

Sieh mal an, wer da gerade vorbeigeht, das Weinglas am Stiel hält und dir ein müdes Lächeln zuwirft: Winter. Er war früher ein schlanker, schöner junger Mann mit einem Gesicht von femininer Zartheit. Man hätte ihn ohne weiteres in der Rolle des heiligen Sebastians (oder auch des Saint-Just) gesehen. Eine schmerzliche Zerbrechlichkeit, die nach dem Märtyrer zu rufen schien. Eine blasse, transparente Haut, eine Mädchenhaut, mokierten sich die anderen. Winter hatte sein Studium aufgegeben, um sich in der Wollfabrik in Roubaix »zu etablieren«, wie man sagte. Er wohnte in einem möblierten Zimmer in einem Backsteinhaus am Ufer eines Kanals zusammen mit einer ehemaligen Gymnasiastin, die wiederum in einer Keksfabrik etabliert war. Eine Schönheit des 19. Jahrhunderts, melancholisch, lange dunkle Haare, mit einem Gummiband über einem zerbrechlichen Nacken zusammengehalten, so scheint es, so schien es (du selbst hast sie nie gesehen), grazil, elfenbeinfarbene Haut, unter der man die blaugrüne Äderung des Bluts ahnte, eine Zurückhaltung, die es zu gleichen Teilen nur in gewissen Adelsfamilien und manchen des Volkes gibt: Ihre Eltern waren Bergleute. Und weißt du, sagst du zu Treizes Tochter, was mehr als alles andere schön ist bei einer jungen Frau: die schmale Taille. So dass man sie beinahe mit beiden Händen umfassen kann. An der Taille altert man: Wenn man sie so langsam einen Bauch nennen kann. Und sie hatte so eine Taille, dünn wie ein Rohrstock, Cosette. Ja, Cosette, das ist der Name, den ihre Eltern ihr gegeben hatten. Weil damals manche Bücher halfen, an eine menschliche Zukunft zu glauben. Das kannst du schon nicht mehr verstehen, sagst du zu Treizes Tochter: was? Schon zu weit weg von den Büchern, nein? Sie streckt dir die dreieckige Spitze ihrer rosigen Zunge raus, zwischen Lippen, denen du gern mit dem Finger nachfahren möchtest, unter einem Nasenflügel, der mit einem funkelnden Stein gepierct ist: Fuck! Okay, sie hat Recht. Jeden Morgen, nachdem sie die Schlösser ihrer Mofas entriegelt hatten, nahmen sie sich im gelben Nebel des Kanals lange in die Arme – die Morgenluft war wie ein Ölfleck. Ihre kindliche Liebe, feierlich wie alle jungen Lieben, nervte die anderen ein bisschen. Manche beneideten sie, weil sie selbst keine Liebe hatten, andere täuschten Zynismus vor, weil sie der enttäuschenden Liebe bereits überdrüssig waren. Es kam der Tag, an dem Gédéon, der sich an den Verrücktheiten Chinas inspirierte, eine Maßnahme anordnete, der er den lächerlichen Namen »das rote Paar« gab: Es ging darum, jeden jungen »Intellektuellen« unter die Aufsicht eines Art Erziehers (oder eines politischen Kommissars) aus der Arbeiterschaft zu stellen. Foster und andere trugen die Botschaft hinaus in die Provinzen und verliehen ihr, wie das stellvertretende Vikare fast immer zu tun pflegen, noch zusätzliche Unerbittlichkeit. Im Département Nord sahen manche darin die Gelegenheit, Winter von seiner Gymnasiastin zu trennen. Vielleicht nicht wirklich aus Boshaftigkeit: eher um – dennoch mit etwas hämischem Vergnügen – ihre Disziplin zu prüfen. Man forderte von Cosette, sie solle nach Valenciennes umziehen und sich dort einem halben Analphabeten unterstellen: Barouf war nicht einmal Proletarier, sondern Abteilungschef bei Auchan (oder vielleicht bei Intermarché?). Er trug mit Vorliebe, was für euch seltsam war, breite bunte Krawatten unter taillierten Jacken, war stolz auf seine Koteletten und hasste die »Intellektuellen«. So unverständlich das heute erscheinen mag, sie gehorchten. Wir waren wie die Jesuiten, weißt du, *perinde ac cadaver*: Cosette verließ das Haus am Kanal. Winter glaubte, verrückt zu werden. Anfangs verabredeten er und Cosette sich noch. Aber mit einem Mofa ist es weit von Roubaix nach Valenciennes. Und da sie sich dieser absurden Anordnung im Namen einer abstrakten revolutionären Idee fügten, hegten sie bald beide Verdacht, der eine habe den anderen verraten: Scham und Verbitterung hielten Einzug in ihre Liebe und begannen diese zu zersetzen. Cosette lebte in Valenciennes in einer Wohngemeinschaft – sie und Winter trafen sich daher in lauten, stickigen Bistros. Betrunkene taumelten um die beiden herum, beschimpften sie: zwei Mädchen … Die unvermittelte Vulgarität dieses Lebens trieb sie an den Rand der Tränen. Cosette und Winter umarmten sich zwar noch, aber nur flüchtig, leider, und mit einer Befangenheit, die sie zuvor nicht gekannt hatten. Es regnete, die Welt war eng und schwarz, von Rauchsäulen verstellt. Solange sie zusammen gewesen waren, hatte sie die alte Industrielandschaft des Département Nord nicht bedrückt, sie spürten darin sogar, wie Winter mir sehr viel später erzählte, irgendwie so etwas wie ein Schneckenhaus, in dem ihre Liebe geschützt war; doch nun, da sie getrennt waren, flößte ihnen dieser trostlose Horizont nur noch Angst und Abscheu ein. Cosette wurde krank, zwei Monate lang sahen sie sich nicht, sie sahen sich nie mehr. Winter ist heute ein alternder Lehrer – noch nicht ganz ein alter Lehrer, aber bald, er weiß es, es ist ihm scheißegal, er wartet es mutlos ab. Er soll in Lille Literatur unterrichten, Schüler mit Rocker-Allüren, die sich mehr für Kampfsport als für Baudelaire oder Apollinaire interessieren. Er ist immer noch blass und zerbrechlich, was nicht dazu beiträgt, dass ihm seine Schüler größeren Respekt entgegenbringen, und der Alkohol hat seine Gestalt undeutlich aufgeschwemmt. Winter trinkt, viel, allein, ohne Freude und auch ohne Zorn. Er schluckt das wie Arznei, und das wird es wohl auch für ihn sein. Er hat eine Neuübersetzung der *Aeneis* begonnen, die er, wie er selber sagt, bestimmt nie vollenden wird. Er spricht wie im Traum, immer auf einer Tonhöhe, mit einem kleinen Lächeln auf den Lippen, abwesend, und zieht dabei sanft, paff, paff, an seiner Pfeife. Seine Augen blicken wie durch einen Schleier auf einen. Schau dir seine Augen an, sagst du zu Treizes Tochter: Man könnte meinen, es läge eine Gaze darüber. Man könnte meinen, sie wären gekocht. Winter ist ein Phantom. Er hat Cosette nie vergessen und sich nie verziehen, dass er sie hat gehen lassen. Und wohlgemerkt, er hat Recht, sich nicht zu verzeihen: man kann anderen verzeihen, wenn man will, wenn man sich dazu hinreißen lässt: aber nicht sich selbst. Er hatte Angst vorm Leben, wie viele von uns, und er warf heroische Lumpen darüber. Vielleicht erschien sie ihm zu schön, diese Geschichte, diese Liebe, zu unheimlich. Es ist merkwürdig, aber man hatte uns nicht beigebracht, das Glück fraglos anzunehmen. Aber warum?, fragt dich Marie. Das begreife ich selber nicht. Weil … ich weiß nicht, nimm beispielsweise an, dass zu einem bestimmten Zeitpunkt für die gesamte Menschheit nur eine gewisse Menge an Glück verfügbar ist, sagen wir eine Milliarde Megawatt – ich sage einfach irgendwas: Nimmst du zu viel davon für dich, bestiehlst du die anderen, dann ziehst du ihnen etwas von ihrer schmalen Ration ab, verstehst du? Und dann haben sie es deinetwegen schwer, glücklich zu sein. So kann man die Dinge sehen. Das ist komplett schwachsinnig, entgegnet sie dir: Im Gegenteil, wenn man glücklich ist, hilft man den anderen, es auch zu sein. Kannst du beweisen, was du da von dir gibst?, frage ich sie, um sie zu ärgern. Eure kleinen Arrangements mit dem Glück sind auch viel zu einfach. Okay, unwichtig. Winter ist seit langem ein kaputter Typ. Darum mag ich ihn. Dein Vater mochte ihn auch, ich erinnere dich daran, dass er ein ziemlich kaputter Typ war (ich weiß nicht, warum ich mich mit dieser Grobheit nicht zurückhalten kann). Es gibt eine Menge Dinge, von denen ich nicht wüsste, wie ich sie erklären könnte, sagst du zu Treizes Tochter, ich wüsste sie nicht zu sagen, weil ich sie nicht einmal wirklich zu denken wüsste, dafür müsste ich viel länger leben, als ich leben werde, ich bin nicht so schnell, ich sterbe schneller, als ich denke. Eines ist klar: Es muss eine Beziehung geben zwischen eurem naiven Kult des individuellen Glücks, bei euch Ultramodernen, und der Tatsache, dass ihr so verdammt wenig wisst, was Geschichte ist. Denn es ist etwas Tragisches daran, an Prometheus und allem, was daraus folgt, tut mir Leid, das läuft nicht nur mit individueller Entfaltung. Ihr aber findet eure Vorbilder in der Werbung, in dieser Art Ewigkeit des Schunds, die das Gegenteil von Geschichte ist. Da natürlich herrscht Glück auf allen Ebenen. Aber so funktioniert sie nicht, die Menschheit, scheiße, wir sind keine Topmodels… Die Heiligen, die Helden, die Revolutionäre sind nicht unbedingt besonders ausgeglichene Typen… die vor Gesundheit strotzen… frühmorgens aufstehen mit geschmeidigem Haar und glatt rasiertem Kinn… Du fängst langsam an zu dozieren, bemerkt sie ärgerlich und schnippt von ihrer Kippe ein Aschehäufchen ab. Vielleicht hat sie Recht. Pass auf, dass du nicht ein alter Idiot wirst. Sachte, wie man in den alten Filmen sagte, in den Krimis mit Gabin und Lino Ventura, wo man Tresore durchbohrte mit einer Kippe zwischen den Lippen und einem tief in die Stirn gezogenen Hut… Oder auch: »Immer mit der Ruhe, die Kurzen.« Dein Onkel sagte das, hob dabei den Zeigefinger, nahm dazu die Rechte vom Steuer aus falschem Elfenbein des Renault Frégate auf der mühsamen Strecke zur Côte d'Émeraude, deine Mutter an seiner Seite, zwischen Avranches und Pontorson, den Mont Saint-Michel im Visier, oberhalb der Salzwiesen, als ihr hinten anfangt, zu viel Radau zu machen, du und dein Bruder. Sitze aus gelbem und schwarzem Plastik (man sagt »strohfarben und schwarz«, das wirkt schicker). Deine Mutter auf dem »Todessitz« (aber in Wahrheit ist dein Onkel auf dem Sitz des Toten) raucht unentwegt englische Zigaretten. Die erdbeerfarbenen Kilometersteine sausen vorbei, recht langsam im Übrigen, auf der »Route de la Libération«. Auf dem Armaturenbrett eine Art kleine Barriere aus gewelltem Plastik, um den Players-Päckchen deiner Mutter Halt zu geben. »Kunststoff«: dieses Wort will »Modernität« ausdrücken. Deine Mutter ist dagegen. Glaubt, dass er Krebs verursacht. Für sie ist »Modernität« mehr oder weniger alles, was sich nach dem Tod des Oberleutnants ereignet hat. Die Modernität ist ein reißender Fluss, in dem sie schon lange den Boden unter den Füßen verloren hat. Pass auf, dass du nicht wie sie im Strom der Zeit ertrinkst, denkst du heute. Kaum dein Leben begonnen und schon gestempelt, wie das Fleisch in der Schlachterei mit der violetten Tinte des Todes, an einem Ort, den du nicht kennst, dessen Namen du nicht einmal kennst, ein Fluss im Fernen Osten, dessen Namen man dir verheimlicht, dessen Name eine Schande zu sein scheint, denn er besagt »Kolonialkrieg«, und ein Kolonialkrieg ist seit jener Zeit etwas, dessen man sich nicht rühmt, etwas, das im Programm des Lebens und des Todes »für Frankreich« nicht vorgesehen ist, ein Fluss im Fernen Osten, über dessen Delta es fünfundzwanzig Jahre später dichte Schwaden Entlaubungsgift und Schwärme von Kugelbomben regnet, ohne dass du Treize in diesem gestohlenen weißen Citroën zu sagen wagst, dass du in gewisser Hinsicht dort geboren, in ein merkwürdiges Leben hineingeboren bist, dass seine Tochter, denkst du heute, eines Tages, der genauso weit in der Zukunft liegt, wie es damals der Tod deines Vaters in der Vergangenheit war, nicht mehr verstehen würde. Gestorben für Frankreich ... Gestorben für nichts und wieder nichts, ja. Oder für Moneten. Getötet durch seine eigene Granate obendrein. Aber das weißt du natürlich damals noch nicht. Deine Mutter raucht, schweigend, nervös, für immer zerstört: da sie rigoros beschlossen hatte, dass sie es war, ganz bestimmt. Dein Leben kaum begonnen und schon gestempelt… Aber warum eigentlich gestempelt? Treizes Tochter, deren Vater doch auch gestorben ist, als sie noch ein kleines Mädchen war, aus Gründen, die sie nicht kennt, hat sich dennoch entschieden, sich nicht davon prägen zu lassen, vielmehr sollte das Glück ihre Antwort sein. Viel Glück! Deinem Onkel, einem richtigen Franzosen, nicht für zwei Sous ein Held, geht die dramatische Seite seiner Schwester ungemein auf die Nerven. Seinen Schwager, den hat er dicke. Tot noch störender als lebendig. Außerdem muss er den Chauffeur für diese Gören spielen… Lässt die Gänge krachen (die Gangschaltung war der Schwachpunkt des Renault Frégate). Rrrrrakkk! Getriebesalat! Der Leichenwagen mit »weißen Flanken« für die Bourgeois der Post-Libération setzt derweil seinen Weg holpernd, ruckelnd fort und kämpft sich gen Westen vor. Dein Bruder und du, ihr zieht euch an den Haaren, dann macht ihr ein Gesicht, als wolltet ihr auf das »strohfarbene und schwarze« Plastik der Rücksitzbank kotzen. »Immer schön langsam, die Kurzen«, spricht der Onkel und nimmt seine rechte Hand vom runden Steuer aus falschem Elfenbein. Ein Geruch nach verbranntem Gummi erfüllt den Innenraum. Damals rochen die Autos immer nach verbranntem Gummi. Oder auch (und gleichzeitig) nach nassem Hund. Aber der nasse Hund war der normale Geruch, während verbranntes Gummi den Auftakt für Ärger bedeutete. Nahm man zufällig keinen Hauch von verbranntem Gummi wahr, hatte man dermaßen Angst, es doch zu riechen, dass man es schließlich auch wirklich roch. Deine Mutter raucht Navy Cut mit Korkfilter. »Findest du nicht, dass es nach verbranntem Gummi riecht?«, fragt sie deinen Onkel in einem Ton, der offenbart, dass ihr all diese mechanischen Dinge im Grunde völlig gleichgültig sind. Und der Rest ebenso, wenn wir schon dabei sind.

Woran denkst du gerade, fragt dich Treizes Tochter. An nichts. Kindheitserinnerungen. Winter hat das Haus am Kanal gekauft. Er hat es hergerichtet, verschönert. Dort lebt er, allein, oder vielleicht hin und wieder mal ein paar Tage mit einer jungen Lehrerin oder sogar einer seiner Schülerinnen, keine Ahnung. Dort betrinkt er sich, allein, dort wartet er, dass Cosette zurückkehrt. Er übersetzt Vergil und schaut zu, wie der Regen auf den Kanal fällt, er übersetzt so lange, bis ihm die Trunkenheit Augen und Geist vernebelt. Ihre Rückkehr, ich glaube nicht, dass er wirklich darauf hofft, aber er wartet: Das ist nicht ganz dasselbe, oder? Man kann auf etwas warten, auf das man schon nicht mehr hofft, das ist meiner Meinung nach nur allzu menschlich. Ich weiß, wovon ich spreche. Wovon sprichst du?, fragt sie dich. Später. Ich erzähle es dir später. Und der Tod, schau: Man wartet auf ihn, ohne ihn zu erhoffen. Zumindest im Allgemeinen. Von wem habe ich dir erzählt? Ich meine, vor Winter. Sie weiß es nicht mehr. All das ist zu durcheinander. Aber genau so ist das Leben. Marie, dieses verhedderte Knäuel… Erst wenn du nichts mehr verstehst, erst wenn du alle miteinander verwechselst, wirst du eine Vorstellung davon haben, wie wir waren, wie dein Vater war, inmitten der anderen. Das genau will ich dir sagen: wie dein Vater inmitten der anderen, inmitten von uns war. Gruppenbild mit Treize. Ach, jetzt erinnere ich mich, ich habe von Nessim gesprochen. Er gehörte nicht zum innersten Kreis von La Cause, nicht einmal zum engeren. Zu reich und zu feige obendrein. Das Kapitel der Straßenkämpfe war nicht das, was ihm am Fortsetzungsroman von La Cause am meisten behagte. Ab und zu stieß er dennoch zu uns, um seine Zugehörigkeit zu zeigen, bewaffnet mit einer Art Stockdegen mit Elfenbeinknauf, den er auf dem Flohmarkt gekauft hatte. Er wusste es so einzurichten, dass er immer erst dann kam, wenn das Schicksal der Schlagringe und Knüppel bereits seinen Lauf genommen hatte. Es war nett von ihm, dass er kam. Niemand hatte ihn dazu gezwungen. Er war euch sogar ein wenig peinlich mit seinen Rindslederjacken und seinen Seidenschals, mit denen er einen auf

Apache machte … Ihr mochtet ihn gern, er war der Kumpel eurer heimlichen Besäufnisse, und er zahlte sogar die Rechnung, aber er blieb dennoch das, was ihr ein wenig verächtlich einen »Sympathisanten« nanntet: einer, der des Vertrauens nicht wirklich würdig war, dem man aber alles Unangenehme aufhalsen konnte. Er fuhr einen alten Bentley aus den fünfziger Jahren, du hattest ihn gezwungen, ihn zu verkaufen und damit die Kassen der Cause aufzubessern, mit Ausnahme des Werkzeugkastens, den ihr behalten hattet, einen Mahagonikasten, der eine Kollektion von Zangen und Schraubenziehern enthielt, die äußerst praktisch waren, um an Revolvern und Maschinenpistolen herumzubasteln. Vor allem mietete er ein kleines Haus im XVI. Arrondissement, nicht weit von Chalais entfernt, dem General im Ruhestand und Generaldirektor von Atofram. Du hattest also eines Tages Nessim verkündet, er sei auserkoren worden, ein großes Schicksal zu erfüllen. Diese Verkündigung fand bei ihm zu Hause statt, du warst mit Treize zu ihm gegangen, um der Sache mehr Nachdruck zu verleihen. Nessim trug einen granatroten Hausmantel und hatte Puschen an den Füßen. Als er euch einen Bourbon servierte, klirrten die Gläser und die Flasche auf einem Silbertablett. Also, worum dreht es sich?, fragte er euch und kraulte seinen schmalen, der Kinn einrahmenden Bart. Er hatte einen Hang zur Feierlichkeit, der daher rührte, dass er mit Kammerdienern aufgewachsen war. Er war geschmeichelt, aber auch beunruhigt. Wenn er noch mal gezwungen würde, etwas zu verkaufen … Du wusstest nicht, wie du anfangen solltest. Wir haben beschlossen, einen Feind des Volkes festzuneh men. Selbstverständlich können wir seinen Namen nicht nennen. Das war ein guter Anfang. Er, Nessim, würde die Ehre haben, euch sein Haus als Ausgangsbasis zur Verfügung zu stellen. Unnötig, ihm genauer darzulegen, dass er von nun an strengster Geheimhaltung unterlag bei Androhung schlimmster Strafen. Er könne noch absagen, doch er müsse es auf der Stelle tun. Nessim war leichenblass. Mit einem Zipfel seines granatroten Hausmantels putzte er zwanghaft die Gläser seiner runden Stahlbrille, die er von seiner feuchten Stirn genommen hatte. Er hatte nicht damit gerechnet, dass seine Saufkumpane so gemein wären, ihm eines Tages wirklich Vertrauen zu schenken. Er setzte seine Brille wieder auf und schaute euch starr an, als zweifelte er, dass seine Peiniger wirklich ihr wart, du und Treize. Nein, kein Irrtum. Und wie sollte … äh, worin bestünde … seine Rolle? Gegebenenfalls? Für diese Details hattest du das Wort an Treize übergeben: Aufgabenteilung, das wirkte ziemlich professionell deiner Meinung nach. Nessim war wahnsinnig aufgeregt, andrerseits hatte er schon lange von euch diese Art von Gefühlsaufruhr erwartet. Um sich bei Harry's zu besaufen, brauchte er euch nicht. Er war einverstanden. Und was ist aus ihm geworden, fragt dich Treizes Tochter. Ist er heute Abend nicht hier? Oh, er ist gestorben. Sogar ziemlich saumäßig gestorben. In Beirut aus einem Fenster des Murr-Towers in die Tiefe geworfen. Da haben sie ihn hingebracht, all diese Geschichten. Das schlechte Gewissen hatte aus ihm so etwas wie einen Revolutionär gemacht. Aus Abscheu vor der Ungerechtigkeit, die das Geld seiner Familie repräsentierte. Letztendlich hatte es ihm nichts ausgemacht, den Bentley zu verkaufen. Autos wechselte er wie Hemden. Sein erstes, einen Austin Healey, hatte er mit fünfzehn. Im Libanon kann man als Kind reicher Eltern einen Ferrari in kurzer Hose fahren. Er ist mitten im Krieg nach Beirut zurückgekehrt. Selbstverständlich war er auf der Seite der »palästinensischen Progressisten«. Frag mich nicht, was das heißt: es heißt nichts. Was Nessim von uns gelernt hatte, war, dass man gegen sein tiefstes Inneres Krieg führen musste. Und er empfand Scham, auf dem Rücken anderer glücklich zu sein, immer seidene Morgenmäntel, Cabrios und Gouvernanten besessen zu haben, dann Geliebte, die zu all dem passten, und war sie denn wirklich schlecht, diese Scham, du denkst das sicher, sagst du zu Treizes Tochter, aber ich weiß es nicht, ich bin mir da nicht so sicher. Muss man denn nicht gegen sich selbst Krieg führen, und nicht nur, wenn man ein reicher Erbe ist? Jedenfalls hat er im Lager seiner schlimmsten Feinde angeheuert. Oh, er ist kein Heckenschütze geworden, das war nicht seine Art, aber er hat ihnen Dienste geleistet, ich weiß nicht welche. Er hat sich für diese Seite engagiert, gerade weil es seine Feinde waren. Noch genauer: weil es die Feinde jenes Teils seines Ichs waren, dessen Feind er sein wollte. Muslime, während er Christ war, angeblich Bettler, während er reich war. Natürlich, all das war idiotisch. Der Chef der »Progressisten«-Partei war der größte Großgrundbesitzer des Landes, und während er nebenbei einige von Nessims Familienmitgliedern umbringen ließ, liefen seine Pferde um den Prix de l'Arc-de-Triomphe, und er selbst traf Nessims Vater bei den Auktionen in Deauville und Chantilly, wo sie den Hals derselben Einjährigen tätschelten, so wie sie den Hintern derselben Damaszenerfrauen getätschelt hatten, das ist kein Grund, mich so anzusehen, sagst du zu Treizes Tochter, was ich gerade gesagt habe, ist nicht besonders machohaft: zuerst einmal ist es die Wahrheit, und dann ist es von Apollinaire, okay? Beide in grauen Flanell gehüllt, klischeehafte Zwillingsbilder in *Jours de France*, die die antiplutokratische Phantasie Luciens mit den TEEs anregen könnten. Zwei Wolkenkratzer, oder vielmehr zwei Türme, standen sich über den Beiruter Ruinen gegenüber, auf jeder Seite der Demarkationslinie einer. Geborstener, abgebrannter, verworfener, finsterer Beton, von Scharfschützen besetzt: auf der einen Seite der Murr-Tower, auf der anderen das Holiday Inn. Das Meer ganz nah, großer malvenfarbener Saum, ungewöhnliche Stille. Der Murr-Tower war der Schießstand der »palästinensischen Progressisten«. Eines Tages hat man unten Nessims verrenkte Leiche gefunden. Was drängt Menschen, dorthin zu gehen, wo man sie umbringen wird, in den Hinterhalt, in das Blutbad, die für sie vorbereitet sind? Hüte dich vor den Iden des März, und dennoch geht man in den Senat. Nur die wenigsten entkommen dieser unbewussten Faszination: die Instinktivsten, die Tierhaftesten. Doch Nessim, kompliziert, feinsinnig, ängstlich, war genau das Gegenteil von einem Tier. Von euch aus, sagen wir mal, von jenem Tag an, als du und Treize ihm das große Schicksal, das ihm bestimmt war, angekündigt hattet, war er immer schlafwandelnd auf das Treppenhaus aus verwüstetem

Beton des Murr-Towers zugegangen, wo bärtige Typen, bestimmt (so wie er), sicherlich in Drillich gekleidet (während er Glencheck vorzog), womöglich mit Heroin bedröhnt (während er ein Freund des Kokain, war), ihm helfen sollten, dem Selbsthass, den die revolutionäre Idee in ihm hatte keimen lassen, ein Ende zu setzen. Du bist vor nicht allzu langer Zeit wieder in Beirut gewesen. Um einen Vortrag an der Universität zu halten. Das ist jetzt dein Beruf: Literat... Du hast versucht, die Orte wiederzufinden, zu denen dich Nessim damals geführt hatte, als du ihn wenige Monate vor seinem Fenstersturz besuchtest. Damals gabst du den Journalisten. Ihr wart im Morgengrauen zwischen den vom Kugelhagel pockennarbigen Containerstapeln umhergeirrt – manche durch die Explosion einer Mörsergranate im Inneren wie Popkorn aufgebläht –, die eine Mauer aus Blech zwischen den beiden Teilen der Stadt bildeten. Und auf dieser rostigen Mauer, gegen deren beide Seiten sich Beirut stemmte, halsstarrig in seinem Hass, lebendig begraben in dieser hasserfüllten Erde des Nahen Ostens, sah man die aufgemalten Namen von Häfen der ganzen Welt, Singapur Yokohama Pusan Dubai Buenos Aires, die Namen der großen weiten Ferne, des Meeres, verbunden mit der Sonne und den Sprachen der Welt, wie eine Einladung zu einer Reise. Das ist das einzige Mal in deinem Leben, dass du wirklich Kugeln knapp über deinem Kopf hast zischen hören, was man so Zischen nennt oder Sirren, wie metallische Wespen, Bohrer, die den Schädel suchen, ganz persönlich deinen, wie zu Anfang der *Reise ans Ende der Nacht.* Nicht angenehm, doch Nessim, der früher solch ein Angsthase war, war erstaunlich phlegmatisch geworden, also hattest du es nicht gewagt, in Deckung zu gehen, während er ruhig, Hände in den Taschen, seine Benson rauchte (wenn es denn keine Muratti waren) und weiterlief. Dieses Phlegma war der kommende Tod. Bäume hatten den Asphalt aufgeworfen, die Stadt kehrte zur Pflanzenwelt zurück. Du hast versucht, diese Orte wiederzufinden, doch vergebens. Du sahst noch Gebäude, die so aufgerissen, so klaffend, so geschmolzen waren wie Kerzenwachs, dass man sie für Grotten halten konnte, mit Stalagmiten aus schrottreifem Beton. Feigenbäume, Akazien wuchsen auf dem Brachland, Ziegen grasten dort inmitten von wild durcheinander liegenden Autos. Doch von allen Seiten brandete das Neue, das Flirrende gegen die Ruinen. Das Leben, das auch Geld hieß, machte Hausputz im Großen. Auch hier ging man von der Zeit der Geschichte zur Herrschaft des Geldes über. Sie war weniger blutig, das musste man anerkennen. Dein letzter Spaziergang mit Nessim, wenige Monate vor seinem Fenstersturz, führte bis zu den Fundamenten einer neuen Stadt zwischen Marina und Gewerbezentrum, ein Spaziergang, der sozusagen zur Archäologie führte. Wie der, den du ziemlich taumelnd eines Nachts unterhalb von Achrafieh in Begleitung eines alten pensionierten Militärarztes gemacht hattest, der den Oberleutnant gekannt hatte. Dieser Typ war in Cassino gewesen, er hatte unter den Mauern des Benediktinerklosters Amputationen ohne Betäubung durchgeführt, er erinnerte sich bestens an den Oberleutnant. Donnerwetter! Es war das erste Mal, dass du, abgesehen von deiner Mutter natürlich, jemanden treffen solltest, der dir von deinem Vater erzählen konnte! Du hattest Arrak mit ihm getrunken, bei Kerzenlicht, in einem Keller, in dem du gestrandet warst, nachdem Nessim sich von dir verabschiedet hatte (du solltest ihn nicht mehr wiedersehen). Der pensionierte Militärarzt war ein notorischer Säufer, er tötete ohne Überzeugung die Langeweile und die Angst des Alters, indem er seine Dienste einer Hilfsorganisation anbot, von der manche Chefs alte Genossen der Cause waren. Er war der Meinung, jeder arrangiere sich, so gut er könne, mit der Idee des eigenen Todes; und wenn er hier sei, dann nicht so sehr aus Liebe für die leidende Menschheit, die bekomme nur das, was sie suche, die Menschheit, das war sein Standpunkt nach einigen Gläsern Arrak, und du, den der Alkohol wie immer in tiefe Sentimentalität trieb, die manchmal kriegerisch und manchmal brüderlich war (doch da der pensionierte Militärarzt ein Waffenbruder des Oberleutnants war, trieb er dich dort in eine sabbernde Milde), du teiltest seine Ansicht ganz und gar. *Za zda-*

rovie! Du trankst gern auf Russisch. Hier in Beirut hatte der Militärarzt 1941 den Oberleutnant kennen gelernt, der frisch aus Äquatorial-Afrika eingetroffen war, nachdem er in einer Piroge oder so etwas Ähnlichem den Kongo hinauf- und den Nil hinuntergefahren war. Er blieb nicht unbemerkt, so der Militärarzt, ein Mal wollte er mit dem Motorrad ins Casino hineinfahren, ein anderes Mal kippte er in einem Restaurant an der Küstenstraße einen Eiskübel über dem Schädel eines Vichy-Offiziers aus. Ein Streitsüchtiger, Arroganter, einer, der weiße Seidenschals trug und den Frauen der Bourgeois und der Etappenschweine unverfroren den Hof machte. Wo mag jetzt wohl dieses Casino sein?, fragtest du dich damals in diesem Schutthaufen, zu dem Beirut geworden war. Die Stadt, in der der Oberleutnant den jungen Gockel gespielt hatte, war verschwunden in den Ruinen der Stadt, durch die Nessim dich führte, so wie wiederum diese Ruinen heute unter dem Beton des Neuaufbaus verschwunden sind. Die wenigen Züge des Oberleutnants, die der pensionierte Militärarzt aus seiner Erinnerung fischte, ergaben nicht gerade ein sehr sympathisches Bild, er hatte etwas Angeberisches – sagen wir mal – à la Romain Gary, aber du liebtest, was du an ihrer beider Unbescheidenheit zu verstehen glaubtest: eine gewiss recht verzweifelte Verachtung für die Feigheit ihrer Mitbürger. Hätten sie, die im Namen dieser Mitbürger freiwillig ihr Leben riskierten, um ihr Land, so gut es ging, von der Schande reinzuwaschen, sich wie brave Jungen benehmen müssen? Sie, die es sich zur Pflicht machten zu sterben, damit man dem Subjekt »Franzosen« ohne Gelächter das Adjektiv »frei« hinzufügen konnte, hatten vielleicht sogar das Recht, sich ebenso anmaßend aufzuführen wie diese »revolutionären« Schriftsteller, die es niemals in Betracht gezogen hatten, gegen den Nationalsozialismus zu kämpfen, die die Südliche Zone oder die New Yorker Salons für sich »frei« genug fanden. Ich weiß nicht, ob ich dir ein, zwei Dinge unseres Lebens begreiflich machen kann, sagst du zu Treizes Tochter: Aber wir waren voller Misstrauen gegenüber den Intellektuellen, ihrer Vorliebe für Deklamationen, ihrem Hang zu einem bequemen Heldentum mit Badezimmer und Meerblick und Frühstück im Bett… Und ob gerechtfertigt oder nicht, dieses Misstrauen, die Überzeugung, es gebe keine mutigen Intellektuellen, hat uns dazu gebracht, bei der Barbarei in die Lehre zu gehen. Wir waren sehr jung, sehr radikal, auch ziemlich unwissend, das muss ich zugeben. Aber nicht abgestumpft, nicht geimpft gegen den Abscheu, und das zählt. Es ging dabei überhaupt nicht, wie es der pensionierte Militärarzt offen heraus sagte, um die Menschheit. Er fand, sie sei eine lästige Angelegenheit. Was ihn nicht daran hinderte, sie gesund zu pflegen, so gut er konnte, denn sie fand immer wieder das Mittel, in Notfällen zu scheitern. Ihr wart schwankend und in Schlangenlinien durch das Labyrinth der völlig dunklen Stadt unter dem funkelnden Himmel einer mediterranen Nacht zurückgegangen: eine riesige unversehrte Form (denn die Dunkelheit verbarg die gründliche Arbeit der Zerstörung), doch anscheinend von jeglicher menschlichen Gegenwart bereinigt, eine Landschaft wie von de Chirico mit leeren Straßen, in weißes Mondlicht getaucht, wo sich das Dunkel der Fassaden, von keinem Licht durchdrungen, da die Fenster mit Sandsäcken verbarrikadiert waren, weithin erstreckte, keine Lampe, kein Auto, kein nachtschwärmerischer Betrunkener, außer euch, eine Stille, der man anmerkte, dass sie aus Zehntausenden ängstlicher Erwartungen, Schlaflosigkeiten und angehaltenem Atem bestand, und die hin und wieder von weit entfernten Explosionen unterbrochen wurde, welche die Existenz von Leben im Verborgenen bezeugten, denn manche versuchten, auf diese laute Weise andere auszulöschen. Zwischen den dunklen Blöcken der Berge und dem phosphoreszierenden Meer wirkte diese Wüste, durch die ihr irrtet, der pensionierte Militärarzt und du, so befremdend (da sie aus einer Szenerie bestand, die normalerweise das Leben, den Trubel und das Licht in sich aufnimmt), dass sie dazu einlud, erzählst du Treizes Tochter (auch wenn ihr euch nicht in diesem Zustand inneren Zerfalls befunden hättet, den die Trunkenheit gerne mit sich bringt), aus sich selbst herauszutreten und zu den puren, kalten

Sternen hinaufzufliegen, um von dort oben dieses winzig kleine Treiben, dieses ungehörige Überbleibsel der Menschheit in einem rein mineralischen Dekor zu betrachten: ihr schwanktet, strauCheltet, taumeltet, stütztet euch gegenseitig, der pensionierte Militärarzt und du, du berauscht vom Arrak, aber auch von dem Gedanken, dass du durch Straßen liefst, durch die der Oberleutnant gegangen war, mit einem Typen neben dir, der mit ihm die Erfahrung äußerster Wahrheit, welche Krieg bedeutete, geteilt hatte. So wie auch du nachher, wenn ich dich nach Hause bringe, sagst du zu Treizes Tochter, denn ich werde dich nach Hause bringen, an der Seite eines Typen sein wirst, der die schelmenhaft-metaphysischen Abenteuer mit deinem verdammten Vater, meinem Freund für alle Ewigkeit, geteilt hat. Durch ein dunkles Paris, das es heute nicht mehr gibt. Du siehst, die Geschichten sind nicht so zahlreich, fatal, dass sie sich wiederholen.

Das also ist aus Nessim geworden, fährst du nach kurzem Schweigen fort, das dazu diente, in deinem tiefsten Innern zu überprüfen, ob der leicht an Borges erinnernde Vorschlag, den du gerade ausgesprochen hast, einen Sinn hat oder nicht (Urteil zur Beratung ausgesetzt): eine verrenkte Leiche unter dem steinernen Schafott des Murr-Towers. An jenem Nachmittag, Jahre zuvor, als Treize und du ihm in der kleinen Bibliothek seines Hauses im XVI. Arrondissement das große Schicksal ankündigtet, das ihr ihm vorbestimmt hattet, zitterte seine Hand ein wenig, während er den Bourbon an die Lippen führte. Eure Kleidung (Trenchcoats usw.), eure kalte Entschlossenheit, die Grausamkeit des Dilemmas, in das ihr ihn stürztet, all das erinnerte ihn an Szenen aus Gangster- oder Résistance-Filmen, zwischen *Vier im roten Kreis* und *Armee im Schatten*, das lief in seinen Augen auf dasselbe hinaus, es war das Hereinbrechen einer gesetzlosen Brüderlichkeit in sein Leben als Sohn reicher Eltern. Dafür hätte er euch umarmt. Doch gleichzeitig suggerierte ihm sein Pragmatismus reicher Leute, dass an dieser Geschichte etwas faul war, dass ihr womöglich weder das

Kaliber eines Pierrot le Fou noch eines Jean Moulin hattet und dass es infolgedessen äußerst unvorsichtig wäre, sein Schicksal mit eurem zu verbinden. Wie gesagt, seine Hand zitterte ein wenig, als er Eiswürfel in den Bourbon gleiten ließ, aber er stimmte zu. Er merkte rasch, dass seine dunklen Vorahnungen nicht unbegründet waren. Um gegenüber dem Haus von General Chalais, dessen Gewohnheiten ihr herausfinden wolltet, gut gedeckt zu sein, hattet ihr beschlossen, euch als Reiche zu verkleiden. Aber die Vorstellung, die ihr euch von den Reichen machtet, war ungefähr genauso zutreffend wie die, welche die Duponds in *Reiseziel Mond* veranlasst, sich mit einer Fustanella herauszuputzen, um wie Syldavier auszusehen. Ihr hattet euch auf dem Flohmarkt weiße oder vielmehr gelbliche doppelreihige Sakkos gekauft, unter die ihr falsche Bäuche aus Kapok gestopft hattet. Mit euren falschen Schnurrbärten und den schwarzen Brillen saht ihr aus, als wolltet ihr in einem Musical die Rollen südamerikanischer Café-Kellner übernehmen. Am Ursprung dieser grotesken Verkleidung stand die Vorstellung, dass ein Reicher zwangsläufig dick ist und alt, auf alle Fälle nicht jung. Diese Verblendung war umso absurder, da ihr einen Reichen, einen echten, unmittelbar vor euch hattet: jung, schlank und bärtig. Er seinerseits, der wusste, wie ein Reicher aussieht (wie er zum Beispiel), war fassungslos, wie diese Hanswürste in ihren mit Eau de Javel gewaschenen Kleidern jeden Tag aus seinem Haus gingen, um sich in einem gestohlenen Wagen vor Chalais' Haus in der Rue des Marronniers (oder war es eher die Rue des Belles-Feuilles?) auf die Lauer zu legen. Jedenfalls hatte der Name mit der Pflanzenwelt zu tun.) Bei einem solchen Anfang sah er ernsthafte Scherereien voraus.

III

Remember ist ein alter silbergrauer DS, eine Göttin, die Schönheit selbst mit ihrem Rochengesicht und den beweglichen Augen. Wie so oft, weißt du nicht mehr genau, wo du sie geparkt hast, du musst bei der Place des Fêtes, up and down in Belleville, herumsuchen, und je mehr du herumläufst, umso mehr verheddert sich natürlich das Knäuel… Schwarze Türme am veilchenblauen Himmel, Antennen mit roten Lichtern, wie Mastkörbe an Schiffen. Nieselregen unter den orangefarbenen Laternen, Schleier, die auf die Stadt niedergehen wie die Entlaubungsschwaden dort auf den Dschungel am Delta. Oben an der Rue des Solitaires sieht man die Betonmassen der Place des Fêtes, BRZAN SPÉCIALITÉS BALKANIQUES RESTAURATION RAPIDE, Rue des Annelets, ach, da wohnt ein Kumpel von dir, Rue Arthur-Rozier, Baumumrisse zeichnen sich ab am malvenfarbenen Himmel über dem niedrigen und lang gestreckten Ziegeldach einer ehemaligen Werkstatt, an der Ecke des Platzes, gegenüber vom Restaurant L'Arc-en-ciel, mittags und abends Menu 65 Francs, die Badeanstalt aus lebkuchenfarbenem Backstein hat einen Schornstein, der an ein Krematorium erinnert. Weiter unten die Rue de Belleville unter dem zerstäubenden Nieselregen, SANDWICHERIE FALAFEL, ein Toilettenhäuschen und eine Telefonzelle mit pulverisierten Scheiben unter einer recht afrikanisch wirkenden doldenförmigen Akazie, das zersplitterte Sekuritglas erinnert an das zerstoßene Eis eines Cocktails, seinen zehnten *Mojito* trinken ist wie auf Ski einen Schneehang hinuntersausen, aber ohne Ski, sagte so in etwa (glaubst du)

Papa Hemingway, als er durch die Straßen der Altstadt von Havanna schwankte. Verdammt, wo hast du nur Remember geparkt? Du meinst, es sei eine abschüssige Straße gewesen und die Schnauze zeige zum schwarzen Himmel, aber an abschüssigen Straßen mangelt es hier natürlich nicht. BAR LE MISTRAL BOXES AUTO À LOUER ALIMENTATION GÉNÉRALE OPTICIEN LENTILLES DE CONTACT rechts die Rue du Télégraphe. Ach, sag bloß, hier hattest du doch deine erste bürgerliche Wohnung mit Judith, das kann man so sagen, bürgerlich: sie muss zwei Zimmer gehabt haben (sogar drei). Das war gegen Ende von La Cause, ihr hattet todunglücklich beschlossen, den Vorhang herunterzulassen, euch aufzulösen. In Deutschland und Italien versank die Geschichte dieser Jahre in Blut. Ihr hattet euch genügend gesunden Menschenverstand bewahrt, um davon nichts wissen zu wollen. Ihr, das war nur Alkohol, Trips, hier und da ein Selbstmord, das Leben eben ... Ach, da ist jetzt ja ein kleiner Park an der Ecke, mit Spielzeug für Kinder, war das damals nicht ein Friedhof? Bouleplatz am Télégraphe, ein Sandplatz, der dich erneut an eine afrikanische Stadt erinnert, und dann eine Bruchsteinmauer, ach, da ist ja der Friedhof, überragt von einem doppelten Wasserschloss aus Zement. An der Mauer eine Plakette: Hier machte Claude Chappe 1793 »das Experiment mit dem optischen Telegraphen, der die Siege der Truppen der Republik verkündete«. Oh, Ihr Soldaten des Jahres II... Die große Schmiede keuchte damals. Eine andere Plakette, klein: »Dieser Punkt, 128,508 Meter über dem Meeresspiegel, ist der höchste Punkt von Paris.« Sich die Fluten vorzustellen, die etwa hundertdreißig Meter tiefer kommen und gehen ... und auch die Geschichte, die kommt und geht ... um sich letztendlich zurückzuziehen ... definitive Ebbe ... Jetzt also adieu, ihr großen Wellen, für immer Niedrigwasser, uns bleiben das Vergnügen, im Schlick nach Muscheln zu suchen, und die Gefahren von Wanderdünen ... Hast du *Dreiundneunzig* gelesen?, fragst du Treizes Tochter. Du hast ihren rechten Arm genommen und über ihr das verbeulte Gewölbe eines Regenschirms aufgespannt. Nein. Das hätte mich auch gewundert. Aber du solltest. Victor Hugo, das muss dir altmodisch vorkommen, aber wir damals waren ganz durchdrungen von diesen großen Erzählungen. Gut, wo habt ihr gewohnt, Judith und du, hundertzwanzig Meter und ein paar Zerquetschte über dem Waagebalken der Meere? Konfessionslose Krippe von Saint-Fargeau, und plötzlich dieses sternförmige Zusammentreffen von Straßen, der Borrégo-Devéria-Télégraphe, mit der Brasserie de la Poste und der Stehkneipe Le Cantal, ja, plötzlich bist du dir ganz sicher, es war dort links, in einem dieser ziemlich leprösen Sozialbauten, mit einer Treppe hinauf zur Eingangshalle und zur ochsenblutfarbenen Aufzugstür ... ganz verkratzt mit Zeichnungen von Pimmeln und Hintern ... Gegenüber vom Bistro Le Mercure ... Du spieltest die Dreierwette im Cantal, immer in der Hoffnung auf einen großen Gewinn ... und vor allem war es das Nichtstun, die Verzweiflung, man muss die Dinge beim Namen nennen, die dich dazu brachten, dir den Rotwein reinzuschütten ... endlose Flipperpartien zu spielen ... ganz allein. Judith, die nicht so eine Niete war wie du, oder pragmatischer, arbeitete. Wo? Du weißt es nicht mehr. Du hattest es ein wenig mit LKW-Transport ausprobiert, als Auslieferungsfahrer bei dem schmutzigsten Unternehmen der Gare de Tolbiac, du bist schnell rausgeworfen worden. In diesen Jahren hat Treize auch angefangen, Trips zu nehmen. Ihr wart keine Revolutionäre mehr, aber um nichts in der Welt hättet ihr gewollt, klammheimlich bourgeois zu werden. Ihr glaubtet an nichts mehr, hattet kein Ziel mehr. Plötzlich erschien dir die Geschichte des Oberleutnants ganz nah, sein absurder Tod auf einem Rach des Mekong, von seiner eigenen Granate in Stücke gerissen, bei der Ausführung eines dienstlichen Befehls, im Dienst der Kautschukpflanzer, nachdem er ein Held des antifaschistischen Kriegs gewesen war. *Fair is foul and foul is fair*, die Hexen des Macbeth hatten Recht. Komisch, vor dem Mercure parken gerade zwei Autos aus der Zeit, ein AMI 8 und ein Simca 1000. Mit weißen Kotflügeln und Dachgepäckträger der Simca 1000.

Einen alten silbergrauen DS, den müsste man doch von weitem sehen. Ein historisches Auto ... Der pensionierte General Chalais hatte so eins, einen perlgrauen Pallas ... Als er eingeparkt hatte und aus dem Wagen stieg in der Rue des Marronniers (andere sagen, es sei die Rue des Belles-Feuilles gewesen), hast du ihm den Lauf der Maschinenpistole an den Bauch gesetzt, einer alten Sten aus dem Krieg, mit waagerechtem Magazin, eine von denen, die die Alliierten gegen Ende zu Tausenden an Fallschirmen abwarfen. André hatte sie euch gegeben, diese Sten, und auch einen Vorrat an Dynamitstangen, die aus der Zeche stammten, er hatte sie dem Steiger geklaut. Vor Sprengstoff nahmst du dich extrem in Acht. Du hattest irgendwo gelesen (nicht bei Proust, das ist sicher), dass Dynamit nicht bei Erschütterung explodiert. Das war das Nitro, der Lohn der Angst. Übrigens: es ist eine Sache, es gelesen zu haben, und eine andere, es sicher zu wissen. Vor allem da du im selben Buch (einem Handbuch der Schweizer Armee) auch gelesen hattest, Dynamit würde gefährlich, unsicher, wenn es zu alt sei und »schwitze«. Wer kann schon wissen, ob eine Dynamitstange, im Licht dieser Erwägungen betrachtet, nicht ein wenig schwitzt? Nur ein wenig? Es scheint nicht der Fall zu sein, aber wenn man genauer hinschaut ... ein leichter Tau, vielleicht? Scheiße, man weiß nicht mehr, ob es nicht der eigene Schweiß ist, der ... *¡Cabrón!* Ach, eins ist sicher, in *Wem die Stunde schlägt* stellte sich Robert Jordan nicht so an ... Diesen Vorrat an Dynamit habe ich mit Ausnahme weniger Stangen, mit denen wir eine rechtsextreme Zeitungsredaktion in die Luft gejagt hatten, im Wald von Fontainebleau verbuddelt, mit Treize, als alles vorbei war, sagst du zu seiner Tochter. Das war in gewisser Weise unser Abschied von Fontainebleau. Seine Mutter wohnte da. Deine Großmutter, by the way. Eine Verrückte, wie du weißt. Er hatte gedacht, es sei eine gute Gelegenheit, »seine Alte« zu besuchen, wie er sagte. Sie war der Kopf einer Sekte, die vage von Wilhelm Reich inspiriert war, Gott war die Triebenergie, Orgon, ich habe die Doktrin vergessen, aber klar, mit solchen Prämissen kannst du dir vorstellen, wie wir zu ihrer Heiligkeit gelangten. Sie lebte in einem schmucken Häuschen mit gemähtem Rasen und Gartenzwergen am Waldrand, zusammen mit ihrem Hohepriester, einem ehemaligen Flic, der riesengroß war. Nicht sehr weit weg von Nessims Vater, ihre Hütte: aber eben völlig anders. Aber du musst das Häuschen doch kennen? Nein, sie ist nie dort gewesen. Die Orgon-Päpstin hat nach dem Tod ihres Sohnes alle Brücken abgebrochen. Ihr seid jetzt wieder in der Rue du Télégraphe, es nieselt noch immer, doch glücklicherweise hast du einen Regenschirm, auf dessen dunkelblauem Gewölbe Sterne prangen, Altair, Wega, das Kreuz des Schwans, Kassiopeia und was weiß ich, und so gehst du unter einer kleinen, himmlischen Kuppel in Begleitung von Treizes Tochter, du hast beinahe vergessen, dass du die alte Göttin DS Remember suchst, du bist eine vorkopernikanische Sonne im Zentrum des Kosmos, ein wenig schwankend, aber nicht allzu sehr, am Arm der Tochter deines Freunds für alle Ewigkeit, du spürst ihre Brust (und Schlangen zischeln über deinem Kopf) an deinem Arm, und da du ein Schulmeister bist, gibst du einen total berühmten Satz zum Besten über das moralische Gesetz und den Sternenhimmel, aber ehrlich gesagt, denkst du nicht so sehr an das moralische Gesetz. Der Nieselregen lässt im orangefarbenen Laternenlicht Perlenschleier hin und her schwanken, so dass du an das Agent orange denkst, das über dem Mekong niedergeht und die Blätter versengt, unter denen sich Schlangen, Affen und Guerilleros des Vietcong verstecken. Die Päpstin hat euch, ihrem Sohn und dir, einen Aperitif angeboten, und mit einem Mal hat es sich der ehemalige Flic in den Kopf gesetzt, euer Auto auszuprobieren. Auch das war ein Citroën, diese Marke gefiel euch gut, ein BX. Er überlegte, einen zu kaufen, und da sich gerade die Gelegenheit bot, eine kleine Probefahrt zu machen … Ihr saßt ziemlich in der Scheiße. Ihr musstet ihm die Schlüssel geben, sonst hättet ihr euch verdächtig gemacht. Das Dynamit lag noch immer im Kofferraum. Allem Anschein nach schwitzte es nicht, aber wer weiß, was passieren könnte, wenn ihm einer hintendrauf fahren sollte … Ihr wart es, die ins Schwitzen gekommen seid. Der Ex-Flic ist am Steuer der rollenden Bombe zu einer Fahrt durch das Viertel aufgebrochen, und ihr seid geblieben, habt mit der Päpstin einen Cinzano getrunken (oder vielleicht war es ein Campari) und wart darauf gefasst, dass eine heftige Explosion dem Scherzen ein Ende setzte, und plötzlich ist Treize in wildes Gelächter ausgebrochen, aber wirklich in ein unglaublich wildes Gelächter, er stieß so etwas wie ein leises epileptisches Gekläffe aus, er ist von seinem Stuhl gefallen, und du musstest plötzlich auch anfangen, und als der Ex-Flic, hoch zufrieden mit der Straßenlage, zurückkam und die Schlüssel um seinen Zeigefinger kreisen ließ, saßt ihr beide schluchzend auf dem Boden, die Mutter, die vor Empörung fast erstickte, zwischen euch, und ihr Hund – denn natürlich hatte sie einen Hund –, der blöde Pudel (es sei denn, es war ein Boxer) sprang aufgedreht von einem zum anderen, jaulte und sabberte und dachte bestimmt, er habe es mit Artgenossen zu tun. Und so seid ihr gegangen, ihr bogt euch vor Lachen, weintet, stammeltet Entschuldigungen, die euch gleich noch mehr in brüllendes Gelächter stürzten, und ließt die empörte Mutter und den perplexen Ex-Flic zurück. Und ihr hattet noch immer Lachanfälle, als ihr das Dynamit auf einer kleinen Lichtung vergrubt und euch Orientierungspunkte merktet, für den Tag, an dem ihr, so wie Jean Valjean auf der Lichtung von Montfermeil seine Schatulle ausbuddelte, wiederkämet, um es zu holen: denn ihr zweifeltet nicht, dass »die schlechten Tage enden werden«, wie es in dem Lied der Pariser Kommune heißt, und es eine Revanche geben würde. Und jetzt, sagst du zu Treizes Tochter, ist dein Vater tot, und ich bin ein alter *homme de lettres*, die Revolution steht wahrhaftig nicht auf der Tagesordnung, und irgendwo unter dem Humus im Wald von Fontainebleau (wo? ich habe es natürlich völlig vergessen: vielleicht war es nicht einmal der Wald von Fontainebleau, sondern zum Beispiel der von Sénart), irgendwo unter der Erde eines Walds der Ile-de-France liegen einige Dutzend Dynamitstangen, die womöglich explodieren, wenn ein Bulldozer am Ende des 21. Jahrhunderts oder später sie ausgraben wird, wenn man die Bäume abrasiert, um eine neue Vorstadt zu bauen oder einen Flughafen oder ein Internierungslager oder ich weiß nicht etwas, von dem ich nicht einmal eine Vorstellung habe: und niemand wird verstehen, wie der Sprengstoff dorthin gekommen ist, man wird sagen, er stamme aus dem Zweiten Weltkrieg oder aus dem Dritten, falls dieser in der Zwischenzeit stattgefunden haben sollte. Und André hat ihn uns an einem Tag in der zweiten Hälfte des 20. Jahrhunderts gegeben, nachdem er ihn einem Steiger aus Les Houillères du Nord und Pas-de-Calais geklaut hatte, zusammen mit einer alten Sten-Maschinenpistole, die aus einem 1941 von den Engländern mit Fallschirmen abgeworfenen Paket stammte. Ich habe dir also gesagt, sagtest du zu Treizes Tochter, ich habe dir gesagt… ja, was denn eigentlich? Wieder geht ihr die Place des Fêtes ab, die ihren Namen so wenig verdient, CLINIQUE VÉTÉRINAIRE COLLÈGE GUILLAUME-BUDÉ PRESSING BLANCHISSERIE SANTA MONICA PIZZA GRILLADERIE ESPACE VIDÉO, ihr überquert etwas Ähnliches wie ein äußerst erbärmliches Forum mit einer spitzen Pyramide aus opal schimmerndem Plexiglas und einem Gang auf dürren gusseisernen Pfoten inmitten von schräg hingeworfenen Betonklötzen, verstreut, hässlich, verpisst, zusammenhangslos. Typen in Kapuzenjacken führen einen Pitbull aus, was sagte ich doch gerade?, fragst du Treizes Tochter zwischen den Pflöcken des Markts der Place des Fêtes, auf der finsteren Place des Fêtes, die nass und abfallend ist wie ein Strand der Hölle. Ach ja. Ich sagte, dass ich diese Sten-Kanone dem pensionierten General Chalais an den Bauch drückte, als er aus seinem Pallas DS stieg. Wir mussten ihn in den Lieferwagen drängen, an dessen Steuer Fichaoui-genannt-Julot saß. Und Treize, was tat er?, fragt dich seine Tochter. Er sicherte die Deckung mit einem US-Karabiner aus dem Krieg, eine Art Büchse, die uns André gegeben hatte, schon wieder André (es sei denn, es war Walter). Doch ein anderes Mal zuvor hätte er beinahe die Operation platzen lassen. Und wie? Sie fürchtet eine Schwäche, eine Feigheit… Nein, nein, beruhige dich, nichts Schwerwiegendes. Als wir in dem Lieferwagen warteten, hatte er plötzlich ein unbändiges Bedürfnis zu pinkeln, und darüber haben wir dermaßen lachen müssen, dass uns nichts anderes übrig blieb, als abzuhauen. Wir dachten, Chalais würde erbitterten Widerstand leisten, also habe ich ihn mit aller Kraft mit der Sten zu der offenen Tür des Lieferwagens gedrängt. Aber nein, im Gegenteil, er ist fast ohnmächtig geworden, so dass ich ihn durch meinen Schwung mitriss und umwarf, wir fielen beide zu Boden, ich auf ihn. Nein, so was! Und in diesem Gemenge hat sich das Magazin der Sten entriegelt (diese Maschinenpistole war eine Antiquität) und kullerte in den Rinnstein, die Verschlussfeder, der Spannhebel, all das klirrte im Rinnstein. Keine Patronen, denn wir luden unsere Waffen nicht, um Dummheiten, »Pannen«, zu vermeiden, wie man sagt, gerade eben unter solchen Umständen. Also, du siehst das Bild. Der General und ich auf dem Asphalt und die Waffe auf Abwegen … Gut, wir haben den ganzen Kram wieder aufgesammelt und den General am Kragen seines Mantels mehr tot als lebendig in den Wagen gehievt. Fichaoui hat einen Grand-Prix-Start hingelegt. Es ist eigenartig, sagst du zu Treizes Tochter, aber wenn ich daran zurückdenke, dann war das Vergraben des Dynamits ein bisschen wie die Beerdigung unserer Jugend. Eine magische Zeremonie. All diese Stangen Sprengstoff unten im Loch waren wie Symbole, Fetische dessen, was wir gewesen waren und nicht mehr sein würden. Vielleicht ist das auch ein Grund, warum wir so hysterisch lachen mussten, Treize und ich. Und einige Jahre später ist er tot, in welchem Jahr war das noch? 1980, ja, also sechs Jahre später sollte er in die Erde gelegt werden, auf einem kleinen Friedhof des Kaffs, in dem seine Mutter, die Orgon-Päpstin, lebte, am Rande des Walds von Fontainebleau oder von Sénart, nicht weit von diesem seit langem vergessenen Dynamitgrab entfernt. Und du, Marie, wie alt warst du an jenem Tag? Sechs Jahre? Nein, vier, okay, vier, und jedenfalls solltest du so aussehen, als würdest du nicht verstehen, was geschehen ist, du solltest laut lachend auf der Friedhofswiese Purzelbäume schlagen, du solltest bereits beschlossen haben, das Leben von der guten Seite zu nehmen. Deine Mutter, die sich trotz ihres Kummers schrecklich genierte, wusste nicht, was sie tun sollte. Im Wald lagen leuchtende Herbstblätter, ich erinnere mich, Feuerfontänen, die im Dunkel aufblitzten, wie an dem Tag, an dem du und Treize das Dynamit vergraben habt.

Im Augenblick lehnt ihr euch, gegenüber von einem Blumengeschäft, an das raue Mäuerchen der Metro, zwischen zwei verchromten Geländern und zwei weiß gekachelten Wänden führt die Treppe in die Finsternis, jenseits des Gitters verschlingt das Dunkel alles. Die Treppe zur Hölle, denkst du. Nicht umsonst heißt der Blumenladen an der Oberfläche auf der gegenüberliegenden Straßenseite »Garten Eden«. »Geburten, Hochzeiten, Trauerfälle« steht auf dem Schild. Der ganze Kreislauf… »Eden« heißt auch das Berliner Hotel, wo die Freikorps Rosa Luxemburg verhaftet haben. Sie sind alle dort unten, denkst du, am Ende der Treppe. Rosa Luxemburg und Che mit seinem blutigen Gesicht und der vor Cordoba getötete Milizionär und Gilles, der junge Gymnasiast, der in der Strömung der Seine abgetrieben ist wie Rosa im Landwehrkanal oder wie Tamara, genannt Tania, im Rio Grande (oder war es der Rio Masicuri?), mit dem Gesicht zum sich verändernden Himmel wie der König von Apollinaire, wie der Philosoph, der seine Frau erwürgt hat, und Nessim, wie der Oberleutnant und Treize und Jean d'Audincourt und all die anderen… Und wie der Mann, der der Held deiner Jugend war (und den du auch als Greis noch verehren wirst), Jean Cavaillès. Philosoph, Logiker, Saboteur, verhaftet, schrieb im Gefängnis ein Buch über Epistemologie, freigelassen, wieder Dynamit, wieder verhaftet, gefoltert, erschossen im Jahr 1944. Beerdigt in der Zitadelle von Arras unter dem Vermerk »Unbekannter Nummer fünf«. Ein gelehrter und besonnen heroischer Kopf, erklärst du Treizes Tochter, er verhinderte, dass wir voll und ganz glaubten, was ich dir vorhin gesagt habe: dass es keine mutigen Intellektuellen gebe. Und er hielt uns davon ab, wirklich barbarisch zu werden. Dieser

Typ, verstehst du, gründete nicht wie Sartre eine Diskussionsgruppe in Saint-Germain-des-Près, nein, das war kein Gerissener, er sprengte Brücken in die Luft, schmuggelte sich in einem blauen Overall in die Basis der Kriegsmarine in Lorient. Philosoph, Logiker, Saboteur. Ein Held, ja, mit diesem Wort verbrenne ich mir nicht die Zunge, im Gegenteil. Es stammt aus dem Urgrund der menschlichen Geschichte, als der Mensch sich von den Göttern befreit. Eines der degradierenden und in die Verzweiflung treibenden Phänomene unserer Zeit ist ihre Zurückweisung des Heldentums. Das bedeutet, dass man nicht mehr an die Menschheit glaubt. Ein Held ist nichts anderes als ein zutiefst menschliches Wesen, das Gegenteil vom Mensch als Ware. Und auch das Gegenteil der gedemütigten Kreatur vor Gott. Eine Menschheit ohne Heldentum ist nur gut für Gott oder für den Markt, aber einige kleine Zyniker von heute scheinen das nicht zu verstehen. Immer reden – ich habe das Gefühl, das ist es, was Treizes Tochter mir am liebsten an den Kopf werfen würde. Und das ist übrigens, was ich tue: Ich quatsche weiter. Die Treppe führt hinab in die Finsternis, zwischen zwei verchromten Geländern, gegenüber vom Garten Eden und dem unheimlichen Schornstein der öffentlichen Badeanstalt. Es gibt eine Bar da unten, sagst du zu Treizes Tochter, die Totenbar. Hundertzwanzig Meter und ein paar Zerquetschte tiefer, knapp über dem Meeresspiegel. Sie sind alle da, sitzen auf Korbstühlen im Dunkeln. Das schwarze Wasser plätschert über den Strand. Sie sagen nichts oder vielmehr, doch, sie murmeln, manche summen ganz leise. Alte Lieder vom Krieg und der Hoffnung, die Freiheit führt das Volk an, in den Reihen fixieren klare Augen unsere Fahne, dass Boudienny uns über die alten Straßen führt, *El Ejercito del Ebro*, das singen sie jetzt wie Wiegenlieder. Hörst du es nicht? Sie hört nichts. Aber ja, hör doch. Sind deine Ohren verstopft, oder was? Du ziehst sie zwischen den weißen Keramikkacheln die Treppe hinunter bis zum Gitter. Hör doch. Steigt aus den Zechen heraus, lauft die Hügel hinunter, Genossen. Aber wir armen Seidenweber haben kein Hemd. *Bella ciao. Dong-fan-ang hong, tai-yan-ang sheng...* Oh nein, bloß das nicht! Gnade! Nicht *Der Rote Osten*! Und auch André ist da unten, an der Bar der schwarzen Fluten. Der uns das Dynamit und die Sten besorgt hat. Ein echter Proletarier, ein Urgestein, geschichtsträchtig, ein rebellischer Bergarbeiter mit lupenreinem nordfranzösischem Akzent, weder ein Geisteskranker wie Lucien noch ein Spitzel wie Gustave. Ein Kamerad des berühmten Charlie Debarge, ein Typ mit legendärem Mut, Organisator des »Travail particulier« in den Zechen, 1942 getötet mit den Waffen in der Hand. Das war es, was uns beeindruckte, und mich beeindruckt es noch immer. André hat am Ende die Staublunge fertig gemacht, sein massiger Körper atmete beinahe nicht mehr, er ist erstickt wie ein Fisch, der aus der Tiefe der Erde nach oben gekommen ist. Es war ganz schlechtes Wetter, als er abtrat, das ist seine einzige Gemeinsamkeit mit Madame de Pompadour. Es schneite, und der Schnee schmolz auf den Halden, überall war Matsch. Das war zwischen Roubaix und der belgischen Grenze, in der Gegend von *Germinal*, durch die ihr, du und Treize, nach der Geschichte mit dem General Chalais geflohen seid: Backsteinhinterhöfe, Rübenfelder, wuchtige Schieferglockentürme, Frachtkähne, mit Unterwäsche beflaggt, Rabatten im Pflaster, wo der Ruhm der Radrennfahrer erstrahlte, schrottige Fördertürme, in denen sich die Schachträder noch drehten, Flandern aus Nebel und Schlacke, das soeben erst von Autobahnen durchschnitten wurde. Andrés Trauergemeinde zog bei Schneeregen zum Friedhof, durch ein Viertel mit Höfen, das die philanthropischen Arbeitgeber von Les Houillères im Jahrhundert von Zola mit exotischen Namen geschmückt hatten: sicherlich weil sie meinten, es sei weniger qualvoll, in der Rue de Panama den Erstickungstod zu sterben oder in der Rue du Détroit-de-Magellan Witwe zu sein. Hinter dem Leichenwagen trotteten sie mit erhobener Faust und schwenkten verblasste rote Fahnen, die aus alten Vorhängen genäht zu sein schienen, Bergarbeiter in Rente, alte FTPs, Boulespieler und Brieftaubenfreunde oder Finkenzüchter und ihr, die ihr zu dieser Generation gehörtet, der diese Symbole zwar langsam lächerlich vorkamen, wurdet durch deren Anblick dennoch zu Tränen gerührt. Amédée (blass, in einen langen, dunklen Mantel gehüllt) war bereits ein großer Journalist, Gédéon (den eine Daunenjacke wie ein Punkt auf dem i aussehen ließ) Rabbiner in Montluçon, du (im Dufflecoat) Literat, Foster (Mantel, Wollhandschuhe) strebte danach, als Präfekt zu sterben. Treize betrachtete schon seit einigen Jahren die Radieschen von unten.

Es war in der Rue de la Terre-de-Feu, erinnerst du dich, als du an dem Mäuerchen der Metrostation Place-des-Fêtes lehnst, zwischen dem Abstieg zur Hölle und dem Garten Eden, unter dem Sternenhimmel des Schirms und dem Regen, der aus dem mauvefarbenen Himmel tröpfelt, es war an der Rue de la Terre-de-Feu (oder vielleicht auch an der Rue du Rio-de-la-Plata?), dass Roger der Belgier seinen theatralischen Auftritt hatte: unrasiert, die Fäuste tief in den Taschen eines alten fett- und ölverschmierten Parkas verborgen, erkannte er kaum die Leute durch seine dicken Brillengläser eines Kurzsichtigen, von denen eines sternförmig gesprungen war wie durch eine 22-er Kugel, doch in Wahrheit hatte Rolge (das war sein Kosename) eines Tages im Eifer einer politischen Diskussion abrupt die Brille abgenommen (die sozialdemokratischen Spitzfindigkeiten seines Gesprächspartners hatten ihn auf die Palme gebracht) und mit ihr kräftig und aus Versehen gegen einen Bierkrug geschlagen. Aufgrund seiner Vorgeschichte und seiner Körperhaltung war Rolge wahrscheinlich der meistgesuchte Typ aller politischen Polizeidienste zwischen Amsterdam und Paris, und sogar weit darüber hinaus. Es reichte zweifelsohne aus, dass er irgendwo auftauchte, damit sich bei den örtlichen Flics ein Warnsignal einschaltete, er reiste nie ohne den Luxus außergewöhnlicher Vorsichtsmaßnahmen, er sprang auf fahrende Züge, kaufte ein Bahnticket nach Knokke, wenn er eigentlich nach Paris fahren wollte, ging ins Kino, um es eine Viertelstunde später wieder zu verlassen, fuhr mit seinem alten R4 verkehrt in Einbahnstraßen hinein: Und wie ein Spion in einer Filmkomödie tauchte er am Tag von Andrés Beerdigung auf, nachdem er die Landesgrenze quer durch Schrebergärten passiert hatte und auf leisen Sohlen durch den Schneematsch gelaufen kam, zwinkerte er heimlich hinter seinen zersprungenen Bullaugen, was bedeutete, dass er inkognito hier war und man ihm keinesfalls die Hand reichen durfte. Da muss ich gerade an einen Typen denken, sagst du zu Treizes Tochter, während du am Mäuerchen der Treppe lehnst: Stell dir vor, er lebt noch immer im Untergrund, hier und heute, Anfang des 21. Jahrhunderts, weil er glaubt, er habe damals erhebliche, außerordentlich illegale Dinge getan. Denis heißt er: Denis Masseclous. Wir erklären ihm, selbst wenn er jemanden getötet hätte – was natürlich nicht der Fall ist, das Schlimmste, was er getan hat, war einige etwas scharf formulierte Flugblätter mit verteilt zu haben –, wäre die Sache längst verjährt. Aber er schüttelt den Kopf, schaut uns Mitleid erregend an, er wisse, was er getan habe, sei um ein Vielfaches schlimmer als das, als ein einfacher Mord, den übrigens das bürgerliche Recht … Haben wir wirklich unsere marxistischen Prinzipien in dem Maße vergessen, dass wir jetzt Vertrauen in das bürgerliche Recht haben? Nein, nein, »sie« sind noch immer hinter ihm her. Und hinter den anderen übrigens auch, »sie« warten nur auf einen günstigen Augenblick, um uns zu schnappen. Wenn wir jetzt solche Weicheier sind, dass wir in aller Ruhe warten, bis »sie« uns abführen, dann ist das unser Problem. Ihn aber werden »sie« nicht kriegen. Er schaut uns mitleidig an. Er lebt unter falschem Namen, zieht zweimal im Jahr um, hat Briefkästen bei Freunden und hält sich mit Übersetzungen und Sklavenarbeiten mühsam über Wasser. Aber scheiße, Denis, was hast du denn letztendlich Schlimmes getan?, fragen wir genervt. Er schaut uns verständnisvoll an: Wir wüssten sehr wohl, was er getan hat. Oder aber, wenn wir es nicht wüssten, werde er nicht so bescheuert sein, es uns zu erzählen. Scheint so, als habe er eine großartige Grube bis in die Mitte der alten Welt ausgehoben, und wenn wir nicht auf dem Laufenden seien, dann sei es nicht an ihm, uns die Pläne zu liefern. Denn was wir daraus machen würden… Ich glaube, sagst du zu Treizes Tochter, dass er so recht zufrieden ist: Er hat eine etwas komplizierte Gegenwart gegen eine sagenhafte Vergangenheit eingetauscht, die sich auf die Gegenwart auswirkt und sie großartig erscheinen lässt. So kommt er mit der Zeit zurecht. Ich habe ihn vor einem Monat zufällig am Tresen eines Bistros am Odeon getroffen, und er tat so, als erkenne er mich nicht. Was, du erkennst mich nicht, Denis?, habe ich gerufen. Denis Masseclous! Absichtlich rief ich seinen Namen. Dieser Blödmann war zu Tode erschrocken und hat buchstäblich die Flucht ergriffen.

Als du Rolge das erste Mal getroffen hast, hat er dir mit einer Kinnbewegung an einer breiten Brüsseler Avenue ein Gebäude gezeigt (er saß am Steuer seines R4 – oder war es ein R6? Jedenfalls eine kleine Karre, kein Aston Martin): »Die NATO«, hat er finster gesagt, »wird heute Nacht in die Luft fliegen.« Mit dem professionellen Ton eines Reiseführers, der den Bustouristen etwa erklärt: »Die NATO. Das Gebäude wurde 1950 in einem rein internationalen Stil erbaut.« Mit nur einem kleinen, etwas selbstgefälligen Lächeln im Mundwinkel, so nach der Art: »Siehste, was ich für saugute Verbindungen hab?«, aber mehr nicht. Zu der Zeit, als nichts unmöglich schien, warst du dennoch ein wenig baff, doch du hast dich gut gehalten, weder hast du deine Überraschung gezeigt, noch hast du eine indiskrete Frage gestellt. In der Nacht ist natürlich nichts geschehen, der Dritte Weltkrieg hatte lange auf sich warten lassen. So war er, Roger der Belgier: geschwätzig, angeberisch, gefährlich, aber dennoch in einigen Dingen sehr tüchtig. Er tat anderen gern einen Gefallen, ohne sich große Fragen zu stellen, welch ein Gefallen das wohl war. Im Grunde seiner Seele war er ein Kofferträger, der sich nicht fragte, was in den Koffern enthalten sein könnte. Oder vielmehr, er wusste es genau, aber überließ den anderen, den Empfängern, die Verantwortung für die denkbaren Folgen. Seine beachtliche Karriere hatte er mit vierzehn als Kurier der Résistance begonnen. Als »Laufbursche«, wie er sagte. Er wurde verhaftet, gefoltert, deportiert, und im Schutz eines Bombenangriffs war es ihm gelungen, dem Zug zu entfliehen, der ihn nach Dachau bringen sollte, und er hatte Deutschland zu Fuß im Schnee und Feuer des Winters 1944/45 durchquert. In Moskau, inzwischen war er zwanzig, hatte man ihm beigebracht, Papiere zu fälschen, und er hatte die Hand des Genossen Stalin geschüttelt. Aus dieser Zeit hatte er sich ein schlechtes Foto, ausgeschnitten aus der *Komsomolskaia Prawda*, und die Talente eines Fälschers und Wodkatrinkers bewahrt, die er gern anderen zur Verfügung stellte. Diese doppelte Befähigung hätte ihn beinahe eines Abends im Jahr 1960 das Leben gekostet, als er schon ein wenig angetrunken, für einen Typen aus dem Untergrund des FLN-France einen technisch perfekten, schwedischen Pass anfertigte, auf den Namen Sigbjorn Wilderness (oder auch vielleicht … na ja, so ein Name eben), Größe 1,86 m, Haare blond, Augen blau: Die algerischen Brüder, die schon damals keinen Sinn für Humor hatten, mussten sich krampfhaft zurückhalten, ihm nicht die Gurgel durchzuschneiden. »Sie waren nett«, erinnerte er sich, »sie haben mir nur eine Geldstrafe aufgebrummt. Eine hohe Geldstrafe.« In dieser Zeit sorgte Rolge für seinen Lebensunterhalt, indem er sich in den Nobelvierteln von Brüssel an Handtaschen heranmachte und falsche Delvauxs und Magrittes malte, Maler, die den Bourgeois die Metaphysik näher brachten und deren Kurswert entsprechend zu steigen anfing. Um sich aus der Misere zu befreien, malte und verkaufte er recht teuer zwei Bilder von Magritte, die ironischerweise unter den idiotischen Titeln *Un peu de l'âme des bandits* und *Les Mémoires d'un saint* katalogisiert sind. Rolge behauptete auch, im Laufe seiner Aktivitäten als Taschendieb habe er zufällig auf der Avenue Louise (ein anderes Mal sagte er, es sei an der Place de Brouckère gewesen) die Brieftasche einer Bourgeoise geklaut, die die Mutter von Henri Michaux gewesen sei. Man musste Roger den Belgier einfach gern haben. Er war ein höchst poetischer Typ, ein Anachronismus, ein altes historisches Wrack. Nur, da er zu lange kleine Schiebereien für die Weltrevolution machte oder für das, was davon übrig blieb, war er skeptisch und sogar ein bisschen zynisch geworden. Sicherlich glaubte er nicht mehr fest an all diese Geschichten, doch mit der Zeit waren sie sein Geschäft geworden, oder jedenfalls seine Visitenkarte. So wie Bloch sich auf seine Besuche bei den Guermantes berief, rühmte er sich mit seinen Beziehungen zu den Black Panthers, der IRA, der ETA, den Tupamaros, den Montoneros, den Zengakuren, den Weathermen und anderen Banden, bei denen das Trachten nach Heiligkeit mit einer klaren Tendenz zum Morden einherging. Von Eldridge oder von Ulrike erzählte er euch wie von alten Kneipenkumpeln. Das hat euch genervt und beunruhigt, aber auch beeindruckt. Wenn man ihm glauben kann, hat er Che 1965 in den Dschungel des ehemaligen Belgisch Kongo geführt, und vielleicht ist es wahr, wie soll man das wissen? Guevaras Coup in Afrika war eine solche Posse … »Ich war sein Schachpartner, er war verrückt nach Schach, seine ganze Wut, die der Dilettantismus und die Korruption der Kongolesen in ihm auslösten, floss da hinein. Er hatte die Manie, mit dem Rücken zum Schachbrett zu spielen, er nannte mir seinen Zug, ich bewegte seine Figur, ich sagte ihm meine Antwort darauf, er behielt und visualisierte alle Positionen im Kopf, so was habe ich nie zuvor gesehen. Aber vor allem war ich zuständig für seine sexuellen Affären. Überall bot man ihm Mädchen an, am Rand eines jeden Dorfs oberhalb des Tanganyika-Sees«, erzählte er mir in den verrauchten Bars von Mouscrons oder Tournoi, wo wir uns hin und wieder trafen, um fragwürdige Aktionen vorzubereiten, »großartige Jungfrauen, dunkel und funkelnd wie Vinylplatten, mit granatenartigen Brüsten und keineswegs verschreckt, sondern im Gegenteil sehr zufrieden, dem großen weißen Revolutionär ausgeliefert zu sein. Nur, Ernesto war äußerst puritanisch und dazu noch Asthmatiker, wie du weißt: Also habe ich sie alle an seiner Stelle gebumst, es ging um die Zukunft der Revolution in Afrika, du verstehst – diese Mädchen abzulehnen wäre eine böse Beleidigung gewesen, und das Dorf hätte sich gegen uns gestellt. Wir hatten ja ohnehin schon nicht besonders großen Rückhalt...« Und die Dorfältesten, fragte ich ihn, waren nicht gekränkt, dass du und nicht Che ihre Iphigenien entjungfert hast? »Natürlich nicht, denn sie glaubten, ich sei der große kubanische Chef und nicht dieser verschlossene, schwitzende und japsende Bärtige, den sie *Tatu* nannten, ›Drei‹ auf Swahili, und der nicht einmal Französisch sprach.« Roger war mit der Zeit und der Ernüchterung auch ein bisschen lüstern geworden, er gab zu verstehen, er würde gerne eine Lieferung Plastiksprengstoff, in den Türen eines Volkswagen versteckt (»das bauchigste aller Autos, da kannst du in jeder Tür dreißig Kilo unterbringen«), eintauschen gegen eine Nacht mit einer jungen Muse des Widerstands gegen die Colonels. Aber man musste ihn einfach gern haben, diesen Typen, der zu Fuß Nazi-Deutschland durchquert, Stalin die Hand geschüttelt und mit den Majoretten geschlafen hatte, die für den Commandante bestimmt waren. Auf seine Art war er Geschichte, dieser alte Schmutzfink, und Geschichte war in euren Augen das große Buch, in dem alles geschrieben stand, Vergangenheit, Gegenwart und Zukunft, die Sammlung von Traditionen und Prophezeiungen.

Das war wie mit Demetrios: Auch ihn musste man einfach lieben und achten. Im besetzten Griechenland war er als ganz junger Mann Mitglied einer Partisanengruppe, die ein Engländer der SAS anführte. Als die Deutschen ihn geschnappt hatten, setzten sie ihm einen Helm mit Schrauben an beiden Seiten auf den Kopf, die der Verhörende langsam anzog. In diesem Schraubstock war Demetrios erblindet. 1943 war er von kommunistischen Partisanen der ELAS befreit worden. Er konnte nicht mehr kämpfen, also sang er für die Genossen in den Zelten. Das klingt ein bisschen zu homerisch, um wahr zu sein, aber es ist wahr. Manchmal imitiert das Leben die Literatur. Im ersten Bürgerkrieg, bei der Befreiung, wurde er wieder geschnappt und gefoltert, dieses Mal von den Royalisten, deren Ausbilder derselbe SAS-Mann war, der seine erste Partisanengruppe angeführt hatte, ich hoffe, du kannst mir folgen, sagst du zu Treizes Tochter. Danach ist Demetrios Seemann geworden. Funker auf einem Frachtschiff: Er war blind und nicht taub. Eines Tages im Jahr 1947 war sein Schiff von Port-Saïd nach Marseille ausgelaufen, als er einen Funkspruch erhielt mit dem Befehl, Piräus anzusteuern. Er gab ihn nicht an den Kapitän weiter. Er hatte verstanden. Der zweite Bürgerkrieg war ausgebrochen, und die Besatzung war ein Haufen Roter, Seeleute wie die des Kreuzers *Aurora*: Sie sollten alle ins Gefängnis geworfen werden, wenn nicht gar in Massengräber. In Marseille streikten die Hafenarbeiter der CGT, damit er und seine Kameraden von Bord gehen konnten und den Status politischer Flüchtlinge erhielten. Das war nur wenige Monate, bevor der Oberleutnant auf einem Rach des Mekong starb, auf der anderen Seite der Welt, von seiner eigenen Granate zerrissen. Kein Zusammenhang, außer dass es der Beginn des Kalten Krieges war. Der Oberleutnant und Demetrios befanden sich, jeder auf einer Seite der Erde, in gegensätzlichen Lagern dieses Kriegs. Gegen den Faschismus waren sie noch im selben gewesen. Bald würde ein Transportschiff im Hafen von Marseille anlegen, mit unter anderen dem Sarg des Oberleutnants an Bord, den eine Trikolore bedeckte. Du würdest nicht einmal ein Jahr alt sein. Der Blinde würde nicht sehen, wie das Frachtschiff der Messageries die Molen passiert, aber er würde vielleicht die Sirene hören. Wie alle Blinden richtete er seine Aufmerksamkeit auf die Geräusche, und besonders auf Hafengeräusche, bei denen sich ein Teil seines Lebens abgespielt hatte. Später sollte er ein Restaurant in L'Estaque eröffnen. Noch viel später, etwa zwanzig Jahre später, sollte dir jemand – du weißt nicht mehr wer – seine Adresse geben und dir sagen, er könne euch helfen. Du solltest eine Paella in diesem Restaurant essen gehen, mit Treize (der Koch war ein alter spanischer Roter, wie die Frau von Demetrios). Das Meer sollte funkelnde Lichtreflexe an die Wände werfen. Auf einer Stange sollte ein Papagei sitzen, dessen schreckliches Krächzen vage die Hymne des Fünften Regiments der spanischen Republik, des bewaffneten Arms der Stalinisten in Madrid, nachahmen sollte: *con*

Lister y Campesino, no hay miliciano con miedo. Alle Papageien sind übrigens Stalinisten, sagst du zu Treizes Tochter: Stalinisten oder Faschisten, das hast du nicht gewusst? Dieser Schnabel, diese Klauen, dieses ausdruckslose Auge ... Diese Lust zu schreien, diese Leidenschaft zu imitieren ... Gut, damals dachte ich natürlich nicht ganz so. Ich fand, dieser Papagei habe Recht, die Hymne des *quinto regimiento* zu plärren. Ich befand mich in einer Art heimlichen Einverständnisses mit ihm, als wären wir beide Mitglieder derselben Geheimgesellschaft. *¡No pasarán!* Als wir dann bezahlten, fragten wir nach Demetrios. Wir kommen von ... von, ich weiß nicht mehr von wem. Sagen wir, vom Genossen Schmoll. Aber vielleicht war es Fichaoui, denke ich gerade. Und so haben wir begonnen zusammenzuarbeiten. Demetrios ist der mutigste Typ, den ich je kennen gelernt habe. Sein Haus stand verfolgten Freunden immer offen, in der Nacht kutschierte er in seinem Auto, das ein spanischer Gockel fuhr, unsere Utensilien durch die Polizeisperren und vertraute dabei auf den Respekt, den vermutlich sein GIG-Abzeichen eines schwer Kriegsversehrten den Flics einflößen würde. Wäre er übrigens erwischt worden, hätte das die Ausweisung für ihn bedeutet, und damals herrschte in Griechenland die Obristendiktatur. Demetrios riskierte sein Leben, um unsere Freunde zu verstecken oder unsere Handgranaten durch die Gegend zu fahren, denn er dachte, wir seien seine wahrhaftigen Söhne, mehr als sein eigener Sohn. Ich erinnere mich an einen Abend auf den Höhen von Marseille, sagst du zu Treizes Tochter, die Stadt unter uns rutschte Richtung Meer, wo Frachter ihr Kielwasser hinter sich herzogen, in ein abruptes Licht- und Schattenspiel, ich weiß nicht mehr genau, wo das war, aber ich erinnere mich an die mauvefarbene Mauer, die von weißen Streifen durchzogen war, und dass diese Landschaft von einer Pergola umrahmt war, an der Wein rankte. Ich erinnere mich, traurig gedacht zu haben, dass Demetrios diese Schönheit für immer versagt war. Diese Erinnerung überrascht mich, denn wir waren, wie ich dir schon gesagt habe, nicht empfänglich für das Schöne. Und dennoch erinnere ich mich ganz genau: an die Heiterkeit, die dieser leuchtende Abendhimmel ausstrahlte, in dem Luftströme wie Federn flogen und vor dem sich Demetrios' umschattetes Gesicht abhob, der mir sagte, sein Sohn enttäusche ihn, sein Sohn verrate ihn, dieser Idiot interessiere sich nur für Autos und Frauen, er sei nicht wie wir. Und diesem »Wir« anzugehören schien mir an diesem Abend eine Ehre und Ungerechtigkeit zugleich, und Demetrios' Leid, dem das Abendlicht und seine toten Augen eine tragische Maske verliehen – eine Maske des alten Ödipus –, fand ich schön und zugleich sinnlos. Er machte mich, er erklärte mich zu seinem Sohn – und wusste nicht, dass mein Vater, wie man sagt, »den Tod gefunden hat«, ehe er mich fand – an Stelle eines Sohnes, der, ich spürte es trotz meines strengen Sektierertums, nur mit dem unantastbaren Recht leben wollte, das einem jeden zusteht, ein Idiot zu sein. Dass Demetrios, der Märtyrer, dem die Faschisten das Augenlicht geraubt hatten, der Sänger-Partisan, der in den Zelten sang, dass dieser Mann mich zum Mitglied seiner Familie machte, erfüllte mich mit Stolz – und auch mit Furcht (*Domine, non sum dignus…*) und schließlich auch mit Scham, weil es mir schien, dass es einer Anmaßung gleichkam. Diese Dinge dachte ich, während ich zusah, wie die Kielwasser das Meer zerkratzten. Der Frachter von Messageries, der den Sarg des Oberleutnants nach Frankreich heimholte, hieß Galapagos – ich hatte es erst viele Jahre später erfahren, »als ich alt genug war, diese Dinge zu wissen«. Ich war alt genug, diese Dinge zu erfahren, mit etwa zehn, zwölf Jahren, sagst du zu Treizes Tochter, dennoch brachte mich dieser Name zum Lachen, »Galapagos«, es war mir peinlich, und ich habe mich furchtbar geschämt für diese Lust zu lachen. Stundenlang wiederholte ich in meinem Kopf »Galapagos, Galapagos« und versuchte, zu weinen oder zumindest ernst zu bleiben, und ein gewaltiger Lachanfall stieg in mir auf, der schließlich explodierte. Glücklicherweise wusste meine Mutter nicht den Grund für mein Gelächter, sie meinte, ich hätte schwache Nerven und wäre völlig durcheinander. Was im Übrigen vielleicht sogar stimmte.

Auch daran dachte ich an jenem Abend, als ich zusah, wie die Kielwasser das Meer zerkratzten. Und die Galapagos-Inseln beschworen die Erinnerung an diese unglaubliche Geschichte herauf, die Jan Valtin erzählt – er war Deutscher, ein roter Seemann, ein Kader der Komintern. Und die Komintern? Ach, komm, das schaust du in einem Lexikon nach. Das findest du im Internet. Im Frühjahr 1919 geht er an Bord eines alten Passagierdampfers, in Hamburg (oder vielleicht auch in Bremen). Die Spartakisten sind zerschlagen, Rosa Luxemburg ist getötet und ihre Leiche in den Landwehrkanal geworfen worden. Das Schiff ist voller Revolutionäre, voller Aufständischer aller Weltanschauungen, unbeugsamer Männer, die den Wirrungen und den Freikorps entfliehen. Kaum auf dem Meer, übernehmen sie die Macht. Die Offiziere verbarrikadieren sich auf der Brücke und im Maschinenraum, auf dem restlichen Schiff herrscht eine grausame Freiheit. Es gibt Bordelle, Spielhöllen, Tätowierer, politische Versammlungen und Morde. Sie stellen die Zukunft zur Abstimmung. Einige ziehen in Erwägung, Piraten im Südatlantik zu werden, doch der Vorschlag, der die Mehrheit der Stimmen gewinnt, ist, auf den Galapagos-Inseln eine sowjetische Republik zu gründen und die Bolschewiken um Waffen und Frauen zu bitten. Das ist komisch, das erinnert mich an eine spinnerte Idee, die Treize und ich hatten, als alles vorbei war. Ich habe dir gesagt, wir waren ziemlich verzweifelt. Erleichtert und verzweifelt. Wir wollten keinesfalls bürgerlich werden, aber wir spürten, dass das schwierig sein würde. Also haben wir – während wir Bier in der Bar Belge soffen, in Port-Royal, das war unsere Stammkneipe – die Idee entwickelt, die Revolution burlesk zu verabschieden. Den ganzen Film ein letztes Mal, von Anfang bis Ende, im Zeitraffer. Wir wären zusammen mit einigen anderen mit dem Schnellboot auf eine kleine anglo-normannische Insel, nach Sark, gefahren. Das ist eine Spielzeuginsel, zu zehnt kontrollierte man alles innerhalb von einer Stunde, selbst mit Plastikpistolen. Es gibt eine Art Herrscherin, wir setzten sie ab, wir sperrten sie ein. Wir hätten die rote Fahne auf dem Landsitz der

Lady gehisst, die Macht der Sowjets proklamiert, die vollständige Kollektivierung der Ländereien, das Bier und den Whisky im Auge: erster Tag. Am zweiten hätten wir die Grenzen geschlossen, den Verkauf von Zeitungen verboten, die übermäßige Industrialisierung und Planwirtschaft verfügt und den Hafen (von der Größe eines Tennisplatzes) der kubanischen Flotte zur Verfügung gestellt (die Russen erschienen uns zu weich, zu vernünftig, die Chinesen zu weit weg). Am dritten Tag hätten wir einen Komplott erfunden und einige von uns verhaftet. Du wärest Trotzki-Lin Piao, sagte ich zu Treize, und würdest versuchen, mit einem Schlauchboot zu fliehen. Er wollte, dass ich es sei. Wir würden sehen. Am vierten Tag würden die Prozesse beginnen. Ein Bauernhof würde beschlagnahmt und in ein Arbeitslager verwandelt. Für die Folgezeit hatten wir nichts vorgesehen, weil wir dachten, die Geduld der britischen Krone hätte ihre Grenzen und unser Theaterstück wäre nicht länger als vier Tage auf dem Spielplan. Wir würden uns heroisch mit Maschinengewehren mit Zündplättchen und Wasserpistolen verteidigen. Die Revolution würde ein weiteres Mal umgebracht. Und was ist geschehen?, fragt dich Treizes Tochter. Nichts. Wir hatten nicht die Traute, es zu tun. Es war falsch von Demetrios, mich zu seinem Sohn zu machen. Auch wir waren Papiertiger, auch wir. Und was ist mit dem deutschen Schiff? Ach, das ist viel romanartiger. Mitten auf dem Panamakanal hat die Hälfte der Galapagosanwärter Lust bekommen, von Bord zu gehen … Es waren alles deutsche Proletarier, vergiss nicht, sie kamen aus einer Welt in Schutt und Asche, einer Welt mit Millionen von Toten, die nach Verwesung stank, also stell dir vor … die Papageien, die Schmetterlinge … diese ganze Unberührtheit … Sie konnten nicht widerstehen. Sie sind mit ihren Bündeln über Bord gesprungen und zum Ufer des Kanals geschwommen. Und dann sind sie völlig ratlos und durchnässt in den Dschungel gelaufen. Sie treffen auf Eisenbahngleise, sie ziehen sich aus und legen ihre Sachen zum Trocknen auf die Schienen. Kommt eine Lokomotive, und sie finden sich wieder, einer mit Shorts, der andere mit einer Hose, die nur noch ein Bein hat, ein dritter mit einem schräg durchtrennten Hemd, alle mehr oder weniger nackt. So haben sie aufgegeben. Diese Geschichte kam mir an jenem Abend in Erinnerung, als ich, umgeben von Weinranken, sah, wie die Kielwasser die blaue Wand des Meeres zerkratzten, diese Schönheit im Abendlicht, die Demetrios' gequälten Geist nicht mehr beruhigen konnte. Dieses Gesicht einer Statue mit leeren Augen … Galapagos! Galapagos! Der Name brachte mich nicht mehr zum Lachen, wohl aber die Geschichte der nackten Spartakisten im Dschungel von Panama, ja. Demetrios lachte nie. Kannten die Helden kein Lachen? Ich hatte Angst, kein ebenbürtiger Sohn zu sein. Und genau das ist eingetroffen, denn ich bin schließlich so etwas wie ein Literat geworden, stell dir vor … Eines der Dinge, an denen ich habe ermessen können, wie viel Zeit vergangen war, wie die Zeiten sich geändert hatten und ich mich mit ihnen, ist, dass ich, als ich nach Marseille zurückgekehrt bin, nachdem alles vorbei war, nicht gewagt habe, ihn wiederzusehen. Ich war sicher, er würde nicht verstehen, er würde meine neue Skepsis verachten, er, der nie aufgehört hatte, an die Weltrevolution zu glauben. Er verbrachte seine Nächte damit, nach der Schließung des Restaurants an den Knöpfen eines riesigen, alten Radios zu drehen, mit dem er die revolutionären Wellen der ganzen Welt hörte. Hier Radio Peking. Dann folgten die ersten Takte von *Der rote Osten. Dong-fan-ang hong, tai-yan-ang sheng*, »Der Osten ist rot, die Sonne geht auf«. Eines Abends bei Harry's hatte Angelo völlig betrunken dieses chinesische Quieken angestimmt, es war der Abend eines wichtigen Frankreich-Wales-Spiels, der Laden war voller Rugbyspieler, die männlich keltischen Singsang grölten, und beinahe wäre die Sache schief gegangen. Genossen! Comrades! Compañeros! Präsident Mao ist der größte Gedrängehalb der Welt! Indeed! Der Lange Marsch: man weicht zurück, um besser vorwärts zu kommen! Wie beim Rugby! Von wegen … Die Muskelmänner mit Klubkrawatte wollten davon nichts wissen. Das war natürlich nicht die Art Erinnerung, die man Demetrios erzählen konnte. *Zhong-guo chu le yi ge Mao Zedong…* Der Stein, den die sowjetischen Revisionisten erhoben haben, fällt ihnen auf die eigenen Füße. Die Revisionisten sind wie die US-Imperialisten Papiertiger. Das Politbüro der ruhmreichen chinesischen kommunistischen Partei unter der Führung des großen Genossen Mao Zedong enthüllt, dass der Komplott der außerparteilichen Bande des Erzverräters Lin Piao… Hier die Stimme Vietnams, gesendet aus Hanoi. Wacht auf. Verdammte dieser Erde. Die heldenhaften Kämpfer der DCA von Haiphong haben, beseelt vom Wunsch, das sozialistische Vaterland gegen die imperialistischen Yankee-Aggressoren zu verteidigen, abgeschossen… Zwei vernichtete Marionetten-Divisionen in der Provinz Quang Tri… Hier Radio Havanna. Ein Komplott konterrevolutionärer Emigranten im Sold der… Hier a Voz da Liberdade. Contra o fascismo. Contra a guerra colonial. Por um Portugal livre e democrático! Hier Radio Magallanes. Als Reaktion auf die Sabotage der Chefs der Transportunternehmen erlässt Präsident Salvador Allende das Kriegsrecht… Ich erinnerte mich an Demetrios' altes Gesicht, leidend und strahlend, an die geschlossenen Lider, zugekniffen wie Fäuste über seinen toten Augen, ich erinnerte mich an sein aufmerksam verkrampftes Gesicht, während er mühevoll versuchte, die Fluten der revolutionären Rhetorik aus Afrika, Asien oder Lateinamerika hereinzubekommen, die durch das Gewitter aus Störgeräuschen so verzerrt, so beschädigt waren, als kämen sie vom Mars. Wie hätte ich ihn wiedersehen sollen? Ich war mir sicher, er würde mich verleugnen wie einen schlechten Sohn, und ich könnte ihm nicht verständlich machen, dass ein schlechter Sohn dennoch ein Sohn ist. Ich wollte den Kummer nicht sehen, den ich in ihm auslöste, denn ich wusste, es würde ihn große Überwindung kosten, mich geistig zu enterben. Ich hatte das Gefühl, die Schwäche dieses mutigen Mannes missbraucht zu haben, als hätte ich seine Blindheit ausgenutzt, um ihm etwas zu stehlen. Abgesehen davon, dass er mich nach Treize gefragt hätte: und was hätte ich ihm sagen sollen? Dass er tot ist, okay, aber wie? Glaubst du, der Tod deines

Vaters wäre vorzeigbar? Sehr viel später, vor wenigen Jahren, bin ich wieder nach L'Estaque gefahren, es war genug Zeit vergangen, ich war bereit, Demetrios wiederzusehen, ich habe sein Restaurant gesucht, doch stattdessen war da eine Bankfiliale.

Und da bist du, da seid ihr nun, du hast sie unter das tragbare Himmelsgewölbe des Regenschirms gezogen, ihr seid also wieder in der Rue des Solitaires, dieses Mal abwärts, Richtung Westen, RUE DE PALESTINE CHIRURGIE DENTAIRE AVOCATS À LA COUR ÉCOLE COMMUNALE DE JEUNES FILLES PHARMACIE DU VILLAGE BOUCHERIE BELLEVILLOISE RESTAURANT LA PERDRIX ROUGE was ist das, deiner Meinung nach? Der Treffpunkt revolutionärer Rebhühner? Oh, verzeih, das ist mir rausgerutscht. Die Kirche von Jourdain ähnelt einer kleinen Kathedrale. Verdammt, wo ist dieses Auto geblieben? *Z'avez pas vu Mirza?* Ich dachte, ich hätte es hier irgendwo geparkt. Also, zwischen Jourdain und Télégraphes ... auf einer abfallenden Straße ... So ein Mist, Marie, du hast gute Augen, du hast gute Augen, weißt du ... Eine DS, du weißt, wie die aussieht: sitzt auf dem Hintern, ist bereit zum Sprung, das Haifischmaul nach vorne gereckt, ja, ein riesiges hybrides Tier, eine Amphibie, halb Sphinx, halb Hai, mit großen beweglichen Augen. Grau metallic, ein Silberstück. Du siehst es schon von weitem. Nebenbei gesagt, ist es auch bestens geeignet, heimlich Sprengstoff zu transportieren: die Türen sehr gewölbt, vielleicht sogar mehr als beim Käfer. Rolge wohnte in einem Einfamilienhäuschen in einem Vorort von Brüssel, in Waterloo. Diese Adresse ärgerte mich, denn ich bin immer ein wenig Bonapartist gewesen, sogar damals. Ich habe mich damit nicht gebrüstet, das tat man in unseren Kreisen nicht. Das Volk von Paris hatte damals, als es revolutionär war, dem Leichenzug Lamarques, eines Generals des Kaisers, immerhin durch Barrikaden die Ehre erwiesen: und dabei wurde Gavroche getötet. Doch wer erinnerte sich noch daran? Das bonapartistische Volk hatte 1832 die ganze Gegend komplett verbarrikadiert, sagst du zu Treizes Tochter und streckst den Arm in Richtung Rue des

Pyrénées, Rue des Rigoles und Rue des Cascades und zu allem, was hinunter nach Ménilmontant führt. Eine Hütte aus Kalkstein, bis unters Dach mit alten Zeitungen vollgestopft, das war Rolges Höhle, ging man darin umher, zog man sorgsam die Schultern ein wie in den Gräben einer archäologischen Ausgrabung, eines antiken Grabs, dessen Mauern aus vergilbten Zeitungs- und Zeitschriftenstapeln bestünden, aus Millionen Blättern, sedimentären Bleiwüsten, die ganze Geschichte Europas und der Welt seit der Befreiung, das war Rolges Schatz. Und was diese Papiermauern unter anderem enthielten, war ein Grab, ein riesiges Massengrab. In dieser von Waterlooer Mäusen angeknabberten Sammlung hast du sehr klein in einer Ausgabe von *Le Monde* aus dem Jahr 1948 zum ersten Mal den Tod des Oberleutnants auf einem Rach des Mekong, nicht weit von My Tho, erwähnt gesehen, »während eines Kampfeinsatzes zwischen Einheiten des Expeditionskorps und Vietminh-Rebellen«. Du hattest durch fortwährendes Sondieren dieses Jahr gefunden, in dem du, kaum auf der Welt, wie geschlachtetes Vieh mit der violetten Tinte des Todes gestempelt wurdest. Des Todes und der Ironie des Schicksals. Die Spartakisten, nackt im Dschungel, die früheren Résistance-Kämpfer, getötet durch ihre eigene Granate auf den Kanälen eines Flusses im Fernen Osten … so redete die Geschichte ungereimt daher. Diese kurze Meldung in *Le Monde* hob den Tod des Oberleutnants von der Ebene eines familiären Unglücks auf die einer *res gesta*, eines Ereignisses, das im Großen Register eingetragen ist, beinahe eine Heldentat: so sehr ist das Geschriebene (nicht das Bild) Teil der Geschichte. Galapagos! Galapagos! Als ihr wenig später Vorbereitungen treffen solltet, um Chalais, den General im Ruhestand, den Geschäftsführer von Atofram, zu schnappen, solltest du ihm den Codenamen »Galapagos« geben: weil die ersten drei Buchstaben der Abkürzung seines Dienstgrads entsprachen, aber auch aus anderen Gründen, die weit entfernt lagen. Du hattest nicht gewagt, Roger den Belgier von deiner Entdeckung zu erzählen, ebenso wenig solltest du es ein paar Monate später wagen, als du mit Treize in einem gestohlenen weißen Citroën Zigaretten qualmtest, ihm zu sagen, was der Name My Tho, den ihr im Radio hörtet, in dir heraufbeschwor. Rolge beherbergte damals einen Deserteur der amerikanischen Armee, einen großen Schwarzen, der mit Hilfe einer pazifistischen Frankfurter Nutte aus Vietnam geflohen war. Black Jack, so wurde er genannt, schlief auf einer Schicht *Humanités* aus den großen Jahren, zwischen *Esprit* und *Temps modernes*. Kam man in der Abenddämmerung zu Rolge, sah man schon von weitem sein Haus am Ende der Straße, in der Waterloo-Ebene, eine Art Hexenhaus, beleuchtet wie ein berühmter Magritte, ein echter.

Ein Mal habe ich Vietnam bombardiert, sagst du zu Treizes Tochter. Kein Witz. Ich erinnere mich an die blinkenden Lichternetze von Haiphong, die mir vom Horizont entgegenstiegen, das Gras, das ich geraucht hatte, und das durchdringende Dröhnen der acht Düsentriebwerke hatten mich halb meschugge gemacht, schon fünf Stunden dieser Mist, seit unserem Start in Guam, trällerte Bob Dylan leise in the darkness of the night I seem to wander, to wander wie war das gleich? unhappy? unrestly? im Cockpit des B 52-Bombers, das die Kontrolllichter der Instrumente mit augenfleckig schwachem Schein beleuchteten. Der B 52-Bomber, eines der wenigen Dinge, die sich seit dieser Zeit nicht verändert hatten. Das habe ich bereits gesagt? Das macht nichts. Ich sage es noch ein Mal. Ist es einmal zu E-e-ende, beginnt es wieder von vorn. Wir kreisen um die Stadt, um die Vergangenheit, schwarze Sonne der Melancholie. Anemone und Akelei. Die Stadt des Großen Galgens und des Rads. Nur ein bisschen neuer Look, der B 52-Bomber, und vorwärts nonstop von *Dr. Seltsam* zu Desert storm. Das ist ein Flugzeug, das einem die Illusion vermittelt, man wäre nicht gealtert, das aus der Zeit stammt, als man eine Ente fuhr mit Anti-Kriegs-Aufklebern auf den Scheiben. Ich genehmigte mir im Cockpit gerade ein nicht zu kaltes Budweiser, als die Vietcongs alle ihre verdammten Lichter ausschalteten, als würde man auf Sicht bombardieren, Paulina L (ich hatte die Kiste auf den Namen der Frau getauft, die ich liebte) war noch vierzig Flugmeilen vom Ziel, dem Hafen von Haiphong, entfernt. Ich erinnere mich an Bomben, aus denen weit, sehr weit unter uns Flammenfontänen hochschlugen in die blaue Nacht, an Flammensäulen in der sepiafarbenen Nacht unter den Flügeln, die die Farbe von Rasierklingen hatten, lange biegsame Flügel, die so grazilen, betörenden Flügel, wohlgeformt, mondschillernd, der Paulina L, während ich in 35 000 Fuß Höhe zur tadellosen Kurve ansetzte, die uns, schlecht rasiert und ein bisschen stoned, aufgekratzt, müde und nicht allzu stolz zum Boden zurückbringen sollte, zum Sonnenaufgang über dem Indischen Ozean, zu den Strandlokalen und den Soldatenmädchen. Unten würden »die heroischen Kämpfer der DCA von Haiphong« aufs Geratewohl Raketen zünden, wir sahen, wie ihre wattigen Streifen sich bei der Verfolgung von Ködern korkenzieherhergleich kringelten. Diese Idioten von Vietcongs … Man hätte meinen können, ein erbärmliches Feuerwerk am Memorial Day im erbärmlichsten Nest des Mittleren Westens. I'm beginning to doubt, I'm alone and there is no one by my side. Das war auf der Fête des Loges in der Nähe von Saint-Germain, und ich beugte mich begeistert über eine elektronische Maschine, Bombing Vietnam, die mir natürlich viel anziehender, viel spöttischer erschien als der Death Ring von Indianapolis oder der Sprung im Kajak die Niagarafälle hinunter. Paulina L war – noch – an meiner Seite, auf ihrem ovalen Gesicht zeigten sich wechselweise jugendliche Begeisterung und unergründliche bürgerliche Langeweile. Ganz in Schwarz gekleidet, so wie immer. Manchmal nannte ich sie Leïla, meine kleine Nacht. Sie war … das ist lustig, ja, sie war damals genau so alt wie du heute, sagst du zu Treizes Tochter. Ich liebte sie, und ich glaube, sie mich auch, und dennoch war es, als liebten wir uns nicht mehr. Ich liebte sie, weil sie schön war, ganz einfach, aber auch weil sie in meinen Augen die Unerfahrenheit in Person war und ich sie gerne belehrte, vielleicht anmaßend, vielleicht despotisch. Ich liebte sie, weil sie die Jugend war und meine damals gerade verging, ohne dass ich es merkte, eine Art strahlende Zukunft, die ich im Gegensatz zum anderen, zum Abstrakten und Grandiosen, nach der Form meiner Arme, meiner Beine modellieren konnte: das ich aber noch brutaler als das andere verlieren sollte. Und schließlich liebte ich sie, weil es geschrieben stand, weil es so sein musste, weil es das war, was mich erwartete. Ist das irrational? Einverstanden. Und warum habt ihr aufgehört, euch zu lieben, fragt dich Treizes Tochter. Tja … Wir lebten in sehr unterschiedlichen Welten. Siehst du, ich steckte immer noch in diesem ganzen Theater … Schattentheater … in dieser Mythologie, wenn du so willst. Ich war ein altes Phantom. Sie war vielleicht mehr in der Realität, ich weiß es nicht. Woanders jedenfalls, sehr weit entfernt. Nun ja, du siehst, ich bin da nicht besonders schlau, ich habe es immer noch nicht verstanden.

Jetzt gehst du die Rue de Belleville hinunter, wie vom Gefälle mitgerissen ZHEN FA TRAITEUR ASIATIQUE BOUCHERIE DES BUTTES TRIPERIE CINQ À SEC BIJOUTERIE PLAQUÉ OR ET ARGENT MASSIF FROMAGER FRUITIER der Himmel ist zwischen gelb und rosafarben man könnte meinen eine Scheibe Leberpastete, perlende Regentropfen auf der Windschutzscheibe der Autos, BISTRO BAR À VIN BUFFET FROID LA CAGNOTTE AUX JARDINS DE FRANCE LE DRAGON GOURMAND TRAITEUR ASIATIQUE CARLA CHAUSSURES BOUCHERIE HALLAL ein gipserner Männertorso mit einem schwarz-weiß gestreiften Slip im Schaufenster einer Apotheke erinnert dich, wenn auch nur vage, an eine sehr sonderbare Passage eines Nabokov-Romans, war das nicht *Die Gabe*? Jedenfalls erinnerst du dich nicht mehr genau, und im Übrigen hattest du nicht sonderlich viel verstanden, daran erinnerst du dich CONSOMMEZ DE LA TRIPERIE FAITES DES ÉCONOMIES. Jean d'Audincourt wohnte früher hier in der Gegend, mit Clara. Irgendwo hier, aber ich kann nicht mehr sagen, wo genau. Übrigens ist es sehr gut möglich, dass das Haus abgerissen worden ist. Es war eines dieser zwei- oder dreistöckigen Häuser mit abgeblätterten hölzernen Fensterläden zur Straße hin, mit geneigten Zinkdächern, die schon zu Zeiten der Kommune dort gestanden haben mussten. Du kannst dir nicht vorstellen, wie anders die Stadt damals war, Marie, sagst du zu Treizes Tochter. Vor allem hier war man mitten im 19. Jahrhundert, es gab eine Dichte an Schreckensbildern, die beinahe greifbar war. Kleine Häuser, Gärtchen, Werkstätten, Treppen, gepflasterte Gässchen… Dieses alte Paris harmonierte gut mit unseren inneren Landschaften. In der Zeit des Präsidenten Pompe haben sie angefangen, die ganze Vergangenheit einzureißen. Präsident Pompe hatte zwar eine Anthologie französischer Lyrik zusammengestellt, aber er hasste die Vergangenheit. Tod der Geschichte, bereichert euch… seine Parolen haben gewonnen. Letzten Endes war er ziemlich modern, dieser dicke Kneipenbesitzer. Was haben wir ihn gehasst… Zuvor mit De Gaulle konnte man sich noch so sehr bemühen… für die weniger Blöden von uns war es jedenfalls schwierig. Aber Pompe… Jean und Clara wohnten hier, ehe sie nach Sochaux gingen. Ich habe ja bereits gesagt, für uns war Sochaux fast Sibirien. Die unendlich große Fabrik, die Peugeot-Milizionäre, die Kälte, das Kaff… Keine große Stadt irgendwo am Horizont. Die Finsternis also. Man hatte sie dorthin geschickt, um sie »umzuerziehen«, wie man sagte. Denkste… Sie gingen immer noch hin und wieder ins Kino, sie hatten sich geweigert, ihr Klavier zu verkaufen, auf dem Clara gelegentlich eine *Étude* von Chopin spielte, sie hatten in ihrem mager bestückten Bücherregal gut sichtbar die *Écrits* von Lacan (hinter denen ein Revolver versteckt war) behalten. All das war sehr ketzerisch. Selbst seine Nonchalance war verdächtig, sein Gang à la Gaston Lagaffe: In jenen Jahren ging es so weit, dass sogar der Körper Zeugnis von der Reinheit des Klassenstandpunkts ablegen sollte. Jean war eher ein Girondist, das sah man schon auf den ersten Blick. Er hatte den sanftmütigen und herablassenden Ausdruck eines Kamels. Sie waren also dorthin geschickt worden, um wieder in die Arbeiterklasse einzutauchen. Sehr viel später, eigentlich erst vor einigen Jahren, nach Jeans Tod, hat mir Clara von Audincourts Durchgangswohnheim erzählt, sagst du zu Treizes Tochter. Die Geschirrtücher wimmelten von Küchenschaben. Die Rückkehr von der Arbeit in den frühen Morgenstunden, die schmutzigen Teller, die vom Abendessen der »Genossen« stehen geblieben waren, der Geruch nach Tomatensoße und kaltem Rauch, die Kippen in der erstarrten Tomatensoße, die Tinte der vietnamesischen Matrize auf den Laken, die leeren Bierflaschen im Wäscheschrank. Das Bedürfnis zu weinen und zu schlafen, aber nein, keine Zeit, gleich findet eine Versammlung in ihrer Bude statt. Der Jugo-Nachbar, den seine Frau fünf Minuten allein lässt und den sie aufgehängt vorm laufenden Fernseher wiederfindet. Diese Tristesse bis ins kleinste Detail und der Nebel, der all das zustopft. Diese Härte von Leuten, die sie für ihre Freunde hielten. Und auch ich war gemein zu ihnen, sagst du zu Treizes Tochter. Eigentlich war das Prunkvollste im Leben von Jean d'Audincourt seine Trauerfeier. Denn auch er ist gestorben. Der Tod ist Kind der Bohème. Die Trauerfeier in Saint-Louis-des-Invalides: wie die eines Marschalls von Frankreich. Unter den von Kugelhagel durchsiebten Fahnen und der winterlichen Sonne standen Generäle, Präfekte, Pfarrer, ehemalige Linksradikale (dieser Ausdruck ist eine Formel für Visitenkarten geworden). Alle im Ruhestand. Ich, ehemaliger Linksradikaler im Ruhestand, war da und nahm teil an der kirchlichen und militärischen Trauerfeier meines Freundes Jean d'Audincourt, eines ehemaligen, einfach toten Linksradikalen. War das komisch. Eichenlaubkränze, republikanische Rutenbündel, Säbel und Weihwasserwedel, Kreuze der Ehrenlegion und rote Sterne unter den Fahnen von Königen und Kaisern. Dieser patriotische Pomp fand wegen seines Vaters statt, eines Kämpfers der Libération. Manche dieser bunt dekorierten alten Herren und dieser Damen, deren Pelze an die Zeit der Höhlenmenschen erinnerten, waren zu ihrer Zeit bestimmt genauso unerschrockene junge Leute, wie wir es gewesen sind, und aus besseren Gründen.

An einem früheren 18. Juni hatte einer dieser heldenhaften Vorväter Danton eingeladen, in seinem Beisein einen Strauß am

Denkmal der Résistance auf dem Mont-Valérien niederzulegen. Dedieu, ein großer linker Kopf, war berühmt dafür, »die Kathedrale von Chartres befreit« zu haben. Was sollte das heißen, »die Kathedrale von Chartres befreien«?, fragtest du dich (selbst damals, als du dir nur so wenig Fragen wie möglich stelltest). Hatten sich die Deutschen in den Beichtstühlen verschanzt? Wollten sie die V2 von der Krypta aus starten? Die Kathedrale von Chartres war ja schließlich nicht der Alcazar von Toledo… Die Intellektuellen waren wirklich unverbesserlich. Auch wenn sie mutig waren, hatten sie einen Rest von Scharlatanerie in sich. Das war wie Hemingway, der das Ritz »befreit« hat. Danton wurde damals gesucht wegen Aufruf zum Mord an Polizeibeamten. Diese Bezeichnung war wieder einmal ein bisschen übertrieben, doch der Innenminister, der infame Saint-Marcellin, hielt nichts von rhetorischen Feinheiten, und man musste zugeben, dass Danton als Herausgeber eurer Zeitschrift Artikel, deren Feinfühligkeit nicht unbedingt ins Auge sprang, abgesegnet hatte. Dieser Befreier von Chartres hatte ihn nur eingeladen, um Präsident Pompe auf den Geist zu gehen, der seinerseits erklärt hatte, die Mitglieder der Résistance gingen ihm auf den Geist. Mit seinem Strauß roter Rosen im Arm repräsentierte Danton also euch, das linksradikale Chaos, die »Randalierer«, die vermeintliche »neue Résistance«. Denn Achtung, sagst du zu Treizes Tochter: Emphase und sogar Schwülstigkeit kannten wir auch, leider. Alles verlief wie vorgesehen, die Flics haben sich auf Danton gestürzt, als er seinen Strauß niederlegte, er hat ein bisschen um sich geschlagen, das gab einen heftigen Wirbel aus roten Blütenblättern und klickenden Fotoapparaten, Schlagstöcken und Ehrenzeichen, Brillen flogen durch die Gegend und historische Beleidigungen, sie haben ihn zu Boden geworfen und ihm zum Klang des *Partisanenlieds* die Handschellen angelegt, das war ein großer Skandal, der mehr noch als uns den Kämpfer der Libération gefreut hat. Danton wurde eingebuchtet, natürlich, aber er wäre auf alle Fälle früher oder später im Gefängnis gelandet, es lohnte sich also, auf diese Weise dorthin zu gelangen. In Saint-Louis-des-Invalides betrachtete ich die alte Résistance, Dedieu war nicht mehr dabei, er war zehn Jahre zuvor gestorben, und ich fragte mich, wie der Oberleutnant wohl ausgesehen hätte. Er wäre bestimmt dabei gewesen. In der Trauergesellschaft gab es sicherlich manchen, der ihn gekannt hatte. Doch diese Dekorierten beerdigten nicht den Sohn, sondern den Vater, vorzeitig. Und wahrhaftig sollte er nur wenig später sterben. Sein Sohn hatte ihm den Vorteil verschafft, an seiner eigenen Beerdigung teilnehmen zu können. Was hatte er, Jean d'Audincourt, mit all dem zu tun? Mit der Orgelmusik, dem *Deutschen Requiem* von Brahms, mit dem Blöken heutiger katholischer Beredsamkeit. Zwischen all den schicken Unterkleidern der Geschichte Frankreichs, die in goldenem Staub und Strahlen blauen Sonnenlichts erstrahlten, befand sich unsere ganze kleine, gealterte Truppe, Amédée, der sich mit den Rhinozerossen sehr wohl fühlte, Angelo, Fichaoui, Judith, Chloé, Foster und sogar Gédéon: in einer Prixunic-Jacke, mit einem Kinnbart und einer Kippah auf dem höchsten Punkt seines kahlen Kopfs, mit dieser merkwürdigen Haltung eines Neandertalers, ein wenig gebeugt und mit baumelnden Armen – er, der doch so wenig prähistorisch, sondern zutiefst historisch war. Fern wie damals, aber anhänglich: von einer ungeschickten, beinahe schüchternen Zuneigung, die das Merkmal der Jahre, des Abstands zwischen uns war. Gédéon war Rabbiner in Montluçon, er hatte nie viel Humor besessen, und seine neue Arbeit würde ihm bestimmt nicht dazu verhelfen. Doch er wollte durch ein paar Vertraulichkeiten bekunden, dass er uns nicht völlig vergessen hatte, dass es zwischen uns noch immer die Überreste eines alten Bands gab. Nur waren ihm Vertraulichkeiten, Zwanglosigkeit so wesensfremd, dass er von deren Ausdrücken und Gesten nur einige wenige Stereotypen kannte, die er womöglich aus den Tim-und-Struppi-Heften seiner Kindheit zusammengetragen hatte (denn so merkwürdig das auch erschien, es gab eine weit zurückliegende Zeit, wo er Tim und Struppi gelesen haben musste). »Wie geht's, altes Haus?«, so hat er mich begrüßt und mir einen heftigen Schlag zwischen die Schulterblätter versetzt, auf dem Kirchenvorplatz, wo wir nach dem *Ite missa est* fröstelnd auf den Sarg warteten: ein richtiges Sahnestück, gelackt, mit Guillochen verziert, obendrauf Firlefanz und Kiefernzapfen, das einer Karosse oder einer mehrstöckigen Torte ähnelte und für das ich mich schämte, weil ich mich ein bisschen verantwortlich fühlte.

Jean d'Audincourt war Journalist geworden, ein bekannter Berichterstatter, wie man sagt, und dann tötete ihn in Sarajewo ein Granatsplitter. Du hattest seine Leiche nach Frankreich geholt, diesen Dienst wolltest du ihm gern erweisen. Du hattest ein Flugzeug genommen, eine französische Hilfsorganisation hatte es gechartert, eine Iljuschin 76 (oder war es eine Antonow?), die von Ukrainern geflogen wurde. Der große Walfisch aus Duraluminium war voller Paletten Ölsardinen, die mit Netzen zusammengezurrt waren, dieser ganze Haufen Konservenbüchsen hatte sich beim Start von Ancona nach hinten geneigt. Über der Adria spazierten die Ukrainer in Khaki-Overalls und mit einer Bierflasche in der Hand durch die Maschine und betrachteten überrascht, aber fatalistisch diese wankenden Stapel, die, sollten sie zusammenstürzen, nicht nur die wenigen idiotischen westlichen schönen Seelen zermalmen, darunter deine Wenigkeit (sie hätten das nicht bedauert), sondern auch das Flugzeug Purzelbäume schlagen lassen würden. *Niévazmojna, niévazmojna*, nichts zu machen: So viel hast du mit deinen vagen Erinnerungen an das Russische aufgeschnappt. Da jedoch die Einschätzung des Risikos je nach nationaler Tradition enorm variiert, war es ihnen scheißegal. Sie waren von Franzosen gechartert worden, um Muslimen Nahrung zu bringen, schon das begeisterte sie nicht. Wäre es allein nach ihnen gegangen, sagten sie den westlichen schönen Seelen, hätten sie lieber Slibowitz getrunken mit den Serben, die später von den Hügeln um dieses fucking Sarajewo herum herunterballerten und die ihr Frachtflugzeug dazu zwingen würden, einen Kopfsprung auszuführen, der weder seinem Alter noch seiner Dickleibigkeit angemessen war. Die Tausenden von Ölsardinenbüchsen waren für die Enklave Srebreniça bestimmt, wenn sie schließlich dort ankämen, hätten die Eingeschlossenen nicht mehr die Muße, sich genüsslich die Lippen abzulecken und der Europäischen Gemeinschaft und ihren Mariensternen zu danken, sie würden bereits seit einer guten Woche in ungelöschtem Kalk liegen. Das Durcheinander im Cockpit der Iljuschin, hell durch eine Scheibe, die wie die Bomber des Zweiten Weltkriegs vergittert war, erinnerte eher an ein Studentenzimmer als an die Vorstellung, die man sich von einem (selbst slawischen) Militärflugzeug macht: Starlet-Fotos mit Klebestreifen an die Wände geheftet, Typen, die sich nach rechts und links lümmelten, ihre Kippen in Cola- oder Bierdosen versenkten, die je nach Neigung des großen Vogels bis unter die Füße der Piloten rollten. Ein Wirrwarr aus elektrischen Kabeln, die (einige mit Pflaster angestückelt) sich über den Boden des perforierten Blechs schlängelten, verband den Navigator durch einen anachronistischen Morseapparat mit dem Rest der Welt. Gut. Diese Typen mussten etwas von ihrem Job verstehen, obwohl es nicht den Anschein machte. Die schwerfällige Flugmaschine, am gewölbten Flügel hängend, begann ihren Sturzflug auf Sarajewo. Durch die Scheiben sahen wir wütende Wolkenfetzen vorbeirasen. Eine Sirene heulte auf, und da du auf deiner Habenseite Tausende Flugstunden im Kino oder in Büchern hattest (du hattest auch die Gasfabrik von Teruel vom Steuer einer Potez des spanischen Geschwaders aus bombardiert), wusstest du, dass es das Signal zur Absetzbewegung war. Der oberste Ukrainer setzte die Klappen und gab Gas, die Triebwerke jaulten auf, die Iljuschin, eine Art verglaste Veranda, raste mit ungeheurer Geschwindigkeit in die Federwolken, das Hinterteil gedrückt von den Mastabas aus Ölsardinen, die, nun nach vorne geneigt, drohten, wie eine Lawine niederzustürzen und euch alle umzunieten, ukrainische Söldner und westliche schöne Seelen, alle durcheinander am bosnischen Himmel inmitten des Glorienscheins goldbrauner Dosen. Eine zweite Sirene heulte auf, du hattest sie seit einem Augenblick erwartet, mit eingezogenem Kopf, das war das Signal, dass wir dem Boden nahe kamen. Da war ein Typ mit Kopfhörern, der ganz vorn im bow-window zusammengesunken war, der Winkel des Sturzflugs drückte ihn unerbittlich an die Scheibe, er schien dafür da zu sein, im letzten Moment die Bremse zu ziehen. Bis dahin bekreuzigte er sich hektisch, anders herum wie die Orthodoxen. Das Grau öffnete sich, brach auf, rauschte um die verglaste Nase des Flugzeugs, das fast senkrecht nach unten zu tauchen schien. Plötzlich sprangen in der Zeit eines Lidschlags die Ruinen von Dobrinja in der gelblichen Suppe auf euch zu, in den im Nebel ertränkten Lichtern der Landebahn, bei denen das Flugzeug sich schwankend gerade stellte. Am Ende erwartete dich, Füße im Schlamm, Kippe im Mundwinkel, Hände in den Taschen seines Kampfanzugs, finster, Angelo.

Er hielt sich jetzt für Malraux, was schließlich nicht die schlechteste Art zu altern war. Dieser Typ, dessen Mangel an Sinn fürs Praktische sprichwörtlich war, erklärst du Treizes Tochter, der einen Wagen demoliert hatte, als er seinen Führerschein machen wollte und es nie wieder versucht hatte, dieser Typ, der es einmal fertig brachte, einen Elektriker zu rufen, um eine Glühbirne auszutauschen, der sein Bierglas mit einem Aschenbecher verwechselte, und beinahe umgekehrt, der seine Schlüssel und seine Karten verlor, die Geheimzahlen für den Hauseingang vergaß, seine schmutzige Wäsche in eine Spülmaschine steckte, also die Liste seiner Schnitzer war lang und originell, dieser Typ war dazu auserkoren worden, aus allerlei Gerümpel so etwas wie ein Kulturzentrum in Sarajewo auf die Beine zu stellen: Das war zum Lachen, und übrigens lachte auch er ab und zu darüber. Sicherlich war er in diesem finsteren Tal auf der Suche nach etwas bisher Unauffindbarem, nach unserer Vergangenheit. Nicht nach einer intimen, nabelschauartigen Vergangenheit, sondern im Gegenteil nach dem, was sie zuweilen im Traum mit den großen, gewaltigen, heute fast vergessenen Geschichten in Verbindung hatte treten lassen, mit den Garibaldisten, den Internationalen Brigaden. Ja, das ist es, sagst du zu Treizes Tochter: Das eigentliche Herz, die Schönheit der Revolution war der Internationalismus, die Geschichte der Revolutionen ist reich an Schrecken und sogar Schändlichkeiten, was nicht dasselbe ist, aber es gibt keine größere, sublimere Idee in der ganzen geistigen Menschheitsgeschichte als den Internationalismus. Du siehst, ich bin da ganz offen. Ein Internationalist, ich meine, ein echter, ein reiner, einer, der sein Leben für andere, die er persönlich gar nicht kennt, riskiert, der sich aus freien Stücken dafür entscheidet, ohne irgendein persönliches Interesse alles aufs Spiel zu setzen, Orwell in Katalonien oder Malraux in Alcalá de Henares (ja, er, ob es den Schmallippigen, den zusammengekniffenen Hintern gefällt oder nicht), das hat mit dem Teil der Menschheit zu tun, der sich mit den Göttern misst und den man Heldentum nannte – und den ich noch immer so nenne. Und wenn eure Vergangenheit unauffindbar war, dachtest du in dem gepanzerten Fahrzeug, das Angelo und dich zum PTT-Gebäude, der Kommandozentrale der UNO-Truppen, brachte, dann nicht allein, weil sie eben der Vergangenheit angehörte, die man allenfalls (du zweifeltest daran) durch die Literatur noch einmal flüchtig aufsuchen kann, sondern deshalb, weil sie selbst damals, als sie Gegenwart war, trügerisch war, das gehörte zu ihrer Essenz. Es war schon eine Weile her, dass man darauf verzichtet hatte, sich mit den Göttern zu messen. Was Angelo manchmal in den Augen der Welt lächerlich wirken ließ, war, dass er weniger oberflächlich war als die anderen, weniger zynisch. Er war »altmodisch«, weil er nicht glaubte, dass die Geschichte, anders gesagt, der Bericht der Schreckensbilder, die Lektion der Geister, altmodisch war. Oder aber, wenn er es glaubte, wenn er es merkte, dann »wollte er es nicht wissen«, wie man so schön sagt. In dem gepanzerten Truppentransporter, der in der gänseweißen UNO-Farbe lackiert war und auf riesigen Reifen zum PTT-Gebäude rumpelte, betrachtete Angelo andächtig ein berühmtes Foto seines Helden, Kippe im Mundwinkel und eine Haarsträhne in der Stirn, einen von Gisèle Freund signierter

Abzug, für den er eine Stange Geld bezahlt hatte, er hatte dieses Malraux-Bild am Seineufer rahmen lassen und dich gebeten, es mitzubringen, um damit sein Kulturzentrum zu schmücken. Er hielt die Ikone auf dem Schoß, fest in der einen Hand (die andere umklammerte den Griff, der von der Decke der gepanzerten Konservenbüchse hing), die Zigarette klemmte im Mundwinkel (in seinem, nicht in dem vom Foto), die Augen vor Rührung feucht, man spürte, dass die Wandlung, das Messopfer, unmittelbar bevorstanden, was dich ein bisschen nervte. Ja, was mich ein bisschen nervte, erzählst du Treizes Tochter. Ich habe nichts gegen Malraux, im Gegenteil, ich war Student und bereits Linksradikaler, als er seine Gedenkrede auf Jean Moulin hielt, er war Minister unter De Gaulle, aber dennoch, ich hörte ihm in der Rue Soufflot zu, im eisigen Wind, und es ist mir keineswegs peinlich, dass ich an jenem Abend, als ich zuhörte, weinte, im Gegenteil, es ist mir wichtig, dir zu sagen, dass sich mir jedes Mal, wenn ich die Rede höre oder sie sogar nur lese, der Hals zuschnürt. Ich bin verdammt froh, an jenem Abend zu Malraux gegangen zu sein und ihn gehört zu haben und nicht zu François Mite in der Bastille im Mai 1981. Du verstehst. Aber dennoch ärgerte mich ein bisschen die Art und Weise, wie Angelo die Seele seines Meisters mit seinem verschleierten Blick aufsaugte. Seit er in Gegenwart Maos in Ohnmacht gefallen war, hatte er seine Vorliebe für Verehrung nicht abgelegt. Du hättest doch ein Foto von Che Guevara nehmen können, sagte ich ihm, um ihn meinerseits ein bisschen zu ärgern, das berühmte, wo er tot daliegt, mit offenen Augen, wie ein Christus von Mantegna, umgeben von Militärmördern, auf dem Waschplatz des Krankenhauses (oder vielleicht auch der Schule) von Vallegrande: nein? Ärgre mich nicht, schreit er, um das Motorbrummen zu übertönen: Du weißt doch, dass es auf dasselbe hinausläuft. Nur dass Guevara kein literarisches Werk hinterlassen hat. Nicht leicht, in diesen Karossen, deren Geräuschpegel nicht zu den Verkaufsargumenten zählt, miteinander zu reden. Und da man die Straße, die Kurven nicht sieht, sind die Änderungen der Drehzahl besonders heimtückisch. Eingeschlossen in dieser Panzerzelle, hat man in manchen Momenten den Eindruck, dass der Typ am Steuer, der undeutlich etwas sieht, beschlossen hat, die Trümmer eines Hauses zu erklimmen, aus Gründen, die anderen nicht bekannt sind, hält er an, und dann hört man nur das Keuchen des starken Motors und das Rauschen des Funks. Natürlich ist es verboten zu qualmen, aber Angelo war mittlerweile bei den französischen Militärs so beliebt, ein richtiges Maskottchen, dass er alle Sicherheitsregeln übertreten durfte: Er verpestet die überheizte Luft im Transporter, schnippt die Asche auf die Patronengurte des Maschinengewehrs, dann öffnet er eine Luke und bietet sein Waschbärengesicht (er hat tief geränderte Augen und abstehende Ohren) möglichen Heckenschützen feil.

Als ich damals in Sarajewo Jean d'Audincourts Leiche abhole, ist Treize schon lange tot, das weiß ich, sagst du seiner Tochter: Aber ich erzähle es dir dennoch, weil dein Vater ein Teil von uns war, ein Teil dieses vielfältigen Wesens, halb Held halb Clown, das »Wir« hieß. Ich weiß Bescheid, entgegnet sie dir, das hast du bereits gesagt. Ja, aber warte: Da ein Teil dieser Art Schwamm des »Wir« noch lebt, lebt dein Vater zum Teil durch ihn fort, okay? Und umgekehrt sind wir durch ihn und Jean d'Audincourt und Nessim ein bisschen gestorben. Es ist eine Art brüderliche und romantische Versicherung, im Leben und im Tod, verstehst du? Man wirft alles zusammen und teilt sich den Topf. Die einen helfen uns zu sterben – eine harte, aber unverzichtbare Lehre –, und die anderen helfen den Toten weiterzuleben. Das ist der wahre Kommunismus: jedem entsprechend seinen Bedürfnissen. Ich meine das ernst. Dabei fällt mir ein, weißt du, woher dein Vater seinen Spitznamen hatte? Nein? Wirklich nicht? Deine Mutter hat dir nicht… Sie hasst diese Zeit, klar, aber… Ich hätte doch gedacht… Nun gut, also, das kommt von einem Foto, einem der ganz seltenen Fotos aus jener Zeit. Ich habe übrigens kein anderes. Es wurde im Sommer 1969 aufgenommen, ist dir das klar, sieben Jahre vor deiner Geburt, wir machten damals schon keine Fotos mehr, das erinnerte zu sehr an bürgerliche Ferien, an Cousinen am Strand... an Filme von Eric Rohmer... Und vor allem musste man ja nicht der Polizei noch die Arbeit erleichtern. Aber bei diesem Foto da weiß ich nicht warum, der Sommer, die Begeisterung, vielleicht ein paar Gläser Wein am Bahnhofsbuffet... wir haben ein Gruppenfoto gemacht, als wir in Guingamp aus dem Zug aus Paris stiegen. Guingamp oder Saint-Brieuc, aber ich glaube, es war Guingamp. Wir arbeiteten bei den Bauern, um uns abzuhärten, um zu lernen, mit den Händen in die Scheiße zu greifen, und all das, während wir das Land für die Revolution gewinnen wollten, wir nannten das die »langen Märsche«, in Anlehnung natürlich an den chinesischen Langen Marsch, aus einem Nichts machten wir eine Heldentat, das war schön und lächerlich zugleich, so kommt es mir jedenfalls heute vor. Auf diesem Foto vor dem Bahnhof könnte man glauben, sei eine Fußballmannschaft, da ist Jean, der noch nicht d'Audincourt ist, Kopf eines etwas angewiderten Kamels oder vielleicht eines Lamas, schwarze Brille, eine Tweedjacke mit Revers, die bis zu den Ohren gehen, Clara, kurze gekräuselte Haare, Stupsnase, indisches Kleid, Angelo, Locken, stämmig, abstehende Ohren, Leopardenweste, Fichaoui-genannt-Julot, klein, Hände in den Taschen, schon eine graue Strähne, Judith in ausgefransten Jeans, großer Mund, die Haare hinten im Nacken hochgesteckt. Pompabière, sanguinisches Gesicht, nach unten hängender Schnauzbart, ähnelt völlig unerwartet Flaubert, Momo der Schlossfresser, rasierter Schädel, sieht aus wie ein pfiffiger Sträfling, ich wirke wie ein Musketier, mit einem großen Zinken und halblangen Haaren, Victoire und Laurent halten sich gegenseitig am Hals (während ich nicht einmal neben Judith stehe), beide haben ein strahlendes Lächeln, Danton ist schon ein bisschen mollig, er lacht, man sieht, dass zwischen seinen oberen Schneidezähnen eine Lücke ist, ich glaube, das nennt man »Glückszähne«? Das sind elf. Der zwölfte ist Delacroix. Hübscher Kerl, ein Angeber, schwarze Lederjacke, weißer Schal um den Hals, steht da mit Hüftschwung... Er ist wirklich mit goldenen Löffeln aufgewachsen, wie Nessim, Sprössling einer Großindustriellenfamilie, und das sah man ihm ein bisschen zu sehr an. Und merkwürdigerweise ist er nicht, als alles vorbei war, zu den Reichen zurückgekehrt, er ist ein ziemlich armer Schlucker geblieben, Journalist, verantwortlich für die Gesellschaftsnachrichten bei einem Skandalblatt, laviert zwischen Flics und Gaunern hin und her, ist ein bisschen gut Freund mit den einen und den anderen, informiert vielleicht die einen und die anderen gelegentlich, ich weiß nichts darüber, aber wenn es der Fall sein sollte, dann bestimmt aus sportlichen Gründen, die Aufregung, den Doppelagenten zu spielen, the fun for it, nichts anderes. Liebhaber von schrägen Coups und feuchten Fürzen, Verteiler von fantastischen Tipps. Eine Zeit lang habe ich ihn ab und zu getroffen, ich brauchte seine Beziehungen, um eine Knarre aufzutun, denn merkwürdiger- und dummerweise hatte ich aus jener Zeit kein Utensil aufbewahrt. Um was damit zu tun? Oh, nichts Besonderes. Aber eines Tages muss man dem Leben ein Ende setzen. Ehe der Krebs oder die Zirrhose über mich herfallen. Oder der Rinderwahn (die menschliche Variante, wie man sagt...). Und ich fühlte mich ihm sehr fern, Zuhälter, Dealer, Sitte, Drogen, Spielautomaten, ihre blutigen Kleinkriege untereinander, das ist nicht meine Welt, nicht einmal im Traum, ich bin überhaupt kein Krimileser, und gleichzeitig sah ich ihn ganz abgerissen, mit seinen stinkenden Nikes und einem Rucksack, mit Fünfzig, noch mit einem Rest Schönheit, aber verbraucht, verpufft, überhaupt nicht mehr schnieke, und schreibt seine finsteren Geschichten für ein Schmutzblatt, das kein Bourgeois, kein Intellektueller jemals lesen würde, glaubt sich, ob zu Recht oder zu Unrecht, bedroht von einer Gang, abgehört von einem Dienst am Quai des Orfèvres, spricht am Telefon eine kodierte Sprache, ein Paranoiker und sicherlich ein ziemlicher Lügenbaron. Und ich sagte mir, dass es etwas in seinem absurden Leben gab, das womöglich in Zusammenhang stand mit unserem damaligen Leben zu Zeiten von La Cause. Delacroix in seiner Motorradjacke und mit dem weißen

Schal um den Hals ist für immer der Zwölfte auf dem Foto. Beachte, das ist die Anzahl der Apostel (wenn dir das überhaupt etwas sagt, die Apostel, sagst du zu Treizes Tochter: und erneut streckt sie dir die kleine dreieckige Spitze ihrer Zunge raus), die Alexander Blok zu seinem berühmten Gedicht inspiriert hat. Schneetanz, Stäuben, Wirbeln, Wehn. Es gehen die Zwölf, die Zwölfe gehen. Die Flintenriemen, schwarz und stumm. Und Flammen-, Flammenschein rundum. Kennst du das? Nein. Ich übrigens auch nicht in deinem Alter, Blok, *Die Zwölf*, das hätte mir nichts gesagt, überhaupt nichts. Entschuldige. Ich bin ab und zu nervig. Sogar oft: einverstanden. Es war natürlich reiner Zufall, dass wir an jenem Tag zu zwölft waren, als wir am Bahnhof von Guingamp (oder Saint-Brieuc) aus dem Zug stiegen, um auf dem Land das Evangelium zu verkünden. Aus demselben Zug Paris-Brest, den lange schwarze Lokomotiven mit roten Sonnenrädern an die Côte d'Émeraude meiner Kindheit zogen. Wir waren zwölf oder genauer dreizehn: zwölf, die sich in Pose stellten, und Chris, der dreizehnte, der das Foto machte. Ausgeschlossen vom Bild, um die anderen zu »verewigen«, wie man so sagt: aber auch ausgeschlossen, als hätte uns ein Aberglaube verboten, zu dreizehnt auf diesem Gruppenbild zu erscheinen, dem einzigen Bild, das beweist, glaube ich, dass all diese Leute, lebendige und tote, sich wahrhaftig eines Tages begegnet sind. An einem Julitag im Jahr 1969 am Bahnhof von Guingamp, oder Saint Brieuc, an den Côtes-du-Nord, die sie jetzt Côtes d'Armor nennen. Daher der Spitzname deines Vaters, der ihm für immer blieb: Nummer dreizehn, dann nur noch einfach die Zahl, weil er sonst zu lang gewesen wäre. Der Unsichtbare, der nicht auf dem Foto ist. Ich erzähle dir diese Geschichte vom Ursprung des Namens deines Vaters, aber ich selbst hatte sie lange Zeit vergessen. Ich erinnere mich nicht genau, ob ich einen Abzug hatte, vemutlich habe ich ihn schnell zerrissen: Wir hielten nichts von Fotos, wie ich dir schon gesagt habe. Also wusste ich nicht mehr, warum Treize so hieß. Erst in Sarajewo kam die Erinnerung wieder. In Jean d'Audincourts Brieftasche, die man mir übergeben hatte, steckte dieses Foto. Vergilbt durch die Zeit, geschwärzt durch das Blut. Die Entwicklersäuren waren verfallen. In der Finsternis sahen wir aus wie eine Bande golddublierter Gespenster.

Che war kein Schriftsteller, einverstanden, brülltest du über den aufheulenden Motor hinweg zu Angelo, und dennoch ist der letzte Satz in seinem Notizbuch »wir sind zu siebzehnt bei sehr schmalem Mond aufgebrochen« genauso von vollkommener Schönheit wie der letzte Satz Rimbauds, »Sagen Sie mir bitte, zu welcher Stunde ich an Bord gebracht werden muss«, oder etwa nicht? Dieser Satz richtete sich, nebenbei gesagt, an den Direktor der Schifffahrtslinie in Marseille, der Gesellschaft, die circa sechzig Jahre später die Leiche des Oberleutnants nach Hause bringen sollte. War die Literatur nicht schlussendlich eine Ansammlung mehr oder weniger tiefsinniger, mehr oder weniger glaubwürdiger Variationen über das Thema des letzten Satzes, eine Art, wie die Katze um den heißen Brei herumzugehen, jenen Punkt zu umkreisen, an dem die Worte verstummen? Angelo schnippte eine Funkengarbe in die Schneeluft, schloss die Luke, räusperte sich und hielt dir nun ebenfalls sarkastisch vor, also hör mal, solch weit reichende Überlegung… du machst jetzt einen auf Malraux… Im PTT-Gebäude, im Schloss der Zugluft, das die Endstation aller Militärstrecken war, hoben alle bis hin zu den höheren Offizieren die Hand an die Schläfe und grüßten Angelo. Der General, ein großer Husarenangeber, der sich einbildete, ein Intellektueller zu sein, eilte mit ein paar Sprüngen die Treppe hinunter, um ihm ganz zivil die Pfote zu drücken. Kolosse mit rasiertem Schädel und kindlichem Blick hatten ihm gerade über Glanzleistungen Bericht erstattet, die allerdings zur Hälfte erfunden waren, so bescheiden sie sich auch gaben. Sie hatten mit einer 20 mm-Kanone das Badezimmer zerstört, aus dem ein Heckenschütze schoss, Dinge auf diesem Niveau. Mitten im ölgetränkten Schnee, der von den Auspuffrohren verdreckt und von den Raupenketten durchpflügt war, nahm Angelo leutselig die Ehrbezeugungen entgegen, tauschte hier eine Zigarette und dort einen Scherz aus. Er war geschmeichelt von der Vertraulichkeit, die ihm diese kleinen Funktionäre entgegenbrachten, in denen – gegen allen Anschein – Soldaten des Jahres II zu sehen er sich bemühte. Sie entschädigte ihn (wie damals die Kameradschaft der Proletarier) für seine alte Scham, ein Intellektueller zu sein, daher nahm er auch, ohne zu diskutieren, ihre Prahlereien hin. Und da sie sahen, dass er sie schluckte, glaubten die kleinen sie schließlich selbst ein bisschen und fanden sich leicht heldenhaft. Alle waren zufrieden. Du stapftest durch den Schnee, beladen mit Malrauxs Porträt, das Angelo dir wieder in die Hand gedrückt hatte und das du ihm am liebsten über den Kopf gehauen hättest, diesem Idioten, der seine Truppen abschritt, du fandest das lächerlich. Doch gleichzeitig, sagst du zu Treizes Tochter, war der Traum, dem dieser Spinner hinterherlief, vielleicht der, den die Unruhigsten, die Anspruchvollsten unserer Generation, die kurz nach dem Krieg geboren sind, in den barocken Gestalten der Revolution gesucht hatten, ohne es zu wissen (oder sie wussten es, ohne es sich einzugestehen): dass der Juni '40 und alles, was daraus folgte, nie stattgefunden hätte, all diese Schweinereien, für die man sich schämte, ohne für sie verantwortlich zu sein, die wie eine Fäulnis, ein Wundbrand im Körper Frankreichs waren. Mit all seiner Gutgläubigkeit und seinen kriegerischen Phantasien versuchte sich Angelo davon zu überzeugen, dass er jenseits der Schändlichkeiten des Jahrhunderts ein starkes, großherziges Vaterland wiedergefunden habe, dass die *Marseillaise* wieder ein Kriegslied für die Freiheit sei. Ich hätte gerne daran geglaubt, ja, ich auch, sagst du zu Treizes Tochter, die du von solcher Nostalgie weit entfernt fühlst (sie muss das »überholt« finden). Es wäre bequemer gewesen. Das Leben, all das.

Und plötzlich dort, fast an der Ecke der Rue des Pyrénées vor einem Bauzaun, an dem ein Araber entlanggeht mit einer Plastiktüte als Regenschutz auf dem Kopf, steht die DS Remember, glänzend, spitz zulaufend, mit perlenden Wassertropfen überzogen, wie eine Dogge, die auf ihrem Hinterteil hockt. Ah ... Endlich hockt ihr, Treizes Tochter und du, auf dem alten schwarzen Leder. Riechst du es?, fragst du sie. Was? Das ist der Duft der Zeit. O Duft der Zeit, o Halm der Heide. Auf Erden scheiden wir nun beide. Schon wieder Apollinaire. Vielleicht das schönste Gedicht der französischen Sprache. Das erinnert mich ... Es ist komisch, aber vor nicht allzu langer Zeit habe ich in einem Zug die siebzigjährige Paulina L getroffen. Sie saß auf der anderen Seite des Gangs. Sie war es, ganz genau, mit der ein wenig nach oben zeigenden Nasenspitze, den tief liegenden Augen, den schönen Wangenknochen, ihren zarten, von Falten durchfurchten Zügen ... Paulina hatte eine unglaublich feine und empfindliche Haut, schon mit fünfundzwanzig, als sie mich verließ, hatte sie zwei Falten um den Mund, wie zwei Klammern, ich glaube, sie bemühte sich, nicht allzu viel zu lachen, damit sie sich nicht tiefer eingruben (es gelang ihr ziemlich gut). Dort, auf der anderen Seite des Gangs, vor der Landschaft, die verkehrt herum vorbeiglitt, war diese alte Dame mit einer weißen Baskenmütze auf grauem lockigen Haar, in bordeauxroter Strickjacke und einem beigen Schottenrock auf verblüffende Weise Paulina L, ganz zerknittert von der Zeit, noch hübsch, aber ganz zerknittert von der Zeit. Wie alt kann sie sein?, habe ich mich gefragt. Siebzig, fünfundsiebzig, bestimmt. Also sind wir ... über das Jahr 2030 hinaus. Wie lange bin ich schon tot? Denkt sie noch manchmal an mich? Bedauert sie, ihr Leben nicht mit mir verbracht zu haben? Und dieser Typ ihr gegenüber, dieser Alte, der im Schlaf seine Krawatte voll sabbert, ist das also der Idiot, für den sie mich verlassen hat? Dann ist sie aufgestanden, um in den Speisewagen zu gehen, und ich weiß nicht, ob du es verstehen kannst, sagst du zu Treizes Tochter, aber ich bin ihr hinterher gegangen, und der Zug begann zu schwanken, sie drohte hinzufallen, und ich habe sie festgehalten, und ich weiß nicht, ob du es verstehen kannst, aber ich war am Rande der Tränen, als ich die Frau in meinen Armen hielt, die ich so sehr geliebt und wegen der ich, als ich sie nicht mehr in den Armen hielt, so sehr gelitten habe, fünfzig Jahre, nachdem sie mich verlassen hatte, lange Zeit nach meinem Tod... Danke, Monsieur, hat sie gesagt, mit einem hübschen, erschöpften Lächeln, sie hat nicht so ausgesehen, als hätte sie mich wiedererkannt, aber das ist normal, denn ich war seit langem tot. Siehst du, meine kleine Nacht, möchte ich ihr sagen, du hast zu lange gewartet, jetzt bin ich tot, das ist zu dumm... Auf Erden scheiden wir nun beide. Und dass ich warten werde, denk. Die Zündung. Das majestätische Motorengeräusch der Göttin DS, die Hydraulik, die sich mit einem Klicken hebt, das Einspeichen-Lenkrad, das mit leisen Seufzern zuckt, sinnlich all das... die Augen, die sich drehen und verdrehen... Weiße Lichter auf dem mauvefarbenen Himmel, Simon Bolivar startet mit einer abfallenden Kurve zu den BUTTES MEGA KEBAB SPÉCIALITÉS TURQUES ein McDonald's an der Ecke mit einem großen Schwarzen im Trainingsanzug, der die weißen Fliesen fegt, wie spät ist es, zwei Uhr, die Rue de Belleville taucht zwischen den Sturzbächen der Rinnsteine zum dunklen See Paris FRAICHEUR DE VIE COSMÉTIQUES PARFUMS cremefarbene Fassaden fallen herab unter einem blaugrünen schieferblauen Himmel von rosafarbenen Lichtern sternenbesät, da hinten der große rostige Reiher der Eiffelturm mit dem blauen Lichtbündel, das von so weit her, aus meiner Kindheit kommt, das die Dessous erleuchtet, die Wolkenröcke, ein Aufblitzen dreißig Sekunden, der Himmel erscheint aus Marmor. Jean d'Audincourts Sarg wartete aufgebockt im Hof des PTT-Gebäudes der UNO-Truppen auf dich. Da er in einen großen Jutesack gehüllt war und der Stoff sich so merkwürdig hochwölbte, als würde er nicht einen Sarg, sondern eine Staatskutsche bergen, hattest du den Verdacht, dass die verdammten Sargträger Jean ins teuerste, ins grotesk schwülstigste Modell gelegt hatten, in ein kitschiges Ding, das aus der österreichisch-ungarischen Zeit übrig geblieben sein musste und das selbst die neureichsten Apparatschiks des untergegangenen Jugoslawiens nicht gewollt hatten. Krieg ist immer für irgendetwas gut. Eile war geboten, die Ukrainer der Iljuschin (oder der Antonow) wollten schnell wieder starten. So eine Art Konsulatsbeamter in Glencheck und Fliege, der zwischen zwei gepanzerten Transportern hockte, hatte auf einem Camping-Gaskocher einen Topf Wachs zum Schmelzen gebracht, um eine Kiste mit Waffen der Republik zu versiegeln. Es schneite ein wenig. Malraux im Trenchcoat, Zigarette im Mundwinkel, lehnte an einem riesigen Reifen eines Militärfahrzeugs. Den echten Malraux, nicht sein Porträt, den Kommandanten der Brigade Elsass-Lothringen, einen schlaksigen Kerl, den nervöse Zuckungen schüttelten, in Lammfelljacke und mit einer Mütze, die Maschinenpistole umgehängt, hatte der Oberleutnant, so scheint es, im schrecklichen Winter 44/45 getroffen, als sie in benachbarten Stellungen um Strassburg waren, das erneut von einer deutschen Gegenoffensive bedroht war. Die von deiner Mutter verfochtene Legende wollte, dass sie gemeinsam eine Treibjagd auf Hasen veranstaltet hatten, um die Verpflegung der Truppe aufzubessern. Sicherlich, das war weniger prestigeträchtig, als über Martin du Gard oder das Ramayana-Epos zu diskutieren, aber dennoch waren es vorzeigbare Erinnerungen. Hasenjagd mit der Maschinenpistole im von Raureif glitzernden Gestrüpp von Erstein. Deine Mutter erzählte das zum x-ten Mal im Renault Frégate (oder war es vielleicht ein Citroën Onze?), der zur Côte d'Émeraude fuhr. Von Rundstedts Tiger-Panzern um Strassburg herum. Der Onkel trommelte nervös mit den Fingern auf das cremefarbene Plastiklenkrad. Malraux, Oberst Berger, das sagte dir nichts, du verstandest nur, dass er ein wichtiger Typ war, wenn auch ein schlechter Hasenjäger. Zu sehr von seinen nervösen Zuckungen geschüttelt, um genau zu zielen, meinte sie. Du dachtest an diesen Jagdausflug auf den Hügeln des Elsass und betrachtetest Malrauxs Porträt, das an einem riesigen Reifen eines gepanzerten Transporters lehnte, gegenüber dem Jutesack, der den Sarg oder die Karosse von Jean d'Audincourt umhüllte. Der Konsulatsbeamte gab Acht, dass er sich nicht die Finger, die lang und gepflegt waren, mit Wachs verbrannte. Angelo hatte stramme Haltung eingenommen, oder fast. Später würdest du im leeren Laderaum der Iljuschin sitzen, halb taub und benommen von den aufjaulenden Triebwerken. Zusammengesunken auf einem Stoffsitz neben dir sollte ein rülpsender, ukrainischer Besoffener an einer Bierflasche nuckeln. Vor euch wäre Jean d'Audincourts Sarg, der sich unter der Jute wie eine von Christo verpackte Kathedrale wölbte, er war genau an der Stelle festgegurtet, wo sich auf dem Hinflug die Paletten mit den Sardinenbüchsen getürmt hatten. In dieser merkwürdigen Totenkapelle sollte dir der Name eines Buchs, das seinerzeit den Prix Goncourt bekommen hatte, wieder einfallen: *Les Funérailles de la sardine*. Und wieder würde aus weiter Ferne, aus deiner Kindheit, in dir das Lachen angesichts des Todes, das Lachen gegen den Tod heraufbrodeln. Galapagos! Galapagos! Es kam dir so vor, als wärest du im Laderaum des Frachters, der siebenundvierzig Jahre zuvor den Oberleutnant nach Hause brachte.

IV

Der Oberleutnant, gestorben also auf einem Rach des Mekong, wenige Monate nach deiner Geburt: daher kanntest du dieses Wort Rac oder Rach schon lange, bevor du *Heiße Küste* gelesen hat. Heute ein verschwundenes Wort, das sicherlich mit der Eroberung von Kotschinchina in die Sprache eingegangen und nach Diên Biên Phu auf Zehenspitzen hinausgeschlichen war. Heimlich hatte es die französische Sprache verlassen, so wie sie selbst sich aus Vietnam zurückgezogen hatte, heute ist sie auf wenige Spuren reduziert, die seltener und erloschener sind als die des Lateins bei uns, ein *veston* im Schaufenster eines Schneiders, eine unter roten Bougainvillearanken vergessene *Villa Les Roses*, ein schlecht gemeißeltes Sigel *RF* am Giebel einer Post. Deine Lebenszeit entsprach genau der Zeit, die deine Sprache gebraucht hatte, um eine archäologische Rarität in diesem Teil der Welt zu werden: und gewiss hatte der sie nicht gestohlen. Getötet auf dem Rac oder Rach Kim Son, »bei Meile 64 des Mekong«, besagten die Militärdokumente. Vergilbte Blätter, brüchig, mit Eselsohren, von winzigen Rissen durchzogen, mit Stempeln dekoriert, mit violetter Tinte bedruckt wie früher die Menükarten der Arbeiterrestaurants oder das Fleisch in der Schlachterei, und fünfundvierzig Jahre nach seinem Tod last du sie noch einmal im Zimmer 501 des Hotels Huong Duong in My Tho. Huong Duong hieß, hattest du gelernt, Sonnenblume, Heliotrop, so fand deine Rückkehr zum Ursprung unter dem Auge der roten Sonne statt. Lepröse, feuchte, ein wenig bemooste Wände. Drei Betten mit Moskitonetzen, da du aber die

Summe von sieben Dollar hingestreckt hattest, durftest du den Raum für dich allein beanspruchen. Gegenüber vom Bootssteg, auf den die Zimmer hinausgingen, am Anfang eines Kanals, knatterten mit der Kraft ihrer Stromaggregate Trauben von schräg im Wasser liegenden, gegeneinander schwankenden Fischerbooten, an den Masten klackerten die roten Fahnen mit dem goldenen Stern, im Licht von weißen und grünen Neonröhren. Die ziegelgedeckten Pagodendächer eines großen Kolonialgebäudes hoben sich vom Schwarz des Mekong ab. »Amphibienflottille Indochina Süd. Madame, ich habe die traurige Pflicht, Ihnen die Todesumstände Ihres Gemahls, des Oberleutnants R., mitzuteilen. Er hatte wie so oft eine Dienstfahrt auf dem Fluss angetreten. Er hatte am Morgen des 14. März mit der VP 42 in Richtung Vinh Long abgelegt.« Was bedeutet das, VP? Vedette patrouilleur, vermutlich, ein Schnellboot. »Etwa um neun Uhr musste die VP 42 gegen eine starke Rebellengruppe intervenieren, die eine von der Armee gehaltene Stellung eingeschlossen hatte. Im Laufe dieses Gefechts wurde Ihr Ehemann auf der Brücke des Patrouillenboots von den Splittern eines Sprenggeschosses ins Herz getroffen. Er war auf der Stelle tot …« »Amphibienflottille Indochina Süd. Betreff: Todesfall Dienstgrad: Offizier. Sehr geehrter Herr Minister, ich habe die traurige Pflicht, Ihnen über die Todesumstände des Oberleutnants R. Bericht zu erstatten. Am 14. März 1948 verlässt die VP 42 um 8 Uhr 15 My Tho, um nach Vinh Long und dann nach Cai Be zu fahren. Oberleutnant R. geht an Bord, um mit dem Kompaniechef, der den Unteren Frontabschnitt Cai Be befehligt, Details einer bevorstehenden Operation zu besprechen. Um neun Uhr zieht bei Meile 64 des Mekong eine heftige Schießerei die Aufmerksamkeit des Kommandeurs der VP, des Oberleutnants zur See D., auf sich. Er steuert auf die Stellung am Rach Kim Son zu, die von einer starken Rebellengruppe angegriffen wird. Er fährt in den Rach hinein und eröffnet das Feuer mit den beiden 20 mm-Kanonen, vorne und hinten, und mit dem 12,7 mm-Maschinengewehr backbord. Die Rebellen setzen sich ab. Um sie endgültig in die Flucht zu schlagen und die Stellung weiträumiger zu befreien, bewegt sich die VP weiter in den Rach hinein und beginnt erneut den Beschuss. Im Laufe dieses Beschusses explodiert ein Projektil der hinteren 20 mm-Kanone, die querschiffs nach vorn zielt, an der Backbordwante des Masts. Ein Splitterhagel geht auf die Brücke nieder und verletzt den Oberleutnant R. und den Zweiten Manövermaat G. tödlich. Oberleutnant R. war auf der Stelle tot. Die VP 42 macht sofort kehrt und fährt zurück nach My Tho, um die Verletzten an Land zu bringen. Der Zweite Manövermaat G. verstarb um 13 Uhr 45 im Krankenhaus. Anbei die Kopie des Briefes an die Ehefrau ...« Ein gewisser Sinn fürs Erzählen. Kompetent. Narratives Präsens. Drübergeschriebenes (Buchstahlen, Zahlen) mit rotem und blauem Stift auf diesem Dokument. Rostspur einer Büroklammer. Und dann auch dieses, am linken Rand, mit schwarzem Stift umrandet: »ablegen«. Was ablegen? Die Todesumstände? Den Tod selbst?

Auf der Fahrt zum Mekong wuselte es auf den Kanälen, Sampans, an deren Bug, um die Dämonen abzuschrecken, ein großes zinnoberrotes Auge prangte, und mit Luken in den Bordwänden, aus denen lachende, zahnlose, wegen der Läuse kahlrasierte Kinderköpfe schauten, flache Boote, die das Wasser mit Schrauben an langen Kardanwellen kräuselten und unter den Lasten unbekannter Gemüse fast zusammenbrachen, und dann so etwas Ähnliches wie Gondeln, beladen mit denselben in der Dämmerung beinahe phosphorisierenden Hülsenfrüchten, die durch den Bewegungsablauf der am Heck stehenden Frauen mit dem konischen Hut aus Palmblättern auf dem Kopf ohne Rucken dahinglitten, sie warfen das Ruder weit nach vorn, zogen es mit einer Beugung der Arme zu sich heran, bis sie es im Kielwasser treiben ließen, ein wenig so, als wäre es ein Netz, und begannen diesen langsamen Ablauf, der jedes Mal vollkommen gleich war, wieder von vorn (Oh, stets sich wiederholende Ewigkeit Asiens, Stereotyp!). Petroleumlampen flammten mit einsetzender Dunkelheit an den Uferböschungen und Booten auf und verliehen dem Ganzen den fernen Hauch eines venezianischen Festes. Ein dürrer Mann in gelbgrünlichen Shorts und gleichfarbigem Hemd war auf dem Sampan auf dich zugekommen, um mit dir zu reden, er erinnerte sich an einige Worte aus dem *Phap*, dem Französischen. Er war der Bürgermeister eines Dorfs am Delta. Ich bin ein armer alter Mann, so hatte er sich vorgestellt. Die Kommunisten alle reich, Monsieur, die Leute auf dem Land arm. Skelettös wie er war, blieb er bei dir stehen und vertraute darauf, dass außer ihm und dir auf der Barkasse niemand das *Phap* verstand. Mein Vater Kommunist, im Widerstand gegen die Franzosen seit 1938, Monsieur. Die Tonkin-Leute lenken alles. Sie mögen uns nicht. Der Tonkin… Er benutzte den alten Kolonialnamen für den Norden. »In Tonkin sind die Menschen im Käfig«: Dieser Refrain fiel dir hier, auf der Brücke des Sampans, im klebrigfeuchten Wind wieder ein, ein altes Hausmädchen sang dieses traurige Lied, du warst ein kleines Kind, im Haus an der Côte d'Émeraude, sie war Ende des letzten Jahrhunderts geboren, zum Zeitpunkt der Eroberung. Du suchtest in den hinteren Winkeln deines Gedächtnisses nach weiteren Bruchstücken dieses Lieds, doch nichts zu machen. Ein Geruch nach Erde, Fäulnis, Holzfeuer zog durch die Abendluft. Wo lag der Rach Kim Son? Vielleicht fuhren wir gerade daran vorbei? Du wusstest nicht, wo ihr wart, das Boot glitt jetzt durch eine von schwachen Lichtschimmern durchsetzte Nacht, forschend suchtest du die Finsternis ab, oder eher die Finsternisse, denn es gab ein Wirrwarr von Dunkelheiten, manche wirklich schwarz, andere Kaffeesatz oder unmerklich golden oder auch samtig wie die Haut von Champignons, manche flüssig, andere matt und erdig, rußige Schleier, aschfarbene Hütten, man spürte, dass dunkle Formen sich dort tummelten, so wie auf einer Theaterbühne ein Bühnenbild gewechselt wird, Sampans, schwarz und massiv wie Särge kamen euch entgegen. Amphibienflottille Indochina Süd. Dieses Ganze erinnerte ziemlich an Shakespeare, bis hin zu den Hexen aus *Macbeth*, die in der Höhle einen abstoßenden Eintopf zubereiten und durch die rötliche Glut von unten angeleuchtet und in aufwirbelnden Rauch eingehüllt waren. Du hattest dir das fette Gekröse im hinteren Aufbau des Schiffs einverleiben müssen und es mit einem Rachenputzer, der aus einem Plastikeimer geschöpft wurde, unter den hämischen Blicken der Bauern begossen, und es kam dir so vor, als gehörte all das, die nächtlichen Bewegungen, die Hexensuppe, zu einer Initiation, zum Abstieg in die Hölle.

»Französische Republik. Informationsblatt. Oberleutnant R., Amphibientruppe Süd. Tod infolge von Verletzung durch Unfall bei Ausführung eines Befehls. Beträchtliche Wunden im linken scapulo-vertebralen Bereich durch Granatsplitter. Gezeichnet: Stabsarzt N., Chefarzt des Krankenhauses, durchgestrichen, Krankenrevier My Tho.« »Französische Republik. Ministerium von Frankreich in Übersee. Garnisonskrankenrevier My Tho. Bescheinigung über Todesursache. Wir, der Unterzeichnende N., Stabsarzt der Kolonialtruppen, bestätigen, den oben genannten R., Oberleutnant, Kommandant der Amphibienflottille, examiniert zu haben. Dieser Mann hatte durch Granatsplitter beträchtliche Wunden im linken scapulo-vertebralen Bereich erlitten. Zu Urkund dessen haben wir vorliegende Bescheinigung erteilt, die zu beliebigem Gebrauch bestimmt ist.« Die handgeschriebenen Teile dieser Bescheinigung sind mit blauer Tinte ausgefüllt, in einer recht schönen, steilen und – man könnte meinen – modernen Schrift: ebenso wie Gesichter lassen sich auch Schriften zeitlich einordnen. Das Formular trägt oben links die gedruckten Präzisierungen, die beweisen, dass die Bürokratie nichts dem Zufall überlässt: »Höhe: 0,360 m. Breite: 0,230 m«. Mit einer solchen Detailbesessenheit erhält man bestimmt allen Widerständen zum Trotz Imperien aufrecht. Du wirst heute Nacht nicht schlafen können, im Hotel Huong Duong. Zu aufgeregt durch die Nähe des Orts, wo das Ereignis geschah, das dich gegen deinen Willen geprägt hat. Das dunkle Zentrum deines Lebens, hier an den Ufern des Mekong ausgehoben, als du gerade geboren warst. Von hier aus vergrößern sich die Wellen der Melancholie, die deine Kindheit durchflutet hat, in diesem schwarzen Wasser bilden sich ihre konzentrischen Kreise. Der Sturz eines Körpers, hier oder nicht weit von hier, bei Meile 64 des Mekong, der Hals und die linke Schulter zerschnitten wie von der Klinge des Sensenmanns. »Dieser Mann hatte durch Granatsplitter beträchtliche Wunden im linken scapulo-vertebralen Bereich erlitten. Zu Urkund dessen haben wir vorliegende Bescheinigung erteilt, die zu beliebigem Gebrauch bestimmt ist.« Heute Abend ist sie ebenso wie andere vergilbte, brüchige, mit violetter Tinte bedruckte Papiere für diese Nacht ohne Schlaf bestimmt, die fast ein halbes Jahrhundert auf dich gewartet hat. Hier ging alles für ihn zu Ende, hier hat alles für dich begonnen. Diesen Ort, dem die Zufälle der Toponymik den Namen My Tho gaben, haben die Zufälle eines vergessenen Krieges zum Brennpunkt deiner persönlichen Mythologie gemacht. Du wusstest es nicht, du hast lange gebraucht, um es zu verstehen. Diese Geschichten kotzten dich an, diese Traurigkeit, deine in ihre Trauer eingemauerte Mutter. Galapagos! Galapagos! Du wolltest darüber lachen. Aber nein, so solltest du dem nicht entkommen. Die Gewissheit, dass es keinen Sieg gab, dass Mut immer erfolglos war, Trintignant immer am Ende im Schnee abgeknallt wurde von den Schweinen, dass es wichtig war, sich gut zu halten, unterzugehen mit gehisster Flagge wie dieses Schiff, die *Vengeur du peuple*, dessen heldenhaftes Ende in den Revolutionskriegen – Flagge an die Überreste des Masts genagelt – in den Mallet-Isaac-Schulbüchern nacherzählt wurde: das ist die Lektion, die unmerklich in dich einfloss, selbst ohne dass man sie dir einhämmerte, eher durch eine Art geistige Kapillarwirkung. Wie soll man »modern« sein mit einem solchen Gepäck … Die Beispiele, die du lerntest, die du dir merktest, waren schöne Niederlagen. Vater, nehmen Sie sich links in Acht, Vater, nehmen Sie sich rechts in Acht. Alles ist verloren, nur nicht die Ehre. Die Garde stirbt und ergibt sich nicht. Gewinnen zu wollen war ein recht ordinärer Ehrgeiz, und im Übrigen völlig unangebracht. Dein Land zeigte sich darin nicht besonders talentiert (man sagte noch »mein Land« und sogar »mein Vaterland«). Andere wussten, wie man das macht, aber deines, Azincourt im Juni '40, nicht. Man musste wohl Charles d'Orléans oder Charles de Gaulle oder Cambronne sein, also Menschen, die fähig waren, der Niederlage eine derbe Schönheit abzugewinnen, Künstler des Zusammenbruchs. Die Revolution, ihr Zug aus Menschen, die ermordet, »zerfetzt und zerschossen und blutig geschlagen« wurden, wie es die Worte des *Komintern-Lieds* besagen, hatte dich zweifellos durch diese tragische Seite verführt. Rosa, Che. Hatte sie zufällig gesiegt, änderte sich selbstverständlich die Perspektive. Doch Gott sei Dank widerfuhr es ihr noch recht oft, dass sie niedergeschlagen wurde. Im Zimmer 501 des Hotels Huong Duong blättertest du weiter in diesem kleinen, ein halbes Jahrhundert alten Papierstoß, den du, obwohl du ihn seit langem auswendig kanntest, in deinem Gepäck mitgebracht hattest. Das Glucksen der Fischerboote und die feuchte Hitze hätten dich ohnehin am Schlaf gehindert. »Amphibienflottille Indochina Süd. Saigon, den 7. April 1948. Inventarliste der Gegenstände, die Oberleutnant R. gehören: 1 hölzerner Überseekoffer 2 Handtücher 16 weiße Hemden mit Kragen 3 weiße Jacken 2 Paar schwarze Socken 6 Khaki-Hosen 2 Khaki-Shorts 1 Fliege 1 Lederkoffer mit Ziehharmonikafalten 1 Offiziersjacke aus Tuch 1 Paar Hausschuhe 2 Dosen Talk 4 weiße Hosen 5 Paar weiße Socken 1 Paar Epauletten...« Du kanntest diese Liste auswendig, würdest du später Treizes Tochter sagen: sie war doch nicht schwerer auswendig zu lernen als »Der Friedhof am Meer« oder »Das trunkene Schiff«, nicht wahr? und im Grunde war es dasselbe. Der Oberleutnant war eine der Gestalten in der langen Prozession. Kein Revolutionär, nein: aber ein mutiger Mann, ein Antifaschist. Ein Patriot, wie man damals noch sagte. Der an diese Dinge glaubte, die aus der Tiefe der Zeit, aus der römischen Republik stammten, die man damals in der Schule lernte. Der glaubte, dass es bei Titus Livius und Plutarch etwas gab, mit dem man definieren könnte, was die Menschheit menschlich machte. Er war also ein Français libre, der von

Libyen bis ins Elsass und bis in die Mitte Deutschlands hinein kämpfte und anschließend als Freiwilliger für das Expeditionskorps. Leclerc kommandierte, einer der wenigen Befehlshaber, der unumstritten war. Viele aus der Résistance, sogar Kommunisten, von den antifaschistischen Partisanen hatten sich für den Fernen Osten gemeldet. Der Bruder von Raymond vom Pariser Nahverkehr zum Beispiel. Zweifellos herrschte, denkst du, der Wille, dieses asketische, gefährliche, brüderliche Leben fortzuführen, das sie in den tragischen Jahren geteilt hatten, und die Angst, in die Kloake der Interessen zurückzufallen, das heißt, in ein Leben ohne Interesse. Und dann womöglich auch die falsche, aber zu der Zeit sehr verbreitete Vorstellung von der »zivilisatorischen Mission Frankreichs« etc. Schließlich veranlasste der Begründer der staatlichen Schule, Jules Ferry, auch die Eroberung Indochinas. Und dann ganz einfach die Faszination, die diese Worte »Ferner Osten« auslöste. Und bis heute auslösen, trotz der Banalisierung der Welt. *Far East*... Ferner Osten... Die Russen sagen *Dalnyi Vostok*... Man ist keinesfalls mehr ein Christoph Kolumbus, wenn man nach Amerika fährt, aber immer noch ein bisschen ein Marco Polo, reist man in den Fernen Osten. Er war also dorthin gefahren, nach Kotschinchina, um dort zu sterben, um neun Uhr morgens, bei Meile 64 des Mekong, getötet in einem ungerechten Krieg, wie es später heißen sollte. Einem Kolonialkrieg. Einem imperialistischen Krieg. Getötet durch die Explosion einer 20 mm-Granate, abgeschossen von Bord des Patrouillenboots, auf dem er sich befand. Alle Imperialisten sind Papiertiger. Der Stein, den sie erhoben haben, fällt auf ihre eigenen Füße. Man könnte meinen, Mao habe, um an den Tod des Oberleutnants zu erinnern, einige seiner berühmtesten Metaphern gefunden. »... 8 kurze Unterhosen 1 schwarze Krawatte 1 zivile Krawatte 1 Paar Lederhandschuhe 1 Paar weiße Schuhe 1 Paar gelbe Schuhe 1 Rasierpinsel 1 Rasierer 1 Zahnbürste 1 Kriegsverdienstkreux '39 1 Medaille der Résistance 1 Revolver Colt 1 automatische Pistole mit Magazin.« »Er hatte am Morgen des 14. März mit der VP 42 in Richtung Vinh

Long abgelegt«: es ist verrückt, aber du findest etwas Racinehaftes an diesem Verwaltungssatz. »Kaum hatten wir den Hafen von Troezene verlassen…« Der Tod des Hippolyt.

Gegen Mitternacht war der Kanal, auf dem der Sampan fuhr, in den nördlichen Arm des Mekong gemündet. Über dem Fluss leuchtete ein diffuses Licht. Auf dem Zwischendeck schlief der Bürgermeister, so zusammengekrümmt sah er aus wie ein altes Baby. Eine Petroleumlampe verlieh Füßen, nackten Beinen, Gesichtern mit offenen Mündern unter Hüten Glanz. Unter deinem Hintern (du saßt auf einer Art Liegestuhl) bewegte sich etwas. Etwas, das in einem Sack unter deinem Hintern eingesperrt war, keineswegs ein lautes Wesen, es rührte sich nur wenig. Ein Huhn? Ein Dämon? Angst, dass dich dieses Wesen in den Hintern beißen könnte, nein. Ein säuerlicher Geruch hing in der Luft, woher kam er? Getrockneter Fisch, Kot, verfaultes Obst? auch Schweiß. Der Geruch des Fernen Ostens. Du hattest vor dir diesen verschwommen leuchtenden Halo gesehen, auf dem sich die Schöpfe der Betelnuss-Palmen an langen, grazilen Stämmen wie schwarze Sterne abzeichneten. Du warst auf die Brücke gegangen. Rechts leuchteten die Lichter einer Stadt: My Tho. Dort lag sie, hinten in diesem feuchten dunklen Graben. Der Sampan fuhr an Bungalows mit Veranden vorbei, einer hätte das Haus des Oberleutnants, so wie es ein kleines Schwarzweißfoto mit gezacktem Rand zeigte, sein können: eine erhöhte Veranda unter einem Ziegeldach, aus dem merkwürdige Einbuchtungen Bögen auskerbten wie bei einer Pagode, eine Treppe, an deren Fuß sechs Seeleute den mit einer Trikolore bedeckten Sarg auf den Schultern trugen. »Er war auf der Stelle tot. Das Patrouillenboot machte sofort kehrt und fuhr zurück nach My Tho. Wir alle trauern um diesen Offizier voll Tatkraft und besonnener Ruhe.« Ein sehr kleines vergilbtes Foto mit gezacktem Rand: Der Sarg ist am Fuße der Treppe, unter der Veranda, er wird von sechs hell gekleideten Seeleuten getragen. Ein Kommando, das ein Spalier bildet, präsentiert die Waffen. Man erkennt eine weiße Uniform in der Mitte und links zwei Gespenster, die zwei weiße Kleider zu sein scheinen. Hohe, dürre Bäume vor weißem Himmel. Die Entfernung und die Nacht machten es unmöglich, von der Brücke des Sampans zu erkennen, aus welcher Zeit die Bungalows mit den Veranden stammten. Aus dem französischen Krieg? Aus dem amerikanischen? Wie haben sie dieses Unannehmbare, aber auch Unglaubliche, weil in weiter Ferne, am anderen Ende der Welt geschehen, den Tod, den Tod eines dreißigjährigen Mannes, unglaublich, nicht nachprüfbar, geschehen in einer Zeit, als Südostasien noch eine unendlich weit entfernte Welt bedeutete, zu einer Zeit, als die Distanz noch nicht durch Luftverkehr, Telekommunikation, Fernsehen etc. aufgehoben wurde: wie haben sie daran geglaubt, fragst du dich auf der Brücke des Sampans in der klebrigfeuchten Nacht, wie haben sie es geschafft, diese Glaubenssache zu akzeptieren, entgegenzunehmen, deine Mutter, seine Mutter, wie haben sie dieses Unglaubliche geglaubt, den Tod eines dreißigjährigen Mannes, ihres Ehemanns, ihres Sohns, an einem Ort der Welt, von dem sie nicht die geringste Ahnung, nicht die geringste Vorstellung hatten? »Das ist nicht möglich«, sagt man für gewöhnlich: doch in der Gegenwart, in der Zeit der »realen Zeit«, beweisen uns tausend Zeugenaussagen beinahe im Augenblick des Todes selbst, dass er nur allzu wahr ist. Aber damals? Dieses kümmerliche kleine Foto, diese mit violetter Tinte geschriebenen Briefe, abgesendet von der »Amphibienflottille Indochina Süd«, nach wie langer Zeit, nach wie vielen Tagen, Wochen, nachdem die Hippe des Todes beinahe seinen Kopf von der linken Schulter abgetrennt hatte, angekommen? »Wir, der Unterzeichnende N., Stabsarzt der Kolonialtruppen, bestätigen, den oben genannten R., Oberleutnant, Kommandant der Amphibienflottille, examiniert zu haben. Dieser Mann hatte durch Granatsplitter beträchtliche Wunden im linken scapulo-vertebralen Bereich erlitten. Zu Urkund dessen haben wir vorliegende Bescheinigung erteilt…« Dieses Unannehmbare, dieses Unglaubliche haben sie aber doch glauben müssen. In diesen Papieren, die du auswendig kennst, die du aber dennoch mitgenommen hast, als bedeuteten sie so etwas wie einen Passierschein für diese fernen Regionen der Erinnerung, in die du dich vorwagst, für diese Antipoden der Erinnerung, in die du dich hineintraust, gibt es einen Brief des Oberleutnants an seine Frau, deine Mutter: und auf den dunkelbraunen Briefmarken zu 37 Centimes der Schriftzug »Indochine-Poste aérienne«, auf denen man, ziemlich schlecht gezeichnet, einen einmotorigen Eindecker erkennt, mit festem Fahrgestell, ein bisschen in der Art der *Spirit of Saint-Louis*, der Poststempel ist sehr gut zu lesen: My Tho, Cochinchina, 10 h 30, 14.3.48. Wenn die Republik eine besondere Begabung hat, dann bestimmt nicht für Waffen, nicht für Wirtschaft, vielleicht hatte sie einmal eine für Bildung – aber das ist lange vorbei –, sondern es ist ganz sicher eine Begabung für die Post (nichts Schöneres übrigens als die Hauptpost in Saigon Ho Chi Minh Stadt, die so aussieht, als wäre sie von Eiffel). Auf dem Poststempel von Kotschinchina liest man also nach einem halben Jahrhundert klar und deutlich die Stunde und den Tag der Abstempelung des letzten Briefs vom Oberleutnant: 10 h 30, am 14. März 48, das heißt, eine Stunde und zehn Minuten nach seinem Tod auf dem Rach Kim Son, bei Meile 64 des Mekong. Sein Kopf lag halb abgetrennt von der Schulter auf dem Patrouillenboot, das in rasender Geschwindigkeit den Mekong hinunterfuhr, am Halsansatz klaffte eine große blutende Kieme, schäumend wie die der Fische, die du fünfzig Jahre später sehen solltest, als sie unter dem Hotel Huong Duong ausgeladen wurden – dieses Unannehmbare, Unglaubliche haben sie geglaubt –, während doch die unbestechliche Postbehörde auf den telegrammblauen Umschlag die erste Stunde seines ewigen Lebens stempelte.

Auf der Brücke des Sampans konntest du deinen Blick nicht von diesen Feuern losreißen, von denen es im Dunkeln wimmelte, das war die nebulöse Ursuppe, aus der du hervorgegangen bist. Hier war man dem Big Bang ganz nah. »Im Laufe dieses Beschusses explodierte ein Projektil der hinteren 20 mm-Kanone, die querschiffs nach vorne zielte, an der Backbordwante des Masts. Ein Splitterhagel…« Hier an diesem Ufer warst du, kaum geboren, geköpft worden, wurde dein Vater von dir weggerissen wie der Kopf des Vaters von seinen Schultern, und alles was sich daraus ergab. Und unter anderem ergab sich daraus, sagst du zu Treizes Tochter, während du, am Boulevard de Belleville angekommen, die Göttin Remember wenden lässt, denn du hast gerade bemerkt, dass du dich in der Richtung getäuscht hast, dass du nach Paris hineinsaust wie ein dicker Seidenspinner, den das Licht des Eiffelturms in seinen Bann zieht, dabei wolltest du doch auf die periphere Umlaufbahn, unter anderem ergab sich daraus die Gewissheit, dass die Geschichte eine ironische Mörderin ist, dass man davon träumen konnte oder sogar träumen musste, sie sich zur Mätresse zu machen, dass sie uns aber immer mit einem Lächeln auf den Lippen töten würde. Einer der Seeleute des Sampans wollte dich unbedingt dazu bewegen, dass du auf das Zwischendeck hinuntergingst, du verstandest nicht warum, da er ja auf Vietnamesisch auf dich einredete, er bedrängte dich sanft, nahm deine Hand, dann deinen Arm und versuchte dich zur Treppe zu ziehen, er gab auf, eine Minute später kam er wieder, begann von vorn, war beharrlich, dickköpfig, unterwürfig, unermüdlich, mit einem Gehabe, das dir ohnehin auf die Nerven gegangen wäre, da es dich aber von der fesselnden Betrachtung der nächtlichen Lichter, in denen du den wahren Beginn deines Lebens sahst, ablenkte, hättest du ihn am liebsten über Bord geworfen. Stell dir vor, sagst du zu Treizes Tochter (während die Göttin Remember dieses Mal in der richtigen Richtung, mit der Nase zum Himmel und zur aufgehenden Sonne, in die Rue de Belleville einbiegt), stell dir einen Kammerdiener vor, der in der Bibliothek des Prinzen de Guermantes ständig mit einem Tablett Petits Fours, einer Tasse Tee oder einem lästigen Telefonat den in die Offenbarungen der Kunst, des wahren Lebens, der wiedergefundenen Zeit vertieften Marcel stört. Offen gesagt, stellt sie, Treizes Tochter, sich gar nichts vor. Auf jeden Fall nicht das. Macht nichts. Sie hat Zeit, es in Erfahrung zu bringen. Sich Wissen anzueignen, wie man früher sagte. Du machtest diesem Seemann heftig klar, dass du nicht gestört werden wolltest, dass dein ganzes Leben vielleicht in Erwartung dieses Augenblicks verlaufen sei, dass es dort irgendwo in der Nacht ein Phantom gebe, dem du durch deine Anwesenheit auf der Brücke über den schwarzen Strudeln das unruhige Dasein erleichtern könntest. Du seist, versuchtest du dem Seemann verständlich zu machen, wie Odysseus, der ins Totenreich zu den Schatten des Teiresias und seiner Mutter Antikleia hinuntersteige. Hau doch ab. Er kapierte nichts von deinen Überlegungen. Da er die Hoffnung aufgegeben hatte, dich überzeugen zu können, weckte er schließlich den Bürgermeister. Der skelettöse Alte erklärte dir, der Sampan lege nicht in My Tho an, führe weiter in die Nacht und den Mekong hinauf, dringe tiefer ins Delta der Nacht bis nach Vinh Long und Cai Be, was auch die Ziele der VP 42 waren. Auf dem Zwischendeck stand eine Luke offen, knapp über dem schwarzen, vom Licht lackierten Wasser. Eine Piroge fuhr neben euch, Bordwand an Bordwand. Verdammt, diesmal war es Charons Nachen! »Er war auf der Stelle tot. Das Patrouillenboot machte sofort kehrt...« Uferlichter glitten jetzt ganz nah an dir vorüber, Petroleumlampen, Neonröhren, vor denen sich die Rümpfe der Fischerboote, Palmschöpfe, Wälder aus Pfählen und Blechdächer abzeichneten. Die Piroge lag dicht neben dem Rumpf, der Seemann warf deine Tasche hinüber, forderte dich auf, hinüberzusteigen, du sprangst, einen Moment lang blieb sie dicht am Sampan; festgesaugt durch das aufwirbelnde Wasser, braustet ihr unbeweglich, mit auf Hochtouren knatterndem Motor, auf einer schwarzen, schillernden Welle, die Bewegung schien erstarrt wie in einem Albtraum, dann rücktet ihr langsam vom Sampan ab, der in die Nacht tauchte, um den Mekong nach Vinh Long und Cai Be hinaufzufahren, zum Rach Kim Son, der Seemann und der Bürgermeister winkten dir lebhaft zum Abschied aus der Luke. Die starke Strömung grub Wellen, auf denen das Licht hier und da auffunkelte, die anachronistische Silhouette des Sampans mit seinem gekrümmten Bug und dem hinteren Aufbau entschwand in der Nacht, ein Geisterschiff, dessen Konturen an die Galeone erinnerten, mit der Camões, Dichter und Soldat, vor der Mündung des Mekong, nicht weit von hier, vor fast fünf Jahrhunderten, Schiffbruch erlitten hatte.

Die Piroge glitt an Trauben grell beleuchteter Fischerboote vorbei, die miteinander vertäut schräg im Wasser lagen und aneinander rieben, deren Stromaggregate schnatterten und die am Mast die rote Fahne mit dem goldenen Stern hatten, du erinnerst dich, eine solche auf einem Kaliko gesehen zu haben, zusammen mit einer scharlachroten Fahne, die vom schwarzen Hakenkreuz geviertelt war, im Haus an der Côte d'Émeraude: das seien, hatte dir deine Mutter gesagt, Kriegstrophäen des Oberleutnants. So hattest du dir deine erste Vorstellung vom Krieg gemacht: ein Spiel, das daraus besteht, dem Feind die Fahnen abzunehmen. In Saint-Louis-des-Invalides hingen über Jean d'Audincourts kitschigem Sarg die mottenzerfressenen und von Kugeln durchschossenen Fahnen von Austerlitz, durch die Lichtstrahlen hindurchschienen in denen der Staub tanzte. Sie hatten die Sonne Napoleons und den weiten blauen Himmel des Prinzen Andrej gesehen, sagst du zu Treizes Tochter. Man muss die Dinge auf den Punkt bringen. Sagt dir das etwas, der weite blaue Himmel, Prinz Andrej in Austerlitz?, wagst du dich dann vor, doch diesmal nicht in sarkastischem Ton, nein, eher wie jemand, der nur fragt, weil er behilflich sein möchte. Prinz Andrej? Nun, um ehrlich zu sein… nein, nicht viel. Also fängst du an mit deiner Erklärung, da du die Seele eines Pädagogen, eines Pygmalion hast, da Geschichten und Geschichte nur so aus dir heraussprudeln und du nicht mehr so recht weißt, wem du das alles erzählen sollst, aber du tastest dich voran, denn ehrlich gesagt ist es lange her, dass… du vermischst ein bisschen Kant und Tolstoj, das moralische Gesetz und den weiten blauen Himmel, die schwindelerregenden Tiefen der Seele, die Schäbigkeit der menschlichen Ehre und Macht… Das könnte auch von

Bossuet sein, du verhedderst dich ein wenig. Kurzum, all diese roten Fahnen klackerten in der Nacht, schimmerten rötlich im Neon- und Acetylenlicht, und unter einer war ein splitternackter Mann, er saß auf dem Rand eines Fischerboots, kackte seelenruhig ins Wasser und spreizte dabei seine Pobacken mit beiden Händen, er ließ eine Pobacke los, um uns zuzuwinken, und setzte dann sein Unterfangen fort. Asien ist nicht prüde. Und diese rote Fahne mit dem goldenen Stern, dachtest du, als du den Gruß des Mannes erwidertest, diese Fahne, die der Oberleutnant laut der offiziellen Terminologie der damaligen Zeit einer »Rebellengruppe« entrissen hatte und die jetzt die Fahne der Krabbenfischer und der nächtlichen Kackenden war, war genau die, welche du bei Demonstrationen geschwenkt hattest, zum Beispiel an jenem Tag, als du eins ins Gesicht gekriegt, aber auch Chloé kennen gelernt hattest. Diese Fahne war all das: eine »Kriegstrophäe«, ein Manifest, ein Stück Stoff. Der Oberleutnant hatte darin einen blutigen Fetzen gesehen, den er für geeignet hielt, ihn an sich zu reißen, ebenso wie die Fahne des Nazi-Reichs. Du und deine Generation glaubtet darin das Emblem der Armen dieser Welt zu erkennen, das man gegen die Mächtigen der Welt erhebt. Die Fischer im Delta sahen darin ein Fähnchen, wie die, mit denen sie die Position ihrer Reusen markierten. Die Piroge fuhr in einen Kanal hinein, der von hohen Pfählen aus Stämmen der Betelnusspalme gesäumt war, obendrauf tummelten sich blaue Krabben und Ratten, unten gab es eine Treppe, hier gingst du von Bord.

Remember gewann an Höhe, legte den ganzen Weg noch einmal zurück, den wir vorhin im Sturzflug gemacht hatten, McDonald's, wo der Schwarze im Trainingsanzug noch immer die weißen Fliesen kehrte, MEGA KEBAB SIMON-BOLIVAR der Bauzaun der Araber mit der Tüte war verschwunden der Regen ein wenig die Scheibenwischer (beim Traction gab es ein Rädchen, um sie per Hand einzuschalten, aber es war kein Traction, es war ein Renault Frégate, nein? auf der Straße zur Côte d'Émeraude?) ATOUT CŒUR

CADEAUX GADGETS BOUCHERIE HALLAL CONSOMMEZ DE LA TRIPERIE CARLA CHAUSSURES LE DRAGON GOURMAND TRAITEUR ASIATIQUE AUX JARDIN DE FRANCE SERGENT MAJOR BISTRO BAR À VINS BUFFET FROID »LA CAGNOTTE« BIJOUTERIE PLAQUÉ OR ET ARGENT MASSIF 5 CEC CHOCOLATS FRANÇAIS DE NEUVILLE man fragt sich, warum dieses »français«, Schokolade vielleicht als Nische für Patriotismus, dennoch sind wir noch nicht ganz und gar Schweizer, aber das ist kaum besser, BOUCHERIE DES BUTTES ZHEN FA TRAITEUR ASIATIQUE. Am nächsten Tag warst du erst einmal durch die Marktgassen entlang des Kanals gegangen, zwischen Becken, in denen es von perlmuttfarbenem Fleisch von lebendig gehäuteten Fröschen wimmelte, zwischen Enten und Ferkeln, die sich im Dreck suhlten, und Ständen mit Welsen, die auf Bananenblättern zuckten. Heller Dunst hing über dem Mekong, Geisterschiffe, ähnlich dem, das dich hier abgesetzt hatte, fuhren durch dieses Plasma. In diesem Zustand halber Benommenheit, in den das lärmende Geplapper, der vielfältige Gestank, das Kaleidoskop des Fernen Ostens unvermeidlich einfache westliche Gemüter versetzen (so unvermeidlich, dass du dich fragtest, ob ein Teil der empfundenen Trunkenheit nicht daher rührte, dass man diesen wunderbaren Gemeinplatz erkannte, um ihm dann nichtsdestotrotz zu erliegen), hattest du begonnen, in Stapeln alter Papiere herumzusuchen, die nach Gewicht verkauft wurden, tausend Dong das Kilo: in der Hoffnung, darin irgendetwas ausfindig zu machen, einen Brief, ein Foto, eine Zeitungsseite, ein Verwaltungsdokument, egal was, das aus der Zeit stammte, als der Oberleutnant eines Morgens von hier wegfuhr. »Er hatte wie so oft eine Dienstfahrt auf dem Fluss angetreten. Er hatte am Morgen des 14. März mit der VP 42 in Richtung Vinh Long abgelegt.« Tatsächlich war dir in den Bündeln Durchschlagpapier, mit violetter Maschinenschrift auf Vietnamesisch beschrieben, die du dir völlig grundlos gerne als Polizeiberichte vorstellen wolltest, zufällig eine französische Ausgabe der *Quatre Essais philosophiques* des Großen Steuermanns in die Hände gefallen. Éditions en langues étrangères, Peking 1966. Das weckte Erinnerungen. Was habt ihr sie bis zum Überdruss wiedergekäut, diese Albernheiten… »Woher kommen die richtigen Ideen der Menschen? Fallen sie vom Himmel? Nein. Sind sie dem eigenen Gehirn angeboren? Nein. Die richtigen Ideen der Menschen können nur aus der gesellschaftlichen Praxis herrühren…« Das war geradeheraus gesagt… »Allgemein gesagt, ist das richtig, was Erfolg bringt, und falsch, was misslingt.« Du blättertest in diesem im Stil von Prudhomme geschriebenen Büchlein, in dem die besten philosophischen Köpfe deiner Generation Gedanken auf höchster Ebene gefunden zu haben glaubten. Was war los mit euch? »Hat sich das Material angehäuft, so tritt ein Sprung ein, und die sinnliche Erkenntnis verwandelt sich in eine rationale Erkenntnis, das heißt in die Idee.« Nichts Komplizierteres als das. Du sahst ihn genau, den Sprung… den großen Sprung nach vorn vom Material der Erfahrung zum Gedanken, hopp! Mit geschlossenen Beinen! Kängurus! Unbezahlbar, dieser Mao! Du amüsiertest dich, als du dies am Ufer des Kanals last, die Leute schauten diesen *Phap* schon seltsam an, der ganz allein vor sich hin lachte, während er Mao las (sie wussten, dass er es war, sein Name und sein Porträt prangten auf dem Einband). Noch nie hatten sie jemanden gesehen, der humoristische Qualitäten in der Prosa des Großen Steuermanns entdeckte. Manchmal färbte sich der Stil, während er stets im Prudhommesken blieb, mit einem Hauch 18. Jahrhundert, was sicherlich auf die klassische Ausbildung der Übersetzer zurückzuführen ist. »Das Proletariat verfolgt mit der Erkenntnis der Welt einzig und allein den Zweck, die Welt umzugestalten; es hat dabei kein anderes Ziel.« Du erinnertest dich, Notizen zu diesen Platituden gemacht zu haben, wie du Jahre zuvor welche zu Kant oder Hegel gemacht hattest. Und dabei… warst du nicht einmal ein richtiger Philosoph. Aber Gédéon! Dir schien es jetzt, dass euch an diesen Texten gerade ihre bäuerliche Einfachheit faszinierte. Es gibt einen Charme des Hässlichen, eine Verführung des Nicht-Gedankens, es gibt den Wunsch, schwach und idiotisch zu sein. Indem ihr die schwerfälligen Bibelverse des Großen Steuermanns wiederkäutet, hattet ihr zweifellos das unbestimmte Gefühl, eure Intelligenz als Opfer darzubringen. Das war gut, denn eure angebliche Intelligenz machte euch zu bourgeoisen Intellektuellen: erste Falte. Aber wenn man andererseits wirklich seine Intelligenz opfern musste, um aus Maos Werken irgendeinen Nutzen zu ziehen, waren sie ...: zweite Falte. Waren sie was?, fragt dich Treizes Tochter, die dir in das Labyrinth dieses maoistischen Gedankens kaum folgen kann. Dann waren sie eine Ansammlung von Gemeinplätzen. Unmöglich, sich diesen Verdacht und Zweifel einzugestehen. Ich sagte: zweite Falte. Der fanatische Gedanke ist, ganz im Gegensatz zu dem, was man glaubt, glauben könnte, niemals aus einem Stück, nie aus einem Guss. Achtung! Was ich dir jetzt erzähle, ist wichtig, sagst du zu Treizes Tochter, die bequem gegen die Tür lehnt und dich hämisch spöttisch anschaut. Nun ja, freundlich spöttisch. Um deine Beweisführung überzeugender darlegen zu können, hast du die Göttin Remember in zweiter Reihe vor der Église du Jourdain angehalten. Der fanatische Gedanke ist ein im Zickzackkurs auf sich selbst bezogener Gedanke, wie eine Ziehharmonika (du zeigst es mit den Händen), und seine Gewalttätigkeit erklärt sich aus der Tatsache, dass die letzte Faltung versucht, all die anderen zusammenzupressen, zusammenzuquetschen und unter sich zu zermalmen: Ich hasse die Juden oder den Westen oder die Frauen, da ich sie bewundere oder fürchte oder beneide, da ich mich verachte etc. Dinge, die man sich nicht eingestehen kann. Drücken wir die Faltungen des Balges fest zusammen. Die Brutalität der Beschimpfung ist proportional zu dieser Anstrengung, die Falten der Gedanken, die man sich nicht eingestehen kann, zu zermalmen. All das demonstrierst du so gut du kannst mit den Händen. Achtung! Das sind richtige Ideen, sagst du zu Treizes Tochter in witzigem Ton, um das Salbungsvolle deines vorhergehenden Anraunzers abzuschwächen. Übrigens fallen sie nicht vom Himmel, sie rühren bei mir aus der gesellschaftlichen Praxis. Oh ja... Sie rühren bei mir aus dem Sprung der gesellschaftlichen Praxis mit Idioten und Fanatikern. Und auch das zeigst du mit Handbewegungen, hopp! und so gegen die Tür gelehnt, schaut sie dich hämisch, mit etwas spöttischer Sympathie an, und du genehmigst dir verstohlen einige Blicke auf ihre Beine, die sie zur Mitte des Autos streckt (die DS, für die, die es nicht wissen sollten, erkläre ich es hier, hat einen Vorderradantrieb, und folglich ist der Fußraum zwischen den Sitzen flach und frei), auf ihre Beine, die ... ja, also, die ein wenig in der Nacht schimmern. Sehr sogar. »Unzählige Phänomene der objektiven Welt werden im Gehirn durch Vermittlung der fünf Sinnesorgane wahrgenommen.« Ja. »Die Seh-, Hör-, Riech-, Geschmacks- und taktilen Organe.« Guter Gott. Gedanken, die man nicht zulassen darf. Philosophie im Boudoir.

Durch Maos angeblich philosophische Essays (er selbst übrigens praktizierte die Philosophie im Boudoir, der alte Warzenkopf ließ sich junge Rotgardistinnen zuführen: hätte das damals einer euch gegenüber behauptet, hättet ihr ihn umbringen wollen), durch diese angeblich philosophischen Essays und diesen gesamten chinesischen Sud ist es euch gelungen, da ihr das ganze Zeug heruntergebetet, euch daran verblödet und berauscht habt, Proletarier zu achten, die Psychopathen, Zuhälter, Spitzel oder einfach Größenwahnsinnige waren. TEE, Juju oder Gustave, zum Beispiel. Fälschlicherweise, klar: wir achteten sie fälschlicherweise. Vergiss nicht, was ich dir gesagt habe, sagst du zu Treizes Tochter: der im Zickzackkurs auf sich selbst bezogene Gedanke. Im Grunde genommen achteten wir sie, weil wir sie verachteten, wir verachteten sie dafür, dass sie uns achteten, und immer so weiter. Dieser Gustave war ein alter Widerling, auch ein alter Bergmann wie André, aber überhaupt nicht vom selben Kaliber. Ihn interessierten Dessous. Die Flics führten ihn so in den Akten mit übrigens ziemlich miesen Sittlichkeitsdelikten, einigen Fällen von Exhibitionismus, bei denen er auf frischer Tat ertappt wurde. Klar, wir wussten es nicht, wir haben es Jahre später erfahren, als alles vorbei war und Foster Zugang zu den Dossiers des Innenministeriums hatte.

Das alte Schwein hatte uns munter bespitzelt, ihm verdankte zum Beispiel Foster seinen Aufenthalt in der Santé. Das ist nicht das, was ich ihm persönlich am heftigsten vorwerfe, sagst du zu Treizes Tochter, aber Foster natürlich, ihm gefiel das nicht. Der dicke Foster war ganz stolz darauf, uns zu zeigen, dass er jetzt Zugang zu einigen viertrangigen Staatsgeheimnissen, zum Bullenarchiv, hatte. Er hatte uns zusammengerufen – Gédéon, Amédée, Danton und mich, Treize, aber nein, Treize war schon einige Jahre tot, vergiss nicht, es war nach '81 – am berühmten 10. Mai 1981, in der strahlenden Morgenröte des Präsidenten Mite! Er schwätzte herum, dieser quiekende Foster mit seinen belanglosen Enthüllungen. Er war auf die andere Seite gewechselt, er war jetzt im Lager der Macht. Irgendwo in den Dienstbotenzimmern der Macht, aber immerhin. Es war so, als hätte er die Macht ergriffen. Er platzte vor Zufriedenheit. Er hatte Dossiers, und die Hausmeister des riesigen Gebäudes der Macht, in dem er eine Mansarde belegte, erstatteten ihm Bericht. Achtung!, sagst du zu Treizes Tochter: was ich dir jetzt sage, ist noch eine richtige Idee, die aus der gesellschaftlichen Praxis herrührt: Es gibt keine schlimmeren Einfaltspinsel der Macht als manch ehemalige Revolutionäre. Du erinnerst dich an diesen Satz von Victor Serge, den ich dir vorhin – vor einer Ewigkeit – zitiert habe: »Wie zufrieden sie sind, endlich die Paraden von den offiziellen Tribünen aus zu sehen.« Wir waren also in dieser Brasserie de la Bastille (oder auch in der Brasserie de la République), um aus Fosters Mund zu erfahren, dass Gustave uns im Rahmen seiner Möglichkeiten komplett bespitzelt hatte. Das überraschte mich nicht wirklich, aber es gab pittoreske, man könnte sogar sagen: romantische Details. Zum Beispiel, als der Kommissar des Verfassungsschutzes diesen fetten Maulwurf an der Gare du Nord begrüßte, nahm er ihn auf der Stelle mit in eine Schampusbar (er wusste, er wurde dafür bezahlt, dass er wusste, nackte Schenkel erregten Gustave), wo er ihn zum Champagner einladen wollte: und der winkte ab, wollte lieber ein Bier. Das war das Allerschönste! Das war das Volk! Wie bei Zola! Der Flic genehmigte sich seinen

Mercier Champagner, der andere sein Kronenbourg, der Flic mit Krawatte, wobei der Krawattenknoten gelockert war, um einem Stereotyp zu entsprechen, und sicherlich in einem braunen Sakko, Gustave schwitzend in einem dicken Wollpullover mit Reißverschluss, granatrote Samtvorhänge, das Mädchen im String, große Titten, die um Gustaves leuchtend rote Nase kreisten, der Flic, der sich abmühte, die in grässlich nordfranzösischem Akzent aufgetischten Denunziationen zu verstehen, Gustave, der sich das Hirn marterte, ob ihm nicht noch etwas einfiele, was er verpfeifen könnte... wobei er sich kräftig räusperte... Wenn man erst einmal begonnen hat, ist es offenbar eine Erleichterung fortzufahren... wie beim Kotzen... aber vor allem hätte Gustave gern noch ein Kro... würde gerne noch Hinterteile betatschen... aber ja, mein Alter, selbstverständlich. Tu dir keinen Zwang an. Und der Flic bezahlt und verstaut die Rechnung in seiner Brieftasche, und Gustave unterdrückt einen Rülpser und ist plötzlich melancholisch, er weiß, dass er jetzt uns treffen muss... die Versammlung des Politbüros, wo es ganz gewiss keine Striptease-Tänzerin gibt... vielleicht nicht einmal ein Kronenbourg... und dann geniert es ihn auch ein bisschen, ein Spitzel zu sein... und dann wird er sich Mühe geben müssen, die Dinge zu behalten, die den Herrn Kommissar beim nächsten Mal interessieren könnten. Denn die Flics sind nicht wie diese blöden Studenten der Eliteschulen, die den Kern des Politbüros der Cause bilden, sie bewundern nicht systematisch, was er erzählt, im Gegenteil, sie ziehen in Zweifel, sie quetschen ihn aus, sie verlangen Beweise: Grund, warum Gustave gelernt hat, die Flics zu achten, die ihn verachten, und die Intellektuellen zu verachten, die ihn achten. Und so weiter: ich hoffe, du hast dir die Sache mit dem Ziehharmonika-Gedanken gemerkt, Marie, sagst du zu Treizes Tochter. Und dann erzählt der Verfassungsschutz-Typ all das, die faktische Seite von all dem, in seinen Berichten, und zehn Jahre später ist Foster ganz stolz, uns ins Bild setzen zu können. Und natürlich waren wir, sagst du zu Treizes Tochter, ziemlich sauer. Was sollten wir tun? Als Lohn für seine Spitzeleien die Kneipe mit Tabakladen zu Kleinholz schlagen, die das alte Wrack in Lens (oder in Douai, ich weiß es nicht mehr) gepachtet hatte? Seitdem Gédéon Kabbalist geworden war, fühlte er sich für diese Geschichten aus unserer Jugend nicht mehr zuständig. Amédée kümmerte sich seinerseits nunmehr um seriöse Politik, Kommunikationsstrategien, Politik der Mitte, Wahlszenarien, Evaluierung von Programmen, Popularitätskurven, um Dinge, die Renommee haben. Er dinierte mit Exzellenzen, sie rissen sich um ihn, sie baten ihn zum Diner, er sah sich nicht an einer erbärmlichen Strafexpedition teilnehmen. Danton war schon immer ein Sanfter, das sollte sich jetzt nicht ändern. Wenn Treize noch da gewesen wäre, hättest du dir gut vorstellen können, mit ihm nach Lens (oder Douai) zu fahren und Geschirr zu zerdeppern. Du sahst das im Stil eines Westerns (es gibt keinen besseren Stil dafür), ihr wäret, Hände in den Taschen, ins Bistro des Rotzers gekommen (denn Gustave bespitzelte nicht nur, sondern spukte auch noch überall hin), hallo Gus, schenkst du uns ein? Du hättest dir gut Trintignant in deiner Rolle vorstellen können. Ihr hättet das Vergnügen in die Länge gezogen, Bier bestellt, auf die guten alten Zeiten getrunken, den Widerling ein bisschen schmoren lassen und dann plötzlich mit dem Unterarm abgeräumt, und rums, alle Gläser auf dem Boden, so ein Spaß... Du siehst, sagst du zu Treizes Tochter: Dein Vater war der Typ, mit dem ich so etwas gemacht hätte, diese etwas kindische, schelmische, anachronistische und zugleich dennoch auch richtige Racheaktion, er war für mich diese Art Typ, ich kann dir nichts sagen, was aufrichtiger wäre. Verstehst du? Sie nickt, nicht nötig, es ihr lang und breit zu erklären. Und was wir schließlich getan haben? Nichts. Das war falsch. Wir hätten ihm zumindest per Post einen toten Fisch schicken müssen, irgendwie so was. Mehr nicht und nichts Schlimmeres, natürlich, aber zumindest das. Nichts zu tun entsprach dem Satz, unsere ganze Geschichte wäre Phantasie gewesen, ein Traum, wenn der Verrat an uns nicht einmal einen Tritt in den Hintern verdiente. Nichts zu tun hieß, zu akzeptieren, dass der Schwamm das, was unser Leben war, wegwischte. An jenem Tag sind wir wirklich zu Phantomen geworden. Ein stinkender Fisch per Post hätte gereicht... Und warum habt ihr es nicht getan? Nun, gerade eben weil es kein »Wir«, kein »Ihr« mehr gab. Es gab nur noch »Ichs«. Was willst du mit denen anfangen? Und in wessen Namen? Mit Treize zusammen hätte ich etwas gemacht: mit Treize erinnerte ich mich an die Gruppe, an diese Selbstvergessenheit, an diesen Mut, den wir aus den anderen schöpften... Wir waren vielleicht nur noch ein altes Ehepaar, aber früher, damals, zu einer anderen Zeit waren wir Tausende, Millionen... Unsere Freundschaft war das, was von der großen, universellen Brüderlichkeit übrig blieb. Wie waren Überlebende, wir hatten das Gemetzel der Brüderlichkeit überlebt. Mit ihm hätte ich etwas gemacht, ja. Aber allein...

Was Gustave an der Bourgeoisie faszinierte, waren die mutmaßlichen Schandtaten. TEE glaubte, dass alle Bourgeois dem Baron de Rothschild ähnelten, er sah sie eher sich Ausschweifungen, einer dauerhaften Orgie hingeben. Die Bourgeoisie entflammte heftig seine Phantasie, für ihn war der Klassenkampf eine riesige Akte X. Als damals eine Bergmannstochter getötet und vergewaltigt auf einem Stück Brachland gefunden wurde und ein etwas beschränkter Richter, durch die Revolverblätter angeheizt, den größten Apotheker des Ortes anklagte, fühlte Gustave seine Stunde gekommen. Die gemeine Tat wurde zu einem Symbol für den Kampf zwischen den Unterdrückten und ihren Unterdrückern. Diese Geschichte hatte in ihm die Ressourcen der »proletarischen Intelligenz« vervielfacht, deren Schule man durchlaufen musste. Er sprudelte vor Ideen, seine Augen sandten Blitze aus, und die Spucke lief ihm zwischen den Zahnstümpfen zusammen, während er euch im Politbüro seine Spekulationen mitteilte. Der Apotheker lebte in wilder Ehe, das sei ein handfester Beweis. Seine Nutte sei eine Lesbe, das habe er in der Kneipe gehört, von da bis zu dem Gedanken... Er habe in der Kneipe gehört, sie trage rote Seidenhöschen und manchmal, das sei kaum zu glauben... manchmal überhaupt kein Höschen. Er habe vom Metzgerlehrling gehört, dass der Apotheker hin und wieder 800-Gramm-Steaks bestelle. 800 Gramm! Solle er uns das etwa haarklein erklären, oder was? Gédéon, der brillanteste unter den jungen Philosophen der École, der Schüler jenes alten Lehrers, dessen Namen die breite Öffentlichkeit erst an dem Tag erfahren sollte, an dem er seine Frau erwürgen würde, Gédéon wiegte ernst das Haupt. Manchmal bat er Gustave, etwas zu wiederholen, als wären seine Gedanken für ihn zu komplex: überhaupt kein Höschen? 800 Gramm, wirklich? Gédéon strich über sein Bärtchen und verharrte in einem langen Schweigen, um uns über die Auskünfte nachdenken zu lassen, die uns wie ein Steak auf den Ladentisch hingeworfen worden waren. Die Schule des Proletariats zu durchlaufen hieß, wie Gustave *konkret* zu verstehen, was der Klassenfeind war. Die Theorie, das Abpressen des Mehrwerts, das war alles ganz schön und gut, aber was zählte, war das *Leben*, und das *Leben* war, dass die Bourgeoisie kein Höschen trug und sich ein knappes Kilo Fleisch zum Abendessen genehmigte. Er wandte sich an Danton, der seine Erschütterung nicht allzu sehr zu zeigen wagte: Man müsse darüber einen Artikel schreiben in der Zeitung, okay? In der Sprache der französischen breiten Masse (genauso wie über Vietnam und über alles). Danton murmelte, ja klar, das würde gemacht. All das in *lebendiger* Sprache, klar. Dieser Tod.

Weißt du, du wirst sehen, in welchem Maße ich altmodisch bin, sagst du zu Treizes Tochter. Remember fährt wieder, auf Luftkissen, silbergraue fliegende Untertasse, silver ghost mit automatischer Steuerung. Durchsucht mit seinen intelligenten Augen, rechts links die Nacht und bewegt sich hoch nach Belleville, die Hallal-Metzgereien die Fischgeschäfte die französischen Schokoladen die asiatischen Lieferservices der Tabakladen »La Gitane« das Geflügel die regionalen Produkte CADEAUX TORTOLA SERRURERIE CHEZ PETIT LOUIS CAFÉ-BAR ein schwarzes Mädchen in einer gläsernen Telefonzelle man könnte meinen sie duscht im Licht, wir fliegen ruhig dahin (du nicht) hydropneumatische Federung.

Durch die nächtliche Dichte der Stadt. Ruhig, nicht du, im Gegenteil Fluten aus Worten, aus Geschichten, aus schrägen, schneidenden, überspannten Betrachtungen. Hör zu, sagst du zu Treizes Tochter: Du wirst sehen, in welchem Maße ich altmodisch bin. Ich glaube, wir waren die letzte Generation, die vom Heldentum geträumt hat. Das erscheint heute lächerlich, ihr meint, das gehöre auf den Müll, und ehrlich gesagt, wisst ihr nicht einmal mehr, was das bedeutet, ist mir klar. Aber die Welt war nicht immer so romantikfeindlich. Die Welt war nicht immer so zynisch, so gerissen. So gewitzt, so höhnisch, »mich legt man nicht rein«... Früher hatten die jungen Leute gern solche Vorstellungen. Das Leben musste abenteuerlich sein, wozu war es sonst gut? Man musste die Abgründe ausloten, dem Mysterium trotzen. Das ist ein alter Wunsch der Menschheit, eine ganze Reihe Mythen und Gedichte erzählen davon. Sich mit den Göttern und Ungeheuern messen, ungeahnte Gebiete entdecken, diese unbekannte Region, die man selbst ist, vor dem Tod erkunden. Die *Ilias* und Die *Odyssee* eben. Seit zweitausend Jahren haben doch einige junge Leute davon geträumt, Achill oder Hektor oder Odysseus zu sein. Und im Gegensatz zu dem, was man heute glaubt, ließ sich dieser Wunsch bestens mit dem vereinbaren, zu denken und zu schreiben. Ja, manchmal war der eine schwerlich ohne den anderen vorstellbar. Die gemeinsame Wurzel war die Ablehnung der Monotonie. Es gab Dichter, Schriftsteller, Philosophen, die Soldaten oder Geheimagenten waren, und sie waren nicht die schlechtesten, weißt du. Man muss nicht bis zu Cervantes und Camões zurückgehen, Faulkner, der schließlich unter den Schriftstellern des Jahrhunderts nicht der größte Trottel, nicht der Oberflächlichste war, war schrecklich enttäuscht, als ihn der Waffenstillstand im November 1918 daran hinderte, den modernen Ritter an den Himmeln Europas zu spielen. So ist das. Und Hemingway, der schneller war, eilte ohne zu zögern zu den Schlachtfeldern. Cendrars ist nicht mehr so angesagt, dennoch hat er gemeinsam mit Apollinaire die moderne französische Poesie begründet, und er war Fremdenlegionär, ein Freiwilliger. Und von Apollinaire könnten wir auch reden … Ich weiß, ihr seid heute alle Pazifisten. Und ich auch, sofern du von mir hören willst, dass es angenehmer ist, in Friedenszeiten zu leben. Und die, die den Krieg erfahren und ihn überlebt haben, sagen es auch. Aber man schreibt nicht, wenn es angenehm ist, dann denkt man auch nicht. Man denkt und schreibt über das, was verletzt, was tötet. Und nur unter dieser Voraussetzung lebt man wirklich. Nicht mit dem »Prinzip der Vorsicht«. Schreiben (oder Malen etc.) ist wahrlich nicht philanthropisch. Noch weniger progressiv. Ein großer grüner Schriftsteller, ach, den würde ich gerne mal erleben. Ganz zu schweigen von einem großen Maler aus den Reihen der Grünen. Gut, die Revolution war also die letzte große Heldentat des Westens, danach haben sich alle schlafen gelegt. Heute ist die Revolution eine Spielerei geworden, ein bürgerlicher Tinnef. Ein Firlefanz. Sieh dich um, hör dich um, lies rundherum, Marie: all unsere Eliten nennen sich heute »revolutionär«. Ich spreche von der modernen Bourgeoisie, von der, die Bilder und Geschichten produziert, nicht von den Rückständigen, die hartnäckig Schienen oder Bleche produzieren wollen. Ich spreche von den wahren Meistern, von denen, die meine Generation erfunden hat, leider. Die Revolution ist zu ihrem Dekor, zu ihrem schönen Putz geworden. Die moderne Bourgeoisie ist »revolutionär«, sie hat dieses großartige Trompe-l'Œil erfunden, um ihre Privilegien zu verbergen. Doch bevor sie zu einem Stil wurde, den die »Trend«-Seiten der Hochglanzmagazine goutierten, war die Revolution die letzte Transformation des alten Traums vom Heldentum: Ich spreche hier für einen jungen Intellektuellen der sechziger Jahre, für den wirtschaftliche Notwendigkeiten keinen Vorrang hatten, ich spreche von dem, was ich kenne. Und wir verspürten das Bedürfnis nach Heldentum umso mehr, als es im Frankreich unserer Väter daran im Allgemeinen abscheulich gemangelt hatte … Kurz nach Vichy geboren zu sein, weißt du, das weckt Lust auf Heldentaten … Kaffee und Knarren in Abessinien zu verkaufen, eine Armee aus Kameltreibern am Roten Meer entlang, ein Geschwader über der Sierra de Teruel oder eine Gruppe beim Angriff auf Havanna anzuführen, am Rande eines Kanals in Berlin zu sterben, das war der wirre Horizont unserer Ambitionen. Wirr und ästhetisierend, aber nicht erbärmlich. Romantisch, ja, ich glaube, das kann man sagen. Du meinst, dabei sei Betrug im Spiel, weil wir selbst nicht unter wirtschaftlicher Ausbeutung litten? Einverstanden. Und auch weil unser Wille, uns in einem Kollektivwesen aufzulösen, dem klassisch individualistischen Wunsch entsprang, eine Bestimmung zu finden. Zweifellos sind wir aus diesem Grund, um diese literarische Sünde, um diese kleine »bourgeoise« Schwäche abzubüßen, später so gutgläubig, so lächerlich unterwürfig gegenüber solchen Typen wie Gustave und Juju gewesen. Zweifellos, weil wir spürten, dass es in unserem Innern so etwas wie eine Lüge gab, waren wir so erbärmlich von Fehlern besessen, so manisch schuldbewusst. Und darum auch war das Instrument für unsere Bestrafung die Ironie: Wir wollten unbedingt eine Bestimmung haben, nun gut, wir haben die Bestimmung der Pieds Nickelés gehabt. Die Tragödie wiederholt sich als Komödie, und will man zu sehr das Drama, bekommt man eine Farce aufgebrummt. Das ist die Ironie des Schicksals.

Générale Casher Surgelés Spécialités Turques Et Grecques wenigsten das Essen ignoriert den Krieg weiße Waschmaschinen beleuchtet in der Nacht offene Sichtfenster Le Bel Air Laverie Dépôt troc bibelots Bronzes Horloges Objets Déco enlèvement Gratuit blaue Neonröhren genau in der Farbe dieser Anti-Mücken-Geräte, die man in der Dritten Welt sieht Vidéo Futur N° 1 Des Vidéoclubs En France Aliabed Superbazar Franprix, nach Pixérécourt schaltest du in den fünften, Schalthebel am Steuer werden heute nicht mehr gebaut, das silberne Rochenmaul fliegt mit Staubsaugergeräusch davon, doch schon musst du wieder herunterschalten, denn die Straße steigt plötzlich steil an zum Télégraphe auf genau 128,508 Meter über dem Meeresspiegel, Marmorklippe, auf deren Gipfel du mit Judith gewohnt hast, als das Haar ihr seidig zwischen die kleinen Brüste fiel, die du gerne streicheltest, sehr blaue Neonröhren noch immer sehr blinkend TRECA EPÉDA DUNLOPILLO SIMMONS SOMMIERS MATELAS MEUBLES SALONS DE CUIR CANAPÉS CONVERTIBLES MOBÉCO GROS DÉTAIL LES GRANDES MARQUES AUX MEILLEURS PRIX sehr blau noch immer sehr blinkend SANDWICHS GRECS FRITES FALAFEL ihre kleinen Brüste, die du gerne gestreichelt oder mit dem Mund liebkost hast, ja sicherlich. Wo waren wir gerade? Ach ja, bei den Proletariern. Juju war ein Wilder, zumindest hatte er diesen Ruf. Für den er gesorgt hatte und der uns gefiel. Ein Proletarier aus Sochaux, allein schon deswegen konnte er kein Spaßvogel sein. Die Peugeot-Werke, so weit im Osten und in der Kälte, so hart, waren zu der Zeit für die Kleinbürger, die ihr wart, ein bisschen das, was die Wälder Germaniens für einen Römer der Dekadenz waren: Hier war zwischen Barbarentänzen und Menschenopfern eine ungezähmte Zukunft im Entstehen begriffen. Selbst die Bergwerke von Nord-Pas-de-Calais, die zu nah an Paris, zu sehr gewerkschaftlich organisiert und politisiert, zu zivilisiert waren, konnten nicht ein so beängstigendes Image aufweisen. Renault-Bilancourt, darüber sprechen wir besser nicht. Nach Sochaux zu gehen hieß, in einen Raum-Zeit-Riss einzutauchen: absolute Provinz, ohne Hauptstadt, Arbeitgeberschaft mit göttlichem Recht, sibirisches Klima. Der Jura: sogar der Name hatte etwas Wildes, zwischen Brüllen und Brummen. Wer wagte es schon, in dieses Gebirge Jura zu gehen? Die Alpen, die Pyrenäen bedeuteten Wintersport, die Vogesen Weinberge und Bilder von Épinal, aber der Jura … Man spürte, der Ural war nicht fern. Unter den Militanten der »Arbeiterbasis« gab es einen namens Walter, einen recht ruhigen Dicken mit rotem Gesicht, Koteletten und Hasenscharte, der in der Doubs angelte. Welse, um es genau zu sagen. Jean d'Audincourt war einmal mit ihm im eisigen Nebel auf Expedition gegangen. Sie waren mit leeren Händen zurückgekehrt, doch er hatte dir erzählt, sagst du zu Treizes Tochter, dass Walter Zwanzig-Liter-Kanister als Schwimmer für seine Angelschnüre benutzte, das vermittelte eine

Vorstellung von den Biestern, die er zu fangen hoffte: schleimige, pustelige Viecher mit Schnurrbärten und hervorstehenden Augen, so eine Art Riesennacktschnecke aus großen Tiefen, schwarz wie Atom-U-Boote, aber nervös und böse wie Krokodile, sie robbten auf die Uferböschungen, krochen auf ihren Kral-len-Flossen, um Enten, Ferkel, Hunde... und kleine Kinder zu verschlingen, hieß es... Walter, so eine Art Ahab der Franche-Comté, hatte Jean d'Audincourt eingeweiht, während er auf seine im Nebel tanzenden Kanister schaute. Das mit den kleinen Kindern war seiner Meinung nach übertrieben. Aber so war der Jura: das Herz der Finsternis, die Urgeschichte, ein Land metaphysischer Ungeheuer, wo sich, wie man glaubte, die verheerenden Kräfte ansammelten, die für das Entfachen von Revolutionen notwendig sind. Juju war der Kopf der »Arbeiterbasis« von Sochaux. Ein kleiner Untersetzter, ganz kompakt muskulös, mit rauer Stimme, ein kleiner Matrose, der Jean Genet gefallen hätte. Einige Jahre später sollte er sich großartig umbringen auf einer Straße dieses Landstrichs, den man wegen seiner strengen Winter »Klein-Sibirien« nennt: sein Wagen würde ein ganzes Tannenwäldchen umnieten, ehe er zum Stehen käme, durch das Dach auf einem gesplitterten Stamm aufgespießt. Juju völlig zerquetscht in seinem fahrenden Harnisch. Der Tod eines billigen Ritters, eines drittklassigen Don Quijote, aber das war immerhin etwas, ein kleiner Schritt in Richtung Heldentat, wie die Jagd auf große Welse. Tristesse und Schönheit lagen darin – die Karre liebevoll im Hof der Siedlung zurechtgemacht, aufgemotzt, seinen Bedürfnissen angepasst, mit aufgemalten Flammen dekoriert, geschmückt, herausgeputzt für das letzte Turnier, strahlender Sonnenschein über dem Schnee, der Himmel blau, die Bäume schwarz, und dann nichts mehr. Ein heftiges Getöse donnert herunter, dann wieder Stille unter den Zweigen. Vorhang. Weißt du, sagst du zu Treizes Tochter, es sieht oft so aus, als würde ich mich lustig machen, aber... Es gab viele, die ich nicht besonders mochte, das stimmt, Juju zum Beispiel, aber dennoch suchten alle nach etwas, das größer war als sie selbst. Die Brüderlichkeit, die Revolution, das Abenteuer, irgendetwas. Sonst war es der Mühe nicht wert. Dieser Juju hatte geglaubt, in uns, durch uns, durch Geschichtsbrocken, die er von uns lernte, durch seine Angebereien, durch unsere Leichtgläubigkeit das Mittel gefunden zu haben, größer zu sein, als er war. Dann war es in sich zusammengefallen, und seine bescheidene Phantasie hatte mit seinem Ford Escort vorlieb genommen. Für die Zeit einer Geraden, die er mit durchgetretenem Gaspedal entlanggerast ist, einer Kurve, durch die er kontrolliert schleuderte, hielt er sich für Jo Schlesser, für Jean-Pierre Beltoise … die Rennfahrer-Helden jener Zeit. Das ist nicht nur lächerlich. Wir alle bastelten uns unser Schicksal zusammen, so gut wir konnten, das vereinte uns. Gut. *Requiescat.* Juju ließ sich nicht allzu sehr bitten, ganz im Vertrauen zu erzählen, dass er zu der Gruppe von Hitzköpfen gehört hatte, die im Juni '68, als sie die besetzte Fabrik verteidigten, Bereitschaftspolizisten der CRS in Säurewannen geworfen haben. Dieses sagenhafte Ereignis war eine der Legenden, die nach dem Mai in aller Munde war (wie eine angebliche Meuterei auf dem Flugzeugträger *Clemenceau*). Vielleicht hatten wir sie in der Cause erfunden, sagst du zu Treizes Tochter, wir wären dazu imstande gewesen. Vielleicht war es Treize. Vielleicht Angelo, an einem Saufabend im Harry's, oder auch Danton, damit Gédéon ihn in Ruhe ließ. Wahrscheinlicher ist, dass es eines dieser Gerüchte war, die aus dem Nichts entstehen, aus diesem Nichts, das man Zeitgeist nennt: und Juju, der es aufgeschnappt hatte, fand darin eine Rolle, die ihm gefiel, die ihn begeisterte. Denn andere, wir zum Beispiel, waren blöd genug, das erhebend zu finden … Auf jeden Fall sonnte er sich in dem zweifelhaften Ruhm, Beamte der CRS in H_2SO_4 aufgelöst zu haben.

Die Erinnerung, die du an diesen Furcht erregenden Juju bewahrt hast, ist dennoch ziemlich weit entfernt von dieser Mythologie. In einem Sommer hattet ihr einen »praktischen Arbeitseinsatz« organisiert, eine Art Schule, wo Proletarier »ihre Erfahrungen austauschten«, um den damaligen Begriff aufzugreifen. Das Amüsante, das Unpassende an der Sache war, erzählst du Treizes Tochter, dass der Ort, den man uns zur Verfügung gestellt hatte, ein Schloss in der Umgebung von Illiers in der Beauce war, welches das Vorbild für das Schloss der Guermantes in der *Suche nach der verlorenen Zeit* war. Ja, das Vorbild, eigentlich weiß ich nicht genau, was das heißen soll, wo man doch dieses Schloss der Guermantes bei Proust, wenn ich mich nicht irre, nie sieht: Man läuft darauf zu, wenn man einen Spaziergang an der Vivonne macht, an den weißen Seerosen vorbei, aber ich glaube, man geht nie bis zum Schloss, erinnerst du dich vielleicht daran?, fragst du Treizes Tochter. Und da sie sich nicht erinnert, aber nicht im Geringsten, fährst du fort: Die Welt der Guermantes hat im Grunde kein Ende, keine Grenze, sie ist der Fluss, der Spiegel des Wassers, das Trugbild des Namens, der Geschichte. Nun ja, das scheint sehr weit weg von Juju aus Sochaux, aber keineswegs, warte, du wirst sehen. Die Besitzerin des Schlosses, kurz gesagt die Herzogin von Guermantes unserer Zeit, war eine Bürgerliche aus der Alternativszene, eine eher liebenswürdige, lustige Rothaarige, die, glaube ich, lange wehende indische Kleider trug. Na ja, bei den Kleidern bin ich mir nicht mehr sicher, sagst du zu Treizes Tochter, sicher weiß ich aber, dass sie von ihrem Mann getrennt lebte, der vielleicht wirklich ein Graf oder so was war, aber nicht unbedingt, und dass ich in Versuchung kam, die Cause zu verraten, um zu probieren, Schlossherr in Illiers zu werden, aber wie üblich hatte ich es nicht gewagt. Diese Gräfin Nicole (oder vielleicht auch Juliette? Ich glaube, sie hieß Nicole) war also im Endeffekt eher eine Verdurin. Das sichtbarste Relikt des Grafen oder Ehemanns war ein Oldsmobil Cabrio, das in einer Scheune abgestellt war. Ein Oldsmobil oder ein Buick, ein Roadmaster, auch das ist möglich. Was ändert das? Blau, auf alle Fälle. All meine uneingestandenen Wünsche nach Ausschweifung und Klassenverrat hatte ich auf das Ding mit seinen langen funkelnden Heckflossen übertragen. Ich Idiot hätte gern am Steuer des sinnlichen Roadsters eine Runde durch den Park gedreht. Die zwölf Zylinder in V-Stellung schnurren lassen. V wie Vietnam. V wie das weibliche Geschlecht und die Falz eines Buchs. Habe ich das womöglich schon einmal gesagt? Leider war der Wagen mit einer Lenkung und einer Reihe von Extras ausgestattet, die elektronisch unterstützt waren, damals hieß das, glaube ich, *Servosteuerung*, die es bei den kleinen europäischen Autos noch nicht gab, und seit dieser idiotische Graf nicht mehr zurückgekommen war, war die Batterie platt. Und die Reifen auch, und der Oldsmobil oder der Buick war im Heu abgestellt, wo ich mich gerne mit der Gräfin Nicole oder Juliette gerekelt hätte, ohne dass ich gewagt hätte, es ihr und nicht einmal mir selbst zu gestehen, kannst du dir das vorstellen?, fragst du Treizes Tochter. O ja, was das Vorstellen angeht, sie kann es. Welch eine Verwicklung... Das Arbeiterpraktikum hatte also seine Zelte unter den Bäumen im Park aufgebaut. Als Spezialisten für Dinge, die einen gewissen Grad an Professionalität erforderten (raffiniertes Fressepolieren, Entführungen, falsche Papiere, Transporte von gefährlichen Stoffen, revolutionäre Picknicks), wart ihr, Treize und du, mit der Logistik der Angelegenheit betraut worden. Nächtelang hattet ihr euch über das Chaix-Kursbuch gebeugt, um Zugverbindungen auszuhecken, die die Schergen des Quai des Orfèvres aus der Fassung bringen sollten: sie durften keinesfalls einem Unvorsichtigen oder Zerstreuten bis zur Welt der Guermantes folgen können. Juju zum Beispiel habt ihr nach Dijon geschickt, dann von dort nach Lyon, wo er rennend den Zug in die entgegengesetzte Richtung nach Paris noch erreichen konnte, aus dem stieg er in Laroche-Migennes aus, wo ein Wagen auf ihn wartete. Früher hielten die Züge in Laroche-Migennes. Laroche-Migennes im Département Yonne. Ihr habt wahnsinnig viel Zeit mit diesen Kreuzsprüngen verbracht, Treize und du und Fichaoui und Judith und all die, die sich bei La Cause mit vertrackten Dingen beschäftigten, ihr lieft wie aufgescheuchte Spatzen im Zickzackkurs quer durch Paris und aktualisiertet eure Liste von Gebäuden mit zwei Ausgängen, gingt durch den einen hinein und durch den anderen hinaus, sprangt just in dem Augenblick aus den Metros, in dem die Türen sich schlossen, durchquertet zu Stoßzeiten mit angelegten Ellenbogen die großen Kaufhäuser oder Bahnhöfe; um von einem Punkt zum anderen zu gelangen, war die gerade Linie verboten, das Labyrinth war eure Spezialität, euch von einem Ort zum anderen zu bewegen war ein Unternehmen, das nicht gerade wenig Geduld und Phantasie erforderte. Letztendlich hatte niemand seinen Anschlusszug verpasst, niemand hatte, so schien es, laut der delikaten Redensart eine Filzlaus am Hintern, alle waren am Schloss angekommen: Reureu der Struppige, dem Wildschweinborsten bis zu den Armbeugen und den Knien wuchsen (gerne zeigte er Nicole dieses Wunder), Pompabière, Momo der Schlossfresser, ein anderer, dem sein verdorbener Magen und Darm, verursacht durch billigen Rotwein, den wenig beneidenswerten Spitznamen La Chiasse, Scheißeritis, eingebracht hatte, dann schließlich die komplette Gruppe aus Issy-les-Moulineaux, Gustave der Rotzer, der alte Widerling, und André vom Bergwerk, der an der Staublunge erstickte und hinter dessen Sarg wir eines Tages durch die Rue de la Terre-de-Feu gehen sollten, TEE mit seinem finsteren Clownsgesicht, Juju H_2SO_4 und noch andere, es gab nicht so viele Proletarier in der Cause, aber wir hatten sie alle zusammengetrommelt, Simon (oder war sein Name Gérard?), ein junger ungelernter Arbeiter aus Billancourt, melancholisch und schwächlich, der wie ein schändliches Laster verbarg, dass er Geige spielte, und zwanzig Jahre später bei Le Pens Front national enden sollte, Saïd, ein Pferdebesessener, der für einen Moment die sklavische Lohnarbeit vergaß, wenn er in seinem Kopf das Klappern der Hufe seiner Kindheit am Strand von Rabat erklingen ließ. Und dann war da noch Raymond, ein Rentner der Pariser Verkehrsbetriebe, einer der wenigen, an die ich mich mit Rührung erinnere, sagst du zu Treizes Tochter. Er hatte einen Bruder, der erst bei den antifaschistischen Partisanen gewesen war, sich dann zum Expeditionskorps in Indochina gemeldet hatte, vielleicht hatte er den Oberleutnant gut gekannt, und schließlich war er desertiert, verschwunden, und als man wieder von ihm hörte, war er eine Art König in Neu-Guinea geworden, laut Raymond, der ehrlich gesagt davon nicht mehr so ganz überzeugt war, da die letzten Briefe von ihm schon älter als zehn Jahre waren. Dieser sagenhafte Lebensweg, vom Dschungel verschlungen, versetzte ihn ins Träumen, ohne dass ein Hauch von Neid die Erwähnung des Königs der Papuas trübte, Raymond war ein äußerst großzügiger Typ. Er hätte sicherlich gern gehabt, dass wir ihn mit Conrad vertraut machten statt mit Mao. In seinen verwaschenen blauen Augen und seinem unglaublich sanften, bescheidenen Lächeln zeigte sich die Sehnsucht nach einer Bildung, die er nicht hatte und die er an uns bewunderte, den jungen Intellektuellen der Cause – er sagte »intellektuell« mit viel Nachdruck auf dem »u«, und er war der Einzige, der dieses Wort nicht als Beschimpfung benutzte, im Gegenteil, er genoss es wie eine exquisite Konfitüre. Und wir waren deswegen verlegen und ein bisschen wütend, denn es war gerade unsere Bildung, von der wir uns läutern und in der Schule des Proletariats, wie man so sagte, freikaufen wollten. Zwischen Raymond und uns war der Stellungswechsel komplett. Seine Leidenschaft für die Literatur verleitete ihn, kleine Aufsätze im Stil von Sully Prudhomme zu schreiben, was für Gédéon, als er um ein Urteil gebeten wurde, größte Qualen bedeutete. Raymond machte alles andersherum, er respektierte das Wissen, das wir verabscheuten, und wenn es darum ging zu handeln, neigte er immer zur friedlichsten Lösung, wo wir doch eigentlich von den Arbeitern erwarteten, dass sie uns die Gewalt lehrten. Unter diesem Blickwinkel war Juju besonders beruhigend. Mit ihm war die Welt richtig herum. Hopp und schon fertig, wie er so gern sagte.

Restaurant Asiatique Le Maofa Miami Café Restaurant Franco-Libanais türkisgrüne Waschmaschinen in ihrem Schaufenster angeleuchtet wie die Nutten von Hamburg Soleil Des Dragons Dégustation Rapide Plats à Emporter, die Rue de Belleville senkt sich Richtung Haxo, steigt dann zur Porte des

Lilas wieder an SANDHU BRENDA PRÊT À PORTER FÉMININ FLEURS TEINTURERIES PRESSING BOUCHERIE MUSULMANE LES TROIS FRÈRES FLEUR DE LYS DEUILS MARIAGES BAR RESTAURANT DES MOULINS LE ZODIAQUE BAR PMU PARISTAMBUL SANDWICHES PIZZAS TURQUES. Es gab dennoch Dinge, die wir, Treize und ich, nicht hinnahmen, sagst du zu seiner Tochter. Wir schluckten nicht alles, das musst du nicht glauben, aber wir hielten die Klappe, das ist schon wahr. Darüber sprachen wir nur, wenn wir unter uns waren, und auch dann bestimmt nicht über alles. Die Schule des Proletariats zu durchlaufen war nicht immer einfach. Die 800-Gramm Entrecôtes des Apothekers, das rote Seidenhöschen seiner Schlampe, ganz ehrlich, das war uns egal. Und nicht nur, dass es uns egal war: es widerte uns an, so zu tun, als interessierte es uns. Ich erinnere mich an das eine Mal, als Treize und ich darüber sprachen. Wir waren in die kleine Stadt des Départements Nord gefahren, wo es geschehen war, Gustave und Gédéon hatten uns gebeten, die so genannte »Verhaftung« des Apothekers vorzubereiten. Wir waren also bedrückt dorthin gefahren, wir hatten das Haus gesehen, ganz in der Nähe lagen die Backsteinkirche, das unbebaute Gelände, die Nationalstraße, die durch die Halden verlief, schnurgerade, wir hatten einen guten Grund, unsere Bemühungen einzustellen: die Gendarmerie 500 Meter geradeaus, ohne eine Kurve, eine Steigung, eine Ampel zwischen ihr und dem Tatort, die Bullen einen Steinwurf entfernt, wir sozusagen in der Schusslinie. Zu riskant. Wir hatten einen Vorwand gefunden, um abzuspringen. Gédéon war – er hat es mir Jahre später gesagt – im tiefsten Inneren erleichtert über unser Ausweichmanöver, er hatte nicht auf der Aktion beharrt. Ich erinnere mich, sagst du zu Treizes Tochter, dass ich ein paar Tage später mit deinem Vater darüber gesprochen habe – es kommt mir komisch vor, ihn so zu nennen, »dein Vater«. Ich erinnere mich, dass wir über den Pont Mirabeau gingen und Nebel über der Seine lag. Oder war es vielleicht der Pont de Grenelle oder der du Garigliano, merkwürdig ist, dass ich aber ganz genau weiß, es lag Nebel über der Seine. Und Treize fragte mich, warum wir gelogen hätten, warum wir nicht mutig und aufrichtig genug gewesen seien, ganz einfach zu sagen, dass wir diese Aufgabe verweigerten, da sie blöd und entwürdigend war. Statt Ausreden zu erfinden? Und ich habe ihm genervt entgegnet, dass ich keine Ahnung habe. Im Übrigen hätten wir ja das Wesentliche getan: uns geweigert. Aber nein, wir haben uns nicht geweigert, beharrte er, wir haben uns nicht geweigert, wir haben sabotiert, und das ist moralisch nicht dasselbe. Moralisch! Dass ich nicht lache, sagte ich. Moralisch! Und er, dieser Idiot, dein Vater, sagst du zu Treizes Tochter, boxt mich auf einmal mitten auf der Brücke. Boxt mich, nur so zum Spaß, aber nicht ganz. Und dann … wovon sprach ich gerade? Ach ja, ich hab's: die Schule des Proletariats. Wir wollten sie gerne angehen, aber es gab auch Grenzen. Die Issy-Gruppe zum Beispiel machte, wenn sie zu viel billigen Wein getankt hatte, in den Pissoirs an der Porte de Versailles Jagd auf Schwule. Denn auch das gab es damals: Pissoirs. Stricherklos. Klappen, das Wort fällt mir gerade wieder ein, ich hatte es vergessen. So eine Art kleiner Burgturm aus durchbrochenem Metall, in der Farbe von Eisenbahnwaggons, und im Inneren floss Wasser über Schieferlamellen. Erstaunlicherweise schlug mit der Liberalisierung der Sitten das letzte Stündlein für diese nützlichen Häuschen. Noch etwas, das es nicht mehr gibt wie die Gilette-Rasierklingen und die Nägel am Fußgängerüberweg und die Geschichte. Und die B 52-Bomber gibt es immer noch. Jedenfalls begaben sich Reureu der Struppige, Pompabière, Momo der Schlossfresser und La Chiasse, abgefüllt mit Kiravi oder Gévéor oder Kronenbourg, je nachdem, hin und wieder auf Expedition zu den Klappen an der Porte de Versailles. Man kann nicht behaupten, dass wir den Schwulen, den Homos, wie man sagte, deutlich mehr Toleranz entgegenbrachten als der durchschnittlich intelligente Mensch von damals, aber ihnen deswegen aufzulauern … Treize und ich sahen nicht ein, warum wir durch eine Schule dieser Art gehen müssten … Dabei waren wir gern bereit, uns anzustrengen, es zu versuchen, doch nur schmerzlich dulden konnten wir, dass auch

Gédéon vor diesen Trampeln klein beigab. Dass er so tat, als lernte er von ihnen. Unsere freiwillige Demut musste wenigstens durch Gédéons Glanz aufgewogen werden. In gewisser Weise war er unser Delegierter für Unumstößliches. Wir, das war allseits klar, waren bürgerliche oder kleinbürgerliche Intellektuelle (obwohl … um ehrlich zu sein, sagst du zu Treizes Tochter, es mir etwas eitel vorkam, mich für einen Intellektuellen zu halten, was aber das Bourgeoise angeht … Nessim, ja, einverstanden, aber ich?). Doch Gédéon war aus dieser armseligen Lage bis zum *Anführer* aufgestiegen. Ein Anführer entzog sich somit diesen Klasseneinteilungen, zumindest so lange er Anführer war. Lenin, Mao waren keine niedrigen Adligen, keine mittleren Bauern der Oberschicht: sie waren Anführer, »Große Anführer« sogar, in Großbuchstaben. Die wundersame Inkarnation des Neuen Menschen. Die Vollkommenheit der Anführer bot dem alten, korrumpierten Menschen Anlass zur Hoffnung. Als wir bereit waren, unser Leben aufs Spiel zu setzen, indem wir Konvois der Bereitschaftspolizei angreifen oder Arbeitgeber schnappen wollten, putzte Gédéon uns herunter wie kleine dumme Schüler: Aber das entsprach der Ordnung, diese Regel der Selbstverachtung hatten wir gewählt. Aber es entsprach nicht der Ordnung, dass er, dessen Unfehlbarkeit wie die Kehrseite unserer Einfältigkeit war, sich herablässt, nachzudenken über 800 Gramm Fleisch … über rote Seidenunterwäsche … Also das verstanden wir nicht mehr. Vor allem Treize nicht. Ich glaube, er war rebellischer als ich, sagst du zu seiner Tochter.

Kurzum, alle Arbeitergenossen waren wohlbehalten an den Zelten im Park eingetroffen. Busse mit belesenen japanischen Touristen wirbelten den Staub der Alleen auf und versetzten die Proletarier in Erstaunen, die sich fragten, was wohl die Söhne Nippons in das Schloss einer verrückten Progressistin führte. Gustave der Spitzel sorgte zusammen mit Gédéon für die Richtung unserer Debatten. »Dozent für Streiks«, so bezeichnete sich der dicke Widerling selbstgefällig. Reureu der Struppige, Momo der Schlossfresser, Pompabière, La Chiasse, Simon, Juju, Saïd, Raymond, TEE, Walter und andere, gut zwanzig Leute in einem großen Armeezelt hörten zu. Als die Jungs von der Issy-Gruppe ein bisschen zu tief ins Glas geschaut hatten, brüllten sie den Redner grob an. Gédéon bemühte sich, in diesen Beschimpfungen irgendein sinnvolles Element zu entdecken, von dem aus er eine Versöhnung herstellen könnte: Auf franko-maoistisch nannte man das »die Widersprüche auflösen innerhalb des Volkes«. Tom, der Protokollführer der Debatte, auch er ein Schüler der École, hatte ein ausgeglichenes und höfliches Naturell, was ihm aber beileibe nicht allgemeine Wertschätzung einbrachte. Wenn der Gedanke des einen oder anderen schwer verständlich wurde, hüstelte er, hob schüchtern die Hand und bat darum, es ein wenig genauer zu fassen: Genosse, was *konkret* willst du damit sagen? Auf einem lärmenden Jahrmarkt, an den, so wie es Chateaubriand in seinen *Erinnerungen* beschreibt, der Club der Cordeliers oft erinnerte, hätte man ihn dem Oberhaus zugeordnet. Zwanzig Jahre später sollte Tom einer verschwindend geringen Leserschaft durch wissenschaftliche Bücher über das Unendliche in den kabbalistischen Schriften bekannt werden. Wir redeten, wir beschimpften uns, wir »tauschten Erfahrungen aus«, wir »systematisierten«, wir »zogen unsere Lehren«. Verrückt, wie viel Lehren man aus all dem ziehen konnte. Wir spielten Volleyball, die Jungen, nicht die Lungenkranken. Wir aßen den ewigen Reis mit Tomatensauce, den Roselyne und Karin, umgeben von Stärkeschwaden, auf den großen gusseisernen Herden des Schlosses geköchelt hatten. Im zivilen Leben spielte Roselyne Geige in einem Zirkus und stand dabei auf der Kruppe eines Pferds. Ihr Vater war einer der Helden des Warschauer Ghettos. Als es darum ging, in der Rue des Rosiers Plakate zu kleben, die »den gerechten Kampf des palästinensischen Volks« priesen, opferte sie sich. Mit Angst im Bauch, wie sie mir sehr viel später, Jahre später, gestand, umso mehr, als sie sich nicht sehr sicher war, ob sie mit den einseitigen Texten der genannten Plakate einverstanden war. Aber auch sie hatte die große und perverse Lektion gelernt, laut der man gerade das tun sollte, auf das man nicht vorbereitet worden ist, das, was man nicht von uns erwartet. Jahre später sollte sie mir dies sagen, erzählst du Treizes Tochter: lange nachdem alles vorbei war, hatte sie einen Unfall, das Pferd hatte wegen einer Raubkatze gescheut, sie hat sich die Wirbelsäule zerschmettert. Sie kann nicht mehr gehen, sie bewegt sich in einem Rollstuhl, mühsam hält sie sich mit Geigenstunden über Wasser. Sie hat sehr schöne blaue Augen. Karin hat dunkle Augen. Ihr Vater war Diplomat des Nazi-Reichs, er ist bei einem Bombardement gegen Ende des Kriegs verschollen, in Ostpreußen, in Königsberg. Er war Reichsbeamter, aber anscheinend kein Nazi. Nur ein Diener des deutschen Staats. Warum auch nicht? Anscheinend eher ein Christlich-Sozialer. Man räumt gern den Diplomaten den Kredit eleganter Nutzlosigkeit ein, die sie von der Schuld essentieller Verbrechen reinwäscht, nicht wahr? Dieser verschwundene Vater war Karins Scham und Hoffnung. Hoher Beamte des Nazi-Reichs, aber kein Nazi, das wollte sie glauben. Sicher bei einem russischen Bombenangriff umgekommen, aber seine Leiche wurde nicht gefunden, und bei den Russen wusste man nie, da konnte man sich alles vorstellen, sogar dass er in einem sibirischen Gulag lebte, das hatte es schon gegeben. Karins Vater war Nazi-nicht Nazi, tot-vielleicht am Leben. Ein total Verschwundener: er war sehr viel radikaler ausgelöscht als der Oberleutnant oder Treize, sagst du zu seiner Tochter. In Luft aufgelöst. Und also hochexplosiv. Karin war älter als wir, aber trotzdem war sie nicht alt, in ihrem kurzen Leben hatte sie sich ganz schön die Hörner abgestoßen, sie war mal Arbeiterin in einer Chemnitzer Fabrik, in der DDR, wo die berühmten Trabanten hergestellt wurden, diese Mühlen mit der Karosserie einer Konservenbüchse, die der Mauerfall zu gesuchten Objekten gemacht hat, dann war es ihr gelungen, in den Westen zu flüchten, wo sie Animierdame in einer Bar in München wurde (oder in Hamburg, aber ich glaube, es war in München, sagst du zu Treizes Tochter), auf ihrem weiteren Weg nach Westen kam sie nach Frankreich, wo sie ein bisschen Theater spielte. Wegen ihres Akzents konnte sie keinesfalls die Célimène spielen, dagegen besetzte man sie gern, wenn es um Marlene oder Mata Hari ging. Man hatte ihr einen sehr günstigen Vortrag vorgeschlagen, wenn sie die Rolle der Eva Braun übernähme, doch sie lehnte ab. Die Beliebtheit des Brecht'schen Theaters in diesen Jahren war ihre Chance. Sie wurde die Geliebte eines Industriellen, der ein bisschen gealterter Beau, ein bisschen Mäzen, ein bisschen Schieber war. Geradezu unvermeidlich wurde sie eine überschwängliche Achtundsechzigerin. In der Cause büßte sie ihre Sünden. Sie wollte zum Judentum übertreten, Roslyne, die mit ihr in der Küche des Schlosses von Guermantes in den Reistöpfen rührte, versuchte, sie davon abzubringen. Heute ist Karin Sporttrainerin in einem Club. Sie hilft den alten Jammerlappen ein bisschen in Form zu bleiben. Sie ist sechzig Jahre alt, klapperdürr, muskulös, hat streichholzkurzes Haar, trinkt nur Mineralwasser, raucht nicht, hat erst die rosa Liste, dann grün gewählt. Sie wird uns alle überleben, dich natürlich nicht, sagst du zu Treizes Tochter: aber mich, Judith, Roselyne, Fichaoui, uns alle.

Père-lachaise rechts Auberge De Pékin plats à Emporter Le Clairon le Bistro des Motos qui ont de la Bouteille au Métro des Lilas Café Glaces Brasserie mac do Traiteur aisatique Banh Phang Aux Délices Des Lilas Patisserie Sandwiches Boulangerie Remember verschlingt das alles, die Ampeln zeigen Grün Périph intérieur fluide Périph extérieur fluide smaragdgrün auf nachtblau. Wir aßen also ihren verdammten Reis mit Tomatensauce. Die Issy-Gruppe schlief um ihre leeren Flaschen herum ein, die Issy-Gruppe wiegte ihre hochroten Köpfe wie eine benommene Hydra. Bald würde sie aufwachen und mit ihr die Widersprüche inmitten des Volkes. Glücklicherweise war es nicht Treizes und meine Aufgabe, an diesen Gefechten teilzunehmen. Unsere Sache war die Logistik, der Schutz, die Verwaltung, die exakten Wissenschaften. In dieser Eigenschaft waren wir verantwortlich für die Unterbringung. Und genau da gab es ein Problem: nicht genügend Betten. Selbst wenn man die dazuzählte, die Nicole uns im Schloss zur Verfügung stellte, sowie die Feldbetten in den Zelten, haute es nicht hin. Wir würden zusammen schlafen müssen. Ich weiß nur zu gut, sagst du zu Treizes Tochter, mit wem ich gerne das Bett geteilt hätte, doch so war es nicht, und am Abend habe ich mich in einem Ehebett mit Juju wiedergefunden, dem Schrecken der Peugeot-Werke. Ich weiß nicht, ob du dir die Komik der Situation vorstellen kannst, mein Kopf und der des Flics-Mörders Seite an Seite auf der Nackenrolle unter einem dunkelroten Baldachin, und an der Wand der unvermeidliche frivole Stich in der Art von »Der Riegel« und das nicht weniger unvermeidliche Porträt einer Ahnin mit gestärktem Kragen ... Mitten in der Nacht werde ich wach ... Nein, das ist doch nicht möglich! Diese Hand, die da über meine Eier streicht ... Nein, ich schlafe sicher noch, habe einen Albtraum ... Aber nein, kein Zweifel. Also muss der andere, der berühmte Gladiator von Montbéliard, träumen. Los, schieben wir diese Hand sanft beiseite, ohne ihn zu wecken, so dass er sich nicht zu Tode schämt, wenn er entdecken müsste, zu was ihn die Dämonen der Nacht, die gräulichen Teufelinnen, die seinen eingeschlafenen Willen ausnutzen, gedrängt hatten ... Doch da kommt sie schon wieder, die Hand des roten Proletariers! Durchtrieben, tastend, aber dennoch beharrlich, wohl wissend, was sie tut! Ja verdammt! Dann ist also der Anführer Nummer eins der Arbeiterbasis ein Schwuler! Ein Homo! Eine ungemein verblüffende Entdeckung, auf die ich so wenig vorbereitet bin, dass ich einen langen Augenblick, unbeweglich wie ein Toter, völlig erstarrt, Querelle de l'Est meine Eier betatschen lasse. Du hast, sagst du zu Treizes Tochter, längst verstanden, dass wir unglaublich puritanisch und konventionell waren. Und Machos, was auf dasselbe herauskommt. Ein Arbeiter, der zudem noch ein revolutionärer Arbeiter ist, konnte doch nicht schwul sein. Theoretisch war das natürlich möglich, aber praktisch ... Hopp und fertig, so Jujus Spruch. Also seine Hand da ... Was tun? Sich auf den Schändlichen stürzen, ihn aus dem Bett, aus dem

Schloss, aus der Geschichte werfen? Aber der Skandal, die Entmutigung der Genossen bei der schrecklichen Neuigkeit… Der neue Spartakus ist ein Päderast! Also den Sodomiten weiter die Revolution entehren lassen? Nur die Ruhe! »Ziehe die Brauen zusammen«, hieß ein genialer Gedanke des Großen Steuermanns, »und du kommst auf eine Idee.« Schließlich habe ich Juju (dessen lächerlicher Spitzname mir nun vom Namen Jupien abgeleitet zu sein schien) einfach unverblümt gebeten, mich schlafen zu lassen. Ich stellte mir seine Verwirrung am nächsten Morgen, sein Entsetzen, entlarvt, stigmatisiert zu sein, vor, und er tat mir sogar Leid. Aber nichts dergleichen, er war sehr viel weniger peinlich berührt als ich, ohne Scham schlurfte er in die Küche des Schlosses, mit einer Schale Kaffee in der Hand unterhielt er Nicole mit Geschichten von heftigen Hinterhalten im mechanischen Dschungel von Sochaux-Montbéliard. Und ich, für den der Sex der Bereich des Geheimnisses, des Geheimnisses und der Angst war, ich, der ich nicht wagte, meine Hand auf die der Gräfin Nicole zu legen, die im weiten indischen Rock lachend umherwirbelte und hier und da eine Strähne ihres roten Haars zurückstreifte, ich dachte finster, während ich meine Schale Muckefuck trank und den Kerl sich Vorteile verschaffen sah, dass es ihm nicht an Schneid fehlte – nicht an diesem mörderischen Schneid, dessen er sich rühmte, dessen Vorstellung uns beeindruckte, aber dennoch Schneid, zu dem ich überhaupt nicht in der Lage war. Und mitten in meiner Verachtung gab es so etwas wie Bewunderung. Letztendlich stimmte es, dass wir etwas lernten, in der Schule der Proletarier.

V

Fünf Uhr früh. Wie lange kreisen wir schon? Zwei, drei Stunden? Wie viele Revolutionen, wie viele Umlaufbahnen liegen hinter uns, Treizes Tochter und mir, im Cockpit der Remember? Weiß nicht. Um die große dunkle, von Elektrizität zerfurchte Kugel herum, blau rot grün blau rot rot weiß grün blau rot. Verrückt gewordener Regenbogen. Stroboskopische Spuren. Sieben, acht? Aufs Benzin achten. Nicht müde? Nein, es geht. Rechts stehen sie schon auf. Fenster, hinter denen es hell wird, die Nacht zwinkert. Aufstehen, ihr Schlafmützen! Und da hinten am Himmel, tut sich dort nichts? Doch, ein wenig, könnte man meinen. Man denkt es. Da rührt sich was. Grünlicher Schimmer. Bald die grauenhafte Stunde, zu der die Proletarier im windigen Morgengrauen der Schinderei entgegengehen, Stunde der verquollenen Augen, der Übelkeit, des sauren Aufstoßens… Lichtstreifen von Sattelschleppern, die auf dem Weg nach Rungis sind. Lichtstreifen von Sattelschleppern, die auf der Umlaufbahn nach Garonor fahren. Langweile ich dich nicht? Nein? Nicht müde? Nein, es geht, sagte ich doch schon. Also fahren wir weiter CASINO CASTORAMA PORTE D'IVRY NANTES BORDEAUX ORLY RUNGIS ÈVRY LYON PORTE D'ITALIE CHAMPION CAMPANILE IBIS smaragdgrün auf nachtblau PÉRIPHÉRIQUE INTÉRIEUR FLUIDE ÜÉRIPHÉRIQUE EXTÉRIEUR FLUIDE blau rot weiß grün Nordlicht der Kirchturm von Montrouge reckt sich schwarz vor dem roten Himmel, Rakete vor dem Abschuss. V2-Kathedrale von Chartres. Der General im Ruhestand Chalais, Geschäftsführer von Atofram, Firma, die Streikende entlassen hatte und die unter anderem elektronische Basiselemente produzierte, die in die Herstellung der Bomben eingingen, welche die US-Air Force über Vietnam abwarf, also diesen Chalais hattet ihr schließlich in den Lieferwagen gehievt, und Fichaoui hatte einen Grand-Prix-Start hingelegt, der euch alle durcheinander purzeln ließ, das wurde zu einem Leitmotiv, erzählst du Treizes Tochter. Der nächste Teil der Operation war äußerst delikat, es ging darum, Chalais ein Narkosemittel intramuskulär zu spritzen. Ihr hattet nicht die Absicht, ihn festzuhalten, sondern wolltet ihn nur in einen Überseekoffer stecken, dann an der Gare Saint Lazare abstellen und die Journalisten anrufen. Dafür musste er ein bisschen weggetreten sein, darum die Spritze. Klammer hatte dir das Mittel besorgt. Klammer war wirklich eine Dostojewski-Gestalt, tut mir Leid, dieses Stereotyp, entschuldigst du dich bei Treizes Tochter, aber es ist wirklich so, als wäre Dostojewski erfunden worden, um über Klammer zu schreiben, nicht Klammer, um Dostojewski zu verkörpern. Er war der Sohn einer jüdischen Diamantenhändlerfamilie aus Antwerpen, die im Krieg, dank dieses Netzes der Résistance, deren »Laufbursche« Rolge war, nach Amerika hatte fliehen können. Klammer hasste diesen Reichtum. Ohne ihn wären die Kassen von La Cause leer gewesen, trotz all der »Demokraten« oder »Fortschrittler« oder »Sympathisanten« (diese Wörter waren Synonyme und hatten einen leicht verächtlichen Beigeschmack für uns), die wir baten, etwas in den Topf zu werfen. Aber du kannst dir gut vorstellen, dass es uns schwer fiel, zum Beispiel Marguerite Duras auch nur die Kosten für die Vervielfältigung eines Flugblatts aus der Tasche zu ziehen. Andere waren weniger knickerig, ab und zu verkaufte ein Maler ein Bild, ich knöpfte Nessim immer wieder etwas ab, aber im Großen und Ganzen rückten sie das Geld nicht gern raus. Nicht unbedingt aus Knauserigkeit, sondern vielmehr, weil es sie erniedrigte, dass nur dieser Teil von ihnen, ihr Portemonnaie, angesprochen wurde. Jedenfalls war Klammer der Einzige – tatsächlich der Einzige, der mir je begegnet ist –, der sich von seinem Zaster befreien wollte wie von etwas Unmoralischem. Er musste sich sagen, dass seine Familie gerettet wurde, da sie reich war, und das konnte er nicht ertragen. Ich glaube, es war wirklich eine Erleichterung für ihn, von uns angepumpt zu werden. Ich habe nie jemanden kennen gelernt, der so negativ war – Achtung, täusche dich nicht, sagst du zu Treizes Tochter: Für mich hat dieses Wort einen äußerst positiven Sinn, wenn ich so sagen darf. Es bedeutet Unruhe, Unbefriedigtsein, Aufsässigkeit. Es ist der Zweifel, die Geisteshaltung, also das, was zutiefst menschlich ist. Klammer war reich, und er wollte dieser Ungerechtigkeit des Erbens ein Ende setzen. Er war eher gut aussehend, ein langes, hohlwangiges, knochiges Gesicht mit russischem Einschlag, gewiss kein Bademeister- oder Playboy-Typ, das Gesicht eines Intellektuellen. Oder eines Künstlers, dann aber eines Musikers. Nicht eines Malers, nein, er war meiner Meinung nach sehr wenig stofflich. Er sah gut aus, und er fand sich schrecklich hässlich – das habe ich natürlich erst später erfahren: damals sprachen wir über so etwas nicht. Klammer war ein junger Klinikchefarzt, eine Hoffnung in der Herzchirurgie, und er hatte alles über den Haufen geworfen, um sich ganz der Abtreibung nach der Karman-Methode zu widmen, ich sage nicht, dass dies nicht sinnvoll war, dass er es nicht hätte tun sollen, aber in den Beratungsstellen des MLAC Föten abzusaugen, wenn man ein berühmter Chirurg gewesen ist, dann kommt es mir so vor, als verstecke sich darin ein Wunsch nach Erniedrigung, nach Demütigung. Und gleichzeitig ist die Ironie bei dieser Sache: Indem Klammer sich dieser ruhmlosen und sogar ein wenig abstoßenden Aufgabe hingab, war er vielleicht der Einzige von uns, der im Sinne der Geschichte, wie es hieß, an ihrem unsichtbaren, unvorhersehbaren Wandel teilhatte. Mit all den im Schatten Stehenden schob er an, und die riesige soziale Maschinerie bewegte sich unmerklich. Betrachtet man diese Dinge mit fast dreißig Jahren Abstand, sagst du zu Treizes Tochter, gibt es genügend, worüber man sich amüsieren kann. Wir anderen mit unseren Streichen à la Robin Hood lagen total daneben, wir schwammen sogar gegen den Strom, in die verkehrte Richtung, mit Vollgas in die Vergangenheit, tief in die Trugbilder. Während Klammer mit dem Kolben seiner Fötuspumpe im Badezimmer einer bourgeoisen Wohnung im XIV. Arrondissement, mit gleichmütiger Miene (und ohne es selbst zu wissen) an der Bewegung der Welt teilhatte.

Ein paar Zeitungen aus jener Zeit habe ich aufgehoben, sagst du zu Treizes Tochter. Manche gibt es nicht mehr, wie *L'Aurore*, ein total reaktionäres Blatt, das uns aber gefiel, denn hatten wir mal wieder Scheiben eingeschlagen, bescherte uns das eine Seite in *L'Aurore*, diese Zeitung trug dazu bei, dass wir uns bedeutend fühlten, durch sie hatten wir das Gefühl, auf dem richtigen Weg zu sein. Wenn man bedenkt, dass dies der Name der Zeitung von Clemenceau war... der Zeitung, in der Zola »J'accuse« veröffentlicht hat... In den siebziger Jahren war *L'Aurore* wirklich schlecht übertapeziertes Vichy. Ich habe die Ausgabe von *L'Aurore* aufgehoben von dem Tag, an dem wir uns diesen Chalais geschnappt haben. Tatsächlich habe ich sie nicht aufgehoben, natürlich nicht, das wäre wirklich viel zu gefährlich gewesen, so idiotisch waren wir schließlich doch nicht, nein, Rolge hat sie mir gegeben, Jahre später, zusammen mit Ausgaben von *Le Monde* und einigen anderen. Nach Andrés Beerdigung habe ich ihn zum letzten Mal gesehen, wir waren in der Bar eines großen Hotels in Brüssel verabredet, wie heißt es doch gleich? Vielleicht Métropole? Mit Schwindel erregend hohen Decken, Fresken, Lüstern so hoch wie Glockentürme, Wäldern aus Schmiedearbeiten und Fahrstühlen mit goldenen Gittern, die von Liftboys à la Spirou bedient wurden. Place de Brouckère, glaube ich (oder auch Place de l'Albertine?). Da also war ich mit Rolge verabredet, unser letztes Treffen. Was danach aus ihm geworden ist, weiß ich nicht. Ich habe gehört, er habe es mit Waffenhandel mit »fortschrittlichen« afrikanischen Ländern, Angola und anderen, versucht, aber das ist womöglich nur Geschwätz. Er war sehr dick geworden. Er war zwar immer noch so abgerissen, obwohl er endlich eine neue Brille hatte, aber er hatte den Luxus lieben gelernt, er rauchte Partagas, angeblich wegen Che, und trank Knokkando, wegen Knokke-le-Zoute womöglich. In der Bar dieses Hotels, behauptete Rolge – aber er hatte mir seit jenem Abend vor langer Zeit, an dem er mir angekündigt hatte, dass das NATO-Gebäude in der Nacht in die Luft flöge, so viele Geschichten erzählt –, vielleicht sogar am selbem Tisch, auf den der Kellner seinen *pure malt* (und meinen bei der Gelegenheit auch) stellte, war die »Eliminierung« von Patrice Lumumba beschlossen worden, einer der wenigen wirklichen afrikanischen Revolutionäre in der Zeit der Entkolonialisierung, einer der wenigen Integren, zu Tode gefoltert, dann in Stücke gehackt und 1961 in Elisabethville, sechs Monate nach der Unabhängigkeit, in Schwefelsäure aufgelöst. Und laut Rolge wurde dieses Verbrechen genau hier beschlossen, in der Bar des Métropole, vielleicht sogar an unserem Platz, von einem alten Nazi, der Moïses Tschombes Söldner ausbildete, und von je einem Vertreter der Bergbauunion von Haut-Katanga, einem der Chase Manhattan Bank und der CIA, der gleichzeitig auch Bischof *in partibus* der Römischen Kirche war, laut Rolge, aber Rolge erzählte so unglaublich viele nicht überprüfbare Geschichten ... Fest steht, dass man ihn aus seinem Haus in Waterloo hinauswarf, weil man dort eine Autobahn bauen wollte, die modernen, prosaischen Zeiten brachen an, er musste also sein Archiv auflösen und schenkte mir einige Zeitungen, die mich eventuell interessieren könnten. Leider war in dem Stapel nicht diese Ausgabe von *Le Monde* aus dem Jahr 1948, in der eine Pressenotiz den Tod des Oberleutnants »während eines Kampfeinsatzes gegen Vietminh-Rebellen« mitteilte. Ich habe Rolge nie von dieser Geschichte erzählt, er hätte sie übrigens auch nicht interessant gefunden. Manche Tode haben weniger Gewicht als Schwanenflaum, hatte der Große Steuermann gesagt. Hingegen gab es aber die Zeitung von dem Tag, an dem wir uns Chalais schnappten. Vergilbtes, filzig gewordenes, brüchiges, an den Knicken gerissenes Papier, das heute aus einer ebenso weit zurückliegenden Zeit-Raum-Zone zu stammen scheint wie die Briefe, Berichte, Todesanzeigen und Inventarlisten, die den Tod des Oberleutnants bescheinigen. Siehst du, es ist merkwürdig, sagst du zu Treizes Tochter: die menschliche Haut ist in der Jugend, in deiner zum Beispiel, rein und glatt wie ein schönes Papier, wie Velinpapier. Man hat Lust (und Angst), darauf zu schreiben. Und gealtertes Papier ähnelt immer mehr gegerbter Haut, dem Pergament. Eine Zeitung kostete damals weniger als einen Franc. *L'Aurore* siebzig Centimes. Auf der Seite eins, unter der Schlagzeile, die den »maoistischen Terrorismus« anprangert, und neben einem Editorial, das Sartre für diese »Sitten, die primitiver Volksstämme würdig seien«, verantwortlich macht (wie hat er strahlen müssen, Sartre, als er das las ...), ist ein Foto von der Hochzeit von Francos Tochter mit ich weiß nicht welch großem Idioten der Bourbonen. »Der Caudillo und seine Frau«, heißt es in der Bildunterschrift; all diese Schwachsinnigen in großem Pomp, die die beiden Turteltauben umringen, alle voller Tressen und Stickereien und Schwerter und Federhüte. Das »südländische Schwein« mit Sartre auf derselben Seite eins. Ich bin Zeitgenosse des Caudillo, ja, in gewisser Weise, und von Eddy Merckx und auch von Nixon, Merckx bestritt in jenen Tagen Paris-Nizza und Nixon ich weiß nicht mehr welche Vorwahlen. Merckx war ein Typ, der sich nicht mit Kleinigkeiten aufhielt. Und sein Gegner des Tages, Ocaña, ausgerechnet ein Spanier, war auch kein Krüppel. Luis Ocaña, das sagt dir nichts, was? Und ich wette, Franco auch nicht?, fragst du Treizes Tochter. Du erinnerst dich aber doch an seinen Tod, schon halb zersetzt, in Einzelteilen, altes fauliges Fleisch, mit Kathetern gespickt und in Schläuche gewickelt? Man kann sagen, er hatte den Tod, den er verdiente. In der Schlagzeile von *Le Monde* fand Präsident Pompe ebenfalls, dass Chalais' Entführung »ein Akt« sei, »der einem Land von Wilden« entspreche. Was jedoch fast genauso überrascht auf dieser Seite und was bestätigt, dass man ein Dokument aus Urzeiten vor sich hat, sind zwei Dinge: die Telefonnummer der Zeitung auf dem Streifen: PRO 91 29, Provence 91 29. Drei Buchstaben, vier Zahlen, das war damals eine Nummer. Das bedeutet, der rote Bereich ist erreicht. Der Beweis, dass alles auseinanderdriftet, die Spuren des Universums auf Expansionskurs! Nein? Und die zweite vorsintflutliche Sache ist ein Kasten über einem gerade erschienenen Erlass, der das Einsetzen der Spirale erlaubte. Mach dir das mal klar! Empfängnisverhütung gab es damals nicht. Das war vor dem Veil-Gesetz und den erleuchteten Zeiten des Giscardismus... Und so trug Klammer mit einer Fötus-Absaugpumpe zur Geschichtsschreibung bei, er schob das große stecken gebliebene Wrack der Gesellschaft in die richtige Richtung, in die sie gehen wollte oder in die sie auf alle Fälle gehen würde, während wir mit unseren Sten-Maschinenpistolen und unseren angeklebten Bärten verzweifelt versuchten, sie, die Gesellschaft, zum Umkehren zu bewegen, wir stammten aus der Zeit des Caudillo, von Durruti und genauso gut von Don Quijote.

Und außerdem, erzählst du Treizes Tochter, stand in dieser Ausgabe von *Le Monde* eine Information, die dich schwer gequält hatte, als du sie am Tag nach der dramatischen Verhaftung des Generals im Ruhestand Chalais gelesen hattest. Roger der Belgier hatte euch auf der anderen Seite der Grenze in Empfang genommen, bestimmt in Estaimpuis (oder war es in Néchin?), eine riesengroße rote Sonne riss sich von den Dächern los, während ihr, Treize und du, die Grenze passiertet, das hatte euch zum Lachen gebracht, und ihr hattet angefangen, »Der Osten ist rot, die Sonne geht auf«, tralala, zu singen, es war kalt, und von eurem Atem stiegen Rauchsignale in die frühe belgische Morgenstunde auf, eine riesengroße rote Sonne loderte im winterlichen Dunst. In dieser Gegend solltet ihr gut zehn Jahre später André beerdigen (du, aber nicht Treize, erinnerst du seine Tochter: Er würde schon seit einer Weile die Radieschen von unten betrachten, wenn André nicht weit entfernt, sogar ganz in der Nähe des Orts, wo ihr die Grenze überquertet, beerdigt würde). Rolge hatte euch je bei belgischen »Progressisten« in Ixelles, in den schönen Vierteln der Stadt, untergebracht. Deine wohnten in einem flämischen Haus aus dunklem Ziegel mit hohem, vorspringendem Giebel, und du erinnerst dich vor allem daran, dass die junge Frau des Hauses ausnehmend gut gebaut war und unter ihren Pelzmänteln ziemlich durchbrochene Kleider trug. Aber du meintest, es sei nicht der Moment, den Idioten zu spielen. Im belgischen Fernsehen, das du zusammen mit deinen Gastgebern (also mit Mrs. Mechelner Spitze, die du heimlich beäugtest) gesehen hattest, wurde in den Nachrichten der Kopf des General Chalais mit offen gesagt sehr blau verquollenen Augen gezeigt, das hatte dich unangenehm überrascht, dann das Knollengesicht des Innenministers, des infamen Saint-Marcellin. »Einen Helden der Résistance«, so nannte Saint-Marcellin den General a. D. Was soll denn nun diese Geschichte? Saint-Marcellin (der eher zu denen gehörte, die jeden Morgen beim Appell in kurzen Hosen »Maréchal, wir sind bereit« gesungen hatten), Saint-Marcellin war bekannt dafür, ein unverschämter Lügner zu sein, ein Mensch der übelsten Propaganda, aber dennoch … Die Wirkung jedenfalls auf Mechelner Spitze und ihren Mann, einen Anwalt, war unmittelbar, sie waren der Meinung, diese Tat müssten Faschisten verübt haben. Die Tat, einem Helden der Résistance die Augen blau zu schlagen, bevor man ihn in einen Überseekoffer einsperrt. Na klar, wenn man es so sieht … war die Sache fast nicht zu rechtfertigen. Deine Gastgeber wussten nicht den Grund, der dich zu ihnen führte, Rolge hatte ihnen eine erbauliche Geschichte über das Engagement für ausgewiesene Immigranten erzählt, diese Leier schläferte automatisch das Misstrauen der linken Bourgeois ein, sagst du, wobei du Treizes Tochter einen höhnischen Blick zuwirfst, einen Blick, der zum Streit auffordert. Und es klappt. Bist du Rassist oder was?, fragt sie dich. Wenn du das noch einmal sagst, setze ich dich hier raus, auf dem Périphérique, auf der Stelle, entgegnest du liebenswürdig. Entschuldige, fügst du dennoch hinzu. Ich hasse Rassisten, stell dir vor. Aber die obligatorischen guten Gefühle finde ich nervtötend, der fortschrittliche Konformismus ist nicht weniger idiotisch, nicht weniger blind als der reaktionäre, da er kulturell stärker vertreten ist, ist er noch nerviger, und er kann genauso schädlich sein: du weißt, die Hölle ist mit guten Absichten gepflastert. Gut. Ich erzähle weiter. Ein Feuer züngelte im Kamin, Whisky, ein guter, der nach Torfrauch riecht, stand auf dem niedrigen Tisch, dazu Ausgaben des *Nouvel-Observateur*, Drucke von Magritte an der Wand und Maos gesammelte Werke im Bücherregal, zwischen Mallarmé und Marcuse, das war wirklich ein ordentliches Haus. Ein Hund, ich weiß nicht mehr welcher Rasse, aber teuer. Mechelner Spitze, anmutig zu Füßen des Sessels ihres Rechtsanwalts mit untergezogenen Beinen auf dem Perserteppich drapiert und auf einen Arm gestützt, war die Aufgebrachtere, die Schärfere von den beiden, sie hätte ohne Gerichtsurteil diejenigen, die diese Tat verübt hatten, erschossen. Der Anwalt, der aufgrund seines Berufs zum Relativieren neigte, war ein bisschen weniger kategorisch. Da du Angst hattest, dich zu verraten (und im Übrigen ihr gefallen wolltest), pflichtetest du ihr voll und ganz bei. Zwischen frustierter Fleischeslust und Selbstverleugnung war das kein guter Abend. Am nächsten Tag warst du schon bei Morgengrauen zur Gare du Midi gelaufen, um *Le Monde* zu kaufen. Da hatte sich die Katastrophe bestätigt. Mein Gott! »Ein Kämpfer der Forces Françaises libres.« Das sagte *Le Monde* und nicht Saint-Marcellin. Gefangen genommen 1940, flieht er, kommt nach London, von dort aus weiter in die Levante, er stößt zur 1. Division Française libre, wird am Garigliano verwundet… Vor Strassburg erneut verwundet… So ein Mist… Diesen Typen, vielleicht ein Arbeitgeber, aber vor allem ein antifaschistischer Kämpfer (vielleicht ein Kamerad des Oberleutnants, dachtest du), hattet ihr in einem Lieferwagen verprügelt… Denn ihr hattet so handeln müssen, es war nicht eure Absicht, natürlich nicht, aber eure Absichten waren allen scheissegal, und sie hatten Recht damit. Es war nicht unsere Absicht, sagst du zu Treizes Tochter, wir wollten ihn nur in einen Überseekoffer stecken und den dann in der Halle der Gare de Saint-Lazare herrenlos stehen lassen, weil dort viele Menschen vorbeikamen und weil von Saint-Lazare die Züge abfuhren, die zur Atofram-Fabrik gingen, wo Streikende entlassen worden waren. Und wo Basiselemente hergestellt wurden, die zur Produktion gewisser Bomben dienten, die von der US-Air Force über Vietnam abgeworfen wurden. Klammer hatte uns ein Betäubungsmittel besorgt. Ein leichtes Mittel, das möchte ich betonen, sagst du zu Treizes Tochter: Klammer hatte uns erklärt, mit einem stärkeren Mittel gebe es ein Risiko, ein kleines zwar, aber eben doch ein Risiko, mögliche Herzprobleme, also hatten wir uns für ein niedrig dosiertes Präparat entschieden, für eine Art bessere Kamille. Ich will nicht behaupten, dies wäre eine nette Aufmerksamkeit gewesen, aber dennoch, für Gesetzlose gingen wir mit Samthandschuhen vor. Weil ihr vielleicht Angst hattet, entgegnet sie dir. Angst um euch. Aber nein, Marie, hätten wir Angst gehabt, hätten wir so etwas nicht gemacht. Wenn man an dem Punkt angelangt ist, hat man keine Angst mehr um sich selbst. Oder jedenfalls ist sie nicht mehr abschreckend. Im Gegenteil, die Angst gehört zur Droge. Also diese Kamille war überhaupt nicht wie diese »Schlafmittel?« bei *Tim und Struppi*, so diese Art Mittel, von dem ein Typ mit schlecht rasiertem Kinn drei Tropfen in ein Glas gibt und pffff, plötzlich ist niemand mehr da. Nein, es musste ihm in den Hintern gespritzt werden, damit die Wirkung zuverlässig war, und das auch noch in einem fahrenden Lieferwagen. Judith sollte diese Operation durchführen. Merkwürdig, wie sehr wir an überlieferten Vorstellungen festhielten: um eine Spritze zu setzen, bedurfte es weiblicher Zartheit etc. Bei einer Sache, der es doch ungemein daran mangelte. Gut, wir mussten ihm, diesem Chalais, noch die Hose herunterziehen. Und da hat er aufgemuckt. Wir erklärten es ihm, wir versuchten immerhin überzeugend zu sein, die Sache zu entdramatisieren, aber nein, nichts zu machen. Und er hatte übrigens Recht. Es gibt einen alten, barbarischen Zusammenhang zwischen der Nacktheit und der Folter. Die römischen Legionäre spielten mit Würfeln um die Kleider des Gekreuzigten. Die Nazis hängten ihre Opfer vornehmlich nackt. Die Tschekisten zogen ihre Gefangenen in den Kellern aus, wo sie ihnen dann eine Kugel in den Kopf jagten. Stell dir also diese groteske Situation vor. Wir hingen alle an seinem Gürtel, er auch, während Judith die Spritze hielt und wir alle versuchten, das Gleichgewicht in dieser schwankenden Kiste zu halten. Bei dem Kampf habe ich meine blonde Perücke verloren. Schließlich hat Momo der Schlossfresser, ich glaube, er war es, die Nerven verloren. Oder war es Treize, nein, ich glaube eher, es war Momo. Der Schlossfresser war ein kleiner Boxer, und er hat dem General a. D. einen kräftigen Schlag auf den Nasenrücken versetzt. Ich breche nicht den Stab über ihn, wohlgemerkt, sagst du zu Treizes Tochter: so wie es lief, glaube ich, war es die einzige Möglichkeit. Chalais hat sich sofort beruhigt, und Judith hat ihm die Spritze geben können. Wir waren erleichtert, aber nicht sehr stolz. Und nicht sehr viel besser drauf als er. Ruhig Blut... Hätte ich gewusst, dass dieser Typ ein Kampfgefährte des Oberleutnants gewesen ist... ein Freund vielleicht... Als wir von den militärischen Verdiensten unseres Galapagos erführen, hat uns das gewaltig zugesetzt. Da ist uns zum ersten Mal der Gedanke gekommen auszusteigen (das zweite Mal bei der Sache mit dem Apotheker). Wenn wir unser Leben aufs Spiel setzten, um solchen Mist zu verzapfen... Treize und ich hatten uns in einem Café getroffen, in einem schönen Café in einer Passage in der Nähe der Grand-Place, ich habe ihm die Neuigkeit erzählt. Wie stehen wir jetzt da, wie stehen wir jetzt da, wiederholte er, als wäre das unser Problem. Wir sind auf die Grand-Place gegangen und haben uns das »Haus der Malergilde« angesehen, in dem Victor Hugo 1852 gewohnt hatte. Wir mussten uns eingestehen, dass wir im Verhältnis zu ihm als Exilierte nicht ins Gewicht fielen. Um unsere Nerven zu beruhigen, machten wir dann einen Spaziergang in einem Wald am Stadtrand, ich habe seinen Namen vergessen, die Forêt de Soignes vielleicht? Oder war es der Bois de la Cambre? Eine Straßenbahn fuhr dorthin. Entweder spazieren gehen oder sich mit Bier volllaufen lassen, was keine gute Idee gewesen wäre. Wir haben sogar ein Reh gesehen. Das hat Treize auf andere Gedanken gebracht, er hatte nie zuvor weder ein Reh noch einen Fuchs noch ein anderes Tier gesehen, nur als Kind im Zoo, und

Ratten auf dem Schotter der Metro, er war wirklich der absolute Städter, trotz seiner »Alten«, die in der Forêt de Fontainebleau oder da in der Gegend lebte, aber er hatte sie nie besucht, nur als wir das Dynamit vergraben mussten. Da, guck, ein Hirsch! Ganz aufgeregt wiederholte er das immer wieder. Er konnte sich kaum beruhigen. Und da ich ihm immer wieder sagte, es sei kein Hirsch, bin ich ihm auf die Nerven gegangen, und er fing an, mich zu boxen, wie später auf dem Pont Mirabeau.

Weißt du, sagst du zu Treizes Tochter, du musst eines verstehen, wir waren Kinder. Wir waren so alt wie du heute, ist dir das klar? Ich bin kein Kind mehr, antwortet sie schroff. Ja, das meinte ich auch nicht, natürlich, aber ein bisschen doch, ja? nein? Gleichzeitig wirfst du ihr einen hämischen Blick zu, wie sie da gegen die Tür der Remember lehnt, an ihrer Kippe zieht, ein Bein unter den Po gezogen, das Knie schimmert in der Dunkelheit, das andere Bein hat sie in die Mitte des Cockpits gestreckt. Kein Kind mehr, kein Kind mehr... Ich meinte, setzt du wieder an, wir waren äußerst jung, wir taten schwerwiegende Dinge, aber hatten vollkommen kindliche Seiten. Ich erinnere mich zum Beispiel, als wir Chalais' Entführung in dem Haus in der Normandie vorbereiteten, das Blitz uns überlassen hatte, haben wir uns gegen Ende einer Monopoly-Partie beinahe gegenseitig umgebracht. Ein ganz beschissenes Spiel, wenn man eine Sekunde drüber nachdenkt... Und welche Frechheit, das »die glorreichen Dreißiger« zu nennen: eine Zeit, in der man Kindern beibrachte, Grundstücksbesitzer... Immobilienmakler... zu werden. Das so genannte Glück lag im Geld. Weißt du, sagst du zu Treizes Tochter, das Jahr 2000 mag ich nicht besonders, aber ehrlich gesagt, die Siebziger habe ich verabscheut. Jedenfalls hatte der Schlossfresser mit viel Geduld ein Immobilienimperium aufgebaut, und dann hatte er plötzlich durch ein heimtückisches Bündnis zwischen Treize und Fichaoui alles wieder verloren, die Rue de la Paix, die Avenue Mozart, die Avenue Henri-Martin, all diese Orte, wo wir herumstreiften, wo wir unsere üblen Dinger drehten, wo wir gerade ein übles Ding ausheckten, all diese gehassten, aber auch begehrten Orte, auch von dem jungen Rowdy aus Issy-les-Moulineaux, wie ein Lump war er hinausgeworfen worden, mit wenigen Würfelwürfen, er sah sich schon als Nabob und fand sich nackt, abgezockt und ausgeplündert wieder, wegen eines verräterischen Bündnisses zweier Intellektueller gegen ihn, den Proletarier! Momo hatte das nicht ertragen, er hatte den Tisch umgestoßen und sich auf Treize gestürzt, der, muss man sagen, kein bescheidener Sieger war. Wir hatten große Mühe, sie davon abzuhalten, sich ernsthaft die Köpfe einzuschlagen. Mach dir klar: Wir waren dort in Blitz' Haus und bereiteten etwas vor, bei dem wir immerhin unser Leben lassen konnten, eine Aktion, über die Präsident Pompe sagen sollte, sie sei nur »eines Landes von Wilden würdig«, und wir führten uns auf wie auf einem Schulhof.

KOREAN AIR rot blau PANASONIC blau SANYO rot SAMSUNG blau A1-A104 FLUIDE eine Brücke überspannt die Gleise der Gare du Nord, Bündel von glänzendem Stahl gesäumt von violetten Lichtern, das war Treizes und mein Fluchtweg, der Postzug, rechts Anemone und Akelei, die Stadt des Großen Galgens und des Rads, die Vergangenheit, mit der man nicht Tabula rasa gemacht hat, ST-DENIS CH. DE GAULLE LILLE BRUXELLES PORTE DE LA CHAPELLE A1, warte, hier gibt es noch etwas, sagst du zu Treizes Tochter und deutest mit dem Arm durch das heruntergelassene Fenster der Remember, bei den schwarzen Türmen der Porte de la Chapelle, an deren Stirn die Diademe AGFA und TDK funkeln, Diamanten und Rubine, und jenseits davon die Korn-, Rüben- und Totenacker, Ebenen, die unter dem schwarzen Regen zum Meer führen. Ein Mal habe ich mich deinem Vater gegenüber schweinisch verhalten, es kommt mir merkwürdig vor, das so auszudrücken, aber warum nicht, nur ein einziges Mal. Es ist mir lieber, du weißt es. Eines Tages, kurz nach Chalais' Entführung, hatte er eine Geschichte mit Béatrice, der Rechtsanwältin. Er war übrigens noch nicht dein Vater, denn du warst noch nicht geboren. Er kannte noch nicht einmal deine Mutter, du siehst also... Treize war nicht auf dem Foto, sein Gesicht verblasst in meiner Erinnerung, schon seit langem ist er nur noch ein Bild, das im Moment selbst, wo ich mich bemühe, es mir zu vergegenwärtigen, entschwindet und verlöscht, das sich auflöst, sobald ich versuche, es mit meinen inneren Augen festzuhalten, dennoch meine ich, dass er recht gut aussah. Graue Augen, gebogene, vielmehr gebrochene schiefe Nase, kurzes dunkelblondes Haar. Ein tiefes Grübchen mitten im Kinn. Und dann vor allem etwas Loderndes, das wir alle mehr oder weniger hatten, aber bei uns waren es ein paar Funken und bei ihm ein ganzes Feuer. In Béatrice, ich sagte es schon, waren wir alle verliebt. Schräg stehende Augen, von einem Grün, das beinahe in Gelb überging, hervorstehende Wangenknochen, dunkles, straff nach hinten gekämmtes Haar, im Nacken zusammengebunden, das ihr über die Schulter fiel... Immer schwarz gekleidet. Sie sah aus wie eine Indianerin und Wölfin. Sie machte den Richtern Angst. Manche von uns, auch das habe ich dir bereits gesagt, wurden verdächtigt, sie hätten sich nur festnehmen lassen, um in den Genuss der Sprechzeiten mit ihr zu kommen. Anders hätten sie es nie gewagt, mit ihr zu reden. Treize hingegen besaß diese Verwegenheit. Er neigte zum Zynismus, vor allem mit Frauen – pardon, damals sagte man »Mädchen« –, aber das war die Masche eines schüchternen Jungen. Im Grunde war er wie die meisten von uns, ein hochmütiger, aber ängstlicher junger Mann. Kurzum, eines Tages sind sie zusammen abgehauen, ohne Bescheid zu sagen. Von hier aus ins Département Nord, zur Somme-Mündung. Nach Saint-Valéry, wenn es denn nicht Le Crotoy war. Aber diesen Namen mag ich nicht, sagen wir also, es war Saint-Valéry. Wie ich dir bereits erzählt habe, verbrachten wir damals unser Leben auf Versammlungen, ihr Verschwinden fiel also rasch auf. Wir waren sofort beunruhigt, fürchteten, sie könnten irgendwo streng isoliert in einem Knast festgehalten werden. Nach zwei, drei Tagen hat Treize mir eine Nachricht zukommen lassen. Marie, jetzt musst du deine Phantasie anstrengen: damals gab es weder Handys noch Anrufbeantworter, okay? Und wir hatten keinen festen Wohnsitz, klar?

Und dort, wo wir vorübergehend wohnten, vorausgesetzt es gab dort einen Telefonanschluss, vermieden wir, aus Angst abgehört zu werden, ihn zu nutzen, und auch unter Umständen, wenn man sich sehr korrekt verhält – aber das ist eher selten –, aus Rücksicht gegenüber dem »Progressisten«, der uns beherbergt oder uns seine Bude überlässt. Wir leben also in einer Welt, die in punkto Kommunikation dem Soldaten von Marathon und der Brieftaube näher steht als dem Internet. Alles beruht auf einem Netz von Standard- und Nachholtreffs (du merkst deutlich, mit diesen Begriffen, die jemandem, der über die Resistancezeit Bücher gelesen oder Spionagefilme gesehen hat, recht klar sind, kann Treizes Tochter, die ihre Augen groß aufreißt, überhaupt nichts anfangen. Hast du nicht *Auf den Spuren der Roten Kapelle* gelesen?, fragst du sie auf gut Glück. Heftig schüttelt sie den Kopf. Wir sind von einer Phantasie zur nächsten übergegangen. Die Serienkiller, die in der heutigen Mythologie den Platz einnehmen, den damals Untergrundkämpfer und Guerilleros innehatten, machen nicht Gebrauch von Sekundärtreffs, von Passwörtern etc. Sie agieren alleine. Fortschreitender Individualismus, abnehmender Gruppengeist. Leopold Trepper, weißt du nicht, wer... Nnnnein. Gut, schade. Du solltest aber... Schon wieder der Eindruck, eine Prüfung abzunehmen, entschuldige. Er war einer unserer Helden. Und für mich wird er es auch bleiben). Also: wenn einer nicht zum Standardtreff und auch nicht zum Nachholtreff erschien, warteten wir, dass er über einen »Progressisten«, der uns als Verbindungsmann diente, Kontakt mit uns aufnahm. Unserer, zwischen Treize (und Fichaoui, Momo etc.) und mir, war Laura, eine franko-argentinische Psychoanalytikerin – sie hatte die doppelte Staatsbürgerschaft –, die am Boulevard Edgar-Quinet, nicht weit von Sartre, wohnt (einige Jahre später wird sie nach Buenos Aires zurückkehren und Sympathisantin des Ejercito revolucionario del pueblo, der mehr oder weniger trotzkistischen revolutionären Volksarmee, werden. Nur wenige Jahre später wird sie aus ihrer Praxis, die zugleich ihre Wohnung ist, an der Calle Maipú entführt, nicht weit von Borges' Haus entfernt, von einer Gruppe Militärs in Trainingsanzügen, die in einem Ford Falcon ohne Nummernschilder herumfahren. Man ist sich sicher, dass sie festgehalten und gefoltert wird, und natürlich vergewaltigt, in der ESMA, der Marineschule für Mechanik, am Ufer des Rio de la Plata. Am wahrscheinlichsten ist, dass ihre Leiche im Januar oder Februar 1978 verbrannt wird, in einem Verbrennungsofen für tote Tiere im Viertel Mataderos, am Stadtrand von Buenos Aires. Ich habe diese Informationen, sagst du zu Treizes Tochter, von meinem Freund Horacio, Anwalt dort für Menschenrechte, übrigens ein großer Bewunderer Napoleons und Sammler von Handschreiben und Zinnsoldaten der Großen Armee, ein wunderbarer Typ, der in einem Säbelduell gegen einen Folteroffizier gekämpft und ihm ein schönes Kotelett aus den Rippen geschnitten hat).

Nach zwei, drei Tagen höchster Beunruhigung lässt Laura mir die Nachricht zukommen, Treize habe sie angerufen, alles sei in Ordnung, er riefe mich am nächsten Tag bei ihr an. Ich gehe zur verabredeten Zeit zu ihr. Ich warte und warte. Eine der grundlegenden Regeln unseres Lebens ist Pünktlichkeit. Ohne sie fällt alles auseinander. Endlich schellt das Telefon, er ist es. Du errätst nicht, was ich gerade sehe, sagt er. Komischer Gesprächseinstieg. Seine Stimme klingt merkwürdig, ein bisschen brüchig. Nein, ich errate es nicht, sag es mir. Das Meer. Darf doch nicht wahr sein! Das Meer… Du musst wissen, erklärst du Treizes Tochter, dass wir schon seit langem keine Ferien mehr gemacht hatten, natürlich nicht – abgesehen von dieser Art »Ferien«, die das Foto verewigt, auf dem Treize nicht drauf ist, daher sein Name, und die darin bestanden, die Bauern zu missionieren. Ihn mir also am Meer vorzustellen… Und was machst du da? Nichts. Ich schaue es an. Es ist schön, sehr schön. Ich hatte vergessen, dass es so schön sein kann. Es glitzert, es glänzt, Schatten fliegen darüber hinweg, unter den Wolken… Es ist austernfarben, und dann mit einem Mal nimmt es die Färbung von Alupapier an. Wie haben wir so lange darauf verzichten können? Ich habe Lust zu singen, sagt er. Ich war sprachlos. In seinen Worten erkannte ich nicht mehr die Sprache der »Volksmassen«. Die Volksmassen haben mit der Schönheit des Meers nichts zu schaffen (glaubt man). Vergiss nicht, uns Fotos mitzubringen, sage ich ihm sarkastisch. Und schick Gédéon eine Postkarte, das wird ihn freuen. Doch er spricht weiter mit der Stimme eines Erleuchteten. Es beruhige ihn sozusagen. Er betrachte gern die Wolken und die so eleganten, so anmutigen Seevögel. Solch einen Unsinn redete er. Eleganz! Anmut! Ich träume. Diese Wörter haben wir vergessen, wenn wir sie denn je gekannt haben. Machen sich die Streikenden der Atofram-Fabrik Gedanken über Eleganz? Eleganz ist ein typisch bürgerlich, dekadenter Begriff. Hör zu, sage ich zu ihm: Das Meer ist ein Arbeitsinstrument für Fischer und Seeleute und ein Feld strategischer Rivalität für die Imperialisten. Punkt. Komm auf den Boden. Ich bin auf dem Boden, antwortet er. An der Küste, genau in Saint-Valéry (oder in Le Crotoy), und ich betrachte das Meer. Die Mündung der Somme genauer gesagt. Du bist es, der nicht auf dem Boden ist. Wir haben verlernt zu fühlen. Wir sind dabei, idiotisch und grausam zu werden. Wir lieben nicht mehr. Wir lieben nicht mehr … Das scheint mir so ungeheuerlich, dass ich glaube, man hat ihn unter Drogen gesetzt. Oder er hat sich selbst unter Drogen gesetzt, offen gestanden. Was hast du genommen?, frage ich ihn. Zwei Flaschen Sancerre und nicht gerade wenig Gras, zusammen mit Béatrice. Denn ich bin hier mit ihr, das habt ihr doch kapiert? Auch sie ist schön. Auch sie beruhigt mich. Gut, beruhigen ist vielleicht nicht das richtige Wort, aber … Hör zu, ich bitte dich, erzähl mir nicht, was sie mit dir macht. Ich bitte dich, komm zurück. Und sie sind zurückgekommen. Ich hatte Gédéon Bericht erstattet. Das entsprach der Regel, und dennoch war es mies. Ich habe mir lange Vorwürfe gemacht, dass ich es getan habe. Gédéon hat es schlecht aufgenommen. Man müsse gegen den nachlässigen Lebensstil ankämpfen etc. Die Findigkeit irgendeines Kretins reicht aus, dass ein politischer Prozess in die Wege geleitet wird, und Gédéon war alles, nur kein Kretin. An Anklägern fehlt es am wenigsten. Dort, wo der Bart Pflicht ist, enden Glattrasierte unter dem Beil. Man musste sich nur bücken, um Kiesel für die Steinigung zu finden. Ihnen ist der Prozess gemacht worden, sie wurden getrennt. Winters Geschichte wiederholte sich. Da Béatrice uns angeblich alle verteidigte, könne sie nicht mit einem Einzelnen liiert sein. Die Wahrheit ist natürlich, dass wir alle sie als Phantasieobjekt unserer Begierden behalten wollten. Sie musste unser Gemeinschaftseigentum bleiben. Eine Bienenkönigin. Und schließlich gäben sie ein schlechtes Beispiel für eine heitere, sorglose Freiheit – ohne Sorge um die anderen, könnte man sagen. Und ich habe bei dieser Sauerei kollaboriert. Irgendwann sind wir alle mal Judas.

Als Treize das Meer zum letzten Mal sah, hatte er reichlich Zeit, es zu betrachten. Es war in Deauville in jenem Sommer, der auf den mit dem Foto folgte – also im Sommer 1970. Es war kurz nach der Invasion in Kambodscha und kurz vor dem Schwarzen September, das sage ich, damit du dir eine Vorstellung machen kannst, erklärst du Treizes Tochter. Die Amerikaner hatten Kambodscha besetzt, dann waren sie wieder abgezogen, von My Tho, von Vinh Long, von Cai Be aus waren sie bis Phnom Penh und bis zum Tonle Sap den Mekong hinaufgefahren, um die kommunistischen »Heiligtümer« zu zerstören. Während die bewaffneten Flotillen den Fluss hinauffuhren, ließen die B 52-Bomber Agent orange und andere Entlaubungsgifte auf den benachbarten Dschungel regnen. Hunderttausende junger Menschen hatten quer durch die Vereinigten Staaten gegen den Krieg demonstriert, vier Studenten wurden von der Nationalgarde auf dem Campus der Kent University getötet. Eine Armada aus Schuten und Patrouillenbooten war den Mekong hinaufgefahren, viele hatten von den aus Palmstämmen gebauten Stegen abgelegt, die auf dem Fluss unter der Veranda des Hauses des Oberleutnants schwammen, so wie du es fünfundzwanzig Jahre später am Tage nach der Nacht entdecken solltest, die du im Zimmer 501 des Hotels Huong Duong damit zugebracht hattest, in alten Schriftstücken zu blättern, die vergilbt waren, eingerissen und wie die Menükarten der früheren Arbeiterrestaurants oder das Fleisch in der Schlachterei violett bedruckt, in den Dokumenten, die mit verblassten, bald ein halbes Jahrhundert alten Stempeln geziert waren, wo sein Tod in der Rubrik »Betreff« erschien: »Amphibienflotille Indochina Süd. Betreff: Todesfall Dienstgrad: Offizier.«

Der größte Teil der Stadt war zerstört und mehr schlecht als recht wieder aufgebaut worden seit der Zeit des amerikanischen Kriegs, lepröser Beton wucherte im Zentrum, rundherum Vorstädte aus Wellblech und Holz, ockerfarbene Kolonialgebäude mit Veranden und Balustraden unter ziegelgedeckten Dächern sah man nur noch selten. Du hattest gefürchtet, das Haus des Oberleutnants könnte damals beim großen Erdrutsch verschwunden sein, davongetragen wie diese Baumstämme, diese toten Büffel, diese Grasinseln, die sich in den Strudeln des reißenden Mekong drehten, oder vielmehr das Haus mit dem Sarg, denn die einzige Spur, die du hattest, war das kleine vergilbte Foto mit gezacktem Rand, auf dem sechs hell gekleidete Seeleute seinen mit einer Fahne bedeckten Sarg auf ihren Schultern tragen, am Fuße der Treppe, die zur Veranda führte, die ein merkwürdig bogenförmig ausgeschnittenes, stufiges Ziegeldach, eine geometrisierende Variante des Themas Pagode, deckelte. Du warst frühmorgens vom Hotel Huong Duong aufgebrochen und wolltest My Tho systematisch erkunden, Straße für Straße. Du mochtest die vietnamesischen Straßen, die feuchte Hitze, die Schwärme von Fahrrädern, Mofas, Motorrollern, Rikschas, die Anmut der Mädchen in *ao daï*, dieser Tunika, die an der Seite reizvoll aufsprang und schimmernde Haut sehen ließ... seidige Radlerinnen, die breitkrempige Hüte und lange Handschuhe trugen, um ihre zierlichen Arme vor der Sonne zu schützen, Handschuhe, die bis zum Ellbogen reichten, wie du sie damals als Kind in den Modezeitschriften deiner Mutter gesehen hattest, zu Abendkleidern von Jacques Fath, von Balenciaga... junge Bambushälse, vorbeifliegende Pfeile aus dunklen Augen... und auch die Libellen, die Schmetterlinge mit ihrem sanften Flug, die satt glänzenden Blätter, das lärmende Geschnatter, der vielschichtige Gestank – getrockneter Fisch, Hühnermist, Abgase, faulige Früchte? Kaum hattest du das Hotel verlassen, warst du in den Zustand halber Benommenheit getaucht, den das Kaleidoskop Asiens unvermeidlich den einfachen westlichen Gemütern vermittelt (so unvermeidlich, dass du dich fragtest, ob die empfundene Trunkenheit nicht teilweise darauf zurückzuführen war, dass du das Stereotype an diesem Stupor erkanntest, um ihm dann nichtsdestotrotz zu erliegen). Du warst durch die Gassen eines Markts flaniert, der sich am Kanal entlangzog, zwischen Becken, in denen sich das perlmuttfarbene Fleisch lebendig gehäuteter Frösche türmte, zwischen Enten und Ferkeln, die sich im Dreck suhlten, den schwarzen, schimmernden Welsen, die auf Bananenblättern aufgereiht lagen. Inmitten eines Stapels alter Papiere, die nach Gewicht verkauft wurden, hattest du eine französische Ausgabe der *Quatre Essais philosophiques* des Großen Steuermanns ausfindig gemacht. Du bist lange fasziniert vor einem Aquarium stehen geblieben, in dem sehr langsam zwei lang gestreckte Fische, so etwas wie Aal-Heringe, mit breiten kupferfarbenen Schuppen, Bulldoggenkiefern, die sich nach oben schlossen, in jeweils entgegengesetzte Richtung schwammen, ungeheuerlich einfache Urformen, prähistorische Rümpfe, die wie eine Evolution des Steins hin zum Leben wirkten. Du fandest sogar einen Reiz an den riesigen Anschlagtafeln, die an den Straßenkreuzungen den VII. Kongress der Kommunistischen Partei verherrlichten: Hämmer und Sicheln, goldene Sterne auf rotem Grund (wie in diesem Bauernhaus das Kaliko, zu dem dir deine Mutter, als du Kind warst, erklärt hatte, dass es, zusammen mit einer blutroten Fahne des Dritten Reichs, »Kriegstrophäen« des Oberleutnants seien), Bilder von Proletariern mit gewaltigen Fäusten, von freudigen Soldaten, die ihre Kalaschnikow 47 schwingen, von kräftigen Bäuerinnen mit Tonkin-Hüten, Jagdflugzeugen, Fabrikschornsteinen, sehr bunt und expressionistisch, mit dick aufgetragenem Strich, in denen ihr früher eine neue Kunst im Dienst der Völker sehen wolltet (so viel unkultivierte Naivität erstaunt dich jetzt).

Sollte das Haus noch stehen, so warst du dir beinahe sicher, dass du es am Ufer des Mekong finden würdest, das wäre nahe liegend für einen Mann, dessen Funktion es war, eine Amphibienflotille zu befehligen. Und tatsächlich, als du der längs des Flusses verlaufenden Rue 30 folgtest, warst du ganz schnell darauf gestoßen. Am Ende dessen, was einmal ein Garten mit einem Schatten spendenden Banian-Baum gewesen sein musste, breitete das Haus seine wie Drachenschuppen aufgerichteten Ziegeldächer aus. Das Tor an der Straße stand offen, du gingst in den Garten, machtest dich auf die schlimmsten Unannehmlichkeiten gefasst (du warst bereits festgenommen worden, als du das Krankenhaus fotografiertest, in dem der Stabsarzt N. den Tod aufgrund »beträchtlicher Wunden im linken scapulo-vertebralen Bereich durch Granatsplitter« festgestellt hatte; der wenig zugängliche Soldat, der dich geschnappt hatte, ließ dich, um deine Wegwerfkamera erleichtert, nur deswegen wieder laufen, weil er niemanden gefunden hatte, der Französisch oder Englisch sprach, so dass er dich nicht verhören konnte). Vor den Stufen, die zur Veranda hoch führten, gab es einen offensichtlich sehr alten Flaggenmast. Du standst vor der Treppe, dort, wo sich auf dem kleinen Foto mit gezacktem Rand der Sarg befand. Niemand fragte dich etwas. Eine Frau ging schlurfend mit klappernden Sandalen über die Veranda und warf dir einen freudlosen Blick zu. Du standst genau an der Stelle, wo dein Vater, den du nicht gekannt hast, achtundvierzig Jahre zuvor tot dagelegen hatte: rational betrachtet musstest du zugeben, dass dies keine besondere Bedeutung hatte, aber von einem anderen Gesichtspunkt aus, der nicht allein der des platten Aberglaubens war, schien es dir einen Sinn zu haben. Du hattest das Gefühl, eine lang aufgeschobene Verabredung einzulösen, dir schien wie einem Griechen Homers, dass dein Kommen, endlich, nach einem halben Jahrhundert, einer umherirrenden Seele Ruhe geben könnte (in der Pagode der Langlebigkeit sollte man dir, ehe du My Tho verlässt, eine Art Weihnachtsbaum mit sieben mal sieben Ästen zeigen, der, wie man dir erklärte, »der Baum der umherirrenden

Seelen« war). Genau deswegen warst du hierher gekommen, um eine Art sehr alten Ritus zu vollziehen, der eine Notwendigkeit hatte, so unbegreiflich, unbenennbar er auch sein mochte. Du kamst, um mit den Manen zu sprechen, dich ihnen vorzustellen. Eben das hattest du am Tag zuvor versucht, dem Seemann auf dem Sampan zu erklären (und hätte er deine Sprache gesprochen, wäre es ihm nicht schwer gefallen, dies zu verstehen). Mutig, alles auf eine Karte setzend, gingst du die Treppe hinauf. Jenseits des Dunkels im Inneren, im Rahmen der drei großen Fenster, die sich zur gegenüberliegenden Veranda hin öffneten, wo das Licht vom Fluss funkelte, sah man Stühle und Tische aus weißem Plastik, Männer in kurzärmeligen Hemden tranken Bier und rauchten. Das Haus des Oberleutnants war eine Kneipe geworden (sie gehörte, wie du später erfuhrst, der vietnamesischen Marine, die sie verpachtet hatte, um »ein Geschäft zu machen« – die vorherrschende Leidenschaft der letzten kommunistischen Regime). Also eher eine gute Neuigkeit. Der Ort, an dem der Oberleutnant seine letzten Tage verbracht, wo er dich, kaum geboren, mit dem violetten Stempel des Todes markiert hatte, war eine Kneipe am Ufer des Mekong. Auf dein Wohl, Oberleutnant! Es gibt nichts Besseres, als sich in einer Bar zu treffen, um das Eis zwischen Lebenden und Toten zu brechen. Du kanntest seine Gewohnheiten in dieser Hinsicht nicht, das war nicht die Art Heldentat, mit denen dich deine Mutter unterhielt, aber manche Geschichten, die dir der pensionierte Militärarzt in Beirut erzählt hatte, ließen vermuten, dass er nicht nur Eis lutschte. Ganz zu schweigen davon, dass er einen Schluckspecht wie dich gezeugt hatte … An den Wänden rechts und links des geräumigen zentralen Raums hingen monumentale Ölgemälde, auf dem einen verschneite Berge, auf dem anderen Pferde, die durch einen Bach galoppierten. In Saint-Flour oder in Quimper wären sie scheußlich banal gewesen, hier jedoch, von Lichtflecken des spiegelnden Mekong gesprenkelt, erlangten sie einen Grad an Lächerlichkeit, der beinahe rührend war. Hinter einer Bar stand eine Kellnerin mit einem Mondgesicht, und dann waren da noch in diesem Raum, von dem vier kleinere Zimmer abgingen, mit Brandlöchern übersäte Skaisessel und ein Fernseher. Hier musste der Tote aufgebahrt gewesen sein. Hier, vor der Bar, die Böcke und der offene Sarg darauf, ganz sicher. Sein Kopf beinahe von den Schultern abgetrennt. »Wunden des linken scapulo-vertebralen Bereichs durch Granatsplitter. Zu Urkund dessen haben wir vorliegende Bescheinigung erteilt...« War er womöglich entstellt? Wer war von welchem Gefühl beseelt gekommen, um Abschied zu nehmen? Militärische Pflicht, Freundschaft, Liebe? Vielleicht auch gestillter Hass. Es gibt kein Leben, und sei es noch so kurz, das keinen Hass auslöst. Schon gar nicht in einem solch starren und strengen Milieu wie dem der Armee. Ein Untergebener, mit dem er womöglich schroff, ungerecht umgegangen war (manche Geschichten, die dir der pensionierte Militärarzt in dem Beiruter Keller, wo ihr euch mit Arrak betrankt, erzählt hatte, ließen vermuten, dass er dazu sehr wohl in der Lage war), ein Vorgesetzter, den er seine Verachtung hatte spüren lassen, ein VichyAnhänger zum Beispiel, einer von Girauds Offizieren aus Nordafrika, den man auf die Schnelle in einen »Français libre« umgemodelt hatte? Oder ganz einfach ein Mann, dessen Frau er vielleicht hofiert hatte? Der jetzt feststellte, dass der Oberleutnant für immer Mores gelernt hatte? Und vielleicht auch die Frau, die sich nun über sein (recht und schlecht zusammengeflicktes) Gesicht mit gänzlich anderen Gefühlen beugte? Eines der zwei weißen Kleider, die man links auf dem kleinen Foto mit gezacktem Rand unter den hohen dürren Stämmen der Betelnusspalmen vage erkennen kann? Du tratest hinaus auf die Veranda, die auf Pfeilern über dem Fluss ruhte. Vertaut an den Stegen aus Kokosnusspalmen, Trauben gegeneinander schwankender, bemalter Fischerboote, am Bug zinnoberrot, mit Planen und Fahnen, die oben an großen Bambusstangen klackerten, goldene Sterne auf rotem Grund, der Oberleutnant glaubte, es sei seine Pflicht, sie den »Rebellen« zu entreißen, und ihr nageltet sie an Hackenstiele, um den Flics die Stirn zu bieten, früher – an jenem Tag zum Beispiel, an dem du Chloé kennen gelernt hattest, nachdem du eins ins Gesicht gekriegt hattest. Das Emblem der Armen der Welt, die sich gegen die Mächtigen der Welt wehren, dachtet ihr. Um die Fischerboote herum, aus denen Körbe mit blauen und goldenen Krabben und Holzbütten voll Fische mit blutenden, wie Wunden klaffenden Kiemen entladen wurden, wirbelte ein Schwarm Barkassen.

Du hattest dich an einen Tisch in der Ecke der Veranda gesetzt, über das glitzernde Wasser, und ein Tiger-Bier bestellt. Recht schnell fragte dich ein alter Mann mit tief gefurchtem Gesicht und großen abstehenden, fast durchsichtigen Ohren, die ihn wie eine sympathische Fledermaus aussehen ließen, ob er sich zu dir setzen dürfe. Er sprach ein ziemlich wurmstichiges, aber sehr verständliches Französisch. Er erzählte dir, er sei Pianist in den Hotelbars von Vientiane und Luang Prabang in Laos gewesen, dann in Saigon, und er habe in den Reihen der Vietminh gegen die Franzosen gekämpft. Wir hatten keine Wahl, sagte er, als wollte er sich entschuldigen, und du gabst ihm völlig Recht: Sie hatten keine Wahl. Sogar während des Krieges, versicherte er dir, habe er gespielt, in Biwakzelten, mitten im Dschungel, auf Klavieren, die man irgendwo aufgetrieben und einige Tage auf dem Rücken eines Maultiers mitgeschleppt habe: Melodien von Fréhel, Damia, Maurice Chevalier, von Trenet. Und sogar eines Komponisten, dessen Namen du wegen der Aussprache deines Gesprächspartners erst nicht verstandst, so dass du ihn für einen vietnamesischen Musiker hieltst, Nal Do Anh oder so ähnlich, der sich aber dann zu deiner Überraschung als Reynaldo Hahn herausstellte. Reynaldo Hahn im Dschungel! Mitten im Krieg! Da wärest du gerne dabei gewesen. Warum nicht die Sonate von Vinteuil? All diese Melodien waren seiner Meinung nach etwas ganz anderes als die französischen Chansons von heute – nur, was er so bezeichnete, war eine schreckliche Melasse, die anscheinend aus den Vor-Popmusik-Zeiten deiner Jugend stammte, die just im selben Moment im Radiorekorder an der Bar dudelte: Blau blau blau der Himmel der

Provence, weiß weiß weiß die Möwen. Die alte Fledermaus trällerte und klimperte mit seinen mageren Fingern auf der Tischplatte. Begeistert. Ach, Trenet! Welch großer Dichter! Der alte Vietminh war außer sich vor Freude, zufällig einen *Phap*, einen Franzosen, getroffen zu haben. Seit de Gaulle war er offen gestanden mit der französischen Politik nicht mehr so ganz auf dem Laufenden. Aber de Gaulle … großer Staatsmann!, meinte er (eigentlich war, dachtest du amüsiert, seine Vorstellung von Frankreich kaum weniger überholt als deine). Als du ihm den Grund deiner Reise nach My Tho schildertest, schien er bei dem Gedanken, der Oberleutnant, dein Vater, habe Indochina nicht in guter Erinnerung behalten, aufrichtig betrübt. Dieser Typ war wirklich charmant. Ihr hattet noch weitere Tiger-Biere getrunken und Krabben bestellt. Die dicke Kellnerin mit dem Mondgesicht warf sie lebendig, blau und golden und mit den langen rudernden Beinen, auf die rotleuchtende Glut in einem halbierten Metallfass, und auch wenn du keinerlei Mitleid für die Krabben empfandst, hatte dieser Anblick etwas Schmerzliches. Dem alten Pianisten hingegen entlockte er ein breites zahnloses Lachen.

Da sich auf der Rue 30 und darüber hinaus schnell die Neuigkeit herumgesprochen haben musste, ein Fremder sei da, war in diesem Augenblick ein Mann auf der Veranda aufgetaucht, der eine Python um seinen Hals trug, die etwa drei Meter fünfzig lang war und deren Durchmesser bei weitem den deines Oberschenkels übertraf. Natürlich kam er direkt auf euch zu, die Attraktion war für dich bestimmt. Schlangen flößten dir (im Gegensatz zu Spinnen) keine panische Angst ein, aber zu sagen, du habest Lust, dir diesen kalten, stinkenden Schal umzulegen, der im Übrigen imstande wäre, aus deinem Hals Hackfleisch zu machen … Und besonders missfiel dir, dass sich alle Blicke auf dich richteten. Nun gut, da musstest du durch, musstest mit diesem geschmeidigen Gewicht auf den Schultern (das Biest wog sicherlich um die fünfzig Kilo) aufstehen, ein Polaroid von dir machen lassen und den Beifall entgegennehmen.

Nachdem das Herrchen der Python dich bereitwillig wieder von ihr befreit hatte, rollte sich das Tier zu seinen Füßen zusammen wie ein großer Hund, der in eine Drahtzieherei geraten war, und du hattest ihm ein Tiger ausgegeben (dem Herrchen). Und er hatte sich in ein äußerst angeregtes Gespräch mit dem alten Pianisten eingelassen, von dem dieser dir das Wesentliche übersetzte. Es kam heraus, dass er (das Herrchen der Python) im Krieg gegen die Amerikaner Panzerfahrer in der nordvietnamesischen Armee gewesen war. Er hatte so grauenhafte Dinge gesehen, dass er nach dem Sieg in Depression und Alkoholismus gefallen war. Von der letzten Offensive gegen Saigon im Frühjahr 1975, die die Ruhmesstunde seines Soldatenlebens hätte sein sollen, hatte er ganz besonders grausame Erinnerungen. Die Soldaten des Südens, die »Marionetten« in der kommunistischen Terminologie, liefen, von Panzern verfolgt, in Scharen davon. Auf der Straße des Deltas, hatte sein T-54 einen alten Renault Dauphine zermalmt, in den sich ein halbes Dutzend Flüchtende gedrängt hatte. Menschenfleisch, sagte er, spritzte buchstäblich aus dem Blech. Es war… es war ihm zufolge so, als trete man aus Unachtsamkeit auf eine Zahnpastatube. Sie haben die Ketten ihres Panzers in einem Fluss reinigen müssen. Der alte Pianist übersetzte dir das alles. Von der brav eingerollten Python bewegte sich nur die kleine schwarze Zunge, aber rasend schnell und unentwegt. Der Ex-Panzerfahrer trank noch ein Tiger-Bier und du auch. Er war Alkoholiker geworden und als unsoziales Element ins Gefängnis geworfen worden. Aufgrund seiner Militärdienstbescheinigungen hatte man ihn wieder freigelassen. Im Augenblick verdiente er seinen Lebensunterhalt mit dieser Python und den Polaroidaufnahmen, und außerdem war er Gärtner. Wenn keine Touristen kamen, verkaufte er keine Fotos oder nur ab und zu mal eines an einen kommunistischen Bourgeois, aber die kommunistischen Bourgeois zahlten mit Fußtritten, und die Python musste jede Woche ihre drei Enten verschlingen, sonst hatte sie Hunger und dann… und dann war es wirklich nicht empfehlenswert, sie sich um den Hals zu legen. Smaragdfarbene Grasinseln, tote Büffel, mit zum Himmel gereckten Beinen wie die Pferde, die Isaak Babel in einer Winternacht auf dem Newski-Prospekt gesehen hatte, trieben in der Strömung kreiselnd zum Chinesischen Meer. Wolken, die wie Quecksilber glänzten, rollten über den Fluss. »Leben sehr schwer«, kommentierte mit traurigem Blick der alte Pianist.

Wo war ich gerade?, fragst du Treizes Tochter. Bevor ich dir vom Haus des Oberleutnants erzählt habe, meine ich. Ach ja, ich habe dir gesagt, was im Sommer 1970 geschehen ist. Du warst damals noch nicht einmal geboren ... Eine Armada amerikanischer Schuten und Patrouillenboote und »Marionetten« waren den Mekong hinaufgefahren und in Kambodscha einmarschiert, um dort die kommunistischen »Heiligtümer« zu zerstören. Die Palästinenser trafen Anstalten, drei Flugzeuge in der jordanischen Wüste in die Luft zu sprengen, und König Husseins Beduinen fingen an, die Palästinenser mit Kanonenschüssen und Messerstichen aus Amman zu vertreiben. Die Welt war im Krieg, und wir, das ist immerhin komisch, wir hatten beschlossen, den Reichen die Ferien zu verderben. Wir beschmierten ihre Villen, ihre Jachten, ihre Autos, wir schütteten Jauche auf die Teppiche ihrer Hotels. Das war, sagen wir mal, reichlich infantil. Das war nicht auf dem Niveau dessen, was sich in der Welt abspielte. Treize leitete einen erlesenen Trupp, dessen Aufgabe es war, verschiedene Orte in Deauville zu besudeln, Casino, Hippodrom, Jachthafen etc. Ich sage »Jachthafen«, aber mit den Marinas, die man heute überall sieht, ist es wie mit den Autobahnen, den Supermärkten, all den Dingen, die heute Teil der Landschaft sind, die sie prägen, die so aussehen, als wären sie schon genauso lange da wie die Hügel oder zumindest wie die Kathedralen: Damals gab es sie noch nicht, es fing gerade erst an. Ein »Jachthafen« war ein Fischereihafen, wo ein paar Jachten lagen. Das Gros der Truppe bestand aus den sieben Schläger-Brüdern, einem Wurf junger Leute, sehr muskulös und mit wenig Hang zu intellektuellen Spekulationen, sie stammten aus mehreren Ehen eines Schrotthändlers, der sich so viele Feinde gemacht hatte, bis er schließlich einen darunter fand, den er zusammenschlug, daher der Name der Jungens. Die sieben Schläger waren ehrlich gesagt halb debil, aber nicht wegen ihrer Intelligenz jagte man ihnen hinterher (oder, viel öfter, flüchtete man vor ihnen). Jeder für sich allein war schon gefährlich, wenn sie aber als familiäre Phalanx auftraten, war vor ihrer Zerstörungskraft beinahe nichts sicher. Der Tod ihres Vaters, den sie ziemlich vage den Machenschaften der Wohlhabenden zuschrieben (eine Kategorie, zu der Journalisten, Automechaniker, Richter und Polizisten gehörten), machte aus dieser Schar stämmiger Kerle Subversive, ohne dass sie es wussten: aber Treize wusste es für sie. Zuerst hatte er ihnen beigebracht, den einen oder anderen Porsche und Jaguar kaputtzumachen, dann den Rumpf von etwa zwanzig Jachten mit Teer zu beschmieren. Schon diese Sache wäre beinahe schief gegangen. Einer der Brüder hatte sich mit den Füßen in einem Tau verfangen und war ins Wasser gefallen, natürlich konnte er nicht schwimmen. Diese Expeditionen missfielen den Schläger-Brüdern nicht, dennoch wäre ihnen ein bisschen mehr Randale lieb gewesen. Auch ein bisschen mehr Vergewaltigung, wenn möglich. Nein, wirklich? Und warum? Sie selbst kapierten nicht, warum sie darauf verzichten sollten, aber Treize, das kannst du dir denken, sagst du zu seiner Tochter, war hier nicht kompromissbereit. Hingegen hielt er es für schlau, sie auf einen Katzenschönheitswettbewerb anzusetzen, der vom Cat Club der Côte d'Opale im Hôtel Normandy (oder vielmehr im Grand Hôtel in Cabourg?) ausgerichtet wurde. Das Auftauchen der Verbrecherbande in den Palastsalons sorgte für Aufregung, und zwar nicht nur bei den Kellnern und den reichen alten Schachteln: sondern auch bei den Miezekatzen. Eines der am Wettbewerb teilnehmenden Tiere mit hochgerecktem Buckel und vor Funken knisterndem Fell stieß ein dämonisches Fauchen aus und machte Anstalten, sich auf Eddy, den ältesten und wuchtigsten der Schläger-Brüder, zu stürzen. Der angeblich Nervenschwache, ich rede vom Kater, sagst du zu Treizes

Tochter, hieß Casanova von Amorsbrunn, er war ein Short Hair Silver Shaded und gehörte der Comtesse du Paty de Clam (diese Details erfuhr Treize am nächsten Tag aus der *Paris-Normandie*). Dieser Snob, ich rede immer noch von Casanova, nagte widerwillig an dem, was ihm anstelle von Pastete, wahrscheinlich Gänseleberpastete, bei den Nachfahren des Dreyfus-Anklägers vorgesetzt wurde. Dieser antisemitische Salontiger macht Anstalten, sich auf den riesigen Eddy zu stürzen. Physische Kraft schützt keineswegs gegen die Angst vor winzigen Kreaturen, es gibt dazu eine Fabel von La Fontaine, »Der Elefant und die Maus« oder vielleicht auch »Der Löwe und die Ratte«, ich weiß es nicht mehr genau. Auch bei Mao findet man solche Dinge, in einem anderen Stil, einem anderen Ton, aber die aufmunternde Lektion ist dieselbe: Die Kleinen können über die Großen siegen. Der amerikanische Imperialismus ist ein Papiertiger, der Krieg des Volkes ist unbesiegbar etc. Eddy der Schläger hätte mit seinen Brüdern einen Spitzenbeamten der Bereitschaftspolizei gehörig in die Flucht gejagt, aber hier bei dem einfachen Imponiergehabe einer mondänen Katze schlägt er die Hände vors Gesicht und rennt mit dem Geschrei eines Riesenbabys davon. Eddy der Schläger erweist sich in dieser Situation als ein Papiertiger. Seine fassungslosen Brüder, die ihm immer blind folgen, hetzen ihm hinterher. Die Passage durch die Drehtüren ist eine kleine Berezina, die Drehtüren, die Proust so viele Male mit elfenbeinerner Hand gedrückt hat, werden plötzlich von einer halben Rugby-Mannschaft im Eiltempo bestürmt, sie blockieren, die Rahmen bersten, die Scheiben zerspringen, das Blut fließt, drei Brüder fallen in die Hände der Kellner. Man muss wissen – sagst du zu Treizes Tochter –, dass besagte Ober dreißig Sekunden zuvor, als die Schläger hereinstürmten, sich in Sicherheit gebracht hatten. Aber die allein durch Casanova von Amorsbrunn verursachte Flucht (es sei denn, er hieß Valmont von Thurn und Taxis oder Bazin de Guermantes, ich habe seinen Namen heute nicht mehr so genau in Erinnerung, jedenfalls habe nicht ich ihn im *Paris-Normandie* oder im *Ouest Éclair* gelesen, ich weiß es nicht mehr, sondern Treize), also dieses wilde Davonstieben hat im Handumdrehen die natürliche Härte der Ordnungshüter wieder belebt. Und nun kriegen es die drei in den Glassplittern liegenden Schläger-Brüder ab. Umso mehr als die Unvermitteltheit des Debakels die Moral der großartigen Brüder völlig zusammenbrechen ließ: die einen nehmen ohne einen Hauch von Würde oder Widerstand, sich schreiend und verzerrt in den Glassplittern wälzend, die Schläge hin, die ihnen die Kellner verabreichen; die anderen rennen mit angelegten Ellbogen durch die Straßen von Cabourg (oder Deauville, ich weiß es nicht mehr), kopflos, keuchend, hier und da verlieren sie Beiwerk, einen Schuh, eine Schirmmütze, Schlüssel, ihre Papiere. So dass die Polizisten die tief deprimierten Brüder ganz bequem auf ihrem Lagerplatz an den Ufern der Touques oder der Dives, also in ihren Wohnwagen, den klapprigen Wohnwagen vom Volksstamm der Schläger, einsammeln können. Währenddessen kommt Treize, der das Desaster kommen sah und sich (wie Angelo in Argenteuil) aufs Klo geflüchtet hat, als wäre nichts gewesen, aus der Toilette und verlässt das Hotel auf leisen Sohlen. Also ich hoffe, dir ist klar geworden, sagst du zu Treizes Tochter, dass diese idiotische Geschichte vom Katzenschönheitswettbewerb in Deauville oder Cabourg viele Lehren beinhaltet (Unterschied zwischen Härte und Mut, dialektische Überraschungseffekte, Überlegenheit der List über die Kraft etc.), die eine Abhandlung über Strategie von Sun Zhu oder von Mao Tse-tung illustrieren könnten. Das Beste, was er geschrieben hat. *Strategische Probleme des Partisanenkriegs*, das war unser Lieblingsbuch. Übrigens nicht nur unseres. Sogar die Bourgeois lasen es. Das und Lacan. Natürlich die linken Bourgeois, nicht die Leser von *L'Aurore*. Wie du dir vorstellen kannst, haben die Schläger-Brüder freudig ausgepackt. Sie, die vage vom Töten träumten, hatten Angst vor den Konsequenzen ihrer Delikte, die unterm Strich recht bescheiden waren. Und es war gerade diese Bescheidenheit der Verbrechen, zu denen sie sich hatten hinreißen lassen, die sie ihnen unverständlich und somit beängstigend erscheinen ließ.

Kurzum, sie haben Treize gnadenlos belastet, sie haben ihm nicht nur die Urheberschaft der von ihnen wirklich angerichteten Schäden angelastet, sondern noch zusätzlich verschiedene Missetaten von Ganoven aus ihrem Dunstkreis, Autodiebstahl, kleinere Raubüberfälle etc. Und zusätzlich haben sie weit blutigere Verbrechen erfunden, Brandstiftungen, Vergewaltigungen, Folter mit dem Schweißbrenner, Verbrechen, von denen sie zweifellos gehofft hatten, sie unter Treizes Führung begehen zu können. Treize, zu einem richtigen Dämon geworden, zu einem Stawrogin, der aus Paris angereist war, um die Untere Normandie mit Feuer und Schwert zu verwüsten, wagte nicht mehr, einen Fuß aus der Bude zu setzen, in die ihn Sympathisanten verfrachtet hatten – ich glaube, im alten Hotel des Roches-Noires, wo auch Marguerite Duras gewohnt hatte, das Ganze hatte also womöglich in Trouville und nicht in Cabourg oder Deauville stattgefunden. Sein Foto war auf den Titelseiten der Regionalzeitungen, es herrschte eine Art Hysterie im Badeort. Am Tage wäre er sofort von den anständigen Bürgern erkannt worden. In der Nacht errichtete die Polizei vermehrt Straßensperren. So hat Treize das ganze Ende des Sommers damit zugebracht, vom Fenster aus das Meer, das Kommen und Gehen der Flut zu betrachten, nach den badenden Schönheiten zu schielen (es gab ein Fernglas in der Bude) und Spaghetti zu essen, die seine Gastgeber ihm netterweise kauften, und Konserven mit Sauce Bolognese. Er ist dort geblieben, bis die Flics aufgegeben haben und die anständigen Leute genügend Zeit hatten, sein Gesicht zu vergessen, einen guten Monat später. Er ist an dem Tag geflohen, ich erinnere mich (ohne dass es einen Zusammenhang zwischen den beiden Fakten gäbe), an dem Salvador Allende die Wahl in Chile gewonnen hat.

In all diesen Jahren, erzählst du Treizes Tochter, haben wir ein einziges Mal Ferien gemacht, und es ist merkwürdig oder vielmehr ätzend, dass dies auch das einzige Mal war, dass wir versucht haben, einen Typen abzuknallen. Normalerweise, ich sagte es schon, hatten wir nicht einmal Kugeln in unseren Knarren, um gar nicht erst Gefahr zu laufen, jemanden versehentlich zu töten oder zu verletzen, aus Panik oder weil man über einen Teppich gestolpert ist. Aber dieser Typ war ein ehemaliger Kopf der Miliz, er hatte Razzien und Erschießungen von Geiseln durchgeführt, und es hieß, Präsident Pompe schütze dieses alte Schwein, das war ein Riesenskandal. Dedieu, der Befreier der Kathedrale von Chartres, war außer sich vor Entrüstung. Aus dem Grund hatte er Danton eingeladen, einen Strauß am Mont-Valérien niederzulegen. Und mich hatte er mit einem Kardinal zusammengebracht, ich schwöre dir, es ist wahr. Ein Kardinal, der in der Résistance gewesen ist, ja, das gibt es. Nicht oft, bestimmt nicht, aber jedenfalls ihn gab es. Das Zusammentreffen war sehr ausgeklügelt, es fand im Speisewagen des Zugs Paris-Rom statt, damals hatten die Speisewagen weiße Tischdecken und Silberbesteck, Suppenterrinen mit dampfend heißer Kraftbrühe, aber dieser Schnickschnack der Eisenbahn sollte weniger Bestand haben als die B 52-Bomber. Ich hatte mich so gut ich konnte in Schale geworfen, ich glaube, ich wirkte weniger lächerlich als damals, als wir uns vor Chalais' Haus postierten. Dedieu hatte mir erklärt, ein Erkennungszeichen sei eigentlich überflüssig, denn es sei selten, um nicht zu sagen äußerst selten, dass sich mehrere Kardinäle zur selben Zeit im Speisewagen befänden, aber in einem Zug nach Rom wüsste man nie: Also für diesen unwahrscheinlichen Fall würde ich meinen Kardinal daran erkennen, dass er eher wie ein Rugbyspieler aussehe. Und es stimmte, er war eine äußerst athletische Eminenz mit kahlem Kopf, der aus dem Südwesten stammte. Eigentlich ähnelte er sehr René Char. Während er Taube mit Erbsen aß (oder Schnitzel à la Milanese), vertraute er mir rasch mit leiser Stimme an, das alte Schwein habe sich in ein Kloster geflüchtet, dessen Namen er mir nicht nennen könne, er wisse aber aus absolut sicherer Quelle, dass er früher oder später nach Hause fahre, wenn sich die Stimmung der Öffentlichkeit (damals sagte man noch nicht die »Medien«) beruhigt habe. Um Dokumente aus einem Versteck zu holen, das nur er kenne.

Das war alles, aber das war allerhand. Ein Mitglied der römischen Kurie erteilte uns im Voraus die Absolution für einen Mord, den er uns stillschweigend zu begehen bat. Danach haben wir über alles Mögliche gesprochen, eher übrigens über Dinge der Revolution als des Glaubens, denn mein Gesprächspartner wusste mehr über jene als ich über diese. Da er mir sehr sympathisch war, sagst du zu Treizes Tochter, und er außerdem den Cognac nicht verachtete, wie ich ja auch nicht, schlug ich ihm im Scherz vor, er solle der Geistliche von La Cause werden. Mit Vergnügen, entgegnete er, überall gibt es Seelen zu retten, aber vielleicht noch mehr im Kardinalskollegium als unter euch Genossen. Was wollen Sie damit sagen?, fragte ich ihn: dass die Seelen Ihrer Kollegen des Mitgefühls würdiger sind oder dass sie es nötiger haben? Ich glaube, Sie haben mich verstanden, sagte er mir. Im Übrigen ist Gott für die Sünder und nicht für die Gerechten auf die Erde gekommen.

Er hat einen letzten Schluck Cognac gekippt und mich plötzlich verlassen, erzählst du Treizes Tochter. Auch wenn ich nicht besonders bewandert war in Kasuistik, verstand ich doch den Sinn dessen, was er mir gerade gesagt hatte: Indem er mir ein Stück Information lieferte, die zum Tod eines Schweins führen konnte, der nichtsdestotrotz ein Mensch war, hatte er eine Sünde begangen, und von seinem Standpunkt aus sogar eine ziemlich schwere. Andererseits hatte Christus sich auch nicht für nichts und wieder nichts kreuzigen lassen. Ich langweile dich vielleicht mit diesen Geschichten, sagst du zu Treizes Tochter, das Wort »Sünde« hat bestimmt keinerlei Bedeutung für dich, aber hüte dich vor der Arroganz unserer Zeit, dieses Wort quoll im Guten wie im Schlechten beinahe zwanzig Jahrhunderte lang vor Bedeutung über, es hat Genies wie Dante, Milton, Dostojewski und viele andere inspiriert. Ich frage mich, wie du Dostojewski lesen kannst, wenn dieses Wort für dich nichts bedeutet. Sie streckt mir die Spitze ihrer rosigen Zunge entgegen, ein Hinweisschild, das »Vorsicht, alter Idiot!« bedeutet, ich mache mit der rechten Hand, die ich von Remembers Einspeichen-Lenkrad nehme, eine obszöne Geste, gestreckter Ringfinger bei ansonsten geschlossener Faust, was im (alten) Morsealphabet bedeutet: »Okay, habe verstanden, ich gehe dir auf die Nerven.« Zur Linken vielleicht zum zehnten Mal die Glockentürme der Hugoschen Festung der Grands Moulins de Pantin, an der Rue de la Clôture vorbei, ach, das sagt mir etwas, dann der Canal de l'Ourcq, ein mauvefarbener Strich in der Nacht, der mich an die noch warme Leiche Rosa Luxemburgs erinnert, die man an einem Januartag des Jahres 1919 in den Landwehrkanal geworfen hat, der Kanal ist gefroren, und ihre Leiche, die man über das Geländer schleudert, durchbricht die sich rot und rosé färbende Eiskruste und verschwindet im dunklen Wasser, die Soldaten des Freikorps beobachten, wie die Leiche untergeht, das Haar ein wenig ausgebreitet, das Kleid ebenfalls, und das lässt sie laut und widerlich auflachen, dann sinken Haar und Kleid, gleiten unter das Eis, das sich um einen roten und roséfarbenen Blutflecken herum neu formiert, und die Mitglieder des Freikorps gehen, während sie sich eine Zigarette anzünden, zurück zu ihrem gepanzerten Auto. Rosa Luxemburg dachte, der Sozialismus gehe unter, wenn er nichts vom metaphysischen Sinn der Sünde aufrecht erhielte, sage ich völlig ohne Beweis, einfach so, Treizes Tochter wird mir ohnehin nicht widersprechen, zur Rechten der Zénith-Konzertpalast wie ein an seinem Mast vertäuter Zeppelin, die kleinen blauen Lampen des Parc de la Villette und die spiegelnden Gewächshäuser der Cité des Sciences, früher standen dort riesige Schlachthöfe, die nie richtig funktioniert haben, das war ein berüchtigter Skandal der V. Republik, N3 PORTE DE PANTIN hier in der Gegend stellten wir unsere gefälschten Papiere her, der Siebdruckrahmen war unter einem falschen Wickeltisch versteckt, um all das plausibler zu machen, gab es ein richtiges Kind, natürlich waren die Dämpfe des Trichloräthylen nicht sonderlich gut für seine Gesundheit, aber was soll's, wir waren damals nicht umweltbewusst, nicht für einen Sou, die schwangeren Frauen rauchten Gauloises und all das, und jetzt steuerbord noch die große melodische Qualle, das Radarkuppel-Observatorium der Sphärenmusik … von einem Ehemaligen von La Cause gebaut, auch dieses Gebäude, ein Gruß im Vorbeifahren, und Brüderlichkeit!

Das Haus des Milizionärs lag in Chambéry oder in Annecy, zumindest in einer Stadt in den Bergen und nahe einem See. Du erinnerst dich, dass es dort einen Brunnen mit vier steinernen halben Elefanten gab, die jeweils zu zweit voneinander abgewandt dastanden, die Einheimischen nannten ihn spirituell »die vier ohne Hintern«. Übrigens wurde dieser Brunnen, wie ein Großteil der Stadt, im 18. Jahrhundert von einem adligen Abenteurer erbaut, der General eines großen indischen Maharadschas geworden war. Er hatte eine Frau geheiratet, die eine berühmte Schriftstellerin werden sollte, die Herzogin (oder Gräfin) de Boigne, und diese eingebildete Pute verachtete ihren Mann, der in ihren Augen nur ein Haudegen war. Der Gedanke, dass man die Stellung einer Literatin – oder eines Literaten – weit höher einschätzen konnte als die eines Generals, eines Maharadschas, erschien (und erscheint dir noch immer) extravagant. Deiner Meinung nach war eine solche Umwälzung der Werte nur in Frankreich möglich. In England zum Beispiel wäre so etwas unvorstellbar. Das Haus des alten Mörders befand sich in der Nähe einer Ausfallstraße dieser Stadt, die ein kleines Tal überragte. Ihr hattet Glück gehabt, wenn das Wort in diesem Zusammenhang passt: Auf der anderen Straßenseite stand ein neues Haus mit Fenstern und Balkonen mit Blick auf seine Hütte. Es war nicht schwierig, hier eine Wohnung zu mieten. Ihr musstet nur noch warten: Treize, Fichaoui, Judith, Momo der Schlossfresser und du. Vielleicht vergisst du einen. Selbstverständlich hattet ihr mit Gédéon über die Sache diskutiert: wie Jahre zuvor, als ihr ihm im Schulgebäude euren Angriffsplan auf einen Konvoi der Bereitschaftspolizei unterbreitet hattet. Dieses Mal wart ihr euch einig. Einen Mann, selbst einen Erzkollaborateur, zu töten, war eine Entscheidung, für die ihr nicht gerüstet wart. Doch der Schutz, der ihm von Präsident Pompe und einem

Teil der Kirche gewährt wurde, machte sie eurer Meinung nach zu eurer Pflicht. Ihr hattet also diese Wohnung gemietet und wartetet, Treize, Fichaoui, Judith, Momo und du. Mit einem Scharfschützengewehr. Die Tage waren lang, die Spannung hoch. Wenn ihr plötzlich sehen solltet, dass er aus einem Wagen steigt, das Holztörchen aufstößt und die wenigen Meter zwischen den Nussbäumen zurücklegt, die den Weg bis zur Türschwelle säumen, wäret ihr kaltblütig (hart) genug, den Sicherheitsriegel beiseite zu schieben, das Gewehr anzulegen, zu zielen und abzudrücken? Wäret ihr »auf der Höhe«? Oder ganz im Gegenteil zu schwach, um so etwas zu tun? Denn schließlich einen alten Mann zu töten... selbst wenn er ein Schwein war... und er war eines, daran gab es keinen Zweifel: ein Anführer der Miliz, ein Typ, der Razzien auf jüdische Kinder befohlen hat, der Mitglieder der Résistance hinrichten ließ, ist wirklich ein Schwein. Und das denke ich noch heute, sagst du zu Treizes Tochter. Aber war es an uns, ihn...? Die Stunden hinter dem Fenster mit den zugezogenen Vorhängen vergingen zäh, sehr zäh, während ihr durch den Spalt hinausschautet, stehend, unbeweglich, Kippe nach Kippe rauchend, das Gewehr in Reichweite. Die Vorhänge, du erinnerst dich noch, waren orange. Orange war die Modefarbe jener Jahre. Eine Kippe nach der anderen rauchend, fragtet ihr euch hinter den orangefarbenen Vorhängen, ob... aber nein, vor allem sich keine Fragen stellen, warten, sich aufs Lauern konzentrieren, wohl wissend, dass es nicht nur das Gewehr in Reichweite gibt, sondern auch eine quälende Frage, ebenso quälend, ebenso gegenwärtig, ebenso sehr verleugnet wie die Gewissensbisse am Tag zuvor, wenn man verzweifelt versuchte, in den Schlaf zu finden. Man hielt uns für brutal, aber im Kern waren wir liebe Jungen, sagst du zu Treizes Tochter, die Überbleibsel von weichen jungen Leuten... Letztendlich hatten wir keine Gelegenheit herauszufinden, wie wir reagiert hätten, wenn dieses Schwein in unsere Schusslinie gekommen wäre. Der Tipp des Kardinals hatte sich als falsch herausgestellt, oder aber wir waren nicht geduldig genug. Zwei Monate warteten wir vergeblich auf ihn, dann haben wir die Belagerung aufgegeben. Alle ziemlich erleichtert.

Hinter den Vorhängen hielt man es nicht lange aus, daher lösten wir uns alle zwei Stunden ab. Es war Sommer, wer keine Wache hielt, fuhr zum See. Ich weiß nicht mehr, welcher See es war, vielleicht der von Lamartine. Ein blauer See inmitten von Bergen mit sichelförmigen, weißsandigen Buchten. Es war heiß, Sonnenschirme standen auf den Wiesen, Tretboote glitten über das blaue unbewegte Wasser, in dem sich die Berge und zarte Schäfchenwolken spiegelten, Ausflugslokale säumten die Ufer, Leute spielten Volleyball, ein ganzes Ferienszenario, das uns vollkommen fremd geworden war, das wir beinahe vergessen hatten. Mit einem Schlag versetzte uns dieses Bild in die Vergangenheit, hinein in das, was wir verlassen haben wollten, in unsere bourgeoise, sorglose Kindheit, als wir, ohne es zu wissen, mit der Herausbildung eines egoistischen Glücks beschäftigt waren. Die großen Ferien an der Côte d'Émeraude. Und wenige Kilometer vom See, hinter den zugezogenen Vorhängen, erwartete uns das Theater der Zukunft, die wir uns gewählt hatten: die Konspiration, die politische Gewalt, die Aufrechnung von verursachtem und erlittenem Tod. Einen alten Mörder töten, von der Polizei getötet werden. Auch wenn wir uns diese Zukunft noch so sehr ausgewählt hatten, war sie uns in Wahrheit doch ebenso fremd wie die Vergangenheit, auf die wir verzichtet hatten. Die Vergangenheit widerte uns an, die Zukunft ängstigte uns. Wir waren nirgends, in keiner Zeit. Dies sage ich heute am Ende des ersten Frühlings des 21. Jahrhunderts, sagst du zu Treizes Tochter, damals hätte ich die Dinge nicht mit solchen Worten gesagt, nicht gedacht, damals waren unsere Gedanken und unsere Worte verworren, aber dennoch spürten wir, und vor allem an jenen Tagen am See, zwischen den Bildern eines früheren Lebens und denen eines bevorstehenden Todes, zwischen einer Art abgelehntem, verleugnetem Glück und einem Terror, an den man sich schwerlich gewöhnen konnte, dass in uns ein Mangel war, ein Stück Leere und vielleicht sogar ein Gefallen an der Leere. Also haben wir uns ohne Skrupel am Augenblick berauscht, an den bescheidenen Vergnügungen, die sich uns boten. So groß war unsere Angst, dass sie uns jeden Tag einige Stunden lang, was außerordentlich war, zu normalen jungen Leuten machte (die in diesen Momenten sicherlich dem Sohn des Partisanen Demetrios ähnelten, der »nicht war wie wir«): glücklich, uns gegenseitig oben vom Steg ins Wasser zu werfen, kühlen Weißwein unter den Sonnenschirmen der Ausflugslokale zu trinken, dummes Zeug zu reden und lauthals aufzulachen, sich auf der Wiese liegend zu küssen. Ich glaube, ich hatte Judith nie in der Öffentlichkeit geküsst, stell dir vor… Ich erinnere mich, dass wir ein Mal ein Tretboot gemietet hatten, Judith, Treize und ich – Fichaoui und Momo der Schlossfresser waren in der Wohnung und hielten Wache. Wir waren mitten auf dem See, unbeschwert, in glücklicher Unbekümmertheit, ein Zustand, der uns einen Moment alle Sorgen vergessen ließ. Ich weiß nicht, was mich geritten hat, ich habe angefangen, den Rotgardisten in mir herauszukehren, habe zu bedenken gegeben, dass wir uns nicht so amüsieren dürften, dass unser Lebensstil nachlässig wurde, das Geschwätz eines Unerbittlichen. Treize hat mich unterbrochen: Du gehst uns auf den Geist, Martin, nirgendwo in der Mao-Bibel steht, dass man nicht Tretboot fahren darf. Und lachend warfen er und Judith mich ins Wasser, auch ich lachte. Als wir zum Ufer zurückfuhren – wir mussten Fichaoui und Momo ablösen –, haben wir aus dem Stegreif ein Liedchen gereimt, das uns viel Ärger hätte einbringen können, Gédéon hatte uns schon für sehr viel harmlosere Sachen die berüchtigte Selbstkritik abverlangt: »Der Präsident Mao/ fuhr auf dem *pédalo*/ wie ein normaler *populo*«. Treize war der Verfasser dieser Knittelverse, sagst du zu seiner Tochter, ich habe dann so weitergemacht: »Willst du, dass sich etwas tut/ so lies doch gleich das kleine rote Buch«, und Judith, die zwischen uns saß, die klassische Gruppierung, hat die schönste Strophe gefunden: »Wir sind bereit zu sterben / doch wenn wir wählen könnten / wie viel lieber würden wir lächeln.«

VI

Auf dem Flohmarkt hatten wir einen sehr großen Überseekoffer gesucht, in den man Chalais, den General im Ruhestand, den Geschäftsführer von Atofram, hineinstecken könnte. Wir fanden nichts, das uns wirklich geeignet schien, bis uns schließlich eine recht geräumige Kiste auffiel, eine Holzkiste, wie die von Bill Bones in der *Schatzinsel*. Nachdem Judith ihm die Spritze gegeben hatte, beruhigte sich Chalais, und wir konnten ihn da hineinlegen. Den Kopf gegen die eine Wand, mit einem kleinen Kissen für die Bequemlichkeit, die Füße gegen die andere, die Knie angewinkelt. Wir waren seit zwei oder drei Minuten mit dem Lieferwagen unterwegs, er musste bereits der Polizei gemeldet worden sein, es wurde Zeit, das Fahrzeug zu wechseln, ein Autotausch war vorgesehen in einer Tiefgarage, nicht weit entfernt. Monte-charge erwartete uns dort am Steuer eines Lieferwagens, der eine andere Farbe hatte und von einer anderen Marke war. Ich weiß nicht, warum ich dir bis jetzt nicht von Monte-charge erzählt habe, sagst du zu Treizes Tochter. Ja doch, ich weiß es genau: Er hatte vorher mit Judith zusammengelebt. Und er hatte uns in flagranti erwischt, das heißt, nicht ganz, aber fast. Ich hatte mich in dieser Situation wirklich wie in einem Boulevardstück verhalten, hätte ich die Zeit gehabt, mich in einem Schrank zu verstecken, so hätte ich das getan, ich hatte irgendetwas gestammelt, rot und atemlos und halb nackt, dass die Müdigkeit, dass wir eingeschlafen seien, dass wir träumten, dass... woraufhin Monte-charge sagte, ich bräuchte ihm nichts zu erzählen, er sei schließlich kein Idiot. Sein Spitzname rührte von einer Aktion her, die bei Citroën einen Ausnahmezustand ausgelöst hatte: Bei einem wilden Streik war es ihm mit einer Gruppe marokkanischer Arbeiter gelungen, für einen ganzen Tag einen Lastenaufzug zu blockieren, der Nachschub für das Fließband der 2CV lieferte. So etwas bei Citroën zu machen war unheimlich haarig. Danach wurden sie natürlich alle gefeuert. Jetzt kümmerte sich Monte-charge bei uns um die Herstellung falscher Papiere, eine Spezialität, die ihm Roger der Belgier beigebracht hatte und bei der er sich sehr schnell als äußerst geschickt erwies. Nach dieser Sache mit Judith hätte er aussteigen können, ich hätte ihm keinen Ärger gemacht, aber nein, er blieb. Und hasste mich vielleicht, ich weiß es nicht, es ist wahrscheinlich, aber nicht sicher, jedenfalls war seine Haltung mir gegenüber wohl ziemlich spöttisch. So hatten wir eine merkwürdige Beziehung, die viel komplizierter war als die zwischen den meisten von uns. Sehr gut möglich, dass die gemeinsame Erfahrung des Lächerlichen – selbst wenn wir dabei nicht dieselbe Rolle spielten – bei Monte-charge und mir zu einer Art paradoxen und geheimen Komplizenschaft geführt hatte, die am Rande der heldenhaften Bilder angesiedelt war, aus denen wir unseren Alltag zusammensetzten. Und andererseits bewunderte ich den Gleichmut, den er unter Beweis gestellt hatte. Übrigens bewahrte er nicht nur in dieser Situation einen kühlen Kopf, er war einer von zweien, neben Fichaoui, zu denen ich vollstes Vertrauen hatte. Jetzt erwartete er uns also am Steuer eines Lieferwagens, eines Renault 4L, in einer Tiefgarage im XVI. Arrondissement. Bestimmt war er auch in Annecy oder Chambéry dabei. Und es ist sehr gut möglich, dass er auf dem Foto war, das vor dem Bahnhof von Guingamp oder von Saint-Brieuc im Sommer 1969 aufgenommen wurde. Ganz sicher sogar. Im Übrigen hatte sich die Geschichte zwischen Judith und mir, und ihm, im Jahr 1969 noch nicht abgespielt gehabt, ich weiß es nicht genau, aber ich glaube, es geschah im Jahr darauf. Da wir also zwölf auf dem Foto waren – das zumindest weiß ich genau – habe ich einen zu viel genannt. Ich glaube, es war Danton. Vielleicht saß der in jener Zeit schon im Knast. Achtung, sagst du zu Treizes Tochter, du musst nicht alles glauben, was ich dir erzähle. Es liegt nicht in meiner Absicht, etwas zu verschleiern oder zu verzerren: Aber meine Erinnerung besteht nur noch aus Verschleierung und Verzerrung.

Genau in dem Augenblick, als wir die Rampe zur Tiefgarage hinunter fuhren, geschah etwas, was nicht wieder gutzumachen war. Chalais ist aus seiner vorübergehenden Erstarrung erwacht, in die er gefallen war. Auf einen Schlag war er wieder bei Kräften und machte Stunk. Mit einer Streckung seiner bisher angewinkelten Beine drückte er die Kiste auf. Das Holz barst mit einem lauten Krachen. Mist, wir hätten wirklich eine Truhe aus Eisen kaufen sollen, meinte Treize finster. Das war doch nicht aus Gründen der Sparsamkeit, sondern weil wir keine andere gefunden haben, du Arsch, habe ich ihm heftig entgegnet. Fichaoui hat neben dem Renault 4L Lieferwagen angehalten und kam zu uns nach hinten. Wir standen um die in die Brüche gegangene Kiste herum und fragten uns, was wir tun sollten, während Chalais versuchte, aus ihr herauszuklettern. Die Wiederauferstehung als Groteske, so kam einem das vor. Also da trieb er es nun wirklich zu weit. Er hätte sich noch ein wenig gedulden können. Schnauze, lass uns in Ruhe überlegen, sagte Fichaoui zum General und knallte den Deckel über seinem Kopf wieder zu. Dieses »in Ruhe überlegen« war wunderbar, Fichaoui vom Allerfeinsten. Wir konnten noch so sehr nachdenken, es gab keine Lösung. Die Kiste ließ sich nicht mehr verschließen, und Chalais müsste nur noch ein bisschen kräftiger drücken und sein Fuß stieße direkt durchs Holz. Uns blieb nichts anderes übrig, als ihn dort zurückzulassen und uns so schnell wie möglich aus dem Staub zu machen. Und genau das haben wir getan. Als wir alle, in den Renault 4L gezwängt, die Rampe hochfuhren, hat Fichaoui gebrüllt, er habe vergessen, die Türen abzusperren, und wir sind wieder hinuntergefahren, um das nachzuholen. Glücklicherweise war Chalais noch nicht ausgestiegen. Als er merkte, dass wir davonstoben, hatte er sich erst einmal einen

Moment Ruhe gegönnt. Dann hat uns Monte-charge an der Metrostation Porte Dauphine, oder war es am Trocadéro, abgesetzt, Treize, Judith und mich. Im Abteil hat sich Treize uns gegenüber gesetzt, und da haben wir sein Gesicht gesehen... Sein falscher Schnurrbart hing schief, war halb abgegangen. He, guter König Dagobert, habe ich ihm zugewispert, dein Schnurrbart hängt schief. Er hat ihn mit würdiger Miene abgerissen, wie ein altes Pflaster, und die Klebe hinterließ auf seiner Oberlippe so etwas wie schwärzlichen Schneckenschleim. Das war schon fast so mit das Witzigste, was ich in meinem ganzen Leben erlebt hatte. Damals stieß man in der Metro noch auf Bourgeois, auf der anderen Seite des Gangs saß einer, ein Typ in grünem Lodenmantel und mit einem kleinen Pepita-Hut, der *Le Monde* las, aber nicht die Seiten »Unternehmen« oder »Finanzentwicklung« oder »Geld«, nein, diese Rubriken gab es noch nicht, so unwahrscheinlich das auch klingen mag: Er las die Seiten »Agitation und Subversion«, die so etwas wie die amtlichen Nachrichten für Chaoten aller Prägungen waren. Wobei man anerkennen sollte, dass La Cause den größten Teil der Spalten füllte, die anderen waren die Lückenbüßer. Die Augenbrauen dieses Typen wölbten sich über den Seiten, das Auge heimlich auf uns gerichtet, verblüfft und leicht verängstigt. Unsere Blicke trafen sich, das Auge zog sich eilig wie eine Molluske in sein papiernernes Schneckenhaus zurück.

Périph Fluide Porte Dorée 600 M Volvo La Revolvolution guter Witz Porte Dorée 150 M Metz Nancy Mr Bricolage auch du ein Heimwerker, wie viele Revolutionen, wie viele Umlaufbahnen, habt ihr zurückgelegt, Treizes Tochter und du, zehn, zwölf, seitdem ihr um die große dunkle, von Strom durchfurchte Kugel kreist? Blau weiß rot Disneyland Direction Metz Nancy 32 Km rot weiß grün blau stroboskopische Spuren vielleicht müsste man daran denken zu... Verdammt! Kein Benzin mehr! Remember wird sich in Kürze aus der Umlaufbahn zurückziehen, ich sollte vielleicht daran denken, dich nach Hause zu bringen, ehe wir liegen bleiben, sagst du zu Treizes Tochter. Der Sauerstofftank der Apollo XIII war explodiert, das in Nacht und Kälte kreisende Raumschiff wäre beinahe verloren gewesen, am Morgen des 15. April war es wieder in die Erdatmosphäre eingetreten, es war in den Pazifik getaucht, kurz bevor die Armada amerikanischer Marionetten den Mekong hinauffährt, zu den »Heiligtümern« der Vietkong und den Tempeln von Angkor Vat und dem Königsweg, wo der junge Malraux mit einer Säge einige Gottheiten aus roséfarbenem Sandstein abgetrennt hatte. Schließlich waren die drei amerikanischen Astronauten mit zusammengekniffenen Pobacken und angehaltenem Atem vom Mond zurückgekehrt, sehr viel glücklicher als viele ihrer Landsleute, die nicht aus dem kambodschanischen Dschungel zurückgekehrt waren. Es wird Zeit, dass ich dich nach Hause bringe, sagst du zu Treizes Tochter, sonst geht uns das Benzin aus und wir lösen uns in der Atmosphäre auf. A4 A5 400 M NANCY METZ MARNE-LA-VALLÉE CRÉTAIL BERCY 2 CARREFOUR DARTY ÉTAP HOTEL die Rauchsäulen der großen Müllverbrennungsanlage liegen auf unserem Kurs, wir zünden die Bremsraketen, wir lassen das Bündel glänzenden Stahls der Gare de Lyon hinter uns, die langen Kabinen aus orangefarbenem und grau-blauem Eisen, die der Tau benetzt, rechts die nachtleuchtende Festung des Finanzministeriums, der Himmel wird heller über der Seine, rechts blinken die Abschusstürme der Nationalbibliothek, PARIS CENTRE PORTE DE BERCY N19 300 M QUAI D'IVRY wir fahren nach der Spannbrücke über die Gleise von Austerlitz ab. Danach kommt Maurice-Thorez, dann ein Platz, auf dem eine riesige Wasserleitung thront, ein geknicktes Rohr, ein verchromter Siphon oder irgend so etwas, das ist städtische Kunst, ein Reiterstandbild von Maurice Thorez wäre besser gewesen, aber natürlich nicht so modern. Zu der Zeit als die Kommunistische Partei skrupellos stalinistisch war, hätte es sie nicht gestört, Maurice Thorez als Statue eines römischen Kaisers zu verewigen, ihn als Siphon oder als Wasserhahn zu verewigen hätte teuer werden können. Du weißt, wer das ist, Maurice Thorez?, fragst du Treizes Tochter. Nein, nun ja, das ist nicht schlimm, da entgeht dir nicht viel, auch wenn einige unserer großen Dichter Oden auf den Ruhm dieses Tingeltangel-Stalin geschrieben haben. In anderen Ländern haben die kommunistischen Parteichefs gegen die Nazis gekämpft, aber er, unser Maurice, hat den ganzen Krieg in Moskau verbracht. Maurice Thorez – Maurice Chévalier, das ist Frankreich! Das ist Paris! Nach der Avenue Maurice-Thorez kommt die Rue Baudin, ein Abgeordneter, der auf einer Barrikade getötet wurde, das gibt es nicht oft. Und da, es musste ja so kommen, Remember hat einen Hustenanfall, und dir bleibt gerade genügend Zeit, am nächsten Bürgersteig zu landen, der Motor stottert und stirbt ab. Scheiße! Kein Tropfen Benzin mehr. Hättest nicht so gesprächig sein sollen, du hast ja auch fünfhundert Kilometer reden müssen … Gut, regen wir uns nicht auf, sagst du zu Treizes Tochter, ich bringe dich zu Fuß nach Hause, ist es noch weit bis zu dir? Nein. Danach komme ich schon irgendwie klar, jedenfalls wird es bald hell. Ihr windet euch aus der Göttin Remember, die sich mit einem Seufzer gesenkt hat, sie hockt nun auf ihrem Hinterteil, mit ihrem lauernden Haifischmaul, halb Sphinx halb Hai. Über einen steilen schmalen Weg, der zwischen Gärtchen hindurchführt, erreicht ihr ihre Straße. Ach, die ganze vielfältige Schönheit, die kaputte Poesie der alten Vorstadt, von Céline und Cendrars und von Tardi, ist in dieser Straße … An der Ecke, hinter einer mit naiven Statuen geschmückten Balustrade, eine komische kleine Vorstadtvilla, deren Neurokoko-Fassade sich mit einem Gitterwerk aus Stuck-Geäst schmückt, all das verblüht, verzogen, verrottet, dann kommt eine Art dreistöckiger Backsteinkamin, ein unpassender, schmaler Stummel, ein lumpiger Turm, der nur wenig die Bäume überragt, deren Wipfel wie mit einem Federbusch die hohen dunklen Mauern zieren, die mit vergitterten Fenstern durchsetzt sind, die denen einer Festung ähneln. Auf der gegenüberliegenden Seite versetzen einige kleine Häuser mit wurmstichigen Fensterläden, mit Dächern aus dunklen, moosigen Ziegeln, einen zurück ins Paris der *Elenden*, als Ivry noch ein Dorf auf dem Lande war und die Kühe dort muhten, dann fällt ein Steilhang ab, an den sich eine Buchenhecke klammert, hinunter bis zu den mit Wäsche beflaggten Elendsquartieren. Ein Stück weiter, noch weiter unten Richtung Seine, deren Verlauf sich kaum im orangefarbenen Lichtwirrwarr erahnen lässt, durch das die Lichterkette des Péripherique mitten hindurchgleitet, die große Müllverbrennungsanlage, sie glitzert wie ein Ozeandampfer, aus seinen beiden Schornsteinen steigen dichte Rauchzöpfe in den Himmel, der sich im Osten von mauve ins Grünliche färbt, über Charenton, Montreuil, Le Perreux, Le Raincy, über Nogent, Villemomble und Romainville, über entfernten dicht bevölkerten Siedlungen, Parkplätzen, Supermärkten, Einfamilienhäuschen, Schrebergärten, wie mit Adern und Nerven durchzogen von Autobahnen, Gleisen und Kanälen entlang der Marne, die aus der aufgehenden Sonne kommt. Hier wohnt sie, auf den Höhen von Ivry, in dieser Straße, die wie ein Balkon über den Zeitaltern der Stadt ist, wo die Zeit sich abkapselt und bündelt, sich in zufälligen Figuren aufstellt wie in einer zerknüllten Papierkugel. Eine Straße, die auch eine Topographie der Schlachten durchzieht, wie du zu Treizes Tochter sagst: seitlich der Hang, der das Tal beherrscht, der Zusammenfluss, die östlichen Tore von Paris. Hier wurden ganz bestimmt 1814, beim Frankreichfeldzug, dann 1870 und auch während der Pariser Kommune Schlachten geschlagen. Es muss Mühlen auf der Anhöhe gegeben haben, Wiesen, die weiter unten mit kleinen Wäldern durchsetzt waren, an der Seine entlang, die man sehr viel deutlicher als heute erkennen konnte, standen Weiden, zwischen denen der Dampf von Montereau aufstieg, von den großen Dörfern, durch die der Weg der Invasoren führte, und dann links das unbestimmte Grummeln der Stadt: Rauchsäulen am Tag, Feuer in der Nacht, hinter dem Gürtel der Festungen. Und auch ein großer Lärm. Ja, hier riecht es nach Kanonenpulver, sagst du nicht ohne eine gewisse Begeisterung zu Treizes Tochter, die sie bemerkt und selbstverständlich missbilligt: Hier ist ihr Zuhause, und sie hat es nie gerochen. Wie riecht eigentlich Kanonenpulver? Oh, das weiß ich nicht. Wie Feuerwerk vermutlich. Die Farcen und Attrappen der Geschichte.

Neben ihrem Haus, das über der wimmelnden Dunkelheit wie eine Art Casino am Meer wirkt, raucht ihr eine. Die Vorstadt erwacht, der Himmel wird heller, Lichter blinken, bald kommt die Stunde, zu der die Proletarier, die wenigen, die es noch gibt, ihrer Schinderei entgegengehen. Das Mauve des Himmels färbt sich zu Grün, dann zu Gelb, Rosa schleicht sich hinein, der Rauch aus der großen Müllverbrennungsanlage nimmt fleischfarbene, perlmutterne Tönungen an, Nuancen von Eingeweiden, von lebendig gehäutetem Froschfleisch, ganz langsam vertreibt der Tag die Nacht. An den Ferienabenden an der Côte d'Émeraude führte deine Mutter euch, deinen Bruder und dich, zu einer Felsspitze in der Nähe des Hauses. Schweigend saßt ihr auf der Bank und habt dem Sonnenuntergang zugeschaut. Sie gehe nicht unter, erklärte sie euch, sondern die Erde drehe sich, kippe auf die andere Seite der Welt, in einem Land, das man damals Indochina nannte, gehe die Sonne zur selben Zeit auf, das war beunruhigend und kaum zu glauben. Ihr hofftet, den grünen Strahl zu sehen, doch ihr habt ihn nie gesehen. Enttäuscht und sprachlos kehrtet ihr ins Haus zurück. Du ziehst an deiner Kippe. Du möchtest etwas sagen, aber du weißt nicht was. In Barcelona erschossen die Anarchisten die Bourgeois am Meer bei aufgehender Sonne. Schaut hin, sagten sie, schaut gut hin, zum ersten und letzten Mal, ihr Faulenzer, die ihr nie einen Sonnenaufgang gesehen habt. Und sie töteten sie. Im Département Nord hatten die gefangenen Kommunisten im Krieg ein Lied komponiert, um ihre Genossen zur Guillotine zu begleiten: »Lacht, ihr Bourgeois, hier graut die Morgendämmerung. Kommt alle und seht, wie ein richtiger Kämpfer stirbt.« Das hatte uns André erzählt. Du weißt ..., sagst du stockend. Du weißt, ich bin oft nervig. Ich bin mir dessen bewusst. Es sieht so aus, als verachtete ich die Leute deiner Generation. Als hätte ich nur Sarkasmus für sie, für euch, übrig. Aber das stimmt nicht, das ist eine Attitüde. Was ich wahrhaftig verachte, ist die Demagogie meiner Generation gegenüber eurer. Man darf sich nicht bei euch einschmeicheln, man darf euch weder imitieren noch bewundern. Aber man will nicht alt werden, man will nicht die Sonne über sich untergehen, seinen Schatten länger werden sehen, also macht man euch den Hof, euch, unseren Kindern. Das ist obszön. Ich suche lieber den Streit, provoziere lieber, setze mich lieber der Gefahr aus, gehasst zu werden. Ich serviere euch lieber meine versalzene Suppe. Die Idee von einer Jugend der Welt hat selbstverständlich mit der Revolution zu tun. Das Jahr II... (ich sage Jahr II, weil Jahr I schlecht klingt, und im Übrigen ist das Jahr II heroischer als das Jahr I). Und selbst die Idee, dass die vermutlich Nichtwissenden den Wissenden etwas beibringen, ist ein großer Traum. Wir haben geglaubt, das wäre China. Natürlich wirkt unsere Naivität heute lächerlich. Ein schöner Satz von Mao – davon gibt es immerhin einige: »Willig wie ein Büffel beug mein Haupt ich vor den Kindern.« Die Revolution als Revanche der Rotznasen: Das Volk, das ewige, verantwortungslose, unbesonnene, schlecht erzogene Kind, lehnte die Autorität der Herren, der »Großen«, ab. Darum wird Gavroche lebendiger bleiben als Lenin.

Du schnippst deine Kippe in den Rinnstein, zündest die nächste an, du weißt nicht mehr genau, worauf du hinaus willst, all das ist ziemlich verworren. Warum hast du keine Kinder?, fragt sie dich plötzlich. Ah... gut gezielt. Die Kugel durchschlägt das Herz. Ihr hübsches kleines Mördergesicht im wallenden Morgengrauen. Nun... Vor sehr langer Zeit, zu Zeiten von La Cause, herrschte die Vorstellung, die Zukunft sei zu gefährlich, zu unsicher. Aber später... ganz ehrlich, ich weiß es nicht. Du siehst, ich ist ein anderer als ich. Vielleicht weil ich kurz nach meiner Geburt mit der violetten Tinte des Todes gestempelt worden bin? Oder auch durch das sinnlose Streben, der Zeit zu entkommen, allem, was der Erbfolge entsprach: Generation, Korruption? Dieser Banalität zu entkommen, dieser Macht der Welt über uns. Nicht die Waffen zu strecken vor der Wirklichkeit. Unsere Geschichte hatte sich, als wir ein »Wir« bildeten, ziemlich außerhalb der Zwänge der Wirklichkeit abgespielt: darin zu landen, mit beiden Füßen auf der Fläche der Wirklichkeit, mit dem Fallschirm aus dem Bereich der Chimären zu springen, haben manche geschafft, die meisten, aber ich nicht. Ich habe die Fläche verfehlt, dabei war sie weiß Gott groß genug. Die Dosis Irrealität war zu stark, oder aber ich hatte nicht genügend Antikörper, ich weiß es nicht. Jedenfalls habe ich seit diesen unvernünftigen Zeiten, wo Treize und ich und die anderen, komme was da wolle, ein Team bildeten, merkwürdigerweise nie mehr eine Verbindung ernst genommen oder vielmehr, ich habe nie mehr geglaubt, irgendwo ernsthaft zu sein. Was man so »sein« nennt. Es ist mir eigentlich immer wie ein Witz vorgekommen. Mehr oder weniger lustig, aber eben ein Witz. La Cause, dieses Narrenschiff, wird meine einzige richtige Verankerung gewesen sein. Eines Tages kommt das Grab. Zwischen diesen beiden Polen nichts Stabiles. Ich glaube, ich wäre dennoch gerne zur Ruhe gekommen, aus simpler Feigheit, aus dem Wunsch heraus, mich niederzulassen, aber nein, nichts hielt stand, ich entkam immer. Es hätte Paulina L geben können, aber sie ist gegangen. Wohl weil sie spürte, dass ich keine Bindungsfähigkeit hatte. Jedenfalls, wenn sie gegangen ist, dann sicherlich deshalb, weil ich es herausforderte: Wenn das Unglück bei uns Einzug hält, hat man ihm meistens selbst den Schlüssel gegeben. So ist es also, ich bin ein Verantwortungsloser geblieben, ein altes Kind. Das ist ziemlich lächerlich. Ich bin nicht erwachsen geworden. Und wie könnte ich mit diesem Hintergrund Kinder verachten?, sagst du und schnippst ihr auf die Nase. Ich bin kein Kind mehr, entgegnet sie herausfordernd. Ich weiß, sagst du. Ungebührliche, bisher mehr oder weniger an der Leine gehaltene Gedanken springen hoch und bellen wütend. Ich weiß sehr gut, dass du kein Kind mehr bist, sagst du verärgert. Du kannst dir sogar vorstellen, auf welche Gedanken mich das bringt. Ja vielleicht, sagt sie lachend und zündet sich eine Zigarette an. Sie sitzt auf dem Mäuerchen, das an dem Bürgersteig oberhalb des Hangs verläuft, ein Bein über das andere geschlagen, wie zu Anfang der Nacht, vor einer Ewigkeit, bei Pompabière. Ihre schmale Gestalt, ihr kleines Gesicht vor den wimmelnden Lichtern, vor der vom Himmel gespülten Tinte und den sich rosa färbenden Rauchsäulen der großen Müllverbrennungsanlage. Mit gespitzten Lippen bläst sie den Rauch ihrer Zigarette weit vor sich, in meine Richtung. Ich träume oder was. Nur die Ruhe bewahren. Irgendetwas, du weißt nicht genau was, gibt dir zu verstehen, dass es nicht gut wäre. Aber ohne allzu große Überzeugung. Vielleicht liegt es einfach daran, dieses Zögern, weil du deinen Körper jetzt wie einen alten, fleckigen, abgewetzten, aus der Form geratenen Anzug herumschleppst? *Caution! This program is more than 50 years old!*, würde dein Computer sagen. Letztendlich, sagst du zu Treizes Tochter, war ich mein eigener Sohn, und das ist lächerlich. Wenn ich mich doch zumindest gut mit ihm verstünde... Aber nein, ich möchte ihn zum Teufel jagen. Oh ja, er soll verschwinden, dieser Idiot! Ich enterbe ihn! Natürlich missfiele es mir nicht, in dieser Nicht-Nachkommenschaft die Auswirkung eines Fluchs zu sehen, ich bin da reichlich lehrerhaft, ich erinnere mich an meine griechischen Autoren... Die Götter haben durch mich mein Geschlecht bestraft für einen Fehler: den vielleicht ich begangen habe, aber wahrscheinlich doch eher einer meiner Vorfahren. Der Oberleutnant ist gestorben, kurz nachdem er einen Sohn bekommen hatte, und ich werde kurz vorher sterben – es sei denn, ich zeuge kurz nach meinem Tod, wer kann das schon wissen. Ernsthaft, es macht mich traurig, dass ich niemanden in euer Boot gesetzt habe – in das deiner Generation, deines Jahrhunderts. Ich habe das Gefühl... ich weiß nicht, wie ich es sagen soll... euch verraten, im Stich gelassen zu haben. Ich würde gerne wissen, wo ihr an Land gehen werdet. Was mich an euch interessiert, ist die Unergründlichkeit der Zukunft, die ihr in euch tragt, das ganze noch nicht Entscheidbare, mit dem ihr schwanger geht. Ihr seid noch ein bisschen naiv, das ist unvermeidlich, das ist normal, und gleichzeitig ist jeder von euch eine Facette des einzigen Mysteriums, das uns bleibt: der Zukunft. Und ich kann nicht sagen, dass ich dies bewundere – nicht mehr, als es einen Grund gibt, die Schönheit zu bewundern. Aber die Schönheit und die Zukunft sind aufregend, sagst du und legst deine Hand auf ihr schimmerndes Knie, doch du ziehst sie gleich wieder weg, was ist in dich gefahren? Ihr seid voller Dinge, die ihr noch nicht getan habt, die noch gar nicht existieren – aber der freie Platz in euch ist eine fruchtbare Lücke für die Welt. Bei uns ist alles gesagt – und meistens schlecht gesagt. Ihr habt ein Bündnis mit dem Rätsel. Vielleicht werdet ihr abenteuerlustig oder poetisch-wer weiß? Wir sind in Prosa geschrieben. Und außerdem seid ihr unendlich viel neugieriger und toleranter, als wir es waren. Wir waren ganz zugeschnürt vor lauter Gewissheiten, und viele davon waren idiotisch. Du machst nicht den Eindruck, deine Zeit zu mögen, sagt sie. Nein. Ich verabscheue sie. Und dennoch haben wir, wir selbst, unsere Generation, sie geformt. Ihre Weichlichkeit, ihre Religion der Bequemlichkeit, ihren Konformismus, der heuchlerisch als verschiedenste »Befreiungen« daherkommt, wir – wir armen Idioten – haben sie, ohne es zu wissen, ohne es zu wollen, dazu gemacht. Dann bist du nicht modern? Und warum, zunächst einmal, muss man unbedingt modern sein? Das steht in keiner Verfassung. Und des Weiteren fragen wir uns einmal: War Flaubert, dem seine Zeit zuwider war, weniger modern als, ich weiß nicht, Paul Bourget, der mit ihr ganz gut zurechtkam? Modern sein heißt, die Gemeinplätze seiner Zeit zu sabotieren. Ein weites Feld: die unsere neigt dazu, nichts anderes als eine Wucherung von Gemeinplätzen zu sein. Der Zeitgeist, wenn man es noch so bezeichnen kann, ist eine schwanz- und kopflose Konstruktion aus Gemeinplätzen. Ein bisschen so wie dieser Ring aus Werbung, in dem wir die ganze Nacht gekreist sind, in dem die Stadt abgeriegelt ist. Ja und dann … jetzt langt's. Wo war ich stehen geblieben?

Ach ja. Wir waren in der Metro. Später sind wir nachts an der Gare du Nord in den Postzug gestiegen, um uns in Belgien zu verstecken. Warum dieser Bummelzug, der überall anhielt? Daran erinnere ich mich jetzt nicht mehr, sagst du zu Treizes Tochter. Vielleicht um früh morgens an der Grenze zu sein, ohne in Lille umsteigen zu müssen? Und warum hat Judith mich nicht begleitet? Weiß nicht mehr. Ich glaube, der Zug muss gegen elf Uhr oder um Mitternacht losgefahren sein. In den Abteilen saßen junge, mit Bier, Müdigkeit und Trauer abgefüllte Soldaten. Rasierte Sträflingsköpfe, die beim Ruckeln aneinander stießen. Wagen, die aus der Zeit der Dampflokomotive stammten, man konnte die Fenster herunterlassen, und oben drüber stand »Vorsicht Flugasche«. Flugasche, ich bin sicher, du weißt nicht, was das ist, sagst du zu Treizes Tochter: Das waren kleine Partikel glühender Kohle, die im Sog der Lokomotive durch die Luft flogen. Wenn man sich hinauslehnte – trotz des berühmten Schildchens *E pericoloso sporgersi*, das für viele Kinder meiner Generation der erste Kontakt mit dem Geheimnis einer fremden Sprache war –, wenn man also den Kopf aus dem Fenster streckte, musste man aufpassen, dass man so etwas nicht ins Auge bekam. Der Zug hielt mit lautem Kreischen an jedem Bahnhof und blieb endlos lange am Bahnsteig stehen, Zeit für das Einladen der Postsäcke oder das Ausladen, oder für beides, ich weiß es nicht. Dann fuhr er ohne Ankündigung an, mit einem großen Rumsen der Puffer und quietschendem Lärm. Damals hatten nächtliche Bahnhöfe noch eine Poesie, die sich heute fast verloren hat: Lampen, die an langen Armen schaukelten, vermummte Menschen, die an den Gleisen entlang liefen, Lautsprecherdurchsagen aus der Ferne, das Schnaufen rangierender Lokomotiven, das Zischen komprimierter Luft, hell tönendes Gehämmer gegen den Stahl der Räder, wie in *Anna Karenina*... Endlich fuhren wir los, und schon wenig später blieben wir wieder stehen, wir fuhren durch das Rübenland und kamen in das der Kohle. Busigny Cambrai Douai Pont-de-la-Deûle Ostricourt Libercourt Phalampin Seclin Wattignies Ronchin (oder vielleicht Arras Bailleul Vimy Avion Lens Sallaumines). Wir standen im Gang am offenen Fenster und rauchten, Treize und ich, schweigend betrachteten wir das langsame Vorbeiziehen der Bahnhöfe, Fabriken, Bergarbeitersiedlungen, Halden, Fördertürme, Kanäle, der blassen Fenster einer Spinnerei, einer Straße, deren nasser Asphalt wie Fischschuppen das Licht aufspaltete, und wieder rauchende Backsteinschlote wie die der großen Müllverbrennungsanlage, dort, direkt vor uns, sagst du zu Treizes Tochter, Bergarbeitersiedlungen, Halden, Fördertürme, ein Kanal unter einer Eisenbrücke, die der Zug grollend überquerte. In der Nacht, nicht weit von dort entfernt, diesseits und jenseits der Gleise, träumte Lucien davon, einen TEE zum Entgleisen zu bringen, Winter weinte vielleicht still in sich hinein, André wurde von einem Hustenanfall zerrissen, er trank ein Glas Milch, um das Brennen in der Staublunge zu mildern, Gustave schnarchte im Schlaf, vom Bier betäubt, Victoire und Laurent zogen aus der »vietnamesischen Vervielfältigungsmaschine«, Flugblätter, eins nach dem anderen, die den »Volksmassen« den großen Erfolg verkünden sollten, der die »Verhaftung« des Generals Chalais, Geschäftsführer von Atofram, Lakai der amerikanischen Imperialisten und Volksausbeuter, gewesen war. In dem Takt, den das alte Gerät zuließ (ein über einen Rahmen gespanntes Tüllrechteck, ein Schaber), würden sie das letzte Blatt genau vor dem Verteilen drucken, taumelnd vor Müdigkeit, die Hände schwarz vor Tinte. Sie würden den Tag auf dem Polizeirevier beenden, bestimmt.

Treize hatte eines dieser chinesischen Musikbox-Feuerzeuge, die *Der rote Osten* spielten, wenn man den Deckel öffnete, la la lala, la lala lala, Der Osten ist rot, die Sonne geht auf, la la lala la la lala lalalala, aus China kommt ein Mao Tse-tung… Bei jeder Kippe, die er vor der nächtlichen Landschaft anzündete, erklangen die ersten Takte des lächerlichen Lobgesangs. Muss das wirklich sein?, habe ich ihn mit finsterer Miene gefragt. Zu dieser Stunde meldeten alle Radio-Kurznachrichten die gescheiterte Entführung eines großen Arbeitgebers des »militärisch-industriellen Komplexs«, wie man damals sagte, die Nachricht musste die große Schlagzeile auf den Titelseiten der Morgenzeitungen sein, die ganze Polizei Frankreichs war uns auf den Fersen. Es war also genau der richtige Moment, Aufmerksamkeit auf uns zu ziehen. Treize lachte still in sich hinein und zog an seiner Zigarette. Er summte die Worte annähernd auf Chinesisch, *Dong-fan-ang hong tai-yan-ang sheng Zhon-guo chu le yi ge Mao Zedong*... Der Zug ist im Bahnhof von Lille, wie es uns schien, endlose lange stehen geblieben. Dann hat er sich mit lautem metallischem Gekreische wieder in Bewegung gesetzt, in Richtung Croix-Wasquehal Croix-l'Allumette Roubaix, dort stiegen wir aus, kurz vor der Endstation Tourcoing. Als wir auf den Bahnhofsvorplatz kamen, war der Himmel gelb und grün wie das Innere eines Salatkopfs. In den Bistros ging das Licht an, Neonreklamen blinkten, Jupiter, Stella Artois, es war die grauenhafte Stunde, zu der die Proletarier ihrer Schinderei entgegengehen, der säuerliche frühe Morgen, wenn man am Tresen steht, mit der Tasche über der Schulter, der tief ins Gesicht gezogenen Schirmmütze, wenn man wortlos eine aufgekochte Kaffeeplörre trinkt, voller Schaumbläschen und dampfend wie Seifenlauge. Am Boulevard industriel haben wir eine Straßenbahn genommen, in der Treize noch eine Kippe angezündet hat – damals, sagst du zu Treizes Tochter, rauchte man überall, und vor allem die Proletarier, durch das Rauchen drohten wir nicht aufzufallen, aber durch die kleine blöde Melodie. *Der Osten ist rot*... Den meisten Mitfahrenden hat es unter dem fahlen Licht ein blasses Lächeln entlockt, aber wäre nur ein Typ der Kommunistischen Partei in der Straßenbahn gewesen, der dieses Liedchen kannte, hätte der Ärger begonnen. Die Maoisten waren ihre schwarzen Schafe. Der Idiot tat es absichtlich, um den Teufel herauszufordern und auch um meine blank liegenden Nerven zu strapazieren. Ich konnte aber nichts sagen, nur die Fäuste ballen und die Zähne zusammenbeißen. Er amüsierte sich still, kniff die Augen zusammen und zog an seiner Zigarette. An einer großen, dunklen Backsteinkirche mit schieferbelegten Turmspitzen, um die Krähen kreisten, sind wir ausgestiegen. Ich habe ihn angeraunzt, schließlich war ich sein Chef, scheiße. Dann sind wir ins Café Le Limotrophe gegangen. Der Wirt wischte den Tresen und sah noch ganz verschlafen aus, aber vielleicht behielt er dieses Aussehen den ganzen Tag. Wir haben zwei widerliche Kaffees mit Schaumbläschen wie auf einer Seifenlauge getrunken. Ich habe uns dann die Kippen mit meinem Zippo angezündet. Dann sind wir an der Ecke der Rue Roger-Salengro in die Chaussée de Néchin eingebogen (oder in die Rue d'Estaimpuis, ich weiß es nicht mehr, sagst du zu Treizes Tochter). Es war kalt, unser Atem dampfte. Hinter dem Friedhof erstreckten sich rechts und links Felder, schwarzerdige, mit Reif überpuderte Äcker. Das in den Furchen stehende Wasser reflektierte den rötlichen Himmel. Ein Schwarm Spatzen pickte nach Regenwürmern. Rechts, am Ende eines Wassergrabens, erhoben sich Lagerhallen wie Sägezähne in der weichenden Dunkelheit. Vor uns lag ein Dorf, das von einem Silo und einem Kirchturm überragt wurde und das seltsamerweise Gibraltar hieß. Ich schwöre dir, es heißt wirklich so, sagst du zu Treizes Tochter. Schau auf einer Karte nach, es liegt vor Roubaix, in der Nähe von Wattrelos, da in der Gegend. Hier verlief die Grenze. Roger der Belgier erwartete uns dort, in der Bar des Sports an der Rue du Congo. Als wir schon die gelben, rot umrandeten Schilder erkennen konnten, auf denen der Name des Gelobten Lands stand, *Province de Hainaut, Provincie Henegouwen*, blitzte eine riesige granatrote Sonne durch den Dunst, der über den Dächern von Gibraltar lag. »Der Osten ist rot, die Sonne geht auf«: wir haben beide gleichzeitig angefangen, die Mao-Hymne zu grölen, wir nahmen uns an der Schulter und warfen in einem grotesken Cancan die Beine in die Luft, dann warfen wir sie immer weniger hoch, wir bogen uns vor Lachen. »Aus China kommt ein Mao Tsetung«, wir liefen oder besser hüpften und bald schon krochen wir auf allen vieren Gibraltar entgegen, das Gesicht von der aufgehenden Sonne rot angestrahlt, inmitten der von Reif glitzernden Felder. »Er kämpft für das Glück des Volkes, er ist unser Erlöser.«

Die Sonne strahlte auch unter Baldachinen aus purpurroten Wolken am Horizont, als ihr, Driver und du, nach Saigon – Hô Chi Minh-Stadt – kamt. Driver, ein kleiner Schlaumeier, der mit einigen Brocken Englisch und einer 125er Honda ausgerüstet war, hatte dich in My Tho angesprochen, auf dem Kai, wo du dem Verkehr auf dem Mekong zuschautest, und dir vorgeschlagen, dich nach Hô Chi Minh-Stadt zu bringen. *Want driver, Mister? Me best driver, not expensive. You atkuda?* (er hatte auch ein paar Erinnerungen ans Russische). *American? Phap? Fwançais very good*, und so weiter. Ihr hattet fünfzehn Dollar ausgehandelt. In der Dämmerung wart ihr von My Tho aufgebrochen, die Hibiskushecken leuchteten im Abendlicht, auf beiden Seiten der Straße angelten Männer reglos inmitten traubengrüner Reisfelder. Anfangs lief es nicht schlecht. Nur der übliche Schrecken, den einem das Motorradfahren auf einer Straße Asiens einflößt, das ist wie mit den Händen in den Hosentaschen inmitten einer Herde von bepackten Arbeitselefanten spazieren zu gehen. Busse mit blutroten Chromlefzen, dicke russische Motorräder mit Seitenwagen, Schwärme von räudigen Mofas, von schwankenden Fahrrädern, beladen mit langen Bambusstangen, an denen man sich aufspießen könnte, Handkarren, chinesische Laster ohne Bremsen, Fahrradrikschas, hin und wieder ein schwarzer Mercedes mit einem neokommunistischen Boss im Fond, all das hupte, tutete, schrie, knatterte, all das in beide Richtungen, über die ganze (nicht sehr beträchtliche) Breite einer Straße, die für die seltenen Citroëns B2 oder Léon-Bollées aus der Zeit der heißen Küste gebaut worden war, um im letzten Augenblick, kurz vor dem Frontalzusammenstoß, wieder einzuscheren. Ganz zu schweigen von den Schweinen, Enten, Büffeln, Greisen oder Kindern, die aus einer Laune heraus unvermittelt die Straße überquerten, ganz zu schweigen vom auf dem Boden ausgelegten Reis oder den Bananenblättern, die zum Trocknen an den Straßenrändern ausgebreitet waren. Ihr segeltet durch ein Bombardement brüllender Projektile, durch eine Flut von Feinden, die es wiederholt darauf anlegten, euch zu vernichten. Mehr als an eine Straße erinnerte das Ganze an eines dieser Videospiele, die die Kinder von heute begeistern. Driver lag fast über dem Lenker, die Ellbogen zu beiden Seiten in die Luft gereckt wie Flügelspitzen, den Kopf mit seinen schwarzen, schön glänzenden Haaren senkrecht über dem Scheinwerfer. Nach vorn gestreckt wie ein Wasserspeier, der die Straße in sich hinein schlingt. Wegen seiner aerodynamischen Haltung bekamst du mit voller Wucht einen Strom aus starkem Luftdruck, Staub und herumfliegenden, vielleicht tierischen Kleinteilchen ab, die um deine Brille herumwirbelten, bis sie sich zwischen deine Lider drängten, so dass sie wie das Rohrblatt eines Instruments klapperten. Von Zeit zu Zeit drehte sich Driver zu dir um und fragte, ob es dir gut gehe, *okay, kharacho, Mister?*, und er ließ ein glucksendes Lachen los, das seinen zahnlosen Mund offenbarte, zu dir nach hinten gewandt, der du ihn anflehtest, nach vorne zu schauen, *vsio kharacho, no problem, but look ahead PLEASE!* Es war so schon gefährlich genug, nicht nötig, außerdem noch mit dem Gesicht gegen die Fahrtrichtung zu fahren.

Mit der zunehmenden Dunkelheit vor uns im Norden, Richtung Saigon, die das gesamte Delta abschnitt und die Straße, die sich mitten hinein fädelte, blähte sich ein monströses Wolkensoufflé auf. Ein riesiges fluoreszierendes Blumenkohlgratin. Michelinmännchen mit krampfartigen Blitzen. Verdammt! Geister mit Schuppenschwänzen, mit großen zornigen Augen und warzigen, feuerrot lackierten Gesichtern mussten dort oben, vor uns, alle Lichtkontakte des himmlischen Flippers in Gang setzen. Ihr hattet kurz in einer Bar am Straßenrand angehalten, Driver musste Kraft sammeln für das, was sich ankündigte. Im Hof standen eine Hô-Chi-Minh-Büste, ein Männeken Pis und eine Venus von Milo. Auf dem Tresen waren Glasballons mit Alkohol aufgereiht, in denen tote Tiere schwammen, vor allem Schlangen und Skorpione. Diese Sude galten als unfehlbares Mittel gegen fast jedes Leiden und außerdem als Aphrodisiakum, das versteht sich von selbst. *Want bum-bum in Hô Chi Minh City, Mister?*, fragte dich Driver lüstern und kippte ein Glas von einem Gebräu, in dem zwei kleine Krokodile mariniert waren. *Want girls very good?* Davon konnte im Moment nicht die Rede sein. Es wäre schon gut, überhaupt anzukommen, dachtest du. Auf dem Tresen stand ein Glasballon, der größer war als die anderen und nur mit einem schwärzlichen Sud gefüllt schien. Dennoch war deine Aufmerksamkeit durch so etwas wie eine kleine helle Sichel geweckt worden, die je nach Lichteinfall ein wenig in der Teersoße aufschimmerte, du gingst näher heran und da... da war hinter Glas, ganz zusammengekrümmt, dir zugewandt, das Grauenhafteste, das offenkundig Teuflischste, was du je in deinem Leben gesehen hast. Was da schimmerte, waren Zähne, zwischen denen ein Stück violette Zunge hervorlugte. Darüber öffneten sich weiße Lider mit langen Wimpern über leeren Augenhöhlen. Nach und nach erkanntest du, durch die Spiegelungen im Glas und die Schwärze der abstoßenden Flüssigkeit schwer zu sehen, eingepfercht, in den Glasballon gezwängt, einen Affen, einen Gibbon, der auf einer zusammengerollten Schlange saß. Dieses Gesicht eines Einfältigen und Gemarterten war eingerahmt von zwei Vogelköpfen mit weißen Augen. Ein Gecko lag ihm als Schal um den Hals. Driver, der dein Entsetzen bemerkt hatte, konnte sich vor Freude kaum mehr halten, glucksend hüpfte er um dich herum, *very good for bum-bum, Mister, want a drink? Monkey-wine good for bum-bum*, er wollte dich dazu bringen, ein Glas dieses teuflischen »Affenweins« zu trinken. Dieser Typ konnte dir ziemlich auf die Nerven gehen. Dir kam es vor, als habe der schreckliche Anblick etwas mit dem zu tun, was du in My Tho gemacht hattest, aber was? Was dort eingesperrt war, dieser Kadaver mit leeren Augen, war der Tod, das war sicher – aber was bedeutete er, der Tod, für dich: dass du ihm den Schatten des Oberleutnants entrissen hattest, dass er dich auf der Straße heimsuchen, seinen Besitz und dich abholen sollte, bevor ihr Saigon erreicht haben würdet? Als ihr die Bar verließt, sahst du im Licht der aufleuchtenden Blitze zwei schlanke junge Frauen in roten *ao dais* auf einem Mofa langsam an dir vorbeifahren. Die Fahrerin trug eine Schirmmütze, ein Schal vor der Nase verdeckte den unteren Teil ihres Gesichts, als wollte sie gleich eine Bank überfallen, die andere im Damensitz hielt einen weißen Sonnenschirm über sich. Ah, anmutig, gefährlich... Ihr schwarzes Haar, die Fahrerin hatte es zu einem Knoten geschlungen, die Beifahrerin zu Zöpfen geflochten, schien Funken zu sprühen. Plötzlich die ganze Schönheit dieser Welt nach dieser Niedertracht.

Als ihr euch wieder auf das Motorrad schwangt, setzte der Regen ein, nicht auf einen Schlag, nein, sondern seine Wirkung wohl dosierend, erst ein paar Pizzikati, als Auftakt der Ouvertüre, die, du fühltest es, in eine Wagner-Oper münden würde. Tropfen für Tropfen warme Tinte. Jetzt war es völlig dunkel, wer über funktionierende Scheinwerfer verfügte, hatte sie angemacht, das war nicht die Mehrheit, und vor allem, du hattest es befürchtet, Driver gehörte nicht dazu. *No lights, Mister,* er lachte auf: *too expensive. Vietnamese people no money, communists many money*, er wiederholte das und musste sich ausschütten vor Lachen, *no money, many many money, oh, many many many money*, er ließ den Lenker los, um mit den Händen Rundungen in die Luft zu malen, was wohl Geldsäcke sein sollten. Er drehte sich zu dir um, um zu sehen, ob du verstandst, *yes, yes*, flehtest du, brülltest du in die Nacht, *I understand, BUT LOOK AHEAD PLEASE!* So eine Art Dschunken auf Rädern segelten gänzlich ohne Licht durch die Finsternis, mit Möbeln und Holzstapeln beladene Fahrradrikschas schwankten zu dritt oder viert nebeneinander auf den Wellen des blasigen, löchrigen Asphalts und scherten mit hastigen Pedalumdrehungen wieder ein, als frontal ein alter Desoto-Bus (oder Dodge aus der Yankee-Zeit) auftauchte, von leuchtenden Tropfen umflutet, der gerade einen russischen Militärlaster überholte, der wiederum sich mit all seinen Ventilen abmühte, einen Renault Dauphine (oder einen Peugeot 203), der auf den Felgen fuhr, ein Wrack aus der Kolonialzeit, hinter sich zu lassen. Die Finger mit dem Griff des Soziussitzes verschweißt, die Knie gegen den Sattel geklemmt, aus Angst, einer dieser schrottigen Moby Dicks könnte dir ein Bein abreißen, der Rücken angespannt in Erwartung eines Schlags des Stoßdämpfers, der Hals völlig eingezogen, dein Körper war nur noch eine angstgeschüttelte Kugel. Der Anblick des Grauen erregenden, schwarzen Gesichts mit den leeren Augen verfolgte dich. Würdest du diese Flasche bis zur Neige austrinken müssen? Würdest du hier auf dem Rückweg von My Tho verrecken, auf dieser Straße, die hin und wieder von alten französischen Grenzsteinen, weiß mit roter Kappe, gesäumt war? Hattest du ein Verbot überschritten, als du eine umherirrende Seele treffen wolltest? Der Regen hatte sich noch immer nicht entschieden, ihr fuhrt durch weitmaschige Vorhänge aus dicken Wasserperlen. Der Himmel hingegen war nur noch ein Grollen, eine Orgie aus Blitzen aller Art, Fotoblitz, Laserstrahl, in Zickzack-, in Netzform, Wurzeln aus Licht, in alle Richtungen, manche verliefen sogar von unten nach oben. Die Reisfelder funkelten unter diesem elektrischen Dauerbeschuss, über die schmalen Dämme sah man in durchsichtiges, bonbonfarbenes Plastik gehüllte Gestalten laufen. *No need light, Mister, nié nujna*, begeisterte sich Driver, der die Blitze mit seinen weit geöffneten Händen,die er rechts und links von seinem Kopf hin und her bewegte, nachzeichnete: Licht ist nicht nötig. Der Kerl war ein Künstler.

Als die Schieber des Monsuns mit einem Mal nachgaben, erzählst du Treizes Tochter, gab es nichts mehr zu lachen. Wasserfälle. Anfangs versuchte Driver ein wenig, dagegen anzukämpfen. Von gelblichen Garben umwirbelt, fuhr er angriffslustig in die Lachen. Das Motorrad soff ab, er ruderte rechts und links mit seinen kurzen Beinen und machte es sich zur Ehrensache, mir zu ersparen, einen Fuß auf den Boden zu setzen. So nass, so mit Wasser vollgesogen, wie wir waren, war das eine poetische Aufmerksamkeit. Wir erreichten einen kleinen Buckel, auf diesem Inselchen warteten wir mit ungefähr zehn anderen und versuchten, im Schutz der gekrümmten Hand eine zu rauchen, wir bauten die Zündkerze aus und pusteten darauf. *Many rain*, sagte Driver mit finsterer Miene, *many many rain*. Dann, um mich zu trösten: *Hô Chi Minh not far*. Von wegen... Mir missfiel diese Sintflut keineswegs, ich wäre sehr froh gewesen, bis in die Stadt zu schwimmen, das schien mir sehr viel weniger gefährlich. Wir fuhren wieder los, es begann von vorn. Am Schluss gab das Motorrad seinen Geist auf. Wir waren in einer Vorstadt von Saigon, am Knotenpunkt der strategischen Straße, die die Südkoreaner während des amerikanischen Kriegs gebaut hatten. Der Regen hatte nachgelassen, aber die Chaussee war völlig überflutet. Ich stieg in eine Fahrradrikscha um, die bereits ein Schwein mit sich schleppte. Schien sich wohl zu fühlen, das Schwein. Interessiert, Nase im Wind, auf Spazierfahrt. Driver hat sein Motorrad wie ein auf der Jagd erlegtes Tier auf eine andere Rikscha gelegt. So sind wir über Binh Chanh, Miên Tây und Cho Lon nach Saigon gefahren. Ich hatte meinen Arm um die Schulter des Schweins gelegt. Armes Tier. Nie zuvor hatte es so viel Aufmerksamkeit genossen. Es würde schon sehen, was ihm blühte. Warum machte man ihm etwas vor? Ich verspürte Sympathie an seiner Seite und sogar eine Art Brüderlichkeit. Es hatte lebhafte runde Augen mit schönen blonden Wimpern. Driver war schockiert über meine Vertraulichkeit, durchs Wasser watend, stieg er von seiner Rikscha in meine um, um mich zu warnen: *Pig not good, Mister. Pig* – und er hielt sich die Nase zu, um mir zu zeigen, dass mein Kamerad stank. Zu beiden Seiten des über die Straße fließenden Schlamms wurden bereits wieder Waren ausgebreitet: Schirmmützen, Sonnenbrillen, Nähmaschinen, Radkappen, Batterien, Auspufftöpfe, Tischfußball, Billardkugeln, Särge, Fahrradreifen, Koffer, Korosols, Kakis, Durians, Wassermelonen, Kühlschränke, Waagen, Uhren etc. *This pig is my brother*, habe ich Driver geantwortet, sagst du zu Treizes Tochter. Das verblüffte ihn. *Pig brother Mister?*, fragte er und versuchte zu verstehen, und da er darin wirklich nichts Annehmbares sah, fasste er seine Missbilligung mit den Worten: *Oh, not good…* zusammen. So wie jedes Mal, wenn ich in einer Stadt einen Sonnenaufgang erlebte, trällerte ich automatisch *Paris s'éveille*, doch als die Sonne plötzlich ihre rote Fahne über den Mangroven ausbreitete, über den riesigen Neonreklamen HITACHI DAEWOO CANON IBM TOSHIBA TELSTRA HEWLETT-PACKARD TIGER BEER und über dem Südchinesischen Meer, da ist mir ein ganz anderes Lied über die Lippen gekommen: *Dong-fan-ang hong, tai-yan-ang sheng, Zhong-guo chu le yi ge Mao Zedong*, »Der Osten ist rot, die Sonne geht auf...« Ich hatte noch immer meinen Arm um den Hals des Schweins gelegt und sang, *ta wei ren-min mo xingfu, ta shi ren-min da qiu-xing*, »Er kämpft für das Glück des Volkes, er ist unser Erlöser.« Und wie! Erleuchtung! Angesichts der jahrhundertealten Liebe, die das heroische vietnamesische Volk dem Volk des für-alle-Ewigkeit-roten-China entgegenbringt, hat Driver meine Vertraulichkeit mit dem Schwein, die ihn zuerst schockiert hatte, auf seine Art interpretiert: es war eine antichinesische Inszenierung! Also dann, einverstanden! Er war so begeistert, dass er sich vor Lachen kaum halten konnte! *Chinese pig, chinese pig!*, brüllte er, *this pig Mao Zedong!* Und er stieß Gluckser aus, wobei er Luftsprünge um die Rikscha herum machte, so dass Gischt hochspritzte. Das hatte ihn seinen offenherzigen Humor wiederfinden lassen, der unter dem Ausfall seines Motorrads etwas gelitten hatte.

Und diese lächerliche Hymne grölten Treize und ich auch in der Nacht oder besser in den frühen Morgenstunden, als wir den Südturm der Kirche von Saint-Sulpice bestiegen. Übrigens eines der etwas verworrenen Ziele dieser Unternehmung, die viele Ziele hatte, war: den Sonnenaufgang von dort oben zu sehen. Zu sehen, wie der Feuerball sich aus der Dunkelheit erhob, wie er über den Bois de Vincennes und die entfernten Siedlungen von Montreuil Le Raincy Villemomble Romainville rollte, über die ehemaligen Irren von Charenton und die ehemaligen Ausflugslokale von Nogent, denn die Sonne geht auch über der Vergangenheit auf, sagst du zu Treizes Tochter. Und über den Parkplätzen, den Vierteln mit den Einfamilienhäuschen, den Vorstädten, den Hütten und Schrebergärten, den Bündeln von Autobahnen, Gleisen, Kanälen, all das blau und karmesinrot in der Morgendämmerung, und die Marne, die aus der aufgehenden Sonne kommt. Natürlich waren wir vollkommen fertig. Wir hatten die Nacht in den Bars des Quartier Latin verbracht. Zu der Zeit, vor zwanzig Jahren, machte man nichts großartig anderes mehr. Die Großen Steuermänner, die roten Sonnen, die eine strahlende Zukunft beleuchteten, hingen uns zum Hals raus, da würden wir nicht noch einmal zugreifen, und gleichzeitig hatten wir keine Lust, bourgeois zu werden und so zu tun, als hätten wir uns nicht zehn, fünfzehn Jahre zuvor gegen diese vorfabrizierte Zukunft aufgelehnt, als hätte es all diese Wut und all diese Hoffnung nie gegeben. Unsere Glaubenssätze lagen in Trümmern, aber es waren sehr sperrige Trümmer, auf denen nichts Neues gewachsen, nichts Neues aufgebaut worden war. Wir waren also ratlos, nirgends wirklich, extrem sarkastisch und große Saufköpfe. Treize machte andeutungsweise Musik, ich zog in Erwägung, ein Buch zu schreiben. Wir bildeten uns nicht ein, dass das Leben damit wieder anfangen würde. Ich hatte mich von Judith getrennt, Treize hatte deine Mutter kennen gelernt, wie alt warst du, was sagtest du noch? Vier Jahre? Wir waren ziemliche Wracks, und andererseits auch wieder nicht: und nicht nur, weil unsere noch jungen Körper sich dem Verfall widersetzten, sondern vor allem, weil wir viel Kraft hatten, auch wenn sie leicht in die Kraft der Verzweiflung umschlug. Er nahm Drogen, ich hatte damit nicht viel rumprobiert, in der Verrücktheit bewahrte ich noch eine Art Vorsicht, die aus mir zu Zeiten von La Cause einen gar nicht so schlechten Gruppenanführer gemacht hatte. Ich glaube, ich habe seitdem tatsächlich nichts mehr so gut gemacht wie das. Soll heißen … Hör zu, du musst nicht schockiert sein, sagst du zu Treizes Tochter, und ich möchte auch, dass du versuchst, nicht böse auf mich zu sein. Ich war nicht seine verdammte Seele, das waren wir beide einer für den anderen, wenn du so willst. Natürlich hat er dich geliebt, aber er schaffte es nicht, wieder ans Leben anzuknüpfen, trotz deiner Geburt, vielleicht weil diese noch zu sehr mit unserer eigenartigen Geschichte verknüpft war, zu sehr verbunden mit dem, was jetzt nur mehr eine verweste Vergangenheit war, und mit der Erinnerung, die er von der Zukunft gehabt hatte, ich weiß nicht, ob ich mich verständlich mache. Wir waren weder gewohnt, die Zukunft als das Heranwachsen eines Kindes zu begreifen, noch die Wirklichkeit unter dem Aspekt einer Familie zu sehen, es war nicht so leicht für ihn, das inmitten unserer Trümmer freudig aufzunehmen.

Kurzum, in jenen frühen Morgenstunden, zu der Zeit, da Paris erwacht, zu der grauenhaften Stunde, da die Proletarier ihrer Schinderei entgegengehen, waren wir blau, und außerdem musste Treize wohl Drogen genommen haben, welche weiß ich nicht, ich wollte es auch nicht wissen. Ich machte die Augen zu, ich sah seine Augen nicht. Wir sind zur Place Saint-Sulpice gekommen, vielleicht vom Boulevard Saint-Germain aus, von einem ziemlich muffigen Bistro-Tabac, das Old Navy hieß und die ganze Nacht geöffnet hatte (das gibt es, glaube ich, noch immer, nur wird dort kein Tabak mehr verkauft, und es muss um zwei Uhr schließen, wenn nicht früher, die Welt ist sehr viel gesundheitsbewusster geworden). Und dort, an der Place Saint-Sulpice, haben wir das Gerüst gesehen. Der Südturm, der schöne, der unvollendete, war verdeckt mit einem Wirrwarr aus Eisenstangen, man hätte meinen können, es wäre der Turm der Abschussrampe von Saturn V, und das hat uns zuerst begeistert, diese hohe, zum Himmel aufgerichtete Metallleiter. Wir würden in die Apollo-Kapsel schlüpfen und zum Mond fliegen, auf der Erde hatten wir nichts mehr zu suchen. Weißt du eigentlich, fragst du und wendest dich Treizes Tochter zu, warum sie ungleich sind, die beiden Türme von Saint-Sulpice (an die ich piss, hat ich weiß nicht wer gesagt)? Nein? Nun, wegen der Revolution. Ursprünglich waren beide wie der Südturm, genauso streng und romanisch. Und dann haben die Pfarrer gemeint, das wirke ein bisschen ärmlich, und sie haben einen Architekten gebeten, noch eine Kelle nachzulegen. Und dieser Typ, dessen Name mir nicht einfällt und dem wir auch den Arc de Triomphe verdanken, du siehst die Leichtigkeit, hatte Zeit, den Nordturm zu verzieren, als er aber den südlichen angehen wollte, den, der zum Jardin de Luxembourg zeigt, war der Spaß vorbei! Es war 1789! Die Arbeiten mussten warten …

Es machte uns keine allzu großen Schwierigkeiten, unten einen Bauzaun zu knacken, und wir begannen hochzuklettern. Unsere Kraft und unser Leichtsinn waren unglaublich. Während wir hochstiegen, änderten wir unsere Pläne. Wir würden an Bord der Apollo gehen, zum Mond fliegen und dort die Revolution machen. Dann kam die Idee, Gott zu treffen. Runder Tisch da oben, auf der Spitze. Wir hatten die Etage mit den dorischen Säulen schon hinter uns gelassen, wir waren bereits in der ionischen Ordnung. Die beiden einzigen, theoretisch richtigen Lieder sind das *Credo* und *Die Internationale*, behauptete ich, während ich kletterte wie ein Affe, alles andere sind bloß Liedchen. Wir blieben stehen, machten eine Atempause, zündeten eine Zigarette an, grölten *credo in unum Deum* und *Wacht auf, Verdammte dieser Erde*. Als wir die Ebene der gewölbten Kapitelle über der oberen Säulengalerie erreichten, hat Treize bemerkt: ionischer Motor! Das Nonplusultra. Wir hatten Jahre Vorsprung vor der Nasa. Die amerikanische Technologie war nur ein Papiertiger. Wir hatten das ionische Triebwerk. Wir würden fliegen wie die Engel. Damals wussten wir nicht, dass auf der Ebene null unserer Abschussrampe eine Freske von Delacroix war, die den Kampf mit dem Engel darstellt – und eine andere, Heliodor niedergestreckt, kraftlos am Boden. Wir gingen nicht in Kirchen, Kunst interessierte uns nur, wenn sie marginal war, und selbst dann … Delacroix war für uns nicht mehr als der Name eines alten Kumpels und ein Porträt auf einem Geldschein. Wir kletterten. Als eine verschlossene Tür die Treppe versperrte, umgingen wir sie, wir hangelten uns von einem kleinen Balken zum nächsten wie die Matrosen im Mastwerk. Auf der Höhe der Terrasse, zwischen den beiden Türmen, oberhalb der Loggia, haben wir eine Pause eingelegt. Der Wind knarrte in den Rahen, wir waren am Kap Horn. Die Morgendämmerung setzte ein nach einer harten Nacht, in der wir unentwegt lavieren mussten. Albatrosse streiften die Wellenkämme. Die *Saint-Sulpice* schnitt mit gereffter Segelfläche durch das Wasser. Wir sangen: *We'll pull and haul together, we'll haul to better weather*. Wir würden in Valparaiso anlegen. Das Problem ist nur, machte mich Treize aufmerksam, was machen wir anschließend? Die kleinen roten Bücher, unsere Fracht im Laderaum, wird niemand haben wollen. Wir haben uns Ramsch andrehen lassen, so er. Und dann haben wir keinen Ort, zu dem wir zurückkehren können, keinen Heimathafen. Wir müssen mal einen gehabt haben, früher, zu Anfang, wir seien doch von irgendwo losgefahren, doch wir haben vergessen, wo das war, bis hin zum Namen dieses Orts. Erinnerst du dich?, fragte er mich. Nein. Dann wären wir also dazu verdammt umherzuirren. Einstweilen mussten wir weiter bis auf die Spitze des Masts klettern, um das Vormarssegel festzuzurren, das zu reißen drohte und uns in Schlagseite brachte. Schon fegten Wellen über die Brücke. Los! Je höher wir stiegen und je mehr der Morgen graute, umso mehr breitete sich unter uns Paris aus, Welle für Welle bis zum Horizont. Abrupt einsetzende Dünung aus Zink, auf der einige goldene Figuren glitzerten, Kuppel, Geist, geflügelte Pferde. Kirchtürme, Saint-Germain ganz nah, da unten hatten wir den Faschos von Occident eine Abreibung verpasst, 1968 war das, als sie angeblich zur Unterstützung der Marionetten von Süd-Vietnam demonstrierten. Des angeblichen Süd-Vietnam, alberte Treize. L'Auxerrois am anderen Ufer, die zur Bartholomäus-Nacht läutete, Saint-Eustache über dem, was zu der Zeit noch ein riesiges Loch war, als wäre dort ein Meteorit eingeschlagen, die mit Widerhaken versehenen Harpunen von Notre-Dame und der Sainte-Chapelle, die Tour Saint-Jacques, Saint-Étienne-du-Mont, wo Racine und Pascal ruhen, die wir von Ferne grüßten, die Tour Clovis, auf der Angelo die rote Fahne gehisst hatte. Der khakifarbene Mast, dort hinten, Hirte, o Eiffelturm. Treize und ich kannten nur seine erste Etage. Wir waren einmal hinaufgestiegen, um große Spruchbänder flattern zu lassen, die »den siegreichen Kampf des vietnamesischen Volkes« priesen. Das war während Nixons Parisaufenthalt … War das vor oder nach seiner berühmten Reise nach Peking? Sicher vorher, hat mich Treize erinnert, denn während der Chef der Papiertiger in Peking weilte, wurde Pierre

Overney an der Porte Zola des Renault-Werks in Billancourt getötet: und das war im Februar 1972, daran erinnerten wir uns. Eines Tages müssen wir den Eiffelturm bis ganz nach oben erklettern, sagte er. Jetzt, da wir dort nichts anderes mehr zu tun haben als zu schauen, so wie alle anderen. Jetzt, da wir Voyeure geworden sind. Zu der Zeit, sagst du zu seiner Tochter, hatten wir uns noch nicht an den Anblick dieser riesigen Kammhülle der Tour Montparnasse gewöhnt, ebenso wenig an den Zam-Turm bei der naturwissenschaftlichen Fakultät. Das war Präsident Pompe-Stil. Unter dem Zam-Turm hatten wir auch ein Mal eine denkwürdige Prügelei, im Herbst '68, aber dieses Mal mit den Revisionisten, es hatte nur wenig gefehlt und Treize wäre platt wie ein Pfannkuchen gewesen, durch einen Tisch, den jemand, der später Herausgeber der *L'Humanité* werden sollte, aus dem vierten Stock warf. Im Süden kräuselten sich die blauen Wipfel des Luxembourg, unter denen ich zehn Jahre später eng umschlungen mit Paulina L, meiner kleinen Nacht, spazieren gehen sollte, und jetzt gehe ich ganz allein, das ist das Leben, sagst du zu Treizes Tochter, das ist der kommende Tod, die schwarzen Schmetterlinge, denen man hinterherläuft. Die Alabasterbrüste des Observatoriums. Die Hügel heben sich aus dem Dunkel, die Butte-aux-Cailles, wo Chloé ein kleines Appartement hatte, Chaillot, wo wir Chalais, den General im Ruhestand und Geschäftsführer von Atofram, geschnappt haben, Montmartre, wo unsere Abhörstation des Polizeifunks in Betrieb war. Auch diese Geräte hatte der Schnepfenjäger gebastelt, aber die funktionierten besser als der Sender. Wie hieß noch das Mädchen, das sich darum kümmerte? Die zuvor bei Gévelot arbeitete, wo sie Munition geklaut hat? Später, als alles vorbei war, ist sie einer Sekte beigetreten. Suzanne. Die Höhen von Belleville, wo ich mit Judith gewohnt habe, bei der Kurzwarenhändlerin und ihrem Sohn. Milchiger Dunst ließ die Seine nur erahnen. Links von Montmartre die Dächer des Bahnhofs von Saint-Lazare, wo wir Chalais abstellen wollten. Rechts die der Gare du Nord, wo wir in den Postzug gestiegen sind. Erinnerst du dich an dein Feuerzeug, das die Melodie von

Der Osten ist rot spielte?, habe ich Treize gefragt, und wir haben zusammen gequäkt: *Dong-fan-ang hong, tai-yan-ang sheng...* Durch die Balken des Gerüsts war der Himmel über dem Friedhof Père Lachaise und der Place de la Nation mauvefarben. Flugzeuge zeichneten ihre roséfarbenen Eiskreuze hinein. Ich habe ihn gefragt, ob er sich an die Passage aus den *Erinnerungen* von Victor Serge erinnere, wo er über den Dächern von Petrograd ist, mit einem Gewehr in der Hand, und statt auf die eindringenden Weißen zu schießen, betrachtet er in dieser hellen Nacht die Stadt. Die Gold- und Pastelltöne, die sich in den Kanälen spiegeln. Treize erinnerte sich nicht. Victor Serge war damals kein angeratener Autor. Trotzkist, Linksoppositioneller: kleinbürgerlicher Revolutionär. Im Westen, am Ende des großen Grabens, die Rue de Sèvres und die Lecourbe, links vom Invalidendom, es war schon einige Monate her, seit die Schlote nicht mehr über den Lagerhallen der Citroën-Werke am Quai de Javel rauchten. Dahinter, unsichtbar, der Point-du-Jour, wo wir den Hausfrauen die Vorteile des Volkskampfs erklärt hatten. Über uns, zweifellos durch unsere Anwesenheit gestört, erhebt sich kreischend das Falkenpaar, das im Turm nistet, schlägt mit den Flügeln so schnell wie Libellen, dann legt das sich auf die Seite und prescht zu den Bäumen des Jardin du Luxembourg. Wogende Dächer, die das Gegenlicht von Übersee betont, das sich nach Westen hin mit fedrigem Grau und Weiß schmückt. Bei Victor Hugo gibt es eine Passage, sagte ich zu Treize, ich weiß nicht mehr wo, aber es ist bestimmt bei Victor Hugo, da klettert er als Kind in die Laterne oben auf der Kuppel der Sorbonne (es sei denn, es war die des Val-de-Grâce), um die trübselige Armee der Könige in Paris einziehen zu sehen, nach Waterloo, und auf der Treppe ist er ganz geblendet von den Beinen eines vor ihm gehenden kleinen Mädchens, die sich auf der Höhe seiner Augen hin und her bewegen. Ich weiß nicht mehr, wo das steht, ich weiß aber ganz sicher, dass ich diese Szene sehr mag: das große Panorama, Paris, die Geschichte, das Ende einer Epoche, die Niederlage, und dann im Vordergrund die Beine eines kleinen Mädchens.

Bestimmt gebräunt, bestimmt mit Kratzern, die Beine kleiner Mädchen sehen immer so aus. Ich meine, sie heißt Rose. Auch diesen Victor Hugo habe ich nicht gelesen, sagt Treize zu mir, aber nachdem, was du erzählst, glaube ich, dass auch er ein Trotzkist war. Jedenfalls waren Roses Beine mit Sicherheit viel aufregender als deine, sage ich ihm. Sie hieß Rose, sie war schön, sie roch gut nach frischen Blumen, singt er. Wir sind jetzt sehr hoch, oberhalb der kreisförmigen Frontispize, auf der Höhe der letzten Etage unserer Rakete. Treize inspiziert das lunare Modul, er befühlt den Stein, er beugt sich in das Innere des Schachts. Alles scheint okay. Plötzlich besinnt er sich anders. Und was ist mit Gott? Wo ist er? Hatten wir nicht eine Verabredung mit ihm? Sollten wir nicht mit ihm diskutieren? Hat er sich verspätet? Oder versteckt er sich? Hat er vielleicht Angst vor uns? Du hast Angst, was, du Einhorn, brüllt er. Er bricht in schallendes Gelächter aus, das mir ein wenig übertrieben vorkommt. Als hätte er gerade das Witzigste von der Welt gesagt. Er wirkt immer überdrehter, ich hingegen immer vernünftiger, wie üblich. Müdigkeit und Kälte breiten sich in mir aus, und mit ihnen der Schwindel. Was tu ich hier eigentlich? Der Zirkus Pinder hat mir Hunderttausend Dollar geboten, wenn ich es einfange, spricht er weiter und legt dabei den Zeigefinger auf die Lippen. Kannst du dir vorstellen, wie berühmt sie werden, wenn sie es in ihrer Tierschau haben? Neben den Elefanten, den Löwen Hector und Andromeda, den Robben Mimi, Fifi und Riri das Einhorn Gott! Der allererste Hermaphrodit! Er steht jetzt wieder am Rand des Gerüsts und schwenkt etwas am ausgestreckten Arm, das ein eingebildetes Lasso sein muss. Glasscheiben blitzen weit im Westen auf, ganz oben an den Türmen des neuen Viertels der Défense. Die Sonne hebt ihren hochroten Kopf über die Place de la Nation, über die fernen Siedlungen Montreuil Le Perreux Le Raincy Villemomble Romainville, die Cités die Schrebergärten die Parkplätze die Umgehungsautobahnen die Industrieparks, all das ist übergossen mit passierten Erdbeeren. Neonreklamen blinken auf und erlöschen auf dem Rund des Périphérique. Die granatrote Sonne steigt über die schwarzen Bäume des Bois de Vincennes, *gong-chan dang, xiang tai-yang*, grölt Treize im forciert hohen, näselnden Ton der Pekingoper, *zhao na-li, na-li liang*, die kommunistische Partei ist wie die Sonne, da, wo sie erstrahlt, herrscht das Licht. Die Idee, Gott einzufangen, ist ihm schon wieder aus dem Kopf. Er bricht in schallendes Gelächter aus, aber es ist nicht wie das Lachen, das unser Leben geprägt hat, wie zum Beispiel als wir das Dynamit vergraben haben, vor vielleicht, ich weiß es nicht mehr, sechs Jahren: Es ist ein ganz einsames Lachen, es liegt ihm nicht das Geringste daran, mich einzubeziehen, ein zischendes Lachen, das aus den tiefen Schichten des Schmerzes aufsteigt, ein Krampf, der nichts mit Ausgelassenheit zu tun hat. Und mir scheint sogar, als wäre es nicht er, der da lacht, nicht er, den ich so gut kenne, mein Freund für alle Ewigkeit, sondern irgendetwas, eine Macht, die von ihm Besitz ergriffen hat. Die rote Sonne steigt über dem Zoo von Vincennes auf, die Affen müssen jetzt ihre Sonnenbrillen aufsetzen, grölt er, zieht eine dunkle Brille heraus und setzt sie sich mit einem Schnippser auf die Nase, und da schwingt er sich plötzlich an das Gerüst, brüllt, Präsident Mao sei der König der Affen, der goldene Affe, er wolle das Glück des Volkes, *ta wei ren-min mo xingfu*, das Glück des Affenvolkes, der Bandar-Log. Genauso spielt es sich ab, Marie, sagst du zu Treizes Tochter. Und er stürzt.

Nun ist es vorbei. Du weißt nicht, was du sonst noch sagen sollst, du bist verlegen, du zündest eine Zigarette an. Die Sonne ist aufgegangen, die Rauchfahnen der großen Müllverbrennungsanlage stehen schwarz im Morgenrot, ihre Lichter blinken, man könnte meinen, ein Schiff in Flammen. Du wusstest das doch alles, sagst du, um irgendetwas zu sagen, ich sage dir nichts Neues. Ja, aber glaubst du, dass … Nein. Ich weiß es nicht, aber ich glaube nicht. Ich glaube, er war stockbesoffen und ist gestürzt, das ist alles.

Ihr raucht schweigend. Die Reklameflächen entlang des Périphérique blinken auf und erlöschen. Ein erster Vorortzug gleitet unten inmitten der aufblitzenden Lichter durch das Tal zur Gare d'Austerlitz. Du tätschelst ihr den Nacken unter dem Haar. Du denkst, in wenigen Tagen ist die erste Sonnenwende des 21. Jahrhunderts.

Und dann? Dann nichts. Wir gehen davon, machen Sie sich keine Sorgen.

Glossar

Olivier Rolins Roman erschließt sich auch ohne Wiedererkennen jedes Details französischer Politik und Kultur. Wer zu den vielfältigen Verweisen auf Orte, historische Personen, Ereignisse oder Kunstwerke dennoch erste Informationen sucht, mag gelegentlich diese Anmerkungen konsultieren. In Abstimmung mit dem Autor wurden sie von Übersetzerin und Verlag für die deutsche Ausgabe erstellt.

Seite:

7 *Gina Lollobrigida* – spielte 1956 die Rolle der Esmeralda in Jean Delannoys Verfilmung von Victor Hugos Roman *Notre Dame de Paris* (»Der Glöckner von Notre-Dame«).

Diên Biên Phu. 150 Tage dauernde Schlacht im Indochinakrieg 1953/54.

der Grüne Strahl – atmosphärisches Brechungsphänomen, das sich am oberen Rand der Sonne durch kurzzeitiges Aufleuchten zeigt.

8 *Périphériques* – Autobahnringe um Paris.

TGV – Train à grande vitesse, Hochgeschwindigkeitszug wie der ICE.

Victor Baltard (1805–74) – Architekt der Markthallen, die 1969 abgerissen wurden.

La Cause – der Name verweist auf eine maoistische Gruppierung in Frankreich von 1968–73, die »La Gauche prolétarienne« hieß und 1970 verboten wurde. Aus Protest gegen dies Verbot gab Jean-Paul Sartre die Zeitung »La Cause du peuple« heraus.

Präsident Pompe – Georges Pompidou.

Jean Valjean – Romanheld aus Victor Hugos »Les Misérables«.

Tamara Bunke (1937–1967) alias Guerilla Tania – in Buenos Aires als Tochter deutscher Kommunisten geboren, die vor dem Faschismus nach Argentinien geflohen waren; 1952–61 in der DDR, kämpfte in Bolivien an der Seite Che Guevaras, erschossen in Puerto Mauricio am 31.8.67. Ihre Leiche wurde 7 Tage später im Rio Grande gefunden.

Tina Modotti (1896–1942) – ital. Kommunistin, nahm am spanischen Bürgerkrieg teil, danach Exil in Mexiko.

9 *Vesoul* – Hauptstadt des ostfranzösischen. Départments Haute-Saône; das Chanson »Vesoul« stammt von Jacques Brel.

10 *Patate* – dt.: Schwachkopf, Trottel, auch Kartoffel

11 *Kotschinchina* – Name der frz. Kolonie Südvietnam.
14 *Großer Steuermann* – seit 1970 in China Maos Beiname.
15 *einen großen Stein...* – »Der Stein, den sie erhoben haben, fällt auf ihre eigenen Füße.« (Mao, *Der Imperialismus und alle Reaktionäre sind Papiertiger*).
16 *Père Duchesne* – Plebejische Zeitungen, Volkspresse, aus den Pamphleten vor der französischen Revolution hervorgegangen. Politische Berichterstattung in einer mit Kraftausdrücken gespickten Sprache.
François Malherbe (1555–1689) – frz. Literaturphilosoph und Hofdichter Heinrichs IV., Wegbereiter der Klassik und Gegner der Pléiade.
Diane française – 1943/44 von Louis Aragon veröffentlichter Band mit Gedichten, die zuvor in Untergrundpublikationen erschienen waren.
Bourvil, André Raimbourg (1917–1970) – Bäcker, Chansonnier und Theaterschauspieler. In Filmen Partner von Louis de Funès.
17 *Johnny Hallyday* – seit Jahrzehnten erfolgreicher französischer Rockstar und Chansonnier, der legendäre Shows in den Musikhallen *Zenith* und *Golf Drout* gab.
Doktor Seltsam oder Wie ich lernte, die Bombe zu lieben (1963) – Stanley Kubricks Film über den Kalten Krieg.
19 *Pompabière* – Spitzname, dt. etwa: Bierpumpe.
Colonel Fabien – Pierre Georges (1919–44), Bäckerssohn, Mitglied der kommunistischen Partei, beging für die Résistance Industriesabotage und erschoß am 21. August 1941 in Paris einen deutschen Offizier. Nach Verhaftung und Folter geflohen.
das Rote Plakat – Widerstandskämpfer wurden als Terroristen auf einem Plakat abgebildet, unter dem Schriftzug »Liberateurs?« (Befreier?), was Louis Aragon zu einem gleichnamigen Gedicht inspirierte.
Garigliano – an diesem Fluss nördlich von Neapel kam 1941 die Offensive der Alliierten zum Stehen.
20 *Poinçonneur des Lilas* (1961) – Chanson von Serge Gainsbourg.
22 *Action française* – Titel einer von Charles Maurras (1868–1952) gegründeten Zeitung, zugleich Name einer nationalistisch-monarchistischen Bewegung.
Courrier du Vietnam – dt: Vietnam-Kurier, Vietnam-Post.
Die Zwölf – das bekannteste Gedicht von *Alexandre Blok* (1880–1921), 1918 in Petersburg erschienen, von Paul Celan ins Deutsche übersetzt.
24 *Saint Loup* in Doncières – Romanfigur aus Marcel Prousts, *Auf der Suche nach der verlorenen Zeit.*
25 *CRS* – Compagnie Républicaine de Sécurité.
Marie-Louises – blutjunge Soldaten, die Napoleon nach dem verlorenen Russlandfeldzug rekrutierte, um die Truppen der »Grande Armée« aufzufüllen.
Haie-Sainte – Gutshof bei Waterloo, wo Napoleon 1815 die englische Armee angriff.
Mont Saint-Jean – von den Engländern 1815 in ein Militärhospital umgewandelter Bauernhof bei Waterloo.
Mouloudji – 1922 geborener Sohn eines algerischen Einwanderers, Schauspieler, Sänger, trat 1968 für die Rebellierenden in Fabriken auf.

SAC – Service d'Action Civique, eine Art gaullistischer Miliz.

29 *Montrouge und Malakoff* – Gemeinden südlich von Paris.

Louise Michel (1830–1905) – Revolutionärin, Vorkämpferin der Pariser Kommune (1871).

30 *Raymond Quenau* (1903–76) – französischer Dichter und Romancier, Autor des Gedichts »La pendule«.

Für ein Auge... Ein von Frankreichs Kommunistischer Partei 1947 während der Streiks benutzter Slogan.

32 *Saint-André-des Champs* – Anspielung auf Beschreibung mittelalterlicher Figuren in Prousts *Suche nach der verlorenen Zeit* (»Du coté de chez Swann«).

34 *Manifest von Braunschweig* – Am 25.7. 1792 rief der *Herzog von Braunschweig* die Pariser Bevölkerung unter Androhung von Strafe auf, dem König treu zu bleiben.

36 *OAS* (*Organsisation de l'armée secrète*) – nationalistische französische Untergrundbewegung in der Endphase des Algerienkrieges.

37 *La Chine en construction* – französische Ausgabe einer 1952 in China gegründeten politischen Monatszeitschrift.

sich am mongolischen Himmel auflösen sollte... – Flugzeugabsturz über der Mongolei 1971.

40 *jenes Philosophen* – Louis Althusser (1918–90), Mitglied der Kommunistischen Partei, brachte 1980 in depressiver Umnachtung seine Frau Hélène Rytman um.

41 *Schwarze Sonne der Melancholie* – aus dem Gedicht »El Desdichado« von Gérard de Nerval (1808–55): »Ma seule etoile est morte, et mon luth constellé/Porte le soleil noir de la Mélancolie.«

Anemone und Akelei – aus dem Gedicht »Clotilde« in dem Band *Alcools* (1913) von Guillaume Apollinaire: »L'anémone et l'ancolie/Ont poussé dans le jardin/Où dort la mélancolie/Entre l'amour et le dédain«.

Die Stadt des *Großen Galgens und des Rads*« – aus Blaise Cendrars, *Prose du Transibérien* (1913). »Paris – ville de la tour unique/Du grand Gibet/ Et de la Roue«.

43 Marquise de *Pompadour* (1721–1764) – Geliebte Ludwigs XV.

45 Colonel *Alberto Quintanilla* vom bolivianischen Innenministerium ließ nach der Erschießung Che Guevaras am 9.Oktober 1967 in *Vallegrande* auch die Hände des Guerillaführers abschneiden und ihn an einem unbekannten Ort begraben. Quintanilla wurde Jahre später, als er Konsul in Hamburg war, von einer Frau erschossen.

46 Édouard *Daladier* (1884–1970) – Politiker der radikalsozialistischen Partei Frankreichs, 1933/34 und 1938–40 Ministerpräsident, unterzeichnete am 29.9.1938 das *Münchner Abkommen* mit *Hitler*.

47 *Victor Serge* (1890–1947) – russischer Revolutionär, Journalist und Schriftsteller.

50 *Fanny Ardant* – 1949 geb. Schauspielerin, die in zahlreichen Truffaut-Filmen mitspielte.

54 *Henri Rousseau* (1844–1910) – genannt le Douanier, der *Zöllner* – Vertreter der naiven Malerei.

55 *Fauchon* – hochpreisiger Gourmet-Laden in Paris mit Filialen in aller Welt. William *Bickford* (1774–1834) Ingenieur, Hersteller von Minen, Erfinder der Bickford-Zündschnur.

59 Gaston *Calmette* (1858–1914) – führte in der Tageszeitung *Le Figaro* gegen den Finanzminister Joseph Cailloux eine Pressekampagne und wurde von dessen Frau ermordet.

Georges *Clemenceau* (1841–1929) – französischer Staatsmann, Abgeordneter der Radikalsozialisten, 1906–09 und 1917–20 Ministerpräsident.

Gaston *Defferre* (1910–1986) – Sozialist, Bürgermeister von Marseille, Minister unter Mitterrand.

63 *Sochaux-Montbéliard* – im Département Haut-Rhin, wirtschaftlich bedeutende Autoindustrie.

64 *Madame Verdurin* – Romanfigur aus Prousts *Suche,* in ihrem Salon trifft sich die Bourgeoisie.

67 *Cosette* – Romanheldin aus Victor Hugos *Die Elenden* – Tochter der verarmten Arbeiterin Fantine.

68 *Auchan* – 1961 gegründete Supermarktkette.

perinde ac cadaver – Formel, mit der der Jesuit Ignatius von Loyola (1491–1556) Respekt vor der Hierarchie einfordete.

76 *Progressisten* – libanesische und palästinensische Rebellen.

Damaszenerfrauen... aus *Apollinaire* »La chanson du Mal-Aimé«, vorletzte Strophe: »Et moi j'ai le coeur aussi gros/qu'un cul de dame damascène/ o mon amour je t'aimais trop ...«

Jours de France – Mode und Trendmagazin.

77 *Reise ans Ende der Nacht* (1932) – Roman von Louis-Ferdinand Céline (1894–1961).

78 *Monte Cassino* – die Benediktinerabtei auf dem gleichnamigen Hügel in Italien, im 2. Weltkrieg Eckpfeiler der dt. Front, wurde am 15.2.1944 von der alliierten Luftwaffe zerstört.

79 *Romain Gary* (1914–1980) – in Moskau geboren, mit 13 Jahren nach Frankreich, Schriftsteller, Filmemacher, Diplomat und Freiheitskämpfer.

81 *Vier im roten Kreis* (»Le Cercle rouge«, 1970) – Gangsterfilm von Jean-Pierre Melville mit Alain Delon und Yves Montand.

Armee im Schatten (»L'armée des ombres«, 1969) – Film von Jean-Pierre Melville über die selbstzerstörerischen Aktionen einer Résistance-Gruppe, mit Lino Ventura.

82 *Pierrot le Fou* (1965) – Film von Jean-Luc Godard mit Jean-Paul Belmondo nach einem Roman von Lionel White.

Jean Moulin (1899–1943) – Held der Résistance.

Reiseziel Mond (»Objectif lune«), Tim und Struppi-Abenteuer aus der Comic-Reihe von Hergé.

Fustanella – bis zum Knie reichender Faltenrock, z.B. Teil der griechischen Nationaltracht.

86 *Lohn der Angst* (1953) – »Le Salaire de la peur«, Film von Henri-Georges Clouzot mit Yves Montand nach dem Roman von Georges Arnaud.

88 *Jean Valjean* – Held von V. Hugos Roman *Die Elenden.*

91 *Jean Cavaillès* (1903–44), Offizierssohn, Philosophielehrer und Professor, Résistancemitglied, unterstützte de Gaulle, wurde mehrfach verraten.

92 *Die Freiheit führt das Volks an* – Titel von Eugène Delacroix' Gemälde aus dem Jahre 1830: »La Liberté guidant le peuple«.

La marche de Boudienny – russisches Revolutionslied.

Semyon *Boudienny* (1883–1975) – in der Oktoberrevolution bedeutender General der Roten Armee.

El ejercito del Ebro – Kampflied der Linken im Spanischen Bürgerkrieg.

Steigt aus den Zechen hinaus (»Montez de la mines…*)* – Beginn der 2. Strophe eines französischen Partisanenliedes.

Aber wir armen Seidenweber haben kein Hemd (»Mais nous pauvres canuts n'avons pas de chemise«) – Refrain des Chansons »Canuts«, 1955 von Aristide Bruant als Hommage an die Lyoner Seidenweber getextet und komponiert.

93 *Charles Debarge* – Kommunist, Mitglied der Résistance, Bergarbeiter, 1942 in der Nähe von Lille bei einer Schießerei mit der Gestapo erschossen.

Les Houillères – Steinkohlebergwerke.

FTP – Francs-Tireurs-Partisans, antifaschistische Widerstandsgruppe.

97 *FLN* – Front de Libération national, Regierungspartei Algeriens im Unabhängigkeitskrieg mit Frankreich; bis 1980 einzig zugelassene Partei Algeriens.

98 *Bloch* – Großbürger der sich seiner Kontakte zur Aristokratie (Guermantes) rühmt, in Prousts *Suche nach der verlorenen Zeit.*

Eldrige Cleaver – Mitglied der Black Panther.

99 *SAS* – Special Air Service.

ELAS – griech. kommunistische Partisanengruppe.

100 *Aurora* – ein Kanonenschuss vom Kreuzer *Aurora* gab das Signal für den Sturm auf den Winterpalast in St. Petersburg, den Auftakt der Oktoberrevolution 1917.

CGT – kommunistisch orientierte Gewerkschaft Frankreichs.

101 *GIG* – grand invalide de guerre.

103 Richard Krebs alias *Jan Valtin* (1905–1951) – Seemann, Schriftsteller, ab 1923 Mitglied der KP, 1937 von der Gestapo verhaftet, später Doppelagent, Flucht in die USA, von allen Geheimdiensten gesucht, Autobiographie *Tagebuch der Hölle.*

105 *Gedrängehalb* – Position im Rugby.

107 *Z'avez pas vu Mirza?* –Titel eines Chansons von Nino Ferrer, 1965, in dem jemand einen Hund namens Mirza sucht.

Lamarque – der populäre französische General Maximilien Lamarque, ein Anhänger Napoleons, republikanisch gesinnt, war unter der Restauration starken Repressalien ausgesetzt. Bei seinem Begräbnis am 5. Juni 1832 kam es in Paris zu einem Aufstand, der von der Nationalgarde durch ein Blutbad niedergeschlagen wurde. 30 Jahre später beschreibt Victor Hugo dieses Blutbad in seinem Roman *Die Elenden* und lässt dabei seine Romanfigur *Gavroche* auf den Barrikaden sterben.

110 *Fête de Loges* – großes traditionelles Volksfest im Sommer.
Leila la nuit – Roman von Hubert Prolongeau (1988).

112 *Gaston Lagaffe* – 1957 erfundene Comicfigur des Belgiers André Franquin (1924–1997). Lagaffe (la gaffe: der Fehler, Schnitzer) ist ein chaotischer und einfallsreicher Redaktionsbote in einem Comicverlag.
Alcazar von Toledo – im spanischen Bürgerkrieg stark umkämpft, von Franco am 18.7.1936 erobert.
Saint-Marcellin – Käse aus der Isère. *Raymond Marcellin*, frz. Innenminister 1968–74.
Partisanenlied – »Chant des partisans«, 1943 von E. d'Astier de la Vigerie verfasst.

117 *Teruel* – In seinem Roman *L'Espoir* (1937) verarbeitete André Malraux die Erfahrungen, die er als Führer einer Flugzeugstaffel im Spanischen Bürgerkrieg auf republikanischer Seite machte.
Der letzte Einsatz seiner Staffel war die Luftschlacht um *Teruel*, an der er persönlich aber nicht beteiligt war. Auch in seinem Film »L'espoir – Sierra de Teruel« (1938/45) nimmt dieser Kampf eine zentrale Stellung ein.

119 *den Schmallippigen...* Anspielung auf französische Debatten über die Selbststilisierung Malrauxs, über das wahre Ausmaß seines Heroismus.
PTT – Post, Télécommunication, Télédiffusion.

120 *Jean Moulin* – Résistanceheld.
Mite – Spitzname für Mitterrand
Mantegna – Andrea Mantegna (1431–1506), ital. Maler.

123 *Quai des Orfèvres* – hier residiert der Verfassungschutz.

126 *des Jahres II* – nach der Zeitrechnung der Französischen Revolution: 1793.

127 *O Duft der Zeit...* Apollinaire, »L'Adieu«, Übersetzung Paul Celan.
Auf Erden scheiden wir... Letzter Vers von Apollinaires Gedicht »L'Adieu«.

128 *Simon Bolivar* – hier Straßenname.

129 *Roger Martin du Gard* (1881–1958) – Autor von »Les Thibault«, einem mehrbändigen Roman über eine Familie und ihre Religion.
Gerd von Rundstedt – Generalfeldmarschall unter Hitler. Am 23.11.1944 erobern US-Truppen *Strassburg*.
Oberst Berger war seit Anfang 1944 Malrauxs Deckname als Kommandant der Brigade Elsass–Lothringen. Oberst Berger ist auch der Name des Erzählers in Malrauxs Roman *Les Noyers de l'Altenburg* (»Der Kampf mit dem Engel«).

130 »*Les funérailles de la sardine*« – Roman von Pierre Combescot, 1986.

131 *Heiße Küste* – Roman von Marguerite Duras, 1950. Originaltitel: »Un barrage contre le pacifique«.
Kotschinchina – 1862 kapitulierte die Nguyen-Dynastie vor der Überlegenheit der Franzosen und unterzeichnete einen Vertrag, mit dem Südvietnam (Kotschinchina) an Frankreich abgegeben und frz. Kolonie wurde.
Diên Biên Phu – die längste und heftigste Schlacht zwischen Franzosen und Vietminh endete hier am 7. Mai 1954 mit einer Niederlage Frankreichs – Ende des Indochinakriegs.

veston – Jacke, Jackett.
RF – République française.

132 *Vedette patrouilleur* – gepanzertes Schiff.

134 *Tonkin* – nördlicher Teil von Vietnam.

136 *Vengeur du peuple* – frz. Kriegsschiff, das am 1. Juni 1793 vor Brest unterging.
Vater, nehmen Sie sich links in Acht – »Père, gardez vous à gauche...« Worte des 14-jährigen Philippe le Hardi an seinen Vater bei der Schlacht von Poitiers von 1356, wo die beiden von den Engländern besiegt und gefangen genommen wurden.
Alles ist verloren – »Tout est perdu, fors l'honneur«: Franz I. im Brief an seiner Mutter nach seiner Niederlage bei der Schlacht von Pavie 1525 gegen Deutsche und Spanier.
Die Garde stirbt und ergibt sich nicht – »La Garde meurt et ne se rend pas«, General Cambronne in der Schlacht bei Waterloo 1815 auf die Forderung der Engländer, die Franzosen sollten sich ergeben.

137 *Schlacht von Azincourt*, 1415 schwere Niederlage der Franzosen gegen die Engländer im Hundertjährigen Krieg.
Kominternlied – H. Eisler (Musik), Franz Jahnke und Maxim Vallentin (Text) schrieben 1929 das Lied, das zur Hymne der Kommunistischen Internationalen wurde.
Der Friedhof am Meer – »Le Cimetière marin« von Paul Valéry, dt. von Rilke.
Das trunkene Schiff – »Le Bateau ivre« von Arthur Rimbaud, dt. von Paul Celan.

138 *Leclerc* – Pseudonym für Philippe de Hautecloque, der 1940 zu De Gaulle stieß. Erhielt nach der Kapitulation der Deutschen den Oberbefehl über das frz. Expeditionskorps im Fernen Osten.
Jules Ferry (1832–1893) führte als Bildungsminister die kostenlose Grundschule ein, verfolgte als Ministerpräsident ab 1880 eine rassistische Kolonialpolitik, bis er gestürzt wurde.
Alle Imperialisten sind Papiertiger. Der Stein, den sie erhoben... Buchtitel bzw. Zitate von Mao.

139 *Kaum hatten wir den Hafen...* »A peine nous sortions des portes de Trèzène«, aus: Racine, *Phädra und Hippolyt* (1677).

144 *Luis Vaz de Camões* (1524–1580), bedeutender Dichter Portugals.
Prinz Andrej – Romanfigur aus Tolstoi, *Krieg und Frieden.*

145 Jacques Bénigne *Bossuet* (1627–1704) – kath. Theologe, Kanzelredner und Erzieher des Kronprinzen.
Citroën *Traction* – von 1934–1957 in Produktion.

146 *Quatre Essais...* dt: Mao Tse-tung, *Vier philosophische Monographien*, Verlag für fremdsprachige Literatur; Peking 1976. Darin auf den Seiten 173–75 die Zitate: : *Woher kommen die...*
Sully Prudhomme (1839–1907) – frz. Dichter und Schriftsteller, 1901 Nobelpreis.

154 *Unzählige Phänomene der objektiven Welt...* Mao-Zitat, s.o.
Philosophie im Boudoir – Buchtitel von de Sade, 1795.
jenes Lehrers – Louis Althusser (1918–1990), frz. Philosoph und Marxist.

156 *Kaffee und Knarren in Abessinien verkaufen* – Arthur Rimbaud.
157 *Les Pieds Nickelés* – Comic-Serie von 1908 bis 1988 über drei Nichtsnutze, die in immer neue Abenteuer stolpern.
159 *Ahab* – Romanfigur aus Melvilles *Moby Dick*, der Kapitän, der im Kampf mit dem Wal sein Bein verliert.
160 *CRS* – Compagnies Républicaines de Sécurité. Bereitschaftspolizei.
Clemenceau – erster Flugzeugträger Frankreichs nach dem 2. Weltkrieg, von 1957 bis 1997 im Einsatz.
161 *Verdurin* – kunstbeflissene Mäzenin in Prousts *Suche.*
162 *Chaix* – Verlagshaus und Druckerei für Aufträge der frz. Eisenbahn. Auch nach dem Konkurs dieses Unternehmens nennt man das Eisenbahnkursbuch heute noch in Frankreich »Chaix«.
168 *François-René de Chateaubriand* (1768–1848) – *Erinnerungen von jenseits des Grabes.*
Club des Cordeliers – von Marat, Danton und Desmoulins gegründeter revolutionärer Club an der Spitze der Fr. Revolution, 1790–94, traf sich in einem ehemaligen Franziskaner (»cordelier«)-Kloster.
Rue des Rosiers – Straße im Marais, dem jüdischen Viertel von Paris.
170 *Célimène* – Figur aus Molières *Misanthrop.*
171 *Der Riegel* – »Le Verrou« (um 1780), Gemälde des berühmten Rokoko-Malers Jean-Honoré Fragonard.
Querelle de l'Est – Anspielung auf Jean Genets Roman *Querelle de Brest*, dessen homosexueller Titelheld ein Dieb, Schmuggler und Mörder ist, erschien 1953.
172 *Ziehe die Brauen zusammen...* Zitat aus Mao Tse-tung, *Unsere Schulung und gegenwärtige Lage*, 6. April 1944.
Jupien – Romanfigur aus Prousts *Suche.*
173 *Rungis* – Vorstadt von Paris, großer Fischmarkt.
Garonor – Industrieviertel im Nordosten von Paris.
175 *MLAC* – Mouvement pour la Libération de l'Avortement et de la Contracpetion (Bewegung für die Liberalisierung von Abtreibung und Verhütung).
176 *Georges Clemenceau* – gründete 1897 die Tageszeitung *L'Aurore,* in der 1898 Zolas Artikel zur Dreyfus-Affäre erschien.
Le petit Spirou – belgische Comicfigur, seit 1937.
177 *Knocke-le-Zoute* – Strand in Belgien, besungen von Jacques Brel in »La Chanson de Jacky«.
P. Lumumba – aus freien Wahlen als erster Premierminister des unabhängigen Belgisch-Kongo hervorgegangen, wurde am 17. Januar in Katanga ermordet.
M. Tschombe – sezessionistischer Führer von Katanga, Lumumbas Nachfolger.
Haut-Katanga – Schatzkammer des Kongo mit wichtigen Rohstoffen.
In partibus infidelium (im Gebiet der Ungläubigen) – Zusatz zum Titel von Bischöfen in wieder heidnisch gewordenen Gebieten.
Manche Tode haben weniger Gewicht als Schwanenflaum – leicht verkürztes Zi-

tat von Sima Tjiän, das Mao in seiner Rede »Dem Volke dienen« vom 8. Sept. 1944 verwendete.

178 *Gegner des Tages, Ocaña...* – Tour de France 1971.

179 *Veil-Gesetz* – Simone Veil (geb. 1927) erließ 1974 ein Gesetz, das Abtreibung unter bestimmten Indikationen erlaubte.

Buenaventura Durruti (1896–1936) – militanter spanischer Anarchist, der im Bürgerkrieg starb..

180 *Mecheln* – die belgische Stadt Mecheln ist bekannt für ihre Spitzenstrickerei.

Raymond Marcellin – frz. Innenminister 1968–74. Saint-Marcellin-Käse aus der Isère.

181 *Tscheka* – 1917 eingesetzte politische Polizei der Bolschewisten.

187 *Rote Kapelle* – Gilles Perrault, »L'orchestre rouge«, 1964 (dt. 1990). Die Rote Kapelle war eine der größten dt. Widerstandsgruppen im Dritten Reich.

Leopold Trepper – polnischer Jude, Mitglied der Roten Kapelle.

188 *ESMA* – Escuela de Mecánica de la Armada, Konzentrationslager während der Militärdiktatur. Von 5000 dort fest gehaltenen Menschen überlebten ca 100.

190 *Schwarzer September* – am 2. Sept. 1970 überlebt der jordanische König Hussein ein vom radikalen Flügel der PLO begangenen Anschlag. Seine Regierungstruppen töten darauf im Kampf ca. 20 000 Palästinenser.

195 *Girauds Offiziere* – Henri Giraud (1879–1949), franz.General, 1943 Oberkommissar für Franz.-Nordafrika.

196 *Reynaldo Hahn* (1875–1947) – in Caracas geb. frz. Komponist von Opern und Klaviermusik, u.a. auch der *Sonate von Vinteuil*, lernte 1894 Proust kennen, der ihn in »Du côté de chez Swann« erwähnt.

Blau blau blau der Himmel –Textzeile von *Charles Trenet* (1913–2001), aus »Je chante«.

200 *Grand Hôtel in Cabourg* – hier verbrachte Proust öfter seine Ferien.

201 *Comtesse du Paty de Clam... Dreyfus-Ankläger* – der Major du Paty de Clam führte die Verhöre von A. Dreyfus.

Berezina – 1812 wird Napoleons Armee bei der Schlacht am weißrussischen Fluss Berezina fast vernichtet.

203 Nikolai *Stawrogin* – Hauptfigur in Dostojewskis Roman *Die Dämonen.*

207 *das Radarkuppel-Observatorium der Sphärenmusik* – Cité de la Musique, 1996

209 *Lamartine* – Alphonse de Lamartine (1790–1869) schrieb das einer verstorbenen Geliebten gewidmete romantische Gedicht »Le Lac«.

211 *Monte-charge* – dt.: Lastenaufzug.

214 *guter König Dagobert* (»Le bon roi Dagobert«) – ein spöttisches Kinderlied auf den Merowingerkönig Dagobert, der von 632–39 regierte.

215 *Apollo XIII* – April 1970.

Königsweg – Titel eines Romans von André Malraux, *La voie royale* (1930), über einen Sinologen, der den kambodschanischen Pilgerweg finden und die Heiligtümer von Angkor retten soll.

Maurice Thorez (1900–64) – Generalsekretär der Kommunistischen Partei Frankreichs.

216 *Baudin* – starb am 3.12.1851 im Kugelhagel bei dem Aufstand gegen Louis Napoleon Bonaparte, der die Nationalversammlung auflösen wollte.

219 *Willig wie ein Büffel…* – Mao, *Reden bei der Aussprache in Yenan über Literatur und Kunst*, Mai 1942. Mao zitiert hier Lu Hsün.

Gavroche – auf den Barrikaden sterbender Held aus Victor Hugos Roman *Die Elenden.*

Ich ist ein anderer – sprichwörtlich gewordenes Diktum von Arthur Rimbaud aus dem Jahre 1871.

222 *Paul Bourget* (1852–1935) – Schriftsteller, Mitglied der Ehrenlegion und der Academie française, schrieb einen Essay über Flaubert.

Léon Bollée – leitete ab 1900 Serienproduktion von Autos, u.a. den dreirädrigen »voiturette«.

232 *Korosols, Kakis, Durians* – tropische Früchte.

Paris s'éveille (dt.: Paris erwacht) – berühmtes Chanson von Jacques Dutronc: »Il est 5 heures, Paris s'eveille«.

Occident – 1964 gegründete und fünf Jahre später verbotene rechtsextreme Gruppierung, aus der der »Ordre nouveau« hervorging.

237 *Hirte, o Eiffelturm* – aus Apollinaire *Alcools.*

238 *Pierre Overney*, Arbeiter bei Renault, Maoist, vom Werkschutz der Autofirma erschossen.

241 *Bandar-Log* – Affenbande in R. Kiplings »Dschungelbuch«.

Gabriel Osmonde

Lauras Reise ins Licht

Roman · 224 Seiten · 3-89667-227-4
Aus dem Französischen von Sabine Herting

Ausgerechnet an dem Tag, als sie ihm sagen wollte, dass sie ihn durchschaut hat und von seiner Untreue weiß, musste ihr Mann sterben. Das ganze Ausmaß seiner ehebrecherischen Eskapaden erkennt Laura Baroncelli allerdings erst jetzt, nach seinem Tod. Da sich auch Danièle, ihre Tochter, von ihr abgewandt und in die gesellschaftliche Elite von Paris eingeheiratet hat, kann Laura keinen Sinn mehr im Leben erkennen. Mit einer Rasierklinge in der Hand geht sie ins Badezimmer.
Ein großer Fußabdruck, den sie dort auf den Marmorfliesen sieht, zerreißt für Augenblicke den Nebel ihres Lebensüberdrusses. Er gehört ganz offensichtlich einem Mann, doch welchem? Und wie ist er heimlich in ihr Badezimmer gekommen? In den folgenden Monaten erlebt Laura, wie ein Unbekannter auf mysteriöse Weise in ihr Leben tritt. Laura beginnt, Fragen zu stellen, denen sie früher ausgewichen ist, und nimmt sich ungeahnte Freiheiten heraus. Und sie geht ungewöhnlichen Träumen nach - niemand weiß, ob sie Realität sind.
Mit der Leichtigkeit großer französischer Filme erzählt Gabriel Osmonde aus dem Leben einer Frau zwischen Traum und Wirklichkeit.

Karl Blessing Verlag

Mark Haddon

Supergute Tage oder Die sonderbare Welt des Christopher Boone

Roman · 284 Seiten · 3-89667-228-2
Aus dem Englischen von Sabine Hübner

Christopher Boone ist fünfzehn Jahre, drei Monate und zwei Tage alt. Er kennt alle Länder und deren Hauptstädte sowie sämtliche Primzahlen bis 7 507. Er mag Uniformen und hasst Unordnung, Überraschungen und fremde Menschen.
Aber als der Pudel in Nachbars Garten mit einer Mistgabel umgebracht wird, beginnt Christopher Dinge zu tun, die er früher nie gewagt hätte. Er setzt sich über die Verbote seines Vaters hinweg, sucht den Täter und bricht aus seiner Einsamkeit aus …

Dieses Buch wurde in England ein Sensationserfolg und begeisterte die Literaturkritik in aller Welt:
»Einer der originellsten und besten Romane, die ich seit Jahren gelesen habe.« *Douglas Kennedy, The Times*
»Ein wunderbares und brillantes Buch … sehr bewegend, sehr glaubwürdig und humorvoll.« *Oliver Sacks*
»So etwas Witziges und zugleich verzweifelt Wahres habe ich nie zuvor gelesen.« *Arthur Golden*

Karl Blessing Verlag